《散文 海外版》

2020年·精品集·

纸上花开

ZHISHANGHUAKAI

《散文海外版》编辑部 编

天津出版传媒集团

百花文艺出版社

图书在版编目（CIP）数据

纸上花开：《散文海外版》2020年精品集 /《散文海外版》编辑部编. -- 天津：百花文艺出版社，2021.1（2022.1重印）
ISBN 978-7-5306-8018-6

Ⅰ.①纸… Ⅱ.①散… Ⅲ.①散文集-中国-当代 Ⅳ.①I267

中国版本图书馆 CIP 数据核字(2020)第 253252 号

纸上花开 :《散文海外版》2020 年精品集
ZhiShang HuaKai Sanwen Haiwaiban 2020 Nian Jingpinji
《散文海外版》编辑部编

编辑统筹：王　燕　　　　装帧设计：郭亚红
责任编辑：王　燕　徐　姗
出版发行：百花文艺出版社
地址：天津市和平区西康路 35 号　　邮编：300051
电话传真：+86-22-23332651（发行部）
　　　　　+86-22-23332656（总编室）
　　　　　+86-22-23332478（邮购部）

网址：http://www.baihuawenyi.com
印刷：天津新华印务有限公司
开本：787 毫米×1092 毫米　　1/16
字数：300 千字
印张：25
版次：2021 年 1 月第 1 版
印次：2022 年 1 月第 3 次印刷
定价：58.00 元

如有印装质量问题，请与天津新华印务有限公司联系调换
地址：天津东丽开发区五经路 23 号
电话：(022)58160306　邮编：300300

目录

《黍离》

——它的作者,这伟大的正典诗人(节选)

◎ 李敬泽

彼黍离离,彼稷之苗。行迈靡靡,中心摇摇。知我者,谓我心忧,不知我者,谓我何求。悠悠苍天,此何人哉?

彼黍离离,彼稷之穗。行迈靡靡,中心如醉。知我者,谓我心忧,不知我者,谓我何求。悠悠苍天,此何人哉?

彼黍离离,彼稷之实。行迈靡靡,中心如噎。知我者,谓我心忧,不知我者,谓我何求。悠悠苍天,此何人哉?

——《诗经·王风·黍离》

一

汉语绝顶之诗中,必有《黍离》。

《黍离》为《诗经·王风》首篇。公元前 770 年,天塌西北,中国史上有大事,最是仓皇辞庙日,周平王在犬戎的碾压下放弃宗周丰镐,放弃关中山河,将王室迁往东都成周——当时的洛邑、如今的洛阳。西周倾覆,从此东周,但这不是新生,这是一个伟大王朝在落日残照中苟活,周朝不再是君临天下的政治实体,大雅不作,颂歌不起,在《诗经》中,成周王城一带流传的诗,列为《王风》。

在汉初毛亨、毛苌所传的《诗序》中,《黍离》被安放于这场大难后的寂静之中:"黍离,闵宗周也。周大夫行役至于宗周,过故宗庙宫室,尽为禾黍。闵周室之颠覆,彷徨不忍去而作是诗也。"

——宏伟的丰镐二京沦为废墟，那殿堂那宗庙已成无边无际的庄稼地，这时，一位周大夫回到这里，在如今西安的丰镐路上徘徊彷徨，百感交集，于是而作《黍离》。

照此说来，这首诗距今两千七百多年。《毛诗》成书于西汉初年，以元光五年（公元前130年）河间献王向汉武帝进献《毛诗》计算，上距周室东迁已经六百四十年，这大约相当于在今天回望明洪武十三年（1380）。但是，对东周的人来说、对西汉的人来说，西周倾覆带来的震动和绝望是后世的人们不可想象的。当《毛诗》讲述这个故事时，它是把《黍离》放到了华夏文明的一个绝对时刻——类似于告别少年时代，类似失乐园；这首诗由此成为汉语的、中国人的本原之诗，它是诗的诗，是关于世界之本质、关于人之命运的启示。

在《毛诗》的故事中，时间、地点、人物，都具有启示性的含混和确定：那就是周大夫，别问他是谁；那就是宗周，别问为何不是别处；那就是平王之时，别问到底是何年何月。无须问，必须信。

而这个故事在这首诗中其实找不到任何内证。《黍离》支持《毛诗》的故事，它也可以支持任一故事。这伟大的诗，它有一种静默的内在性，任由来自外部、来自四面八方的风在其中回荡，它是荒野中、山顶上一尊浑圆的空瓮。

二

滚滚长江东逝水，浪花淘尽英雄。是非成败转头空。青山依旧在，几度夕阳红。

白发渔樵江渚上，惯看秋月春风。一壶浊酒喜相逢。古今多少事，都付笑谈中。

——明嘉靖年间杨升庵的一首《临江仙》，后来被清初毛宗岗父子编入《三国演义》作为卷首词。此为渔樵史观，既庙堂又江湖，《三国》是以江湖说庙堂，杨升庵是以庙堂而窜放于江湖。长江青山夕阳，秋月春风白发，笑看人间兴废、世事沉浮，这是见多了、看开了、豁达了。一切尽在这一壶中，无边的天地无限的时间，且放在此时此刻、眼前当下。

这壶浊酒很多人喝过。升庵之前，还有王安石《金陵怀古》：

> 霸祖孤身取二江，子孙多以百城降。豪华尽出成功后，逸乐安知与祸双。东府旧基留佛刹，后庭余唱落船窗。黍离麦秀从来事，且置兴亡近酒缸。

——喝下去的酒、仰天的笑，其实都有一个根，都是因为想不开、放不下，因为失去、痛惜、悔恨和悲怆，这文明的、历史的、人世的悲情在汉语中追根溯源，发端于一个词："黍离麦秀"。

"黍离麦秀从来事"，那是北宋年间，华夏文明已屡经大难，仆而复起，数度濒死而重生。王安石身后仅仅四十一年，又有靖康之变，锦绣繁华扫地以尽。王安石、杨升庵，以及无数中国人心里，已住着饱经沧桑的渔夫樵子。

"黍离"是这一首《黍离》，"麦秀"是另一首《麦秀》。

三

> 麦秀渐渐兮，禾黍油油。彼狡童兮，不与我好兮！

——《麦秀》同样需要一个故事。司马迁在《史记·宋微子世家》中讲述了这个故事。

周武王伐纣，殷商覆亡，"箕子朝周，过故殷墟，感宫室毁坏，生禾黍。箕子伤之，欲哭则不可，欲泣为其近妇人，乃作《麦秀》之诗以歌咏之。……所谓狡童者，纣也。殷民闻之，皆为流涕"。

箕子者,纣亲戚也,应是纣王的叔父。孔子说:"殷有三仁焉。"纣王暴虐无道,箕子、微子、比干三位仁人劝谏,人家不听,比干一颗赤心被剖出来,纣王要看看仁人之心是否真的七窍玲珑。然后,微子出逃,箕子披发佯狂,装了疯,又被抓回来囚禁为奴。

公元前1046年,牧野一战,纣王登台自焚,天命归于周。箕子被征服者解放——解而放之。两年后,公元前1044年,另据《竹书纪年》记载,他确实前往陕西朝见武王,途中想必经过已成废墟的安阳故都。

而在陕西,箕子的朝觐成为王朝盛事。作为地位最为尊崇的前朝遗老,箕子的顺服大有利于抚驭商民;更重要的是,箕子就是殷商文化的"道成肉身"——极少数王族和贵族组成的巫祝集团垄断着人神之间的通道,箕子是大巫,祭祀、占卜、文字、乐舞,皆封藏在大巫们七窍玲珑的心里,由此,他们控制着文化与真理,具有无可争议的权威——纣王与"三仁"的冲突,或许也是王权与巫权的斗争。现在,箕子朝周,这是周王朝的又一次胜利,伟大的武王将为华夏文明开出新天新地,此时,他等待着殷商之心的归服,并准备谦恭地向被征服者请教。

很多年后,周原上发掘出一片卜骨,所刻的卜辞是:"唯衣(殷)鸡(箕)子来降,其执暨厥史在旃,尔(乃)卜曰:南宫辪其作(酢)?"

据张光直、徐中舒解读,卜辞的意思是,箕子要来举行降神仪式,他和随从被安排在"旃"这个地方,现在,所卜的是:由南宫辪负责接待行不行、好不好?

——如此细节都要占一卦,可见小巫见大巫,激动得事事放心不下。

中国史上一次重要的对话开始了。武王下问,箕子纵论,王廷史官郑重记录,这就是《尚书》中的《洪范》。箕子高傲,在征服者面前保持着尊严,他阐述了治理人间的规范彝伦,但对事关王朝合法性的"天命"避而不谈。至于那一场想必盛大庄严的降神,《洪范》中只字未提。

武王显然领会了箕子之心,此人终不会做周之臣民,于是封箕子于朝鲜。那极东极北之地是彼时世界的极边,本不属周之天下,所谓"封",是客气而决绝的姿态:既如此,请走吧。

箕子真的走了,走向东北亚的茫茫荒野。在那里,他成为朝鲜半岛的文化始祖,对他的认同和离弃在漫长的朝鲜史中纠结至今。

从箕子朝周的那一年起,近一千年里,《诗经》中无《麦秀》,先秦典籍中不曾提到《麦秀》,然后,到了汉初,诗有了,故事也有了。

但和《黍离》一样,并没有任何文本内部的证据支持这个故事。

麦苗青青,黍子生长,那狡童啊,他不与我好啊!

这首诗指向一个人,我们不知他是谁,只知他被唤作"狡童"。《诗经》里提到"狡童"的诗共有两首。一首是《郑风·狡童》:

> 彼狡童兮,不与我言兮。维子之故,使我不能餐兮!彼狡童兮,不与我食兮。维子之故,使我不能息兮。

——现代汉语读者也能一眼看得出来,这就是嗔且怨着的相思病。此处的"狡童",如同死鬼、冤家,又爱又恨,一边掐着骂着一边想着疼着。那该死的冤家啊,害得我啥也吃不下瘦成柳条儿啦。

另一首是《郑风·山有扶苏》:"不见子都,乃见狂且。""不见子充,乃见狡童。"子都、子充皆是如玉的良人,相对而言,狂且、狡童大概是坏家伙、臭小子之类,但也未必就是真碰见了流氓。

不少现代论者据此与司马迁争辩:这《麦秀》明明是一首情诗,明明是一个女子——一个古代劳动妇女,站在田里,思来想去,直起腰来,越想越气:彼狡童兮,不与我好兮。那挨千刀的,他不和我好啊!

如此光天化日的事,为什么司马迁偏看不出来?为什么要编故事硬派到箕子头上?纣王在位三十年,死的时候估计都五十多岁了,怎么也算不上"狡童",再说那纣王和你是好不好的事吗?

但这些现代论者也是知其一忘其二,"狡童"可以是打情骂俏,也未必不可以是以上责下,箕子身为纣王的长辈、国之元老,怎么就不能骂一声"彼狡童兮"?

看看这麦子,看看这谷子,那不成器的败家孽障小兔崽子啊,你怎么就不听我的话,怎么就不学好呢!

——箕子应已是六七十岁的老人,他扶杖走过殷墟,那是安阳大地,那时应是初夏,他所熟悉的宫殿陵墓已不见踪迹,得再等三千年才会被考古学家挖出来。而此时,仅仅两年,遍野的庄稼覆盖了一切,"大邑商"似乎从未有过。他站在那里,想起那神一般聪明、神一般狂妄的纣王,想起此去西行,他要向征服者、向那些西鄙的野人屈膝,要在他们面前举行庄严的仪式,让祖宗神灵见证这深重的耻辱,箕子不禁浩叹:"彼狡童兮,不与我好兮!"

其时,殷人掩面流涕。我确信,这首歌一直流传于殷商故地,司马迁行过万里路,当他说殷人为之流涕时,他或许在殷商故地亲耳听到了这首歌,眼见着泪水在殷人脸上流过了千年。

我为什么不信司马迁呢?

四

"彼黍离离,彼稷之苗。"问题是,何为黍,何为稷?

此事自古便是难题。《论语·微子》里,子路问路,被人奚落:四体不勤,五谷不分。这也不知说的是孔子还是子路。孔夫子带领大家读《诗》,一个目的就是多识草木之名,足证他老人家对植物、农作物颇有求知热情,饶是如此,还不免"五谷不分"之讥。可想而知,孔夫子以下,两千多年,历代儒生,分辨黍稷何其难也。

黍相对明白,从汉至清,大家基本赞成它就是一种谷物、一种黏米,现在称黍子或黍米或黄米。许慎《说文解字》解道:"黍,禾属而黏者,以大暑而种,故谓之黍。""禾属而黏"不错,但接着一句"以大暑而种"就暴露了他可能没种过黍。黍子应是农历四月间播种,五月已嫌晚,到了大暑节气恐怕种不成了。朱熹《诗集传》是《诗经》权威读本,关于黍是这么说的:"谷名,苗似芦,高丈余,穗黑色,实圆重。"——朱熹所在的宋代,一丈合现在三米多,快两层楼了,他就不怕诗人淹没在高不见人的庄稼地里?南方不种黍,朱熹生于福建,毕生不曾履北土,真没见过黍子。所谓道听途说,我猜他主要是受了"苗似芦"的说法影响,似不似呢?黍穗确实似芦,或许朱夫子由此望了望窗前芦苇,顺便把芦苇的高度一并送给了黍。

总之,何为黍大致清楚,也是因为黍这个说法从上古一直用到今天,现在的山西还是称黍为黍子、黍米,名实不相离,搞错不容易。而"稷",先秦常用,汉以后日常语言中已不常用,这个词所指的庄稼,不知不觉中丢了,"稷"成了飘零于典籍中的一个空词。然后,儒生们钩沉训诂,纷纷填空。朱熹在《诗集传》里总结出一种主流意见:"稷,亦谷也。一名穄,似黍而小,或曰粟也。"也就是说,这个"稷"就是北方通称的谷子,就是洛阳含嘉仓里堆积如山的"粟",脱壳下了锅就是小米。但朱熹横生枝节加了一句"一名穄",于是围绕"穄"字纷争再起,有人论证出"穄"其实就是黍——但你总不能说黍是黍,稷也是黍吧?

本来,我打定主意听李时珍的,老中医分得清五谷,话也说得明白:"稷与黍,一类二种也。黏者为黍,不黏者为稷。稷可做饭,黍可酿酒。"简单说,黍是黄米,黏的,稷不黏,是小米。但是,清代乾嘉年间出了一位程瑶田,穷毕生之力写一部《九谷考》,梳理了两千年来关于稷的种种纷争:"由唐以前则以粟为稷,由唐以后,或以黍多黏者为稷,或以黍之不黏者为稷。"然后,截断众流,宣布都错了,所谓稷,高粱也。这下莫言高兴了,原来《黍离》中已有一片高密东北乡无边无际的红高粱。

程的结论得到段玉裁、王念孙两位经学大家首肯,认为是"拨云雾而睹青天",一时成为定论。但此论进入现代又被农业史家们发一声喊,彻底推倒。他们断定，高粱是外来作物，魏晋才传入中国，所以稷不可能是高粱。但没过多少年，考古学家说话了，农业史家们翻了车：陕西、山西等地的考古发掘中陆续发现碳化高粱，铁证如山，高粱四五千年前就有。

那么，稷就是高粱了？却也未必。四五千年前有，只能证明高粱是高粱，不能证明高粱是稷。先秦文献中通常黍稷并提，稷为"五谷之长"，这个"长"怎么解释？程瑶田憋了半天，最后说因为高粱在五谷中最高。照此说来，难道县长市长是因为个子最高才当的县长市长？五谷之长必定意味着该作物在先民生活中具有首要地位，并蕴含着由此而来的文化观念，周之先祖为后稷，家国社稷，社为土神，稷为谷神，此"稷"至关紧要。《诗经》中，提到黍的十九处，提到稷的十八处，黍稷是被提到最多的谷物。高粱固然古已有之，但它的重要性绝不至此，它并非北方人民的主食，更不是支撑国家运转的基本资源，具有如此地位的，只有粟——谷子——小米。

所以，黍与稷，还是黄米与小米，黍子与谷子。

由此，也就解决了下一个问题，何为"离离"？历代注家大致分为两派，一派是，离离，成行成列之意，所谓历历在目；另一派，是朱熹《诗集传》："离离，垂貌。"

你站在黍子地里，放眼望去，除非还是青苗，否则定无阅兵般的行列感，你看到的是密集、繁茂、低垂。古人常取"离离"蔫头耷脑之意表黯然、忧伤、悲戚之情，如《荀子·非十二子》："劳苦事业之中则儢儢然、离离然"，《楚辞·九叹·思古》："曾哀凄唏，心离离兮"。

于是，我们看到，《黍离》的作者，他行走在奇异的情境里，那黍一直是"离离"的，被沉甸甸的黍穗所累，繁茂下垂；而那稷却一直在生长，彼稷之苗、彼稷之穗、彼稷之实，季节在嬗递，谷子在生长成熟，问题是，为什么黍一直"离离"，再无变化？

黍和稷、黍子和谷子的生长期大体一致，《小雅·出车》中说："黍稷方华"，都是春播秋熟，绝没有黍都熟了谷子还长个不休的道理。此事难倒了历代注家评家,众说纷纭。古人和今人一样,认定诗必须合乎常理不合就生气的占绝大多数,不通处强为之通,难免说出很多昏话。以我所见,只有元代刘玉汝的说法得诗人之心:"然诗之兴也,有随所见相因而及,不必同时所真见者,如此诗因苗以及穗,因穗以及实,因苗以兴心摇,因穗以兴心醉,因实以兴心噎,由浅而深,循次而进,又或因见实而追言苗穗,皆不必同时所真见。"(《诗缵绪》卷五)

——"不必同时所真见",正是此理。《黍离》的作者,这伟大的诗人,他具有令人惊叹的原创力,他用词语为世界重新安排秩序,让黍永恒低垂,让稷依着心的节律生长。

五

"彼黍离离",低垂、密集,繁茂缭乱令人抑郁,那不是向上的蓬蓬勃勃,而是凝滞、哀凄,世界承受着沉重、向下的大力。

但是请注意那个"彼"——那是远望、纵览的姿势,是在心里陟彼高冈,飞在天上,放眼一望无际。

在《毛诗》中,这空间的"彼"被赋予了历史的、时间的深度:"彼,彼宗庙宫室。"作者所望的是"彼黍",同时也是"彼黍"之下被毁弃、被覆盖的宗周。

然后,全诗三章,再一次又一次的"彼黍离离",似乎作者没有动,似乎他被固定在这巨大凝重的时空中,一切都是死寂的静止的,茂盛而荒凉。

但是,在这凝重的、向下的、被反复强调的寂静中,在这寂静所证明的遗忘中,一个动的、活的意象进入:"彼稷"——那谷子啊,它在生长,从苗,到穗,到实……

黍不动,黍是世界之总体,而接着的"彼稷",却是从整体中抽离出来,去辨析、指认个别和具体,那是苗、那是穗、那是成熟饱满的谷……

这是时间的流动,也是空间的行进,这个作者在大地上走着,岁月不止,车轮不息……

回到《毛诗》的故事,也许这位周大夫真的来来回回从春天走到了秋天,东周时期的旅行本就如此漫长。

但在这诗里,行走只是行走,与使命无关。"迈",远行也,《毛诗》郑笺云:"如行而无所至也","行迈",就如同《古诗十九首》的"行行重行行"。"行迈靡靡""行迈靡靡""行迈靡靡",停不下来,他茫然地走着,已经忘了目的或者本就没有目的,他就这样,不知为何、不知所至地走在大地上。

这无休无止的路,单调、重复,但"我"的心在动,"中心摇摇""中心如醉""中心如噎"。心摇摇而无所定,心如醉而缭乱,最后,谷子熟了,河水海水漫上来,此心如噎几乎窒息……

"知我者谓我心忧,不知我者谓我何求!"此时,这首诗里不仅有"我",还有了"他","他"是知我者和不知我者,是抽象的、普遍的,"他"并非指向哪一个人,"他"是世上的他人他者。"他"进入"我"的世界,但与此同时,"他"又被"我"搁置——"知我者谓我心忧,不知我者谓我何求!"一遍、两遍、三遍,重复这两个句子,你就知道,它的重心落在后边:知我者谓我心忧——假如知我,会知我心忧,但不知我者,必会问我在求什么图什么多愁善感什么。而此时此刻,在这死寂的世界上,既无知我者也无不知我者,心动为忧,我只知我的心在动,摇摇、如醉、如噎,我无法测度、无法表达、无法澄清在我心中翻腾着的这一切——

直到此时,这个人、这个"我"是沉默的,他封闭内心,然后忽然发出了声音:"悠悠苍天,此何人哉。"

悠悠苍天,此何人哉。

悠悠苍天,此何人哉。

随着摇摇、如醉、如噎,这一声声的"天问"或"呼天",也许是节节高亢上去,也许是渐渐低落了,低到含糊不可闻的自语。

此时,只有"我"在,只有悠悠苍天在。

六

　　此时的人们很难理解《黍离》作者的悲怆,很难体会那种本体性的创伤。西周的倾覆只是课本上的一段,历史沿着流畅的年表走到了今天,此事并没有妨碍我们成为今天的我们。但是,在当时,在公元前770年,一切远不是理所当然,对于当时的人来说,此事就是天塌地陷。更重要的是,他们还不像后世的人们那样饱经沧桑,他们涉世未深,从未有过这样的经验,塌陷和终结猝不及防地降临,在那个时刻,二百七十六年中凝聚起来的西周天下忽然发现,他们认为永恒的、完美的、坚固的事物竟然如此轻易地烟消云散。

　　这种震惊和伤痛难以言喻。后世的人们知道,这是黍离之悲、麦秀之痛,甚至会说"黍离麦秀寻常事"。但彼时彼地,正当华夏文明的少年,天下皆少年,他们无法理解、无法命名横逆而来的一切。在当时人的眼里,西周无疑是最完美的文明,是他们能够想象的人类共同生活的典范极则。伟大的文王、武王和周公在商朝狞厉残暴的神权统治的废墟上建立了上应天命的人的王国、礼乐的王国,以此在东亚大地上广大区域、众多部族中凝聚起文化和政治的认同,未来世世代代的中国人所珍视的一系列基本价值起于西周,我们对生活、对共同体、对天下秩序的基本理念来自西周。而如此完美的西周转瞬间就被一群野蛮人践踏毁坏、席卷而去! 是的,平王东迁,周王还在,天子还在,但是,都知道不一样了,东周不是西周,那个秩序井然的天下已经一去不返,这是永恒王国的崩塌、永恒秩序的失落。

　　此何人哉! 此何仁哉!

　　西周就这么亡了。赫赫宗周,它的光被吹灭,这光曾普照广土众民。当时和后来的人们力图做出理解,按照他们所熟悉的西周观念,王朝的兴衰出于天命,那么,这天命就是取决于那无道的幽王、那妖邪的褒姒? 他们是天命之因还是天命之果? 如果有天命,而且天命至善无私,那么那野蛮的犬戎又是由何而来?

悠悠苍天,此何仁哉!

天意高难问。但中心如噎,站在地上的人不能不问。——"彼狡童兮,不与我好兮!"这悲叹的是人的错误,已铸成、可悔恨,它牢牢地停留在事件本身,因此也就宣告了事件的终结。但是,悠悠苍天,此何仁哉,这超越了事件,这是对天意、对人世之根基的追问和浩叹。

这是何等的不解不甘!正是在如此的声音中,西周的倾覆带来了当时的人们绝未想到的后果:它永不终结。它升华为精神,它成为被天地之无常所损毁的理想。不解和不甘有多么深广,复归的追求就有多么执着。在紧接而来的春秋时代、在前仆后继的漫长历史中、在孔子心中、在无数中国人心中,西周不是作为败亡的教训而存在,而是失落于过去、高悬于前方的黄金时代,是永恒复返的家园。直至今日,当我们描述我们的社会理想时,使用的依然是源于西周的词语:"小康"—"大同"。

在《黍离》中,华夏文明第一次在超越的层面上把灾难、毁灭收入意识和情感。西周的猝然终结为青春期的华夏注入了前所未有的经验和信念,这是失家园、失乐园,是从理想王国中被集体放逐、集体流浪,华夏世界在无尽的伤痛中深刻地意识到天道无常,意识到最美和最好的事物是多么脆弱。在两千年后的那部《红楼梦》里,白茫茫一片大地真干净,这是人生的感喟,更是对文明与历史的感喟,一切终将消逝,正如冬天来临。但唯其如此,这伟大的文明,它随时准备着经历严冬。《黍离》这苍茫的咏叹标记出对此身与世界更为复杂、更为成熟强韧的意识,我们悲叹天道无常、人事虚妄,这悲叹是记忆,是回望,亦是向着黄金时代复归的不屈信念。

在此时,《黍离》的作者行走着,"行迈靡靡""行迈靡靡""行迈靡靡",他不知道,他会走很远很远,走进一代一代人的身体和心,摇摇、如醉、如噎……

七

他说:"知我者谓我心忧,不知我者谓我何求。"

两千五百年后,宝钗过生日,贾母做东,请了一班昆弋小戏。戏唱完了,见唱戏的孩子中一个小旦生得可爱,便有人说:这孩子像一个人呢。像谁?却又都含笑不说,偏是那湘云嘴快,宝玉连忙使眼色也没拦得住:像林妹妹!

就这么一件细事,黛玉不高兴了,湘云也不高兴了。宝二爷两边赔罪,反挨了两顿抢白。无事忙先生想想无趣,心灰意冷,忽记起前日所见庄子《南华经》上有"巧者劳而智者忧,无能者无所求,饱食而遨游,泛若不系之舟",遂写下一偈:

> 你证我证,心证意证。
>
> 是无有证,斯可云证。
>
> 无可云证,是立足境。

这偈后来又被黛玉湘云等一通嘲笑,黛玉提笔续了一句:"无立足境,是方干净。"

此时是《红楼梦》第二十二回,宝钗十五岁,宝玉十四岁,黛玉十三岁。一部《红楼梦》,离真干净的白茫茫大地、离黍离麦秀还远,正是良辰美景、姹紫嫣红开遍的春日。

"巧者劳智者忧,无能者无所求"——我母亲平日顺口溜一般挂在嘴边,少年时我一度以为此话的作者就是我妈,后来读了书,才知语出《红楼梦》,而《红楼梦》又来自《庄子·列御寇》。在庄子看来,劳与忧,皆为人生烦恼,烦恼之起,盖源于巧、智。巧或智必有所求,必要炫巧逞智,不被人叹羡的巧算什么巧,不表达不践行的智算什么智,于是巧者劳智者忧,人生烦恼几时休。对此,庄子和老子开出了药方:绝圣弃智,去巧智,蔽聪明,此身作"不系之舟",随波逐流,应物无着,俗语所谓不占地方,宝玉参禅、黛玉续偈,最后一境便是无立足境,"无立足境,是方干净"。如此则吃饱了晃荡烦恼全消——至于活着还有什么意思那另说。

然后,由庄子、老子溯流而上,我们又看到了《黍离》的作者。

从"知我者谓我心忧,不知我者谓我何求",到"巧者劳智者忧,无能者无所求","忧"与"求"并举,"何求"与"无所求"相对,清晰地标记出由《黍离》时代到庄子之世,华夏世界的人们省思人生的基本进路。《诗经》三百零五篇,不计通假字,用到"忧"字的三十五篇,分布于十五国风、大雅小雅,只有颂无"忧"。"乐"是个人的,也是公共的,所谓"钟鼓乐之"(《国风·周南·关雎》);"忧"却只是个人的,是内在的体验,《说文解字》说,忧者心动也,心动不动当然只有自知,所谓"我心忧伤"(《小雅·正月》《小雅·小弁》《小雅·小宛》),这忧伤必是人的自我倾诉。"一人向隅,满座为之不欢",说的就是在群我之间,乐与忧的张力关系,乐可共享,忧必独弹。

三十五篇忧之诗,大致可分两类,一类三十四篇,皆为可知之"忧",抒情主体自我倾诉、自我澄清,他和我们得以感知他的忧因何而起,动心之风由何而来。也就是说,这三十四种忧都可以在具体的、个别的经验和事件中得到解释和安放。

但是,还有另一类。此类只有一篇,就是《黍离》。《黍离》之忧,不知从何来,不知向何处去。当然,《毛诗》讲了故事、做了解释,但如前所述,这个故事是从外部赋予的,我信《毛诗》,但它的故事除不尽《黍离》,依然存有一个深奥的余数。前人读《黍离》,言其"专以描摹虚神见长"(方玉润《诗经原始》),说它"感慨无端,不露正意"(贺贻孙《诗触》),所谓"虚神""无端",指的正是这个说不清道不明的余数。这个作者,他如此强烈地感知着他的心忧,但他不愿,甚至拒绝对这心忧做出澄清,"知我者谓我心忧",知道我的人自会知道,但他在大地上踟蹰,肯定不是在寻找知我者,有没有知我者他甚至并不在意,因为他马上以拒绝的语气说出了下一句"不知我者谓我何求"，然后，在这不知我或者知我不知我随他去的世上，才接着有了再下一句："悠悠苍天，此何人哉。"

现在，重读一遍宝玉的偈语，"你证我证，心证意证"，此为知我者；"是无有证，斯可云证"，定要人"知"，已是执迷；"无可云证，是立足境"，人生立足之境，就是无知我亦无不知我。至此，《黍离》的作者与宝玉、与庄子可谓同道，然后，最后一句，"无立足境，是方干净"，不系之舟，放下巧智忧劳，得自在随性，但《黍离》的作者，他在此处与老庄决然分道，在华夏精神的这个根本分野之处，他不是选择放下，而是怀此深忧，独自对天。

《黍离》之忧超越有限的生命和生活。这不是缘起缘灭之忧，是忧之本体。乐无本体，必是即时的、当下的；而本体之忧所对的是天地的否定，是广大的、恒常的，超出此身此生此世。说到底，我们都是要死的，唯其如此，人之为人，人从草木中、从自然的无情节律中自我超拔救度的奋斗正在于"生年不满百，常怀千岁忧"（《古诗十九首》），在于"心事浩茫连广宇"（鲁迅），在于将自己与广大的人世、文明的命运、永恒的价值联系起来的责任和承担。

如此之忧，摇摇、如醉、如噎，具有如此的深度和强度，它在根本上是孤独的，它面对自然和苍天，但它不能在自然和苍天那里得到任何支持和确认，它甚至难以在世俗生活和日常经验中得到响应。《古诗十九首》中，"生年不满百，常怀千岁忧"，下一句就是"昼短苦夜长，何不秉烛游"，这也正是"不知我者谓我何求"。从"已矣哉！国无人莫我知兮"（屈原《离骚》），到"忧来无方，人莫之知"（曹丕《善哉行》），这个诗人、这个忧者注定无依无靠。这不仅是外在的孤独，这本就是一种孤独的道德体验，一种必须自我确证的存在。由此，我们或许可以更深地理解那被无数人说了无数遍的话："先天下之忧而忧"，他必须、只能先于天下。"无立足境，是方干净"，而《黍离》的作者选择的不是无，是在无和否定中坚忍地确证有。

三千年前，这个走过大野的人，他走在孔子前边，是原初的儒者，他赋予这个文明一种根本精神,他不避、不惧无立足境,他就是要在无立足境中、在天地间立足。

悠悠苍天,此何人哉。

这个人不知道自己的声音意味着什么。他其实对在那一刻蓦然敞开的这个"人"也满怀疑虑和困惑。他就这样站在山巅绝顶,由山巅而下,无数诗人在无数条分岔小径上接近他,或者以逃离的方式向他致敬。

他是中国史上伟大的诗人,以一首诗而成永恒正典。

北面山河

◎ 杨海蒂

第一次到陕北时,瞬间被击中了:脚下是世界上最广最深的黄土,地球上最大的黄土高原,被鬼斧神工切割得千沟万壑,气势磅礴地伸向天空;中华民族母亲河黄河,狂怒咆哮一泻万丈,浩浩荡荡泥沙俱下⋯⋯

而当我来到陕北偏北的榆林横山,目睹"龙隐之脉"横山山脉穿过黄土高原横亘天际,亲见无定河蹚过塞北沙漠漫延横山全境,我对这片土地充满了敬畏。当得知在这片神奇辽阔的黄土地上,一代代帝王将相大展雄才伟略,一位位英雄豪杰泼洒热血,一曲曲历史交响激越昂扬,一首首壮丽诗篇千古流传,我对"龙兴之地"横山高山仰止。

一

"欲知塞上千秋事,唯有横山古银州。"

陕北的深冬季节,让我感觉犹如置身于西伯利亚般寒冷,昔日沙漠与高原相接的横山,经过长期植树造林,早已被层层绿色覆盖,看不到我期待的塞外风光,但在寒冬腊月里,郊外峁塬上也还是衰草枯黄。刺骨寒风将我的脸抽打得生疼,我悫缩在超厚的大棉袍里,循着时间的线索,探听古银州废墟下的历史回响。

古银州林茂粮丰马壮羊肥,是漠北游牧民族活动的历史舞台,也是他们进犯关中的跳板。汉人、匈奴人、鲜卑人、突厥人、回纥人、契丹人、蒙古人,曾在这儿龙争虎斗,绝大部分又像天上的神鹰一样不知所终。

银州城势扼中央、总绾南北，分为"上城""下城"两座城池。上城始置于南北朝周武帝三年，即古银州遗址所在地，为全国重点文物保护单位；秦朝增建的下城，为上郡肤施城，是秦始皇迷信"亡秦者胡也"而修筑的军事防御城堡。

隋朝战乱，银州城被废；隋末唐初，横山人梁师都建立梁国，大举重建。

举旗抗宋的党项族英雄李继迁，就是古银州人。但凡历史上的重要人物，总是奇人异相。《宋史·李继迁传》记载："继迁生于银州之无定河，生而有齿。"《辽史》说，李继迁本是北魏皇族拓跋氏的后裔。

文献资料称："横山天堑，下临平夏，夏国存亡所系。""夏国素恃横山诸族帐劲强善战，用以抗衡中国。"北宋大将种谔、沈括联名上书皇帝，对横山有过一段高论："横山延袤千里，多马宜稼，人物劲悍善战，且有盐铁之利，夏人恃以为生。其城垒皆控险，足以守御。今之兴功，当自银州始。其次迁宥州于乌延，又其次修夏州，三郡鼎峙，则横山之地已囊括其中。又其次修盐州，以据两池之利，尽归中国。其势居高俯视兴、灵，可以直覆夏巢。"

横山是党项人的根据地，银州是西夏政权的发祥地。

北宋国策崇文抑武，漠北游牧民族趁机坐大。战争是最有效的征服方式。李继迁招兵买马，银州南山寨是他的练兵场。当羽翼日丰，他拥兵自重封疆自立，建立起割据王朝：夏国。他练兵的山寨得名李继迁寨。李继迁长子李德明"为人深沉有气度，多权谋，幼晓佛书"，守着父亲遗下的小金銮殿韬光养晦，"深挖洞广积粮不称霸"。1004 年，李继迁长孙李元昊，也在银州呱呱落地，甫一亮相就不同凡响，"坠地啼声英异，两目奕奕有光，众人异之"。元昊果然非慈眉善目之辈，少时"喜兵书，甚英武"，成年后"性雄毅，多大略"，心雄万夫觊觎天下，八方劫掠四处扩张，三十四岁时终于如愿称帝建国，史称西夏。他大兴文教，创建西夏文字，强令所有文书、佛经以之书写；他大举改革振衰起弱，发展农牧鼓励垦荒，促使国力十分雄厚，自有底气先后与宋、辽、金鼎立。

两军对垒，无论哪一方，"得横山之利以为资，恃横山之险以为固"。银州地势险峻、群山拱卫，更是易守难攻，成为宋兵北进的屏障。党项人当然知道银州的重要性，一直严防死守，双方激烈争夺，拉锯战中各有胜败。种谔谋划占据横山，无奈始终不得，有次终于得胜回朝，北宋满朝文武弹冠相庆，苏轼以诗咏之："闻说将军取乞银，将军旗鼓捷如神。应知无定河边柳，得共江南雪絮春。"此时的苏氏之作，与"谪居于黄，杜门深居，驰骋翰墨，其文一变，如川之方至"后的东坡诗词，真不可同日而语。

无定河边柳，俗称"断头柳"，枝条昂扬向上，越是被砍越是长得粗壮，是陕北独有的特殊景观，其顽强坚韧的生命像极了陕北汉子。

于政治、军事、外交、科学、文学无所不能的全才沈括，因揭发文友苏轼诗文"愚弄朝廷"，成为"乌台诗案"的始作俑者。苏轼连遭贬谪——"问汝平生功业，黄州惠州儋州"，沈括则借此官运亨通。"君子难敌小人"，古今皆然。"天威卷地过黄河，万里羌人尽汉歌。莫堰横山倒流水，从教西去作恩波"，是"知延州，兼任鄜延路经略安抚使"沈括在横山写下的战歌，那时春风得意的他，何曾料到日后横山会成为自己的滑铁卢。西夏出兵二十万侵宋，兵败如山倒的"永乐之战"，成为他跌落的悬崖，加上背叛旧主王安石，他令皇帝不齿，被弹劾遭贬谪，也是现世现报。他心灰意冷，专心治学，在著述《梦溪笔谈》中回忆道："余尝过无定河，度活沙，人马履之百步外皆动，倾倾然如人行幕上，其下足处虽甚坚，若遇其一陷则人马拖车应时皆没，至有数百人平陷无子遗者。"寥寥数语，生动描述出无定河的漂浮无定，可见北宋时期的无定河，已不复赫连勃勃所赞叹的"美哉斯阜，临广泽而带清流，吾行地多矣，未有若斯之美"。正是因为无定河甚美，赫连勃勃以横山为根据地建立大夏国，定都无定河畔统万城。

为除心头之患，大宋先后派狄青、夏竦、韩琦、范仲淹、韩世忠等重臣名将,在塞北重镇横山戍边,以抵御征讨西夏。狄青旗开得胜的峁塔"狄青塔",在县城西南四十公里处,现入选"横山新八景"。年过半百的范仲淹,于横山边境作"春思""秋思","人不寐,将军白发征夫泪"一句,最是动人心弦。因大败西夏沙场建功,直言上谏一再遭贬的范仲淹,终于得以回到京城。

古人尚武,文人大多是热血男儿,"宁为百夫长,胜作一书生";反过来,很多武将也文采过人,岳飞的《满江红》横绝古今。谢安、颜真卿、高适、岑参、王昌龄、文天祥、范仲淹、辛弃疾、陆游、岳飞、王阳明,这一串在中国文化史上熠熠生辉的名字,这些"上马能杀贼,下马能草檄"的才俊英杰,个个剑卷长虹笔挟风雷,人人刚直忠烈视死如归,是真正的国家栋梁、时代脊梁。

对西夏来说,虎患未除狼祸又起:横山防线被破,本已进退失据,漠北蒙古又正崛起,成吉思汗所向披靡。银州被屠城,龙兴寺、皇宫王陵被毁,党项被屠戮几百万人。要彻底灭亡一个民族,必灭其语言文字,"灭其国而并灭其史"。虎踞西北近两百年、对中国民族历史发展产生过深远影响的西夏王朝,湮没于元军铁骑飞扬的滚滚黄尘里;灿烂迷人的西夏文化,消失于历史的云谲波诡中。

国破山河在,城春草木深。古银州渐渐被人遗忘,直到李自成逃难而至绝地逢生,才刷了一次存在感。民国时期,由本土进士邀请临时大总统徐世昌书写"古银州"三字、时任县长主持勒石的摩崖石刻,至今悬于无定河南岸,无言地诉说着这片古老土地的昔日辉煌。

虽然遭到无休止的破坏,古银州也还是留下了可观的历史遗存,从石器时代以降,几乎每个历史时期的物器都有。党项人留下的历史遗迹更多:肃穆寂寞的王陵、党项贵族的墓志、琳琅满目的壁画、粗犷拙朴的石刻、形状各异的陶罐、精雕细琢的玉饰、制作精美的青铜器……这些珍贵的历史文物,曾零落于荒野蔓草间,经历过漫长的等待,尘封着西夏的荣光,而今就陈设在古银州城遗址上的几间民房里。

古银州民间博物馆,是我见过的最简陋的博物馆。

二

西夏亡国四百多年后,李自成出生于李继迁寨。

旧县志写道,李自成降生时,家里土窑"洞壁现蛟蛇奇纹,层剥不没"。我钻进过他家窑洞,没有看到"蛟蛇奇纹",或许因为我俗人凡眼吧。土窑下方有一个被淤的隧洞,据说是李继迁的兵器库,民国时村民从洞中掘出过冷兵器。土窑前方地势平缓,是李继迁的练兵场,窑后梁峁相连的"蟠龙沟",时而高挺时而平缓,犹如巨龙盘旋。登高四顾,千壑拱四周,万塬拜其下,的确风水宝地。

王侯将相宁有种乎?《明史·列传》称,李继迁是李自成的远祖,李自成是李继迁的后裔。当年,有少数西夏王公贵族从元军的血洗中侥幸逃出,隐匿民间,或游牧或农耕。穷人家的孩子李自成,七岁到长峁墕打童工。"天地一笼统,井上黑窟窿。黑狗身上白,白狗身上肿。"这首别有趣味的《咏雪》诗,被认为是少年放羊娃李自成之作,可看出他从小就胸有丘壑。如此说来,李自成才是"打油诗"鼻祖。历史推进到二十世纪,湖南人毛泽东万里长征来到陕北,尊崇李自成为"陕人的榜样",也在壮丽的黄土高原上咏雪:"北国风光,千里冰封,万里雪飘。望长城内外,惟余莽莽;大河上下,顿失滔滔。山舞银蛇,原驰蜡象,欲与天公试比高……俱往矣,数风流人物,还看今朝。"其青云之志,其文韬武略,使"秦皇汉武,略输文采;唐宗宋祖,稍逊风骚"。

关于李自成,有很多民间传说、演义,最神乎其神的是说他乃天宫紫薇星下凡,他在仙界佩带过的九龙宝刀,随之同时降世,落于李继迁兵器库。直到1946年,横山游击队员还拿着它攻过波罗围过榆林,此后宝刀不知下落。长峁墕留有"坐龙墩""坐朝峁""旗杆""饮马泉"等遗址,加上三代土龙碑的传说,还有"六月天冰冻黄河"的传奇,以及闯王台闯王显灵的传言等等,都神话着这位土生土长的"真龙天子"。民间最为津津乐道的是:崇祯皇帝让人挖了李自成的祖坟以断其龙脉,李自成攻入北京逼得崇祯皇帝上吊自尽,正所谓"天道好轮回,苍天饶过谁";康熙御驾巡幸陕北,明察波罗城堡,暗访闯王故里……

话说李自成率起义军从陕北出发,威号闯王,一路攻城略地,好不威风。"剑光闪闪亘长虹,百怪惊逃竟避锋。点缀江山无限景,吟身疑在画图中。"这是闯王自题,何等意气风发。李闯王定陕西,灭明朝,龙袍加身,登上大位,国号"大顺",建元"永昌"。当时的形势,对李自成及其大顺政权来说一派大好,谁也没有想到很快就翻了盘,真是"其兴也勃焉,其亡也忽焉"。这一曲历史悲歌,引得多少人扼腕。底层的人一旦掌权,难免把握不住自己,智识的盲点、道德的弱点、文化的缺点,使闯王和他的执政团队迅速忘掉了"初心",权争、骄奢、腐败、怠政四起,焉能不败。郭沫若在《甲申三百年祭》文中,将其剖析得淋漓尽致,新鼎初得的中国共产党,视其为前车之鉴。

大顺政权像一颗流星,在历史的天空划过,闪过一道短暂而耀眼的光芒,然而,它在世界农民战争史上留下了浓墨重彩的一笔,在中国历史长卷中写下了绚丽的篇章。"农民领袖"李自成仍不失其伟大,欧洲人称之为"十五世纪最伟大革命家"。在我看来,李自成是一个革命家,是一个统治者,不是一位杰出的政治领袖。

中国堪舆祖师、风水宗师杨益说"自古英雄多出西北",盖因"西北多山,得天地严凝正气,其龙最垂久远,形胜完全,上钟三垣吉气,宜英雄出于其中"。雄伟的高原,巍峨的横山,奔腾的无定河,养育了无数横山儿女,塑造了他们独特的精神气质。简直不可思议,以李继迁寨为中心,区区方圆几十里,横山竟然出现过大小八位帝王。这些枭雄豪杰,在黄土高原上搅起历史风云,在刀光剑影中书写铁血人生。

还有，还有集"西北王""东北王"于一身的高岗。

遥想当年，少年高岗豪气干云，侠义痛打官绅公子，青年高岗在横山组织的"一高学潮"，被视作"横山革命的先声"。因堡内泉水鸣响得名的响水堡，始建于明正统二年，古堡保存至今，建筑蔚为壮观。曾经，高岗与马明芳、曹亚华在响水堡"闹红"，成立农民讲习所，农民运动开展得轰轰烈烈。之后，数万名横山儿女跟着刘志丹、高岗上横山，组建游击队与敌人浴血奋战，游击战争风起云涌，横山开创出红色根据地、诞生陕北第一个红色政权，为创建陕甘宁边区奠定了坚实的基础。

革命是陕北男人的本色。榆林地接甘、宁、蒙、晋，又是明清朝廷流放京官之所，历史上多民族的融合，赋予横山人强健的体魄，壮阔绝域对民众人格的潜移默化，使横山人拥有悍勇刚烈的性格。

在中国革命史上，横山游击队之壮举之盛名，可与"铁道游击队""平原游击队"相媲美。"没有陕北闹红，就不会有中央红军来陕北。"横山人自豪地告诉我。中央红军爬雪山过草地抵达陕北后，作为陕北红色革命发源地的横山，成千上万的群众跟着队伍要求参军，加上兵强马壮的横山游击队队员，只剩下六千勇士的中央红军得以迅速发展壮大。《横山里下来些游击队》，就是那时候诞生于横山的一首陕北新民歌，真挚的感情、优美的旋律，使它从陕北风靡全国，被编入音乐课本，成为红色经典，至今传唱不衰。

三

横山武镇高家沟，是中华人民共和国开国元勋高岗的故乡，这个"山大沟深土层厚"的乡村，有着深厚的耕读文化传统，也有着悠久的尚武精神传承。

年少时从高家沟走出，革命后从西北到东北、从东北到中央的高岗，大起之后是大落，大荣之后是大辱，不幸正值英年就永远沉寂了。

但故乡人民没有忘记他，没有忘记黄土高原的骄子。修葺一新的"高岗同志故居"，巍然屹立的高岗全身铜像，真实全面的图文资料，父老乡亲的深切缅怀……都让我为之动容。

在"高岗同志故居"前，高家沟村民为我们演唱《横山里下来些游击队》。是天然的艺术，是灵魂的歌唱，朴实无华，含藏不尽，有黄土地的气息，征服我们的心灵。天辽阔，地苍茫，残阳似血，山峦如画，望着宇宙八荒，听着天籁之音，心底百转千回，顿生苍凉之感。"念天地之悠悠，独怆然而涕下"，是文人情调的感伤，陕北劳动人民有自己的情感宣泄方式：吼信天游。

当孤独的牧羊人，失意地踟蹰在拦羊的崖畔上；当辛勤的庄稼汉，孤寂劳作在空旷的圪梁梁上；当赶牲灵的脚夫，独自行走在荒凉的山道上；当窑前院落的婆姨，思想起离家远行的那个人……信天游就油然而生脱口而出。高亢悠长的曲调，随天而游跌宕起伏；九曲回肠的歌声，唱尽了人生的况味。

不知为什么，陕北民歌总是让我感觉到苍凉，或许因为过美的事物，往往让人内心脆弱。旋律明快的管弦乐曲《春节序曲》，以陕北民歌、唢呐和秧歌音调为素材，用以表现人们喜气洋洋过佳节，然而在热闹欢腾的深处，我始终感受到一种隐隐的忧伤。"城头上跑马"的旋律，被马思聪演变成闻名中外的《思乡曲》，更是直抵我内心最柔软处，从中丝丝缕缕抽出难言的怅惘。

腰鼓、说书、信天游，陕北这三大文化遗产，全都源自横山。横山盲艺人韩起祥，曾在延安给中共"三巨头"说书，担任过新中国首任曲艺协会主席。

横山老腰鼓又称"文腰鼓"，是现存唯一的老腰鼓，根据庙宇石碑的文字存证，它出现的年代可追溯到明代中期。古时戍守长城的士兵，身佩腰鼓作为报警工具，发现敌情即鸣鼓为号，一传十十传百传递消息。在骑兵阵战冲锋中,也以腰鼓助威,激发将士斗志。鼓角是冲锋的命令,鸣锣是收兵的号令。打了胜仗,将士击鼓起舞狂欢;鼓手行走的队列,诸如"黑驴滚昼""转九曲""十二莲灯",便是作战阵图。边民久居塞上,也习而为之,于是腰鼓逐渐应用于民间娱乐,演变成激昂刚劲、带有军旅色彩的腰鼓艺术。

而高家沟给我们展示的是"武腰鼓",比老腰鼓还要威猛的武腰鼓,又一次带给我们绝大的惊喜。

苍天下,厚土上,一群强壮的农家汉子,带着憨厚的笑容,身着闯王起义服装,以黄土地为舞台,手中的鼓槌一飞扬,立刻龙腾虎跃,如万马奔腾,似狂飙突进。雄迈的鼓点、雄健的步伐、雄强的舞姿、雄壮的呐喊……令地动山摇,令目眩神迷。女子为数不多,在队伍中只是点缀,但牢牢抓着观者的眼睛。俏丽的花衣、动人的身姿、羞涩的神情、纯真的眼神,使她们清新妩媚得就像崖畔上的野山花,那种自带而不自知的风情,让我感叹有人煞费苦心装扮却只是徒劳。

我情不自禁哼唱起《赶牲灵》。听到"白脖子的那个哈巴哟朝南的那个咬"时,音乐界大神田青老师没好气地打断我:"黄土高原上哪儿来的哈巴狗?原生态陕北民歌,怎么会出现这样的歌词?'白脖脖的那个下巴哟朝南的那个窑',注意没有,陕北的窑洞全都是朝南的。"我弱弱地为自己辩护:"我也一直纳闷,但看到歌本、影碟都这么写……""都这么写,就一定正确吗?"他丝毫不留情面。田老师特立独行,极力挖掘推广原生态民歌。

早在延安时期,红色文艺家已致力于搜集、整理、传承、创新陕北民歌,使信天游老树发新枝,成为革命艺术中的一枝奇异花朵。对延安艺术家来说,音乐不是殿堂艺术,不是沙龙风雅,而是信仰与奋斗的精神,是革命人格的象征。

"文字铭心,音乐刻骨"。朝代兴替,山河易主,一代人去了,一代人又来,陕北民歌生生不息,在天地间永远传唱。

四

　　横山古堡古寺很多,建筑艺术一脉相承。始建于明代的响水堡龙泉大寺,是横山规模最大的寺庙,其名源于寺内的龙井。响水堡盘龙寺闻名遐迩,史志记载,盘龙山"横江怪石,盘绕无定河边,远望若踞河中,石如盘龙,故名",盘龙寺因山得名。寺门外九龙壁背面的回文诗"桥水响流双浪开,寺龙盘塔绕河来。迢迢路远岸垂柳,樵唱晚舟鱼钓台",系本土人士、清朝吏部官员曹子正所作。

　　然而,比起大名鼎鼎的波罗堡接引寺,龙泉大寺和盘龙寺弱爆了。

　　波罗,山环水抱,万壑朝宗,秦直道纵贯其境,无定河流贯其境,古长城横贯全境;波罗,北魏建城,明初建堡,城堡雄踞大漠边关,崛立无定河畔,坐落长城脚下。波罗的来头不得了,《怀远县志》记述:"波罗堡西山石峻起,上有足形,一显一晦,俗传为如来入东土返西天之所,故构波罗寺,供如来像于其中。"

　　"波罗"为佛经梵语,即"波罗蜜多"的简称,佛偈咒语"揭谛揭谛,波罗揭谛",意为"去吧,去吧,快到彼岸去吧"。"死就是生",是佛教教义真谛,眼前一座题刻"梦回天国"的巨大牌楼,让我恍兮惚兮不知天上人间。

　　黄云山上的波罗,弥漫着佛光紫气,乃"佛掌上的明珠""来自天国的地方"。

　　然而,波罗不只有香火,还有战火;不只有诵经,还有杀伐。所以,在凝紫、重光、凤翥、通顺这四座城门里,既建有玉帝楼、三官楼、魁星阁、城隍庙、老爷庙等佛道庙宇,也建有总兵关、中协署、参将府、守备署、炮台、箭楼、钟楼等军事设施。座座城门,气势恢宏;处处城楼,尽显峥嵘。

　　我非常喜欢波罗的建筑风格,不雕龙画凤,不金碧辉煌,大气不失精致,简约而又典雅。整座城堡呈灰色基调,有佛门静穆之气,宜于安放心灵。

无论手持玉帛者，还是手持干戈者，无论是无神论者，还是虔诚的佛教徒，这些帝王都有波罗情结：李继迁驻军于此，李德明常来拜佛；李元昊奉佛教为国教，将接引寺定为国寺，将波罗作为粮仓"金窖"；继位的李谅祚遵父元昊嘱前来行礼还愿，西夏三世李仁孝依祖训为国寺赐龙虎旗。李自成侄儿、大顺制将军李过，奉闯王命在接引寺立"闯王碑"。康熙大帝御驾亲征噶尔丹时，专程绕道波罗驻跸礼佛，御笔亲题"接引寺"；乾隆皇帝为接引寺御书"慈悲千古"，并特赐匾额；嘉庆皇帝钦遗御用红绸，上书"奇佛一座，万古留传"……

波罗还有一处名胜，也与帝王有关——马鞍山上的一个险要关隘，俗称"斩贼关"，因将士连续三年在此击退进犯的蒙古骑兵，万历皇帝龙颜大悦，且认定三战三捷有赖于当地关公庙保佑，将此地赐名"三捷关"。

横山佛塔和石窟也不少，以波罗的凌霄塔和准提寺石窟最为著名。唐代，波罗城里还有一座大雷音寺，相传寺内有一口神奇的水井，井水能照出来者的前世今生和善恶果报，老百姓称之为"前世井""来世井""三世井""劝世井"。可惜的是，因为它成了州官的照妖镜，被恼羞成怒的州官给填平了。

登上灵霄塔，远眺无定河，"可怜无定河边骨，犹是春闺梦里人"，这悲壮又凄美的诗句，立刻涌上心头。"无定河边暮笛声，赫连台畔旅人情。函关归路千余里，一夕秋风白发生。"同样令我"登高望远，心中生悲"。

几千年来，无定河日夜不息，流过匈奴人最后的都城，划分出游牧与农耕文明的界限，冲刷出黄土高原上的湿地绿洲。无定河，贯穿着横山的古往今来，记录着横山的沧海桑田。塞下、无定河，催生出多少流传后世的边塞诗。

从某种意义上来说，人类历史就是一部战争史，历史的车轮滚滚向前，有时是由鲜血来润滑的。"三国"之前，雄豪列强争夺天下，多在黄河流域开打。自夏、商、周始，从秦、汉、隋、唐到宋、元、明、清，无定河畔硝烟弥漫,连佛门净地波罗也不能幸免。战争舞台的背后,是佛家虚远的空门,对于饱经战乱者来说,倒不失为一种解脱之道——毕竟虚无里也有一点好的东西:超脱。

饱经战事的波罗,可谓一座铁血古城:宋代,波罗是抗击西夏的前沿阵地。明代,元军入侵波罗,闯王也打进过波罗。康熙年间,农民起义军攻占波罗城。同治七年,回民起义军攻下波罗堡。清末民初,"哥老会"占领过波罗城。1946 年,国民党大军围困延安,双方力量极为悬殊,形势异常严峻。危难关头,中共西北局书记习仲勋策反驻守波罗的国民党将领胡景铎,胡率五千多官兵举行横山起义(波罗起义),为中共中央转战陕北打开了通道,为建立中华人民共和国做出了卓越贡献。

横山起义驻军司令部,系明清民居建筑,是波罗的红色地标。明清时波罗最为繁盛,为陕北军事政治要地,得名"小北京",也是陕北经济文化交流中心,别名"小扬州"。

独特的边塞文化、丰富的军事文化、神秘的宗教文化、厚重的红色文化,交织出波罗城堡与众不同的迷人气质。走在波罗古镇上,随处可触摸到历史:每一段断垣残壁,都是历史的痕迹;每一片灰砖青瓦,都落满历史的尘埃;每一座古寺佛塔,都散发历史的华光。

一个地方就像一个人,难免盛极而衰。波罗显赫过,衰落过,现又金身重塑:波罗通用航空机场在建,波罗发电厂是陕西电力的股肱。波罗"千亿矿产"世人皆知,不知波罗还能给人带来多少惊奇。

横山,地底下埋藏着历史深层的奥秘,也埋藏着无比富饶的能源矿藏。而今的横山,是国家的一座宝库,是陕西能源走廊的核心地带,是"中国科威特"榆林的缩影,正创造着黄土高原上新的奇迹。

湘江源记

◎ 陈夏雨

上山

"时维九月，序属三秋。"正是出游的好时节。

逆流而上，经捞刀河、浏阳河、涟水、渌水、洣水、蒸水、耒水、春陵水，到达湘江潇水的发源地蓝山县野狗岭，再沿厚河入香炉石山。

上午十点，雨越下越大。雨本来已在云上，却偏要下来。雨滴趴在叶尖或花瓣，无论是树，是草，还是花，都沉甸甸地弯起腰，一副受孕了，还害羞又恃宠而骄的样子。风带着雨，倾斜身子，钻到了我的伞下。好吧，雨水淋湿了我，我唱歌给它听：

> 陟彼三山兮商岳嵯峨，天降五老兮迎我来歌。
>
> 有黄龙兮自出于河，负书图兮委蛇罗沙。
>
> ………………

《礼记·乐记》记载："昔者舜作五弦之琴以歌《南风》。"《孔子家语·辩乐》载其辞曰："南风之薰兮，可以解吾民之愠兮；南风之时兮，可以阜吾民之财兮。"今天我要登的山，舜帝可能也来过，所以雨再大，我也要坚持爬到顶。何况一下雨，云蒸霞蔚，更有古意，这是接近古人和事物本源的最好时机。

我是熟悉下雨的人。尘世艰辛，生老病死，为了繁衍生存，万物都不能免俗。它们解决不了自己的肮脏、错误、疼痛和罪孽,雨水一直在帮忙清洁、安慰和洗涤。

各种树木、花草都在雨中赶路,和我一起朝山顶的方向走。有风,山和树恨不得"拔腿而起",马上飞起来,后面的推前面的,有些拥挤,但秩序井然。除了天上的鸟,没人去插树的队。树不管高矮大小,都有自己的位置和空间,一律按上帝的旨意排列。

树叶是上帝在山里发行的通用货币。每棵树的屋檐下都存了很厚的一层。颜色金黄的从这家串到那家,林间通行。树上的绿叶,还不能流通。有几棵树,叶子落尽,光秃秃的。那是花光了钱的赌徒,它输给了秋天。树有根,枝有叶,就是这里的富裕户。

盘山而上,白雾缭绕。峡谷中有水奔跑。雨打枯叶,如蝴蝶一般落在木栈上。空气太好,我想装满两个玻璃瓶。打开一个,插进吸管,一小口一小口慢慢啜饮。剩下一瓶打包带走,世间纯净的东西越来越少,当倍加珍惜。

走到一棵松树下,树身颤抖,松脂透明发亮,像老人的泪。我收起伞,当是脱了帽,在雨里默默望着它,向抵抗风、雨、霜、雪的战士行注目礼。它未必痛,即使是,也是成长中必须经历的。一根松枝突然松开松果,松果正好砸在我的头上,我有些痛。是的,有些痛必须自己承受,而我的肉体也好像有了一棵松树抗击痛苦的灵魂。

我和槭树、枞树、红豆杉、马尾松、杜英、南天竹、鬼针草、马齿苋、火棘、满天星、芦花、香蓼、蛇莓等等这些老伙计都很熟,互相见了都要打声招呼。我看到谁就喊一声谁的名字。它一定会借着风,朝我晃动一下身躯。在自然界里行走,认识的越多,就越不孤单。人类孤独,需要伙伴。

有一棵小树很奇特,一边开花,一边结果。我竟然在别的地方没见过。它的外貌,树皮、树叶以及枝丫蔓延的方式,我都没看到过。树身坚硬,疤痕和结瘤的纹路都很特别。叶子和茶树的差不多大,周边有不明显的锯齿,叶肉稍厚,在雨中泛出白光。花也不大,白里带黄。花蕊、花托、花瓣、花柄都很精致。而横枝上竟结了很多橘红或靛蓝色的小浆果。我很想摘一颗尝尝，又觉得不好，尽管有一点点饿，但还可以忍受，就咽一口自己的口水。对美好的事物，只可远观而不可亵玩焉。

木栈

雨，还在下。没事，我正好净化一下自己。

我脚下本来是一条原始次生林的山间小道，为了游人，搭了木栈。木栈如人生，穿过雨雾，曲折地爬向山顶。

木栈好像是枞木做的，也可能不是。栈道的右边是一条小溪。水流分汊的地方有一块大石头，石头后面是布满细石的小沙洲。几棵又细又高的梓树从小溪站到木栈的身边来了，站得笔直。

各种色彩和形状的枯叶，落在栈板上，沾满了沉重的水珠。有些叶子刚落下，还有呼吸，我不能再踩上一只脚。毕竟它们曾经在高枝上习惯了被人仰视，我不必落井下石，也不忍心听它们内心破碎的声音。仲秋的山头，风将灰雾擦白，让山遮一些，露一些，一幅水墨画，恰如其分。树尖在雾气里浮动，正像这幅画飘浮的灵魂。

木栈托起我的脚往上走，落叶随风带路，比我走得更快。我在雨中被风舔了一下，差点摔倒。一只不怕雨的花鸟在树丛中突然腾身而起，在我前面飞，像一个灵动的动词，又小心翼翼地落在我左上方的树枝上。它的腹部露出好看的羽毛，翅尾翎毛紫蓝。雨点落下来，在它的脊背散成细碎的珍珠。等我走到它的正下方，它就在枝上踩一脚，雨水泼了我一身，发出"啪啪"的响声。我才想起忘记撑伞，就冲它一笑。我知道，我不该贸然闯进它的家，还很不礼貌地偷窥了人家。但是，它是那么漂亮，我真想捡一根毛羽做纪念。人就是这样功利，总想占有，看到鲜花也想摘下。但是野花不采，留下也只能任其凋落。我进山就一无所获。我进山之前就想好了，采半斤野果，舀一瓶矿泉水，摘一朵好看的鲜花，或者一根漂亮的鸟羽。其他无须带走。占有得越多，包袱越重，欲望也是意念中的占有。

雨声比鸟叫好听，比我唱的歌更好听。雨里的鸟和我都闭了嘴。但这只花鸟却朝我"呱呱"叫了两声。我心虚，不知应对。

坡度抬升，我的眼睛追踪花瓣、花鸟，也追踪消逝的事物。有些树叶掉得厉害，有些动物对我避而不见，或因为季节，或就是人为。它们在这个世界正缓慢地消逝，甚至消失。再缓慢一些就好了。

消逝

有一个人数千年前在这里消逝，今天又在这里找回。香炉石山正像肃穆的舜帝，逐渐显示他的神采。七千年的光阴让水带走了，山留下了舜帝的模样。"南风之熏兮，可以解吾民之愠兮；南风之时兮，可以阜吾民之财兮。"我唱不好，但会一直唱。青草和树木吃掉了岩石，吃掉了所有空地，但不能吃掉我的记忆。人类的空间在不断拓展，我们要给舜帝、祖先甚至鸟兽留下一块安息的地方。我没看到野兽，但可以找到小兽的蹄印，还有一些被雨淋散的兽粪，也算是一种安慰。

秋天的枯叶皱起了眉头。树叶穿黄衣服下树，容易陷入消极。春天在树上开枝散叶，夏天爱得轰轰烈烈，到了秋天就该一一放下。我捡起路边的一片枯叶，接受人生夏季的结束，迎接秋季，有可能收获，也可能凋落。只要活得快乐，活得真实，生命的品质比寿命的长短更重要。野菊花像个送别的人，到处奔走。一丛野菊抱紧一块快要掉下悬崖的红石，劝说它不要消极坠落。它连峭壁也不放过，身心全部贴上去，安慰那些不舍离去的落叶。世间所有的事物，都要屈服于大的气候。该走的时候走，不让开花的时候别开。

那些少见的树种更要保存实力。我看到了野漆树、甜木槠、甜槠林、厚皮烤、小叶白辛树，在白雾中躲躲藏藏。同类被人砍头，它们的恐慌是可以理解的。树和树的间隙有很多杜鹃。若是春天，这里应是万亩江山一片红。

但我不希望在这一片红的下面隐藏猎杀。据说山里还有金钱豹、云豹、穿山甲、野猪、烙铁头。彼此尊重，它们比人安全。我愿意和野兽做邻居，相安无事。我不会抢吃它们的零食。

指甲盖大的野蓝莓，果皮乌紫，驮在细枝上，也显得沉甸甸的。它们不是同时熟的，有些还泛着青绿。银色的水珠在横枝上排着整齐的队形，一个个缓缓跳下。姿势很美，我挨个表扬。

野板栗是什么时候裂开的？再裂开一些就好了，我就可以剥开它的棕衣，抵近它的肉身了。

突然，一只像柿子一样柔软的"红酥手"敲了一下我的额。我回头一看，其实就是一个野柿子。它依然红润，但已长了褐斑，叶梗已经枯黑。我做了一个张口吞下它的样子。肚子里正好传来"咕噜噜"的声音，我确实有些饿了。但是我没吃它。感觉有只眼睛在树丛里看着我，我不能吃了它的口粮或零食。看到有几个游人肆无忌惮地折枝采摘，我心里很是鄙视。荆棘和枝条时不时地拦我一下。我希望它们让路，我错了，我才是客人。我不能随手乱采，但呼吸一下它们的香气，不算盗窃吧。

我不想放过每一瞬间的风和景。路是不平坦的，即使飞翔的事物如鹰，它的翅膀也是倾斜的，觅食不容易，空中的路很颠簸，眼睛要一边搜索猎物，一边警惕猎枪。

越往上，树林后退，红尘缩小，我的双眼让木栈边的小溪带着往上升。

岩壁上，一只蜥蜴露出头来，细小的身体仅靠小蹼维持平衡。对它来说，我可能是陌生的闯入者，我奇怪得太厉害，它看得太出神。我走开的时候，听到"扑通"一声响，它跌进了小溪，溅起了一片水花。都怪我，唉。

山路

小路穿着树叶，吃着野果，但历经风霜，我不知它的头在哪儿。我往上找它的源头，它往下，寻我的来路。这座山里可能住过我们逝去的以野果充饥的祖先。垂直的悬崖上漫步弯曲的树木就像他们的缩影。

　　一只蜜蜂的屁股对着我，头藏进了一朵白色的野茶花。雨水应该稀释了它的甜度，它一动也不动。我靠近一看，它已经死了，死在最甜蜜的花蕊里。是因突来的大雨还是过于辛劳？生活中总有一些料想不到的厄运，哪怕你一直过着蜜蜂一样甜蜜的生活。树要发新叶，岩缝要出水，青蛙要捕虫，水要去远方。我似乎看见麋鹿的角、老鹰的眼，它们隐居在这里。几只黑蚂蚁好像是搬家途中遇到了雨，它们抬着一只蚱蜢，站在一根细如筷子的枯枝上，在一片悬空的树叶下歇脚，等待雨全部停下来。

　　这个世界有各种生命，也就都有各自的命运。

　　雨雾给我幻觉，山不停地移动位置，互为彼此，不分高低。我知道，它们其实一辈子都不会动，在这里守护水源。这是它们的使命，也是它们的命运。

　　雨真的停了，我听到有鸟怯生生地叫了几声，便收起了伞。山坡也渐次收拢，两边的山夹紧木栈，我闻香拾级而上。雨水整理了我的上衣，又在我的裤脚和鞋里加重了我就要见到源头的肃穆和庄重。有眼睛是幸福的，有耳朵是幸运的，我就要见到世间最白的浪花、人间最绿的湘江源头了。我甚至能听到小溪在轻轻议论，这要上去的人到底是谁呀？我听到有节奏的"啾啾啾！"的鸟叫声，像有人在说书一样。

　　山路到了尽头，从树林往右拐，迎面就是悬崖，路沉入了一个水潭，不能再往前走了。我听到了巨大的轰鸣声！水竟然自己从悬崖最高处跑出来迎我！到了！

饿乡记食

◎ 丁帆

如果你是富翁，那么应该在高兴的时候多吃；反之，你若贫穷，那么就在能吃的时候多吃。

——（古希腊哲学家）第欧根尼

题记：

毋庸置疑，"舌尖上的中国"美食发展到今天已经是一个鼎盛的时代，各路菜系的绝活通过媒体视频爬进了世人们的口腹之中。然而，在中国漫长的农耕文明历史长河中，我们那些生活在乡间最广大的底层农民都在为挣得一份食物而竭尽全力奋斗着，"美食"对其而言，则是一顿果腹的饱餐而已。其实，他们的味蕾应该是比一切美食家和烹饪大师更加灵敏，因为他们没有经历过许许多多的美食熏陶，所以，对所吃到的每一道美味都是特别的刺激和敏感，由强烈的刺激而产生的感官享受虽不能用准确而美妙的语言表达，但这并不妨碍他们对美食的鉴别与判断，可惜历史没有给他们更多品尝更好的美食的机会。我之所以记录这段自己所亲历过的在农耕文明状态下底层"美食"生活，意在保留的是一段饮食文化的历史而已，虽然只是一鳞半爪的实录，但也不乏具有食物历史的"活化石"的作用，透过它们，我们似乎能够望见那个并不遥远的"美食"历程。

1968年秋天，是我们一干少不更事的少年兴高采烈地奔赴那个"九九艳阳天"的苏北水乡宝应县插队落户的"阳光灿烂的日子"，满以为那个满湖荷花、遍地莲藕的浪漫去处，真的是水乡泽国的富足人间天堂，亦如汪曾祺在革命样板戏《沙家浜》中描写的那样"芦花放，稻谷香，岸柳成行"的丰收情景一样诱人。孰料那困难时期的阴影尚未完全褪去的时代，农村每年都仍然在闹饥荒，饥肠辘辘的人民公社社员都在寻觅着充饥的食物。万物复苏、草长莺飞、春光明媚的时节，也正是青黄不接的春荒季节，去年秋后存下的粮食眼看就要一扫殆尽，于是，各家各户都使出了度春荒的绝招。

我在田间劳动时就亲眼看见过这样的觅食场景：有社员偷偷地抹下刚刚灌浆的元麦、大麦或小麦穗大嚼起来，我既惊讶，又鄙视，还可怜。惊讶的是这种几近动物的觅食方法；鄙视的是他们竟然对人民公社的公有财产行偷盗之举；可怜的是这些觅食者肯定是已经到了家中再无果腹之食了。这种难以名状的复杂情绪一直萦绕在我的心头，直到几年之后我与他们被困在冰天雪地的高宝湖中才找到了真正的答案。那种因饥饿而求生的欲望只能让礼义廉耻的道德退位，生存是第一位的，多少年后，当我看到张贤亮、高尔泰、苏叔阳们因饥饿而产生的种种欲望，从而舍弃廉耻的袈裟，贪恋食物的细节描写时，就有了一种强烈的共鸣。那一天只能吃上两顿米汤的饥饿，让人感到的是死亡的恐惧，足以让你撕下一切的道德的面纱，像印度政治家甘地那种没有遭受过饥饿威胁的人才会说出"我为生存，为服务于人而食，有时也为快乐而食，但并不为享受才进食"的虚伪谎言。倒是古罗马哲学家西塞罗的思想还有一点辩证法的意味："你应该为生存而食，不应为食而生存。"但是，当时作为农民的我只相信前一句"为生存而食"的真理。

乡间的午饭往往是各家各户晒饭食的时候，谁家的经济状况如何，在其碗里的饭食中就一目了然。春荒时节，能够灌满一肚子稀粥的人家也算是殷实户了；能够吃上"二抹子粥"（介于饭与粥之间的半干半稀的饭食）就是富裕户了；能够吃上大米饭的人家绝对是"地主"级别的富裕户；而许多人家能喝上一顿大麦麸子稀粥，一把米、一把麸子加上一篮紫花苜蓿熬成的"菜粥"方显出贫困的本色。

知青下乡第一年时均由国家补贴一年的口粮，但必须每月去公社粮管所领取，那都是存放了好几年的中熟米（籼米），既糙又硬，有时还有霉味，煮出来的饭没有一点香味，哪有当时生产队里种出来的农垦57、58香糯可口呢？那一颗颗油光闪亮的软糯大米饭即使不用佐菜就可吃上两大碗，但是各家各户的社员都争相用上好的新大米对换我们的糙米，即便有点霉味都在所不辞，后来才知道其中的原委，原来籼米的出饭率高，且扛饿。

夏粮下来了，家家户户的烟筒里冒出了响着饱嗝的坦然而舒心的炊烟，尤其是收割了元麦和大麦以后，饥饿的问题基本解决了，真是"家中有粮，心中不慌"，到了小麦上市后，村庄的活气就更加浓郁了，家家户户都忙着机上几十斤新面粉做各种面食了，考究的人家在机面店里花一两角钱压成整齐的面条，显出了十分的贵族气，当然，多数人家却是用如锹柄粗的擀面杖擀出了长长的手擀面，那时我也学会了手擀面的绝活，加上两个鸡蛋和面，面揉得较硬，下出来的面就戗，有咬劲，大锅下面就是好吃，一锅宽汤沸水，下出来的面清清爽爽。那时能够打上一瓶酱油的殷实人家是极少数的，用酱油和荤油加上蒜花勾汤下面算是吃面的奢侈品了，一般人家在锅里撒上一把小菜秧，淋上几勺新榨的菜籽油，就算是上好的面食了，顿时，黄亮亮的面条让一家人吮吸到了初夏饱餐的幸福，再不济的人家吃面条也得弄一个浇头，新割的头刀韭菜炒鸡蛋当然是最好的浇头了，可是在那个年代谁家舍得拿换油盐火柴日用品的鸡蛋做饕餮面条的浇头呢。然而，让我第一回尝到最可口，也是最简单的下面浇头，却是最不值钱的陈年腌韭菜了，那物只要淋上一点麻油拌入面中，保准让你吃上几大碗面条舍不得丢碗，在饿乡中让你尝尝吃撑了的痛快，那才是真正的痛并快乐着的感觉呢。

春夏之交的饭场逐渐开始热闹起来了，吸溜着面条的人们集中在山头屋檐下，交换着品尝别人家面条的浇头，时不时说一些生产队和邻村的新闻，有一搭没一搭地聊着张家长李家短的闲话。显然，度过了春荒的人们开始甩掉了愁眉苦脸的表情，第一口新麦面让他们有了等待秋天丰收的希望。

　　夏天是大忙季节，劳动强度是空前的，加上那时候热浪滚滚的"农业学大寨"运动让人忙得焦头烂额。我们生产队是全县的样板队，率先实行了双季稻，也就是加上麦收，一年三季收成的农活大部分都集中在夏天，加上酷热难耐的三伏天，每天十四个小时的高强度的室外作业，从割麦、挑把、打麦、打场、扬麦、晒麦、堆麦秸垛，一直到运粮去粮管所交公粮；同时，重复两遍的插秧种稻到收割的劳作，一直从春天育秧开始忙到十月的秋后晚稻入库才能消停，而最忙的季节就是抢收抢种双季稻的那几个月，在收割完小麦后的田地里耕田、施肥、灌水、耘地、起秧、挑秧、车水、薅草、施肥、治虫、收割、挑把、打场……这周而复始的高强度的工作量，必须要有充分食物的补充，这是人体机器运转必不可少的能源。

　　无疑，在烈日炎炎的骄阳下劳动，除需要水的补充外，就是食物的供给。当地大忙季节的饮食风俗是一天吃五顿，由于"农业学大寨"需要打夜工，于是又外加了一个"夜顿子"。一天吃六顿，对于今天忙着减肥的人们来说是一个不可思议的事情，但是，在那种繁重的体力劳动中，永远"吃不饱"（后来读到赵树理在《锻炼锻炼》中给女主人公起了一个"吃不饱"的绰号，才真正佩服这位乡土文学大师对那个岁月中农民饥饿状态高度概括的良苦用心）才是那个时代农民们的最基本的生存需求，即便如此，你也找不出一个肥胖的劳动者来，黑瘦才是那个时代农人的标志，这个典型形象再次闯入我的眼帘是在2010年朝鲜农村。

　　那时天一亮五点多趁早凉就开始上工了，到了上午九点半左右就饥饿难耐了，该是歇晌吃"二顿子"（有的也像城里人那样斯文地称作"早茶")的时候了,于是,各家各户就有老人和"二大伢子"拎着大瓦盆来到地头,食物大多数都是大麦或元麦麸子稀粥,稍微讲究的人家会添上几块扛饿的元麦或大麦饼子,或是在粥里放上几块碎米面饼,能够摊上几张陈年小麦饼的人家似乎是十分罕见的,如果再加上两个鸡蛋摊在饼里,那就会让众人瞪直了眼珠。歇晌是各家吃各家的,也没有任何的客气话,一家几个劳力凑在一起吃着凉爽的稀粥,既解渴又充饥,也不失为饿乡中的一道温馨的民俗风景线。倒是那些五保户主和一些单身汉就十分可怜了,他们蜷缩在远远的树荫下,或喝着队里用小梁子送来的大麦茶,或抽着旱烟,那种假装悠闲的表情却难以掩饰他们饥肠辘辘的痛苦。这些单身汉(包括当时的我在内)在大忙季节往往就是在天蒙蒙亮的时候烧上可以管一天的一大锅麸子米饭,饿了就吃,冷也好热也好,泡也好炒也好,能充饥就行,倒也省心,从早吃到晚,省心又省柴,无奈干活的地方离村庄太远,歇晌跑回家是来不及的,只能挨饿,别过脸去,不受食物的诱惑,也免受乡邻们客气话的尴尬和窘迫。

单身汉因为家里没有烧饭的老人和半大伢子,中午现烧饭是绝对来不及的,还没有等你端上饭碗,上工的哨子就吹响了,他们只能采取这样无奈的措施,这就叫作:早上煮一锅,一直吃到鸡上窝。他们只能按时按顿地吃一日三餐,尽量每顿多吃一些,吃饱一些。下午四点钟左右开吃"下午茶",多数都还是重复"早茶"的内容,当然,富有的人家抑或高兴起来会送来过年存下来的泡馒头干,这馒头干的泡法有咸甜两种,那黄澄澄的菜籽油浸润下的馒头干飘出的香气着实诱人,倘若上面再卧上一只水潜蛋,那简直就是招待天外来客的上品食物了,而甜味的即使没有糖,用糖精做成的也是奢侈的好吃食了。

晚上脱粒打场有时要加班到夜里十二点钟,如果队长发了善心,会让饲养员大叔大婶熬上一大锅稀粥让大家分享集体的福利。而众人散去后,为了招待开柴油机的技师,队里的几个领导早已吩咐了妇女队长烧了一顿丰盛的夜餐在等待着呢,那时他们把我当成必须照顾的"文化人",时常拖我一起共进夜餐。其实说是丰盛的夜餐,如今看来已经是十分寒酸的夜餐了,一锅大米饭加上头刀韭菜炒长鱼(那鳝鱼稻田里多得是,只要傍晚把丫字笼放在稻田里,第二天清早去收笼即可),好的是那队里新榨的菜籽油尽放,把那吃油的韭菜和鳝鱼泡得浸髓入骨,就着这样的炒菜下饭,那才是一个饿徒最好的吃食!当然,最后还有一道菜秧蛋花汤用来做爽口的夜餐尾声,这正是一支上好的催眠曲。一弯新月当空,那是一个难忘的美好夜晚,无须"春江花月夜"诗情画意的精神作料,一顿饱餐就足以令人陶醉。

乡下的"美食"大多都是集中在秋后到过年这段幸福的时光之中呈现的。按照中国农耕文明传统的习惯,冬天应该是农闲的时节,除了等待过年,婚丧嫁娶的吃席就是最隆重的美食节了。那个寻觅到一顿酒席就是人生最大乐趣的年代,吃酒席当是最豪华的盛宴了,后来读到古希腊哲学家德谟克利特那一句充满着诙谐的饮食哲理时就大为感动了:"一生没有宴饮,就像一条长路没有旅店一样。"

而肚子里无油的农民们最奢华的宴席莫过于吃大膘肉了。当然,娶妻生子也是人生头等大事,吃大酒、闹洞房是年轻人在饥饿年代里放浪形骸的一种浪漫宣泄和欲望的释放,更是人生饕餮的美好时光。当然,办丧事虽然悲恸,却也是含泪饕餮之时。

那时酒宴的最高规格就是所谓的八大碗,当然,头道菜一定是大膘红烧肉了,鱼也是不可少的,好在水乡鱼多,不像有的地区,寓意年年有余的大鱼只是走个过场,大鲤鱼是可以动筷真吃的,尽管大鱼可食,但是人们的筷箸首先就是不约而同地攻克大碗的肥肉,那风卷残云的速度真的就是一眨眼的工夫,一场悄无声息的战斗就戛然而止。但凡掺了肉的菜肴都是首先被消灭的目标,全是因为人人的肚子里都是缺油少肉啊。你想想,在那个几块钱就能办一桌酒席的年代,除了肉是奢侈品外,还能做出什么菜肴来呢？什么海鲜山珍，苏北平原地区的农民听都没有听说过，何况还有什么烹调大师烧菜的说法，更是闻所未闻，就连一撮味精放入汤里的鲜味也会使他们啧啧称奇，吃到一勺罐头肉都会半天合不拢嘴，一次吃到我带去的南京特产蜡梅牌香肚，他们都大为惊叹：世界上竟然还有这么好吃的东西？换了一种形式的肉类食品，他们竟不知道这就是猪肉做的，他们是与世界隔绝的，并不知道这世界上有着许许多多他们应该去享受的食物，除了大米面粉、鸡鸭鱼肉、各种寻常的蔬菜，他们没有见识过更多食物，包括那林林总总的水果，仰问苍天：是谁剥夺了他们的食物权，以及他们的食物知情权呢？

那时的农村人办酒宴就是几个妇女帮厨操办，口味是不讲究的，荤菜不够蔬菜代，酒也是限量的，一桌两瓶土造子酒，就是那种山芋干酿造的土酒，俗称"瓜干酒"，主家就怕酒量大的客人闹酒，因为酒钱太贵了，好几毛钱一瓶嘞，这让喝酒人往往不能尽兴，于是，这时候的妇女们就上来施展她们待客的绝技了，我甚至怀疑苏北流传的"闹饭"风俗就是起源于避免让客人多吃菜、多喝酒的伎俩，"添饭"的风俗就是女将们手端一碗饭伫立在客人背后，待食客吃完一碗饭后就猛地把准备好了的一碗饭扣在食客的碗里，这表面上看来是一种待客的礼仪让客人吃饱饭。据我的观察和考证，那时因为没有那么多的好酒好菜待客，为了避免大块吃肉、大碗喝酒的窘迫场面出现，也只能用此法来蒙混客人了。这样的风俗习惯在二十世纪八十年代以后就逐渐消逝了，是时代造化了食物，还是人造化了食物呢？

传说我们大队书记娶媳妇的那几桌酒席是请了远近闻名的公社食堂的大厨来做的，其中的一道菜被社员们口口相传了很多年，据生产队的会计回来描述：这道菜叫作冰糖扒蹄，是用猪蹄髈做成的大碗酥肉，那个好吃啊！没有办法形容，就是大块流油的肥肉直往嘴里爬呀爬……说着说着，口水就流了下来。

让人十分奇怪的是，那时里下河水荡地区满是螃蟹和小龙虾，"摛泥摛渣"时"摛"到了螃蟹就扔掉，最多带一个回家给孩子当活物玩具。当我们下乡知青开吃螃蟹龙虾时，他们围着看稀奇，说这东西有什么吃头，又没有肉，可想，那个年代因为肚子里没有油，肥肉才是最佳食物，哪儿像如今到处都是餍足了肉类的食客呢。农民的逻辑是最实惠的——这些东西费了半天时间，又不能当饱。在一个饥饿的年代，当饱的食物才是首选的。

泡馒头干

上文已经提及了这一食物，作为待客之"美食"，就像城里人在自家的饼干桶里存放着的各种点心一样珍贵，殷实人家往往在年前和麦收之时蒸上了许多馒头，切成条状晒干后用白布袋储存于干燥之处，多为吊在房梁之上，但凡遇到大事，此乃应急的待客上品，尊贵的客人、相亲的对象和至亲贵客登门，是可以享受这等上宾待遇的。当然，卧一碗糖水鸡蛋（当地的风俗是只能双数，不可单数）待客那是更高的规格，但是一家只能养两只鸡的年代，鸡屁眼是每家每户唯一换取油盐酱醋和火柴、煤油等日用品的渠道，一般人家是断不会如此随意奢侈的。而杀只鸡待客，则等于生产队杀牛一样不可理喻，那就是毁掉了一个家庭的"银行"。所以泡上一大碗馒头干，再淋上一勺菜籽油端上桌，这已经算是高规格的待客点心零食了。

这个点心虽然并非是每家每户都常年储备的，但也不是富足人家特有的食物，也有穷困人家能够拿得出这样的点心来，让人大跌眼镜，其原因十分简单，那里有一个"跑年"的风俗习惯，就是过年的时节，穷人家出门去讨饭，当然也有极少数生活还过得去的人家为了多储备一些粮食而出门讨要的，但这毕竟是一件不光彩的事情，其行动都是悄悄地装着走亲戚而诡秘进行的，讨来的当然都是一些糕点年货，馒头干都是现成的，但是如果你去这些人家做客，他们泡出的馒头干是与一般人家有着细微不同之处的，显然，其馒头干形状有大有小，刀法也不尽相同，有的是标准的长条,有的是正方形,有的是滚刀。吃到这样的百家馒头干的待客之物,你可能会鄙视,也有可能是同情,也有可能是怜悯。而于我而言,这是那个年代食物留下的历史年轮,是不可以用廉耻的伦理道德加以评判的,因为这是一瓢饥者的"美食"。

糯米圆子

这是过年过节的奢侈食物,由于糯稻产量低,各个生产队都是限量种植,除了有统购统销的任务,鲜有人在自家的自留地里种糯稻的,所以糯米才金贵。倘若哪家平日能够吃上糯米做成的美食,一定是干部人家,抑或是家中有在外吃皇粮的国家干部或工人阶级。在那个年代,这样的食物是不会在人群聚集的饭场上和众目睽睽的大庭广众之下公开食用的,那无异于显摆露富,是遭忌讳的。其实,这种如今最最普通的食物在超市的冰柜里比比皆是,除嗜好糯食者外,问津者寡。而在那个年代,糯食却是过年过节和家有贵客时的上品食物,除了糯米饼的做法(或做成上述碎米面饼下在稀饭锅里,或用油煎后再以糖水烹制,显然后一种是好吃法,代价却高,一般人家鲜有这样的做法),那就是做成标准的糯米圆子。

这糯米圆子也是有讲究的,主要是看包什么样的馅心了:上等的是糖心馅,这糖心馅也是分三六九等的,上等的是芝麻、板油丁加白砂糖馅的,这样考究的人家极其罕见;次等的是青菜猪肉馅的(我一直都很奇怪,农村的田埂路边满地皆有野荠菜,他们从来都不把这作为饭桌上的菜肴,就如那湖面一望无际的野芦蒿一样,只能作为绿肥来处理,这恐怕就是风俗观念所致吧,野菜似乎是一种低级食物的耻辱标志),其油多油少也是一种标准;中等的就是红糖加上荤油;再次一等的就是青菜馅和萝卜丝馅的,也分荤油和菜籽油两种,显然前者为上了;最下等的就是空心汤团了,这样的圆子显然比有馅的圆子要小,因为实心的汤团做大了不易煮透,即使如此,吃一顿"空心汤团"也是比较奢华的美食了。

慈姑

慈姑是宝应水乡特产,有一次和北方朋友在一起吃饭,其中有一道就是慈姑烧肉,北人不识慈姑,竟问及此物是否长在树上,那个长长的尖芽是否可食,可见此物并不是举国皆知的食材。那个年代,慈姑是里下河低洼水田里生长的植物,作为生产队唯一的副业,它往往是销往盐城地区供销部门的抢手货。你说它是蔬菜也行,因为它常常被视为厨房里的配料和辅菜放在案板上;你说它是粮食吧,也不为过,因为那时的农民是拿它来当粮食的代偿品享用的,和山芋一样,它的淀粉含量高,用方言形容就是"面秋秋的",是可以当饭来充饥的。

在那个饥荒的年代,慈姑的做法是各种各样的:首选的当数高档的慈姑烧肉了,注意! 这与肉烧慈姑是有区别的,前者是乡下人一年到头难得吃上一回肉的做法,肉少慈姑多,除了过年,偶尔能够吃上一顿肉的机会就是谁家的猪得了"二号病(霍乱)"死后,大家在一起"打平伙"饕餮一顿,其烧法是多放慈姑,以慈姑充肉,填饱肚皮,否则光烧肉或少放慈姑,则会引来风卷残云、瞬间盆底朝天的结局,还没有尝到肉味,一场吃肉的大餐就终结了;后者是城里人的富有做法,肉多慈姑少,食者之意不在肉,是把浓浓的肉汁汤卤深深地沁入慈姑的骨髓之中,人家吃的是慈姑,而非那五花肉也。可见不同时空文化语境里的人,对待食物的需求是截然不同的。

除了慈姑烧肉外,那个年代乡间做慈姑最家常、最普遍的烧法就是将它与青菜一起烧,与其说是烧,还不如说是烀,因为那个年代是缺油的年代,一锅青菜只能用筷子伸进油瓶中涮下几滴油入锅的人家不在少数,那个烀出来的青菜烧慈姑能好吃吗?乡下人有句谚语:油多不坏菜。好吃的菜一定要油多。可是去哪里寻找食油呢?只有等到油菜籽上场后,人们才舍得多放一点油,品尝菜籽油入口的幸福。那么,用慈姑片炒胡萝卜、炒黄瓜、炒韭菜……无油都是不好吃的,说实话,一度我吃腻了此物,见了慈姑就会泛酸水。但是,有一位民国时期曾经在南京蹬过三轮车的农民美食者教给我一道做慈姑菜的诀窍,果然屡试不爽:买两块豆腐(每天清晨,卖豆腐的吆喝声都使我想起茅盾在流亡日本时期写的那篇《卖豆腐的哨子》的散文,在乡间,那却是一声具有诗意的"欸乃一声"的美食召唤)切成五六分见方、厚度两分左右的薄块备用,然后将慈姑在案板上生拍成炸裂的扁状,用葱和少许油(当然油多更佳,无奈那时油太金贵)将慈姑煸炒一下,放入沸水煮开后,只见汤色呈奶白色,倒入焯去黄浆水的豆腐,入盐后一滚即可食用了,我放了少许带下乡的味精,这汤立马就成为那个舌尖上缺少美味的年代一道亮丽的汤肴,取名为"赛鸡汤"。我想,在如今美食遍野的都市里,我们吃过咸菜慈姑老鸭汤、慈姑排骨汤、慈姑鱼汤、慈姑鸡汤……但是,我们也许再也寻觅不到这样做法的慈姑汤了,食在民间的简单绝技随着饥馑的消失和时代美食的发展,也就飘逝而去,不知所之了。

芦蒿与蒲菜

下面我要说的也是宝应水乡的两种特产,但是,在那个年代里,当地的农民从来就没有将它们列为餐桌上的菜肴,就因为它们是野菜,所以不可入席,即便是在春荒的时候,也没见过谁家进食这样的野味,叩问一部中国烹饪史, 甚至鲜有记载蒲菜的制作法, 这其中的奥秘究竟是在何处呢?

"竹外桃花三两枝,春江水暖鸭先知。蒌蒿满地芦芽短,正是河豚欲上时。"苏东坡的这首《惠崇春江晚景》诗让千百万的食客只追寻那鲜美的河豚去了,上千年来根本就忽略了芦蒿的存在,究其缘由,皆因历朝历代最多接触此物的农民视其为水边的野草,"我辈岂是蓬蒿人"中的蓬蒿指的就是芦蒿,此物如果没有肉或大量的油进行烹制,是无法下咽的食物,大约古代只有达官贵人才能在春天去享用这样的野味吧,但我无有考稽。到了近代,南京人却将它作为春天吃"野八鲜"的首选,这种风俗的形成在二十世纪八十年代使其成了大规模人工养殖的蔬菜，传到了中国大地的各个角落，甚至海外的超市中，但是它早已失去了原来的野味，连色泽都不一样了。蒌蒿，又名芦蒿或水蒿，是一种传统时令必食的野菜，主要分布在长江流域中下游地区。我下乡插队的二十世纪六十年代末期，与农民一起去河西砍草，就是去高宝湖割这些湖边的野草，那一船船运回生产队的芦蒿，草叶已经开始腐烂，而其茎却很挺拔，泛出紫红色的光泽，那才是真正的野芦蒿呢。我尽情地采摘那微微弯曲的嫩茎头，农民们十分惊讶，说这个东西怎么能吃呀？殊不知，倘若以此炒肉丝（咸肉丝更佳），多放油，无须添加任何辅料与作料，便是下饭的菜肴。如今大棚里出来的芦蒿，菜馆里炒制时添加什么香干、臭干或葱姜之物，纯粹是因为人工养殖的芦蒿已经寡淡无味了，如果是野芦蒿，加上这些辅料就会串味。野芦蒿其味之狂野，在齿舌之间形成的多层次的回味，绕舌三日，让人长久留恋，那绝对是下饭和下酒的绝配菜肴。

那个时候我突发奇想，如果将这一船船的芦蒿运到南京城里去卖的话，那挣来的钱肯定能够抵得上大家在田里劳作一年的收入了，但是谁敢去做这种挖社会主义墙脚的投机倒把营生呢。眼看着一船船的蒌蒿草当作绿肥与河泥一起搅拌在人工挖出的大坑中化为一塘臭粪，心中不觉一恸。从此，我明白了一个最朴素的道理：人对食物的欲望和渴求一定是与其生活的条件相对应的。那满地的蒌蒿只有在改革开放后才能顺着肉和油爬进寻常百姓的口腹之中。

如今的蒲菜也进入了寻常百姓家，上汤蒲菜的确十分爽口，配以咸鸭蛋和皮蛋用高汤烹制，清淡滑嫩，让人吃出一种雅趣。当然用它来做淮安软兜的辅料与鳝鱼一起烹炒，也是一种荤素混搭的绝配菜肴，双滑入口，两种咬劲，一种是嫩滑中有脆，一种是嫩滑中有弹，是一道乡土的创新名菜。

在二十世纪的六七十年代，还真未见有人吃过这种野菜，即便是如今吃蒲菜的发源地淮安,也没有这种美食的风俗习惯,我反反复复考虑过这个问题,为什么这么好的菜肴就不能进入寻常百姓家的餐桌上呢?是人们的智力不够,还是其农耕文明的风俗习惯所致?显然,是因为缺肉少油的生活环境限制了人们的想象力,不是厨师想不到,而是温饱的基本问题都无法解决,何以奢谈开发新的菜谱呢?

我插队的水荡地区的北面就紧挨着淮安的张桥和车桥,而那里的水面远不及我们这里浩荡。宝应水乡地区的副业只有四种:一是编蒲包,二是织芦席,三是编芦帘,四是织柳筐。这些编织物皆是送到公社供销社的收购站,他们以极低的价格收购,农民的赚头甚微,因此都是以自用为主。这其中编蒲包的原材料就是蒲菜的嫩芽,与南京人春季常吃的芡儿菜口感相似,却根本就不是一回事。以此为食物和菜肴,是农民没有想到的,即便是远离其生长水域的城里人都不可能想到,焉能进入厨房呢?即使是美食家的汪曾祺,对家乡一带的野菜描写也鲜有提及蒲菜,因为这个菜肴的开发是在改革开放的多少年以后了。

往事的酒杯

◎ 苏童

我父亲不喝酒。他爱抽烟。家里除了黄酒瓶子,我几乎没见过其他酒瓶。

但我的两个舅舅爱喝酒,他们不抽烟。我们三家人住在互相紧邻的房子里,各家的空气似乎总忙着竞争,我们家有烟味,但我两个舅舅家经常飘出酒香味来,酒香自然轻松胜出。这是我小时候便懂得的常识。

我大舅家境较为富裕,讲究吃,我大舅妈擅长做红烧肉,做了红烧肉我大舅必然要喝一盅。他们家的晚餐桌上酒香肉香齐飞,喧嚣着飞到我们家,我总是被肉香吸引,吸引得不能自已,便穿过天井,到大舅家打开大门,往大街上看一眼,然后匆匆地往回走,算是投石问路。我小时候便有羞耻心,羞于开口向人索要,但我的目光无法伪装,总是火辣辣地投向那碗红烧肉。每逢这时,我大舅便尴尬地微笑,他的目光看向我大舅妈,似乎是征询她的意见,但无论她的表情是否活络,舅舅就是舅舅,一块红烧肉会被我大舅夹在筷子上,然后我会听见一个天籁般的声音,来,吃一块。

我现在一直在回忆一件事,我大舅当年喝的是什么酒?可怎么也记不起来了,只确定是白酒,想想这遗憾,真应了"醉翁之意不在酒"这话。我脑子里只惦记着红烧肉,当然记不住他喝的是什么酒了。

我三舅家住在隔壁。他家也清贫,餐桌上的货色与我家差不多一样,白菜青菜咸菜之类的,无甚风景,但他人穷志不短,爱喝几口酒。是五加皮。这个我之所以记得很清楚,原因也简单,我对他家的餐桌没兴趣,轻蔑地望过去,忽略一切,就记住桌上的那个酒瓶子了。

我第一次喝酒是在北京上大学期间。有个黑龙江的大同学来自体工队,爱吃朝鲜冷面,爱喝啤酒,冷的碰凉的。他带我们去府右街附近那家延吉冷面馆去吃冷面,就在当时的首都图书馆斜对面。一群大学生不进图书馆,一头扎到了冷面馆,毫不汗颜。我们随大同学点单,每次都要一碗冷面,伴以一扎散装啤酒。当时习惯说一升。一升二十世纪八十年代的北京啤酒装在大塑料杯里,泛着白色的泡沫。白色的啤酒泡沫一如虚荣的泡沫,要喝,喝下去太平无事,但就是没有实际意义,还胀肚。我在回学校的公交车上一直想着教二楼的厕所,为什么呢,因为那是离北师大大门最近的厕所。

第一次醉酒是在大四那年。春天的时候学生们都下到河北山区植树劳动,大家天天觉得饿,吃了上顿惦记下顿。忘了是哪个同学饿得揭竿而起,提议大家抛下组织纪律,结伴去县城上饭馆,打牙祭。我积极响应。我现在已经忘了在那个燕山山区的县城小饭馆吃了什么,却记得席间那瓶酒。

是当地小酒厂生产的粮食烧酒,名字竟然叫个白兰地,极其洋气。我们都清楚那不是白兰地,但那烧酒给人以一种美好的感觉,醇厚,颇有劲头。恰逢我们的杨敏如老师刚刚在古典文学课堂上给我们讲过李清照,她太爱李清照了,或许也是爱喝几口的人,讲起"薄醉",怕学生不懂其意蕴,竟然言传身教,在讲台上摇摇摆摆走了几步,强调说,薄醉是舒服的醉,走路就像踩在棉花上!我们在小酒馆里谈论杨敏如老师与薄醉,大家都有点贪杯,要寻找薄醉的滋味。令人欣喜的是,走出小饭馆时我脚下真的有踩棉花的感觉,头脑亢奋却清醒,我听见我的同学们都在喊,薄醉了,薄醉了!

学生时代结束,喝酒便名正言顺了。毕业工作之后,一张巨大的社会大酒席召唤着你,一般来说,绕开它是很难的,何况你不一定想绕开它。喝酒喝酒喝酒！干了干了干了！无论走到哪里聚会做客，那声音会像空气一样追随你，不同的人对那声音有不同的好恶，要么像苍蝇，要么像福音。

但我的青年时代其实怕酒。饮酒之事，在我看来更像一种刑罚，所谓薄醉的滋味，竟无法与之重逢。如果一个人想起酒来，想到的是酒臭与呕吐，这不免令人沮丧，是酒的遗憾，也是人的过错。我不怨自己的酒量，下意识地将其归咎于酒桌上的恐怖主义。具体地说，我认为很多地方的酒桌上没有李清照，只有恐怖分子。正如恐怖主义也有自己的信仰，酒桌上的恐怖分子也坚守信仰，他们的信仰是酒文化。酒文化中一个重要的细节是劝酒。各地劝法不同，各有规矩方圆，但基本目标是一致的，劝到客人一醉方休，劝到客人烂醉如泥，只要不出人命，都称其为喝好了、尽兴了。

我在杂志社做编辑时经常随团去苏北采风。有一次采风途经六县，六个接待方对我们都热情如火，每地停留两天，每天必喝两场酒。此地劝酒文化极其灿烂，灿烂得过分。每顿饭必须至少举杯三次，不算多，但每次举杯必须连饮三杯。你若是尊重"地主"讲究礼仪之人，每一顿至少要喝九杯。九杯属于多乎哉不多也的范畴，但这不过是个基础。当地人的劝酒技术不会让一个小伙子只喝九杯了事，因此有同乡喝三杯，同龄喝三杯，属相一样喝三杯，姓氏一样喝三杯，最后是相同性别的要喝三杯。我记得当年我是多么友善，又是多么爱面子，明明已经被吓得不轻，却强充好汉，无奈酒量有限，十几杯二十几杯酒下去，只好摸着翻江倒海的肚子冲去厕所，没有一醉方休的幸福，只有一吐方休的痛楚。我还记得那时候下苏北，总是这样的一去一回，去的时候朝气蓬勃像张飞，回来的时候病歪歪的满腹怨言，真像李清照了。有一次坐汽车回南京，身边的朋友告诉我，我一直在睡觉，梦呓的声音很单调：不喝了。不喝了。

往事不堪回首，其中有一部分往事是浸在酒杯里的。年复一年的酒，胜似人生的年轮，喝起来滋味不一样，但总是越来越沧桑越来越绵厚的。有一年前辈作家陆文夫到南京开会，晚上大家聚餐饮酒，我冷眼看见他独自喝酒,喝得似乎孤独,便热情地走过去要敬酒,结果旁边一同事拉住我说,千万别去,他不接受敬酒,他很爱喝酒,但一向是自己一个人慢慢喝的。

　　对于我那是醍醐灌顶的一刻。原来一个人喝酒是可以与他人无关的。与傲慢无关,与自由有关。我至今难忘陆文夫坐在那里喝酒的姿态,如同坐禅。那种安静与享受,不是出于对酒最大的尊敬,便是最深的爱了。

　　我爱酒多年,至今还经常奔赴各种酒局与朋友一起喝酒。无朋不成席,这是常识。但说到底,酒杯也是灵魂的容器之一。这容器的最深处,终究是一个人的快乐,一个人的哀愁,或者一个人的迷茫。很欣慰地发现,如今这也快成常识了。

"九头鸟"的前世今生

◎ 刘汉俊

"天上九头鸟,地上湖北佬",这种说法何来?含义何在?"九头鸟"具有什么样的文化特点和性格特征?"九头鸟"与湖北人有着怎样的关联?

要探讨"九头鸟"的问题,得先从"楚"说起。

楚地两百多万年前已有先民的足迹。屈原的《离骚》曰:"帝高阳之苗裔兮",说楚人的先祖是颛顼高阳,汉代司马迁在《史记》里说,楚人出自帝颛顼高阳,高阳是黄帝之孙、昌意之子,"颛顼生老童,老童生祝融",梳理下来,祝融是黄帝之后。我国第一部地理书籍、神话集《山海经》里说,祝融是炎帝的后代。同一个神话形象多个故事版本,是中国神话的特点。不管何种说法,楚人拜祝融为先人,自己是炎黄的后代。在南楚神话中,祝融是火凤的化身,楚人保持"尊凤尚赤、崇火拜日、喜巫近鬼"的习俗至少几千年了,所崇之凤享图腾之尊,是百鸟之王。

那么"凤"是什么样子的呢?

据我国古代最早的辞典《尔雅·释鸟》记,凤形体为"鸡头、蛇颈、燕颔,龟背、鱼尾、五彩色,高六尺许";《山海经》描述曰:"丹穴之山有鸟焉,其状如鸡,五采而文,名曰凤凰。首文曰德,翼文曰义,背文曰礼,膺文曰仁,腹文曰信。是鸟也,饮食自然,自歌自舞,见则天下安宁",也就是说,凤凰是一种美丽的鸟,它的头部、翼部、背部、胸部、腹部上的"德、义、礼、仁、信"这五个字,在远古时期就是楚人部族的价值取向;《山海经·南山经》注"凤,瑞应鸟",凤象征着祥和。五字安天下,瑞鸟兆太平,凤凰形象寄寓了楚地先人美好的向往和情愫。凤凰的居所在九重天之上，凡间难以企及。其"身披五彩，鸣若箫笙，非梧桐不栖，非醴泉不饮，非琅玕不食"，因此，抱负远大、志向高洁、象征祥和的"凤"成为楚人的精神源泉和文化标志。

南楚尊凤，各类古代文献中随处可见。从田野考古发现来看，楚地凤鸟形象居多。商周时期宫廷用的玉器、青铜器上装饰有大量的凤凰花纹图案，或呈花冠状，或勾喙翅翼爪尾鲜明，有的图案中光尾纹就有长尾、垂尾、分尾、对尾、连尾之分，造型刚健有力、稳健威严。

那么"九头鸟"从何而来，与"凤"是什么关系呢？《山海经》载曰："大荒之中，有山名曰北极天柜，海水北注焉。有神，九首、人面、鸟身，名曰九凤"，这是对"九头鸟"最早的直接描述，也就是说，"九头鸟"其实是一种凤。在中国历代神灵形象中，都有关于"九头鸟"的描述。宋代的《太平御览》载："齐后园有九头鸟见，色赤，似鸭，而九头皆鸣。"明代的《正字通》则说"九头鸟"是"状如鸺鹠鸟，大者广翼丈许"。

至此，可以说"九头鸟"是九头凤的化身、别称，是一种美好吉祥、本领高强、意志坚强的神鸟，寓意安宁祥和，象征坚强勇敢。从外形上看，"九头鸟"是一只长着九个头的美丽凤凰，而不是丑陋如一些漫画所勾勒的光秃秃的短尾巴鸡。

为什么要冠以"九"呢？中国传统文化中，"九"是一个神秘而尊贵的数字。"九"是最大的个位数，凡事起于一而极于九，"天地之至数，始于一，终于九焉"，"九"有最大、最多、最高、最久之意。"九"是重要的文化因子和文化符号，是数之核、道之魂、天之常，"九者，阳之数，道之纲纪也""天道以九制""周公制礼而有九数"。"九"是最尊贵的数，"禹收九牧之金，铸九鼎"，鼎立中原，天下一定。"天分九天"，按高低分这"九重天"分别是中天、羡天、从天、更天、睟天、郭天、咸天、沈天、成天；按方向分这"九天"分别是东方傲天、东南方扬天、南方赤天、西南方朱天、西方成天、西北方幽天、北方玄天、东北方变天、中央钧天；而《吕氏春秋》则把"九天"分为"中央钧天、东方苍天、东北变天、北方玄天、西北幽天、西方昊天、西南朱天、南方炎天、东南阳天"，各有含义。"地分九州"，《尚书·禹贡》的划分是冀州、兖州、青州、徐州、扬州、荆州、豫州、梁州、雍州；古人以"九"设想天地之高远、广博，表达对昊天后土的敬重与畏惧。"天子之门"有九重，分别是关门、远郊门、近郊门、城门、皋门、库门、雉门、应门、路门，喻天子之威重；九龙袍、九龙壁、九重宫阙，显皇家之尊贵；一言九鼎、九五之尊、九合诸侯，意贵者之权重，昭告天下皇权天授、奉天承运，揭示天子与天地的耦合、感应、承运关系。"九"是阳数之首，民间传说中玉皇大帝的生日是正月初九，为一年之首。"九"是大数，形容极广、极大、极高、极致，九九归一、九霄云外、九曲黄河、九死一生、九牛一毛等，既蕴含生活的哲理，又道尽人间的广大。"九"还是常数，暗藏天地万物之变数与规律，民间对气候有"三九二十七，出门汗欲滴；七九六十三，床头摸被单""三九四九冰上走，五九六九河边看柳""九尽杨花开"和九九重阳、数九寒天等谚语和俗语。楚地民俗文化中多以"九"祭祀神灵，《楚辞》里"九"是高格词，也是一个高频词，如九思、九歌、九章、九辩、九怀、九叹、九天、九畹、九州、九疑、九坑、九河、九重、九山、九水、九溪、九田、九塘、九畬、九子、九则、九首、九衢、九合、九折、九年、九逝、九关、九千、九侯、九阳等，"九"在《楚辞》里出现的频率远远高于《诗经》。因此，"九"是一个美好、吉祥、尊贵的词，安在"九头鸟"的头上，应该没有贬义。

那么，"九头鸟"从什么时候开始，含有贬义甚至妖邪色彩的呢？商朝以前，没有发现。应该是与周王室有关的。

周、楚关系不睦，由来已久，一直到周朝的终结、楚国的覆灭。

商朝末年，楚人部落首领鬻熊当过周文王的师爷，帮助周文王、周武王灭商有功，周、楚之间有过一段蜜月期，鬻熊的曾孙熊绎因此在公元前1040年前后被周成王封为诸侯，授子爵，居丹淅（今河南南阳的淅川）之地。此前，楚人部落一直受商朝的挤对，《诗经·商颂·殷武》载曰："挞彼殷武,奋伐荆楚",从商朝武丁王伐楚到周成王封楚,楚人至少挨了一百五十年的打,即使周朝封了楚为诸侯,周也没有停止过对楚的打击,周昭王甚至还牺牲在南征荆楚的路上。

几百年间,楚与周之间保持着亦王亦侯、若即若离、有恩有怨、时近时远的关系。楚国有一个最大的特点,不服周,但从来不反周、不打周,史载被周天子亲自打过三次,被周天子吆喝诸侯们打群架打的次数更多,但楚从来没有直接打过周。直接记载两者关系的史料不多,但寥寥几个故事就管窥一二。

譬如,会盟事件。据《春秋》经文和《左传》记载,春秋时期诸侯国及各部族盟会有九十多次,其中比较重要的有二十次,但是楚国只参加了三次,而且很多次盟会都是商量怎么打楚的。比方说,春秋战国历史上有两次召陵之盟,一次是公元前656年,齐桓公率八国军队攻打楚的小兄弟蔡国,威逼楚国,楚国不甘示弱,陈兵相对,齐国一看拿不下来,赶紧邀楚开会,与楚国订立互不侵犯盟约;另一次是公元前506年,晋国主持的召陵会盟,18个国家共同商量怎么灭楚。无论是犯楚还是灭楚之战,都是周王室点过头的。这说明,楚国根本就不在周王室的朋友圈里,而且一直是被打击的目标。周朝的中原礼乐文化一向以华夏主流文化自居,看不上蛮夷之地的楚文化。周成王封熊绎为诸侯但没有给予更高的礼遇,熊绎偶尔受邀参加周成王举行的诸侯会盟,但连桌席、名签、筷子、盘子都没有,受了冷遇、有羞辱之感的熊绎回来后告之群臣,楚国上下群情激昂、义愤填膺,立志要发愤图强,抗周的种子从此发芽、疯长。

譬如,周昭王溺亡事件。周王室继承了商王室的做法,封归封、赏归赏,抑楚、防楚、伐楚的战略从没放弃。据古本《竹书纪年》载,周昭王分别于公元前985年、前982年、前977年三次率兵攻楚,就在第三次南征中,周昭王死在半道上,一说是被冒称船工的楚人特工做手脚,船脱胶解体,将旱鸭子周昭王淹死在汉水里;另一说是因周朝大军辎重战利品太重,把桥压塌了,周昭王掉下去摔死了。总之,史书上记载"南巡不返"。因此,周人对楚人有戒在心、有仇要报,而且一记就是几百年。

譬如,问鼎事件。公元前 606 年,楚庄王借北伐陆浑之戎的机会,兵临周王室的首都洛阳城下,拉开架势搞阅兵,意在向周天子炫耀武力。此时的周王室已衰微,诸侯各有取代之心,一个个虎视眈眈。胆怯心虚的周天子派大臣王孙满以慰劳之名,到楚营打探虚实。酒过三巡,楚庄王突然豪情万丈地问王孙满:"请问,周天子的鼎有多重啊?"前面说到,相传这尊九鼎是夏朝时禹帝用了九州进贡的金器而铸成的,是承天福赐、独享王权的象征。这可不是一般人能问的。楚庄王口出狂言,意不在鼎,王孙满当然嗅到了轻蔑挑衅觊觎的味道,他不卑不亢地答道:"周德虽衰,天命未改。鼎之轻重,未可问也。"意思是周朝的王权是天授,天下共主,不是你能问的,你这样欺负天下共主是大逆不道的行为,而且告诫年轻气盛的楚庄王坐天下"在德不在鼎",一句话令楚庄王无地自容,悻悻而回。这就是成语"问鼎中原"的由来。这个故事既说明楚国人既有敢问天下、不甘人后之志,又有盲目自信、妄自尊大的毛病,但同时楚国人还有隐忍不发的意志。

故事归故事,楚国一直是春秋战国大戏里的狠角色。地处蛮夷之地,自强不息、强而不息,不断地开疆扩土、四面出征,灭掉周边几十个小国家,地盘越来越大。无论是攻打还是被打,楚人素有不服输、不示弱的傲骨,敢找强者过招。与齐打,争夺霸主地位;与晋打,平分中原霸权;与吴打,屡败屡战、愈挫愈勇;与秦打,大战多年,十分惨烈,一直打到最后灭国。这几个国家是春秋战国不同历史时期最强大的国家,敢与他们一拼高下,说明楚的不服输、不怕狠。

楚国君王大多勤政敬业,信奉"民生在勤,勤则不匮",自己带头劳作、带头征战,亲力亲为,有的甚至身死沙场,有的甘当人质最后客死他乡。经过世代接续奋斗,楚国在政治改革、生产力发展、综合国力、文化创造、军事实力等方面取得辉煌业绩,开创了以蛮夷之地而驰骋中原的先例。尤其是楚国挑战威权不信邪,敢于争先不守旧,令周王室惶恐不安、诸侯国羡慕嫉妒恨。楚君熊渠势力坐大,想得到周王室更多的承认,便通过随国向周王室索要更高爵位,但未果,熊渠索性说:"我蛮夷也,不与中国之号谥",不服从周王室的领导和管理。如果说蛮夷之楚一直令周有肉中刺之感,那么楚庄王的问鼎中原则令周王朝如鲠在喉,甚至有一剑封喉之感了。日益雄起的楚国,已经影响甚至干预到周朝的天下了,以致春秋末期周王室发生内讧,周景王之子在父王驾崩后欲争夺王位失败,干脆逃往楚国避难,企望东山再起,而楚国也大模大样地收留和庇护了他。这也是对周王室的挑衅。

回到"九头鸟"问题。作为楚人的图腾,"九头鸟"是一种精神力量、文化标志,谁能够诋毁和颠覆它?唯有比它政治地位更高、历史更悠久、文明程度更高、文化更处于主导地位的国家力量。纵观春秋战国几百年,各诸侯国没有这个兴趣和地位,唯有周才有这个可能。周、楚关系如此,周王室歧视和诋毁楚国所崇拜的神鸟,当然不足为奇了。

那么周王室的什么人能有如此一言九鼎之权威呢?周文王、周武王与楚鬻熊交好,而且灭商时得到过他的帮助,周成王亲自封地授爵给楚,他们三人都不会出言不逊攻击楚。唯一的可能,就是周公姬旦,周文王姬昌的第四子、周武王姬发的弟弟、周成王姬诵的叔叔。周公旦辅佐过这三位王,灭商纣建周朝有功,而且领兵伐楚却失败而归。他对周朝乃至中华民族有一个非常大的贡献,是帮助周朝建立了一套礼乐制度,包括"皇天无亲,惟德是辅""以德配天""敬德保民""明德慎罚"等思想,以及君臣宗法和上下等级的典章制度等,为周以后的中国建立起了一套社会秩序,成为中国社会制度最早的架构师。其实,周也并非中原地区的原住民,它是从西部渭水流域东渐,从汉水边上发力,灭商才入主中原的,从周族、周地到周国、周朝,周发展壮大的原因在于制度的力量。建立礼乐文明的周公看不上蛮夷之地的楚,歧视是必然的,贬损楚之图腾"九头鸟"的,除他无别。

古代有多个文本讲述了这样一个故事：周公厌恶一种长着十个头的鸟，晚上听到鸟叫便命人赶出九州，射之，连射三箭不能中，便派天狗去咬，咬掉了鸟的一个头，还剩下九个头，"血其一首，犹余九首"，流血的"九头鸟"昼伏夜出。这个故事听起来有些瘆人，但表达了周公的好恶。尽管周王室对天下发号施令的效力不过两百五十年，但周公旦这位周朝的功臣、贤臣、奠基人德高望重，他的价值观影响后世几千年。

虽然周公贬损"九头鸟"，但凤在楚国仍然具有至尊的地位。湖北荆州博物馆收藏的战国楚墓文物中，有一个镇馆之宝，是一尊"虎座鸟架鼓"乐器，它以两只昂首卷尾、四肢屈伏、背向而踞的卧虎为底座，虎背上各立一只高大的鸣凤，正孤立傲视引吭高歌，中间是一面大鼓。乐器上凤大虎小，楚人以凤驱虎、不畏强暴的精神昭然。凝视这件稀世之宝，似闻隆隆鼓声从两千多年前的楚风中传来，那是凤文化的力量。

楚文化以凤为尊，华夏文化以龙为尊。人文始祖之一太昊伏羲在黄河流域建立了华夏先民部落，区别于东夷、南蛮、西戎、北狄等"四方胡人"，首创以蟒蛇之身、鳄鱼之头、雄鹿之角、猛虎之眼、红鲤之鳞、巨蜥之腿、苍鹰之爪、白鲨之尾、巨鲸之须，组成龙的形象，作为华夏民族的图腾。另一人文始祖黄帝在统一黄河流域各部落之后，在今新郑一带也用龙作为新部落的图腾。楚之先祖是颛顼高阳，同为三皇五帝。龙凤并尊，是我国古代两大图腾，代表着中原文化与楚文化，与其他民族图腾一样，都是中华文明大家庭的标志性元素。"龙凤呈祥"说的不只是龙飞凤舞，而是指两种文化的和谐相处，天下才有太平祥和。

周朝八百年，楚国八百年，一个是王朝，一个是诸侯国，享龄相当。周朝傲慢，楚国粗野，导致二者存亡相依、恩怨不断，经过漫长的相互激荡，最后几乎同归终点，这是中国历史大一统之前绝无仅有的现象。周虽亡，但周朝所创造的礼乐文明却绵延了几千年；楚虽灭，但楚国所创造的楚文化却源远流长覆盖天下。中原文化与楚文化对中华文明的贡献和赓续，同样功不可没,同样缺一不可。

　　这里,想再说说前面楚庄王问鼎的事。他为什么敢冒僭越、非礼之罪对周王朝的标志、定国政权的象征"九鼎"萌生了兴趣?难道不知道这犯有欺天之罪?当然知道。楚庄王熊旅这位楚国第二十五任君王,是楚国诸君王中最有雄才大略和豪气的国君,同时期的齐、晋、秦、宋等四霸的国君还只敢叫"公",如齐桓公、晋文公、秦穆公、宋襄公。整个春秋战国后期,也只有后来吴、越二国自称王。当然这不是楚庄王自封为王,他的祖上第六任国君熊渠就已经自封为王了,而且一路沿袭下来,接力到他手里已十几棒了。但是,楚庄王这个"王"当得最豪迈。关于他的故事,会有专门笔墨讲到,这里只想指出一点,楚国就是在他手里打败当时强大的晋国,崛起为春秋五霸之一的。

　　僭越归僭越,非礼归非礼,但楚庄王为什么会对九鼎感兴趣呢?这里再做一些演绎。《史记·楚世家》里有楚国想"吞三翮六翼以高世主"的记载,索隐注曰"三翮六翼,亦谓九鼎也。空足曰翮,六翼即六耳","翮"是指有空心硬管的羽毛,因此有专家认为九鼎是一尊有着九个鸟头的鼎。如果是这样,"九头鸟"家乡人想一睹"九头鸟"鼎的尊容,似乎也很有理由的。不光是楚庄王想得到这个鼎,秦始皇也想要。据说四百年后周王室在秦国的穷追猛打中,仓皇奔逃,把这个珍贵得不得了的周鼎掉进了泗水里,秦始皇统一天下后,派人到泗水里打捞,"使千人没水求之,弗得"。于是这个鼎长什么样,如今流落在哪里,不光是楚庄王当年不知道,至今仍然是千古之谜。但前面说"九"的时候讲过,这个鼎似乎有过,是当年大禹收下九方官员的献金而铸成的。相信鼎上的鸟,应该是凤,期待终有一天石破天惊,水落而"鼎"出。

　　自周以后,与凤的形象相伴随,"九头鸟"的形象一直存在于楚文化中,褒贬两说。褒者以鸟为凤、以凤为尊,贬者则沿袭周公的说法,随着楚国的血腥扩张变得贬多褒少、讽多赞少。但从凤的图案造型来看,秦汉以后，随着楚风渐弱，楚凤线条变得流畅柔美起来，并装饰以花卉树枝，更具有审美价值。从历代文字留存来看，对"九头鸟"的形象刻画美丑并存，由柔变刚、由弱变强。南梁宗懔撰写的《荆楚岁时记》，是关于荆楚之地时令习俗的笔记体专著，其曰"正月夜，多鬼鸟度，家家槌床打户，挼狗耳，灭灯烛，以禳之"，这种"鬼鸟"便是"九头鸟"，民间称闻此鸟叫声是不吉利的事。唐代段成式的《酉阳杂俎》卷十六《羽》称，这种鸟叫鬼车鸟，相传此鸟昔有十首，一首为犬所噬。宋代欧阳修在叙事诗《鬼车》里也讲述了周公厌恶"九头鸟"的故事，但他话锋一转，认为"吉凶在人不在物"，闪烁出唯物主义的思想光芒。宋代笔记小说还讲到，某太守捉到一只有九个头的怪鸟，砍掉一个头，又长出来一个，砍到最后一个，前面八个头都长出来了，喻示"九头鸟"有着顽强的意志和强大的生命力。明朝开国元勋、宰相刘伯温在《郁离子·九头鸟》里，又有另一种解读，认为它是"一头得食，八头争食"的怪鸟，"呀然而相衔，洒血飞毛，食不得入咽，而九头皆伤"，暗喻各有本事、互不服气，好内耗内斗。为朱元璋消灭群雄、推翻元朝、建立明朝立下汗马功劳的刘伯温，借用"九头鸟"指出了元末明初官场上的"中国病"，可谓是鞭辟入里、入木三分。这些描述虽然未见诸主流传统经典，但在民间稗官野史、奇文逸事中流传已久。可见"九头鸟"在历史上有过被污名化、恶名化的过程。

但是"九头鸟"是怎么与湖北人对号入座了的呢？据说跟明朝首辅张居正有关，尽管湖北正式建省还是在清朝雍正初年的事。

张居正（1525—1582）是明朝万历年间的内阁首辅，湖广荆州府江陵人，与商鞅、王安石并称中国古代三大改革家，"明代唯一大政治家"。他辅佐年幼的万历皇帝朱翊钧，掌握军政大权，开创万历新政，他大刀阔斧整饬朝政，治理整顿十八衙门，唯贤是用，推行"考成法"，革新政风成效卓著，万历九年，一次就裁革冗官一百六十九人，首创"一条鞭法"，大大减轻百姓徭役，据说他保荐了九位御史，严厉制裁贪官污吏，这些人个个威风凌厉，令不少贪官庸吏闻风丧胆又心怀不满，指其任人唯亲，因为这九人都是他的湖北同乡，准确说是湖广人，遂以"天上九头鸟，地下湖北佬"贬损之。

真的是这样吗？细考张居正担任首辅十年，他的六部尚书中，吏部尚书王国光是山西晋城人，殷正茂是安徽歙县人；礼部尚书杨博是山西蒲州人，谭纶是江西宜黄人，陆树声是松江华亭（今上海）人，万士和是江苏宜兴人，马自强是山西同州人，潘晟是浙江新昌人，徐学谟是苏州府嘉定（今上海）人；吏部尚书张翰是浙江杭州人；兵部尚书王崇古是山西蒲州人，梁梦龙是河北正定人；刑部尚书刘应节是山东潍坊人，吴百鹏是浙江义乌人，严清是云南后卫人；工部尚书朱衡是江西万安人，郭朝宾是山东汶上人，曾醒吾是何方人士未考。重用的巡抚庞尚鹏是广东南海人，辽东总兵李成梁是辽宁铁岭人，冀州总兵戚继光是山东蓬莱人，河道御史潘季驯是浙江湖州人。张居正强力推行改革新政的得力干将，先后拜为户部尚书、兵部尚书的张学颜，曾经是政敌高拱的亲信，只有工部尚书李幼滋是湖北应城人，兵部尚书方逢时是湖北嘉鱼人，刑部尚书王之诰既是张居正的荆楚同乡，还是自己的亲家，这说明张居正用人的原则是"外举不避仇，内举不避亲"。作为身居皇帝一人之下、所有人之上的当朝首辅，张居正有足够的权力安排亲信在六部要职上，在擢用贤才中也会很难避开自己的同乡、门生，但在关键职位上安插亲信不多且没成气候，遍地乡党的情况并没有发生，至少在朝廷命官最核心的六部尚书岗位中，"湖北帮"是不存在的。明朝万历年间，发生过"党争"，主要是东林党与齐党（山东人）、楚党（湖广人）、宣党（安徽宣城人）、昆党（江苏昆山人）、浙党（浙江人）、阉党之间产生了矛盾，对张居正结党的指责应该来自东林党人或反对张居正推行万历新政的势力。退一步说，即使结成了朋党，也看是否用在了正道，志同道合、为国尽忠未必是坏事，但蝇营狗苟、沆瀣一气肯定不是好事。张居正是明廷的功臣，他的改革和推出的万历新政，使本已苟延残喘的大明王朝延活了六十多年，历史上对他的评价是积极正面的。即使是借用"九头鸟"来骂张居正，恐怕还是对他个人的聪明、机敏的个性特点和敢拼、凌厉的行事作风的评价。这样看来，把"九头鸟"与"湖北佬"对号入座未必是坏事。

清代掌故遗闻汇编《清稗类钞》的"讥讽篇"，有一段关于"九头鸟"的表述，"九头鸟《太平广记》引《岭表录异》曰：'鹕鹕乃鬼车之属，或云九首，曾为犬啮其一，常滴血，血滴之家则有凶咎。'今人以九头鸟为不祥之物，本此。又张君房《脞说》，时人语曰：'天上有九头鸟，人间有三耳秀才。'按《续搜神记》，兖州张审通为泰山府君所召，额上安一耳，既醒，额痒，果生一耳，尤聪俊，时号'三耳秀才'。盖时人以'九头鸟'能预知一切，故以之比聪俊者。后更转以讥狡猾之人，而曰：'天上有九头鸟，地下有湖北佬。'盖言楚人多诈故也，其实亦不尽然"。从此，"九头鸟"又多了精明狡猾多诈的意思。是啊，九个脑袋在琢磨能不聪明？九个方向在找出路能不机智？编辑《清稗类钞》的是民国学者徐珂先生，他的"其实亦不尽然"包含了他对湖北人的某些偏爱。

民间归民间，野史归野史，"九头鸟"的传说一直在楚地转圈，越编越怪，越传越神。张居正的故事加上徐珂先生编的故事，算是把"九头鸟"这顶帽子结结实实地扣在了湖北人头上。好自嘲自娱的湖北人也不在意，宁用其贬义互娱，譬如"奸黄陂，狡孝感，又奸又狡是汉川"，把黄陂、孝感、汉川三地的人做比较。据民间解释，其本意并非指人，而是指黄陂斗笠是尖顶的，孝感斗笠是绞边的，汉川斗笠是既尖顶又绞边，老百姓便编成顺口溜：尖黄陂，绞孝感，又尖又绞是汉川。口口相传，就变成了那样儿。湖北人是自省、自信，而且幽默的。

从先楚的神鸟到先秦的神鸟，从"见之天下安宁"，到闻之"不吉利"，再到赋予聪敏、机警、勤奋、敢拼的含义，"九头鸟"是楚地楚人的精神图腾、凤鸟形象的美好化身，是一方地域文化、一段历史记忆、一个崛起部落及其后世永远铣削不掉的烙印，是遗传千年而不失落的基因。

"九头鸟"是精神的象征,阅尽数千年沧海桑田,见证荆楚之地的起落兴衰和枯荣进退,凝炼出千百年来楚地人、湖广人、湖北人心系天下、志存高远的精神情怀,自尊自强、敢打敢拼的品质特征,机敏勤奋、敢于创新的禀赋天资,是一种精神力量的象征。

　　"九头鸟"是楚文化的标志,其滥觞于立楚之前茹毛饮血的时代,塑形于楚国八百年筚路蓝缕和开疆扩土的时期,锻打于春秋风雨和战国硝烟之中,潜化于秦汉交替和楚汉对峙阶段,儒化于两汉以来,涵养在唐宋以降,积千年之精蕴底气,聚楚材之文韬武略,勃勃翩然,生生不息,是一种文化力量的凝聚。

　　"九头鸟"从荆棘蛮荒之地起飞,背负历史的沉重、文化的印记,栉风沐雨越千年,赓续远航渡无边。相信在中华文化的天空里,"九头鸟"会飞得更高远、更坚定、更稳健。

河水汤汤

◎ 汤成难

一

　　河水流到父亲这儿的时候,就变得温和了。用父亲的话说,没有了脾气。水面上闪着细碎的波纹,白亮亮的。它在晒着肚皮呢。父亲总是这样说,父亲所说的"它"就是这条通天河。

　　这是一段父亲饲养的河流。

　　请不要怀疑"饲养"这个词的真实成分,如果那些年你恰好经过这儿,一定听说过关于我父亲的故事。父亲一生的智慧都和这条河有关。这么说似乎显得我的父亲如一个得道高人,其实,他只是一个摆渡的,祖祖辈辈都是,那只被手磨出凹形的桨传到父亲手上时,连他自己都不知道经历了多少代了。父亲少言寡语,唯一使他乐意开口的就是向我讲述他祖上的事情,那些经过一代代口耳相传被添油加醋已变得面目全非的往事和桨一道流传了下来,像两个符号一样风干在我家的土坯墙上。

　　父亲有自己做的桨,樟木的,柄部与桨叶由整段木料制成,桨叶呈扁平的柳叶状,自上而下逐渐减薄。除此之外,父亲还用槐木做过桨,还有杨木、榆木,有一次,父亲用泡桐木做了两支桨,如你所知,泡桐木轻,材质疏松,下水没几次就变形了,真像打了卷儿的柳叶了。后来那两支桨被插在我家外墙的土缝里,从远处看,还以为是房子长出的翅膀呢。

　　父亲是在船上出生,大概还在娘肚子里的时候就习惯这摇荡了吧,从羊水晃悠的子宫来到微波起伏的河面,河水托着小船,小船托着父亲,那个我未曾亲历的傍晚，一个孩子第一次睁开眼睛惊奇地看着河水倒映在天空上，世界如同一面镜子，他从云彩里看见水波在荡漾，河水、天空、眼睛里，都有了水波的起伏。据说父亲的第一声啼哭中掺杂着笑声，如果仔细分辨，还能听出笑声里河水般的波动，那个小小的身躯多么习惯并喜欢这种节奏啊。父亲说世界上每一个事物都有它自己的节奏。我对此深信不疑，父亲的节奏就是通天河里水浪的节奏。

父亲的船憩在岸边，或者漂浮在河中央，过河的人喊上一嗓子，声音贴着水面颤悠悠地过来了，父亲转过身，拾起桨向岸边划去。没人过河时，父亲就把桨收到船上，常泡在水里的缘故，桨两端颜色分明，像卷着裤脚的腿——两支桨交叉着，倚在船舷上，和我的父亲一样沉默。

父亲从没有离开这条河，即便是 2004 年的冬至之后，我仍然相信父亲还在通天河上。2004 年，我似乎已长大成人，有一双父亲那样的大脚和一副不太宽阔的肩膀。我常常站在通天桥上看下面的河床，桥面很高很高，这样便有了一种俯视的味道，视线仿佛穿过层层浓雾抵达了从前。

我的记忆像棉花糖一样松散、空洞，无法拼凑出一个完整坚固的父亲的形象。在我出生之后，父亲整日将我带在身边，教我走路，教我认字。我人生中跨出的第一步就是在父亲的船上，学会的汉字最初都和水有关，河流、波涛、水浪——我能记住的只有这些，那时的记忆力还不足以记住很多。

第二年的春天，我已能蹒跚地跟在父亲身后了，从惊蛰到谷雨，几乎每个早晨都会沿着堤岸走一遍，我们的走路姿势出奇的相似。父亲手里拿着铁锨，是的，铁锨，而不是桨，像一个农民一样，准确地说，像一个修路工人，他要将松垮的泥土像螺丝帽一样地拧紧在堤岸上。

饲养一段河流最好的方法就是照顾好河岸，岸怎么修，水就怎么流。参差不齐的堤岸，河水拍岸的声音都是急躁的。有一次我们发现堤岸上有一个豁子，河水正想从那儿溜走呢。父亲找来蛇皮袋，把泥土装进去，泥土便有了形状，压肩叠背地把河水管得妥妥帖帖。父亲说那些溜走的河流，最终都把自己弄丢了，他亲眼看见一条三米宽的河，在树林中被蕨类植物吃掉，还有一次看见一截河流被水泥路咬断了。父亲小心翼翼地照料着河岸，生怕弄丢了一滴水。他在水边竖根杆子，杆子上系着绳子以标注水位，过些日子再来看，水位下去了很多，绳子在空中兀自飘扬。父亲很惆怅，坐在石头上望着河水发呆。那些日子父亲变得越发沉默，他扛着铁锹走在河岸上，铲铲，拍拍，敲敲，从东边走到西边，又从西边走到东边，直到河岸和河水都被驯服了。到了小满，我们看见做标记的绳子能够漂浮在水面上了。父亲掬起一捧水有些得意地说，你看，它们又跑回来了。再过一些时候，河水继续上涨，绳子淹没在水中，河面宽阔了很多，父亲更加开心，他坐在石头上，脸上溢出水光。这个时候父亲会向我讲述过去的事，语气里带着一种含混不清的情绪，父亲说从前的通天河比现在宽多了，从南岸划船到北岸需要半个钟头，当然，这是父亲童年时的通天河。现在呢，从南岸划到北岸只需十来分钟，父亲清晰地记得他的桨在水中只做了 37 次翻转运动，如果河面宽阔的话，需要 56 次。只有在某一年的冬天特别少，父亲的桨只要划动 19 下，船就靠岸了。父亲为此十分沮丧。

船在水里走，为什么鱼没有被轧死？

我总是向父亲提出愚蠢的问题。那一年的夏天我和父亲大多数时间都是在水里度过的。父亲的榆木桨托着我的身子，而父亲总是在我的注视下突然钻向河底，又在我着急得大哭时从很远的地方冒出来。

河底下有什么？我急切地问。什么都有。父亲说。那……有马吗？有。有滑滑梯吗？有。有汽车吗？有。有妈妈吗？当然有。

是的，我的母亲在通天河里。

生活在河流附近的人常常以这样的方式结束自己的一生，好像在经历了诸多痛苦后只有河流可以接纳他们，收留他们。母亲在一个清晨乘坐父亲的船从北岸到南岸，那趟船上只有母亲和她手中襁褓里的我。河面上雾很大,好像永远划不到岸,当然,父亲多么希望这样啊,他对眼前这个面清目秀的女子颇有好感,她是哪里人? 将要去哪里? 为何又愁眉不展? 生性内向的父亲终究没有开口说话,他用余光瞟着母亲,清晨的雾气在她的发梢上凝成水珠,显得更加动人。父亲时不时地看着襁褓里的孩子,那时他还不知道他将要和我成为父子。河面上有时会出现一两对野鸭,有时又会掠过一只飞鸟,母亲朝着它们看去,水波逐渐向远处扩散。父亲不紧不慢地划着,好像不着急过河,又好像通天河宽得划不到头似的。

母亲下船时看了父亲一眼,这一眼很重要。父亲的敦厚让她放心把孩子托付与他,当父亲发现我时,母亲已经将自己投进了通天河。父亲在河岸上傻坐了几天,水波细细碎碎的,密而不语。他搂紧我,知道这是母亲对他的信任。

从北岸到南岸的长度,成为我们三个人共度的唯一短暂时光。

我坚信我的母亲就在通天河河底,要不父亲总喜欢钻到水里去呢。父亲向我描述的河底仿佛是另一个世界,它有着这个世界里相同的事物,但却是神奇、亲切的。每次我哭闹着要母亲时,父亲便指着通天河。有一次我闹得厉害,父亲急了,一头扎进河里。

我也好想看一看水下的世界,有一次我离开桨翻身下水,在我快要到达河底时,一双大手就把我捞上来了——我差点被水呛死。我终究没有看到河底,即使后来我又长大了一岁,即使学会了更多的汉字,我仍然无法描述出父亲所说的河底世界。父亲从水里冒出来的时候,脸上的笑容是透明的,水洗过一样。我相信我的父亲,相信通天河底有马在奔腾,有蓝色的滑滑梯,还有我的母亲。

我们跳上船,躺在甲板上,太阳慢慢西斜,无山可落时,太阳就落地平线,就落水。太阳落水像父亲潜入水中一样,猛地就不见了,水面上只留下金灿灿的光芒。

父亲将船划到岸边,捡起缆绳向空中虚晃一下,便算是定了锚。船很听话，从不会跑远。只有一次，刚溜了两桨远，就被冰给锁住了，那一天很冷，父亲花了很长时间才将它解救出来。

严冬到来后，父亲偶尔还会潜水，这时我已不需要桨了，父亲在我鞋底粘两个冰块，我就能顺着冰面滑出很远。冰下的父亲像鱼一样，身边簇拥着鱼群。他也像鱼那样吐着水泡，皮肤仿佛有着莹亮鳞片。我们从南岸向北岸出发，几乎同一时间到达。我匍匐着，与水里的父亲一冰之隔。有一阵，我把嘴贴在冰上，大声地喊他，但父亲听不见，他脸上是透明的笑容，光影如同鳞片在他身上四处蔓延。这个场景，让我既兴奋又害怕，好像某种不祥的事情正要悄悄降临。

二

漫长的黑夜之后，河岸醒来了，带着慵懒气息，温驯、平和，还有点桀骜不驯的样子。河岸上的巴泥草蹿出几寸，结实地交织在一起。父亲光脚走在上面——是的，光脚，除了冬天，其他的季节他都是光着脚丫，好像要随时下河似的——父亲走路的姿势越来越奇怪，河边挑水或洗衣的人总是会停下手里的活儿，扭过头看——他们还不太习惯那个走在地上的父亲呢。的确，父亲走起路来很别扭，两只脚分得很开，随时要寻找某种平衡似的。有时，走着走着，他会突然停下来，身体轻轻地左右摇晃，这个时候，父亲脚下的土地恍惚变得明亮起来，浩渺无边，闪着银白的波光。好一会儿，父亲才继续向前，他抬起一只脚，在半空悬置片刻，再猛地跨出一大步，像是从船舷跳到了岸上。当然，最让人奇怪的并不是这些，而是父亲总是将他的桨扛在肩上，跟那些扛着铁锨或锄头去地里干活儿的农民一样，我不知道父亲为什么和他的桨形影不离，即使他不带在身边，也没人会打它们主意的。

那天，在河边洗衣和挑水的人并没有看父亲走路，而是将目光投向了更远的地方，大雾将人融化成一个个小黑点，他们看见了很多小黑点，像毛玻璃上蠕动的小虫。

那是一支桥梁建筑队。和建筑队一同到达的还有几辆装载着各种机具的卡车,车轮在村道上轧出很深的车辙辙印,像铁轨一样伸向通天河。村里的人沿着轨道拥向了河岸,摸惯了牛背和犁头的大手,落在从卡车卸下的机具上,或许他们一辈子都搞不明白,这些机具与桥梁之间的关系。没有木头,怎么造桥呢?我又提出愚蠢的问题了。当然,我的父亲也不知道答案,他还没见过那么大的桥呢。

这是1996年,在通天河的历史上应该记下这个年份。

之后的日子,父亲常常一边划船一边注视着不远处的工地。河底打入了深层桩,混凝土桥墩像是从河底长出来的,一天天粗壮,一天天变高。父亲感受着河水震颤,有时干脆把小船划过去,围着桥墩看一圈,那些裸露出来的钢筋和流淌着的混凝土,让他深感不安。他把船靠向岸边,从堆满脚手架和模板的缝隙里爬上去。这里的天是灰的,地上的沙都跑到天上去了,起风的时候睁不开眼,人定定地立着,等风跑远。灰落下来便换了地方,落在人头上、眼窝里、鼻孔里,衣服上早就是灰乎乎的了。几个建筑工人用独轮车运送砂浆,身子比独轮车高不了多少。等待出浆的时候,他们就坐在一堆碎石前用石头刮鞋底——混凝土粘住了鞋,再不刮掉,就要变成鞋帮子了。他们并不说话,倒不是一张口会吃进沙子,而是搅拌机、打桩机实在太吵了。工地上有的是各种响声。

有一处,河岸被挖开了,土坍塌了很大一片,河水窝在那儿无法离开。河岸上流淌着混凝土,一些多余的没有及时清理掉的很快就凝固,像结成的痂糊在地上。

嘈杂声和风沙使人睁不开眼睛,透过微闭的眼帘,父亲看到的一切都是灰色,其他的色彩早已挣脱逃离。父亲立在沙堆前,双手抱着他的榆木桨,唇齿又苦又涩,眼睛嵌在深纹密皱之中。他从灰色里退回来,一直退回到他的河岸。父亲变得更加沉默了,他一动不动地坐在船舱上。

桥一天天长大,像横卧在通天河上的巨兽,相形之下,父亲和他的小船如同一只小甲虫。桥筑好了,过河的人不再需要来到渡口了,他们从桥上经过,下意识地扭头看桥下,人们多么喜欢这样啊——站在高处,朝渡口俯视。

施工队离开后,父亲变得忙碌了,每天要花很长的时间去修整河岸,那个坍塌的地方,像一道伤口,露出最虚弱最不堪一击的一面,河水在此处变得混浊不清,一副心事重重的样子。父亲用铁锹将浮土铲去,露出大片的浅绿褐色,细细的纹路纵横交错,犹如血管分布其间。父亲从大堤上运来了土,是更深一点的绿褐色,两种土如何紧密交融,父亲是花了心思的。一层层填实,夯平,直到土层上面渗出细密的水来,如同吐露出的秘密。父亲再用巴泥草覆盖在土上,期待生根抽芽,形成星罗棋布的网状。

做完这些,父亲并不着急回去,而是对着桥墩发呆——他对其极不放心。父亲沿着两岸来回看着,最后还是将小船划向了桥墩。日光从天空铺天盖地泻下来,在桥下形成浓厚的阴影,桥下的水,冰冷而坚硬,阴郁又急迫地从桥孔间流过。父亲注视着桥墩,像巨兽陷入河底的腿,水在这儿形成很多个旋涡,发出呼呼的声音。父亲把挂在桥墩上的水草清理掉,站起来,身子向桥墩靠拢,耳朵贴上去。谁也不知道父亲在倾听什么,仿佛真的听见什么了——这一动作会持续很久,他的神情更加忧郁,脸上的肌肉慢慢下耷,眼角和嘴角都呈下坠之势。

三

这一年春天雾多,日子模模糊糊向前走。早晨的烟霭和薄雾还没完全散去,焦糖色的黄昏便急匆匆地到来,过河的人从桥上经过,鞋和自行车发出疾驰的声音,如果在桥下听,这声音还会被放大,像从脖颈碾过一样。我也喜欢从桥上走,扯开双腿跨出最大的步子。从桥南到桥北只需要46步就到了,我一边奔跑一边瞟向父亲——他并不知道我正跟他比赛呢。当然,结果可想而知,他总是被我甩得远远的。我趴在桥栏杆上,朝父亲的小船看去。也不知道什么时候,我也喜欢进行这样的俯视。居高临下,对,那时我刚学会了这个成语。和我一同趴在桥栏杆上的还有其他小孩,附近村里的,我们一字排开,踮着脚看船上的父亲。不知道先是谁向空中吐了唾沫,白色的带着飞沫的口水飞速下坠。有人不甘示弱,也用力吐出,白色的点在半空划出一道抛物线。紧接着,又有一口唾沫飞下去。参与的人越来越多,都使劲伸着脖子,以至于唾沫飞得更远一点,向小船更靠近一点。这几乎是我们每天必玩的游戏,直到嘴里再吐不出半点星子。飞舞的唾沫纷纷坠向水面,像混浊的雨点,我从这雨帘里看着父亲,心中愤懑。

来摆渡的人少之又少,只有一些想少走点路的人才从这儿经过。但这并没影响父亲的热情,有那么一段时间,他的这种专注和热情似乎到达了极致,他居然爱上了做桨。这起源于一棵被河水冲倒的桦树,父亲将树拖回来,削去枝杈,先在水里浸泡了一些日子,又在太阳下晾晒了很久,像是对它进行考验似的。父亲保留了树皮,那些眼睛一样的花纹布满桨身。父亲对这副桨到了爱不释手的地步,时刻不离左右,他和桨一同漂荡在通天河上的时光变得炯炯有神起来,若干双眼睛目不转睛地注视着河流与天空,很难分清哪一双是父亲的。

再后来,父亲又做了很多桨,都是利用一些不好好生长的树。现在它们都整齐地挂在小屋的墙上,像无数条腿,父亲每天出门前总要来回挑选一阵,有点阅兵的味道。父亲很享受这个过程。

然而,一天傍晚,父亲发现桨不见了,那个如万马奔腾的墙面空空荡荡。父亲迟疑了一下,但很快就发现了桨的踪迹,父亲从草丛里、桥洞下,一一把它们找了回来。

次日早晨,小船也不见了,河面变得极其安静。父亲沿着河岸向东走了一里路,并没有发现小船。他返回渡口,坐在小船原来停靠的码头上,神情黯然。他的目光打量拴锚的铁桩,好像要从中找到答案似的,他猜不透昨夜发生了什么,河水、小船、锚、铁桩,仿佛进行了一场合谋。中午时分,父亲又向东去了,他不甘心,这一次走了更远,直到天黑了父亲才划着小船回来了。是的,船已经顺流而下,跑了很远了。父亲从船上跳下来,疲惫又兴奋。水波拍打着河岸和船舷的声音又传进我的耳里了,熟悉到令人厌恶。我捂上耳朵,躲在窗口看父亲的一举一动。当然,我不会承认船是被我放走的。

很少再有人来河边洗衣淘米了。父亲心事重重,他不知道是不是桥把人与河水的距离拉开了,还是人们不再习惯亲近河水了,总之,他很久没有听到水码头上河水一样的欢笑声了。

这一年秋天,通天河发了一次大水,之前并没有征兆,只是雨水连绵,河面宽阔了很多,河水很急,走得跌跌撞撞——一条河任性了,它会上山,会逃走——河水爬上了河岸,一直奔进村里,把鸡窝和茅棚都冲走了,据说一个草垛被河水带出去很远,打着旋儿跑了一里路。

玉米地、棉花地、豆角地里都汪满了水,水渗不下去,也排泄不了,地像被涨开了,踩在哪里都是松松软软的。水退了后,村庄一片狼藉,泥土的颜色也深了一层。

这是通天河最浪荡不羁的一年,河水常常潜伏在河岸,伺机出逃,父亲将河岸又加高一尺,像个虚胖的人,整个冬天父亲都在河岸上奔忙,直到第二年开春,河水的情绪才稳定下来,像闹够的孩子疲沓了。

日子向前流淌,从前和父亲做标记的绳子飘扬在空中。其实,早在大水之后,河水不断地逃走,现在从北岸到南岸只要划21次桨就到了。水位一天天矮下去,河流变得孱弱细瘦。父亲坐在石头上,看着远处的河岸——又被野草们统领了,密密层层的巴泥草、蓟草、莎草在午后的烈焰里噼啪作响,高涨的气温催生出许多奇怪的、阔大的锯齿状叶子,它们繁复得不可思议,在河岸上大肆铺展,千百倍地繁孳。

一个黑色的球从远处漂了过来,在一处杂草繁盛的河岸憩下,父亲用桨将它挑起——是一只头盔,前挡塑料已破碎了,留下空洞的眼眶。

漂来的废物越来越多了,带着城里落拓不羁的气息,它们被父亲打捞上来,在河岸上堆成了一座小山。父亲不知道上游发生了什么,仿佛一切事物都要投进河流之中。

在春天的最后一个周末,父亲又一次目睹有人投河。这是个中年妇女,穿着一件厚厚的毛衣,身子有些微胖。她不是附近的人,没人见过她,当然,通天桥上来往的外地人太多了。很显然这是一次蓄谋已久的自杀,女人径直来到通天桥上,停了片刻,仿佛与往昔岁月作最后的道别,然后,笨拙地爬过栏杆,纵身一跃。

令人奇怪的是,她在河里摔了个跟头就站起来了,河流并没有收留她,女人从齐膝的水里爬上来,毫发未损。后来很多人都聚拢在桥面上,意兴阑珊地观看了这一幕,好像观看一出闹剧似的。

是的,这一年的冬天河水已浅得令人羞涩,河床像丑陋的牙花子那样袒露出来,散发着单调又无趣的色泽。但这并没有影响从桥上经过的人,包括我,我们步履不停,向着前方。只有父亲为此悲伤和焦虑,他的小船搁在岸上,与河水遥遥相望,上游除了漂来那些他叫不出名字的东西外,不再有河水奔流而下。

四

河水越发单薄,像捉襟见肘的内衣慢慢褪去。我如局外人一样斜睨着这一切,甚至内心无比期待——这一点,我和父亲是相反的,我像要揭开谜底一样盼着河底快点露出来。

父亲是在一个早晨发现通天河溜走了,河水在日出之前消失得无影无踪。

河底的世界一览无遗,旋转木马、火车以及我的母亲,并没有一一出现。父亲看着我,像是谎言被拆穿了,心虚、无奈、颓丧。

什——么——都——没——有。我一个字一个字地说，每个字都用力地撞击着口腔，显得咬牙切齿。

河底没有火车，河底也没有妈妈，什么都没有。我大声地说着，我感到自己的世界在那个早晨崩塌了，无尽的悲伤向我涌来。

什么也没有看见，我怎么……什么都没有看见，你骗我，你骗我的，你是骗子，你是个骗子。我早就知道了，你是骗子，你没有老婆，没有小孩，你是小偷，你是强盗，是疯子，你就是个骗子……我有些语无伦次，将能想到的词语一股脑儿向他掷去。

父亲垂着手臂，眼睛不敢看我，一遍遍地嗫嚅着，会有水的，会有水的，河水会跑回来的……半晌，他又迟疑着抬了抬手，想在我的脑袋上摸一摸，却被我甩开了。

若干年后，我都难以阐明那个早晨自己的巨大悲伤，是对河水的憎恨，是对河底的失望，还是对自己身世的难过，抑或是对父亲终日守在河边的不满。仿佛地上所有的水都涌向了空中，向我裹挟而来，我拼命地跑，竭尽全力地逃亡。

我的身后有熊熊大火，是枯草被我抱进小船后点燃的，我的耳边除了呼呼的风声，还有木头燃烧的炸裂声，我已经跑了很久了，但声音不绝于耳，火焰的声音急促、焦躁、爆裂，不同于水浪的节奏。

我沿着河底向上游奔去，黑色的河床夺走了我的视力，眼前总是一片茫然。我使劲揉着眼睛，试图看清什么，远处的父亲也变成模糊的一点，准确地说，是变成一只蚂蚁，围着燃烧的小船像热锅上的蚂蚁一样。

火被扑灭后，小船已变得黑黑的了，这些是我后来听说的。黑黑的河床和黑黑的船，倒是相配。

漫长又炽烈的夏日快到来了，河底已经出现龟裂，裂纹像藤蔓恣意地四处逶迤，据说父亲常常站在桥下，仰着头看高高的桥面，很长时间过去了，脖子像卡住了一样。没有水的河上的桥是多么可笑啊！父亲会自言自语说。有时他又一连几个钟头蹲在河床上,光着脊背,皮肤是河床一样的焦黑色,日光使他无法睁开眼睛,耷拉的眼皮下双眼无神,视线穿过裂缝,试图找到河水逃走的痕迹。他一动不动地,似乎沉浸在某种艰深的疑问之中。那时候,没有人明白父亲这些古怪举止令人难过的根源,也不明白在他内心深处累积的痛苦。炎热到来时,父亲走了,他扛着一支桨沿着河床逆行而上。

一个月后,父亲回来了,他的衣服被荆棘撕破了,腿上也拉出一道深深的口子。父亲顺着河床走了很多天,所有的河床都是那样的焦灼和悲痛,裂缝越来越宽,越来越深,从细细的蚯蚓状到擀面杖一样的宽度,有一处,父亲根本无法行走,因为一不小心双脚就要掉入裂缝中。只有一个地方还能看见一小截河流,浅浅的薄薄的一层,父亲很欣喜,却不知道怎样才能将它们卷起来带回。回来的时候,他的裤脚一直都是卷着的。也许,那些逃走的河水很快就会追上来,痒酥酥地舔着他的脚丫呢。

这一年的冬天,雾特别多,像是地上的水都跑到了半空。清早起来便是这满天满地的稠雾。村庄看不见了,通天桥看不见了,河床看不见了,就连父亲堆在岸上的废物堆也看不见了。中午的时候,还能看见太阳,像一只白色毛线团,无力地支在天上。

父亲的眼里都是雾气。他坐在开裂的河床上,坐在雾里,一坐就是一天,有时把自己都弄丢了。在一个清晨,父亲又一次离开了,准确地说,是划着他的小船离开的。从桥上经过的人正好看到了这一幕,他们说,那天的雾好大好大,通天河里涨满了水,河面无比宽阔,父亲的焦黑的小船漂荡在河面上。也有人说,小船是漂浮在大雾上的,离桥面很近,黑黑的,很刺目。说的人都信誓旦旦,仿佛刚刚亲历了那个早晨。谁知道呢。但有一点可以肯定:父亲把所有的桨都抱上了小船,包括那支桦树做成的桨。因为穿过层层浓雾,人们从重重叠叠的桨堆里看见了桨的眼睛。

语言的热带雨林

◎ 张炜

一

所有的写作者和阅读者,与当下的文学世界都会发生一种关系。无论是疏离还是密切,超越还是深陷,自觉还是不自觉,与这个世界的联系都是不可避免的。这种关系的特别之处,在于它的不可选择性。因为文学是文化传承的重要载体,而人无一不在某种文化系统中存在,所以人与文学的关系是天生的、自然而然的。如果将"写作"和"阅读"狭义化,专指文学领域,那么二者的关系就更紧密更直接了。

有人可能不以为然,认为自己既不是写作者也不是阅读者,而且从来不读文学作品,那么就一定与文学毫无关系了。事实远非如此,这只是从表面上看, 深层的关联是任何人都无法摆脱的。文学不过是一种生命本能,文学的表达和接受只是普遍的生命现象,特别是人类进入文明社会之后,已经渗透和交织在日常生活中,每个人都程度不同地浸润其中。一个人只要未能超越自己的族群文化和世界文化, 也就不能脱离所谓的"文学"。"文学"正以潜隐或凸显的方式,参与一个社会的文化建构。

即便是狭义地谈论文学,也不会是一个冷僻的话题。因为它毕竟不像一门专业技术,而是具有更深刻的非专业的心灵属性。也就是从这个意义上,人们常常产生幻想:如果能够恰逢一个适合自己、激动人心的文化与思想的时代、文学的时代,该是多么幸福。这多少类似于文学写作中的虚构和想象,而非现实。现实只能是生活在其中的、唯一的和不可选择的时代。由于它包含了一切，所以常常不能用简单的是与非、好与坏来回答。事实上无论愿意与否都得面对它，并与之发生深层的关联。

我们总是要论断一个时期的文学，这似乎是难以避免的。文学是一种复杂的事物，要概括它评说它是非常困难的，一般的意气用事也许容易，但并不能解决问题。这既需要理性地归纳分析、观察和量化，还要更多地感悟，并在实践中参与定义。因为一切预言式的、果断决然的鉴定最后都难免走空，掷地有声的话语也会轻轻滑过，说过即过，除了口舌之快，根本留不下什么痕迹。因为文学判断要倚仗审美感悟，从来不会那样简单。探究的对象一直在生长变化，找不到可供倚凭的僵固的模板，一般来说总是呈现茂长的芜杂和色调的斑驳。我们如果真要深入探寻，就必须沉浸其中，细细地咀嚼和品味，感受个中滋味。这种耐心是不可或缺的。

说出一些痛快的结论并不困难，听上去也直接干脆，有时还会获得不少共鸣。但这往往只是一时的效果。一个人面对极为繁复的文化与文学现状，难免烦躁和畏惧，所以就容易轻掷大言。当然也有相反的情况，认为眼前的一切都不值得施与热情，不必认真，于是就草率和敷衍起来，或者干脆一言以蔽之。其实这不过是为自己的懒惰和不求甚解寻找借口。且不说我们面对的思想与艺术绝非那么浅薄，即便如此，也并不妨碍个人的求真和专注，因为这是两码事。

这让我们想起当年的鲁迅，先生晚年把大量时间放在杂文写作上，以至于把长篇小说的创作计划扔在了一边。有人替他惋惜，觉得与一些小人物打没完没了的笔仗实在不值。但鲁迅却不这样看，在他眼里，论争的意义在事不在人，问题本身才是重要的和沉重的。就在这种仔细和认真的剖析之中，鲁迅先生完成了一生中另一种华丽而深邃的写作。

为自己的慵懒和怯懦寻找口实，往往是人的一种习惯做法。只要具备面对真实的勇气，理性精神在任何时候都不会埋在某个口实里。我们要说出自己的理由，而不是在自嘲或讥讽中退却。

二

　　一个劳作了近半个世纪的写作者，也会是一个勤奋的读者，在漫长的文学生涯中，肯定有许多感触可谈。二十世纪四五十年代生人会有特别的、属于自己的经历，这大概是很难重复的记忆：童年饥饿、求学困难、"上山下乡"和"文革"等，一路走来的许多重大社会变动跌宕，不可谓不大。后来又是对外开放时期，是商业化网络化时代。文学在剧烈起伏的社会思潮中演变，高潮低潮，前进倒退，不是几句话可以说清楚的。

　　记忆中的二十世纪六七十年代，一年最多出版三两部长篇小说，散文和短篇小说集也只有不多几部，文学刊物少极了。能够从事写作和出版的人只有不多几位。所以那时候这些书籍和这些作家，影响之大无与伦比。现在许多人还记忆犹新，甚至以那个时期与今天作比，认为现在的文学和作家影响力小得多，因此远不如那个时期更有成就。这种毫无理性的言说竟然获得了一些赞同，可见昏聩。当一个十几亿人口的国家基本上截断了外国文学输入，同时禁止了大多数作家的写作权利，那么仅有的一点"当代文学"想没有影响都做不到。这不是一种正常状态。实事求是地讲，如果按起码的诗学标准来评判，当年那些影响巨大的文学出版物，相当一部分极为粗陋拙劣，连基本的文从字顺都做不到，又何谈"文学"？

　　到了二十世纪八十年代初，作家们重新获得了写作的权利，年轻作者纷纷涌现。被压抑的精神突然得到释放，无数意见得到表述。这是倾泻般的语言洪流，与之匹配的就是大量文学杂志。出版社也十分活跃，古今中外各种作品得以面世。此刻的文学仿佛具备了一种呼风唤雨的力量，影响之大简直空前。人们第一次感受到文学的强势存在。一位作家发表一篇作品便可名满天下，全国上下争读一部一篇、街头巷尾口耳相传一位作家，是再正常不过的事情。书籍的印刷量大极了，几十万上百万都是轻而易举的事情。

那个特殊的时期，人们已经习惯了从文学作品中寻找答案，文学既是教科书，又是诉求状，更是呼吁文。大家积压了几十年或更长时间的激情、痛苦与欣悦，都堆积和贮存于文学之中。那些长期封闭和沉睡的一部分审美力，这时候也一并呼唤出来。总之文学喊出了许多心声，让人获得前所未有的审美愉悦。但后者是初步的或退后一步的，人们得到的欣悦主要还是社会道德层面的。当然这也与审美连在一起、不可分剥。

那是一个长长的文学狂欢节。在这个节日里，写作者和读者都是深度参与者，他们将把这种激越长久地保留在记忆中。

三

转眼就迎来另一个时期。随着商品经济的发展，文学写作和阅读状况急剧改变。一方面原有的社会表达已经没有了喷发态势，另一方面无数的文学品类蜂拥而至，让人猝不及防。外国文学加快输入，各种文学实验和模仿日益增多，各类出版物比以往多出几十倍上百倍。就文字本身而言，花色、品种及数量已经超出了几代人的记忆。写作者要适应版面的扩张，一时泥沙俱下。人们不得不接受读物泛滥和选择困难这样的现实，目不暇接，一部作品引起轰动的情形绝无仅有。文学作为一个话题正在冷却，由视野的中心渐渐移向边缘。

从专业角度论，"边缘"说当然是不通的。因为文学只能置于审美的位置，它从不属于行政律令，当然没有令行禁止的功能和使命。就现实的有效性来看，文学在人类历史上从未处于"中心"。审美依从心灵，属于生命感奋，也只能装在心中，而"心"这个器官一直处于身体的"中心"，所以说文学永远不会退到"边缘"。审美具有差异，一个地区或族群之间的区别很大，它将决定野蛮与文明、完美与粗拙，更有创造力的不同。文学当然会让一个人或一个群体具有精神的优越性，让其变得更自信和更有力量。

隐隐地希望文学具备强大的号召力，甚至法令一样的现实规定力，这不仅幼稚，而且是对所有艺术的误解。正像文明本身需要日常的证明与注解一样，文学也同样如此，它是更加宽广的事物，包含日常并溶解于日常。它将化为无数小项和分项，呈现于生活中。也正是平时那些细小的事物，辐射出文学的功用和力量，我们可以说，它们的痕迹无处不在。

有人曾经设问："'文学'是不是'文化'的核心？"这算是大胆一问，但真要回答却需复杂的论证。不过几乎可以肯定，文学一定是文化传承的核心部分。回望历史，离开诗书典籍，一个族群的文化精神载体就要去掉大半。没有诗，没有散文和小说，我们的文明何以传承？历史上不断发生巨大的社会动荡，外族入侵，吞并中原，整个民族的治理体制一再更迭，最后起到统一作用的决定因素还是文化。文化不仅维护了文明的版图，而且维护了地理的版图。文化版图的核心是文学，这是不争的事实。从这个角度讲，文学不可能退居边缘，它一直牢牢地植于思想与心灵的中心。

在网络时代，写作和阅读方式发生了改变。人们开始热衷于碎片化阅读，在小小屏幕上花费的时间越来越多。内容芜杂，主要是社会信息的流动。人类的好奇心首先需要得到满足，审美也就放到其次。人们愿在极短的时间内获得更多消息，虽然大多无关于自己。它们作为意趣而不是意义被人接纳。这就占用了大量时间，受到伤害的不仅是文学阅读，更是整个的精神空间、生存空间。

这种特异时期形成的视觉侵占引起了普遍的忧虑，这不光是文化的忧虑，更是多方面的担心。一旦深度渗透的数字生活走向了极端化，我们也就失去了深入关注事物的能力和机会，而所有的创造和发现，都离不开这种关怀力和探索力。我们不再专心，而审美力是更高一级的，它即将涣散。最可怕的是生命品质的改变，是集体无意识地陷入轻浮和草率，丧失理性思考力。这最终引起什么后果，似乎不难预料。可见数字传播引起的改变，已经远远不是阅读本身的事情。同理，也不仅仅是文学本身的事情，它关系到更本质和更久远的未来。

四

　　碎片化浏览占据整个阅读生活的百分之八十以上，这种趋势还在加重。智能手机的危害与功用同在，随身跟命，不再分离。人们不分场合地使用，在候车厅、候机厅和一些休闲场所，甚至在会议或行走中都在滑动屏幕。人几乎不能让眼睛闲下来，也不能沉思。屏幕上的闪烁跳跃具有传染力，会像病毒一样入侵，让我们上瘾，产生从未有过的依赖。我们从此把与生命同等宝贵的时间耗损一空，却少有回报。

　　大量的电子片段堆积在大脑中，损害无可估量。某种神经依赖症一旦出现就无法治愈。说到现代科技带来的便利，那是另一个话题，就"读取"这个单项来看，它造成的后果是始料不及的。无法阻止的流言，难以辨析的消息，耸人听闻的事件，浅薄与恶意，淫邪和罪愆，都在小小荧屏上汇集。欣悦少于沮丧，绝望大于希望，人一天到晚淹没在极其恶劣的心情和接二连三的恐惧中。这里流动的文字大多是即兴的、未经打磨的，语言品质之低下，心绪用意之阴暗，几成常态。这种气息熏染下的精神生活使人向下，而不是向上。

　　生活中的认真态度需要严谨的文字去培养，失去了起码的语言标准，社会精神就会沦丧和消散。至于文学，它要求更多的接受条件，比如相应的视觉触及方式。传统阅读通常为纸质书，它经历了从宣纸木刻到现代印刷线装胶装，质感已经变化很大。很早以前的线装书舒放柔软，变为西式书籍的挺括，也产生了感受差异。即便是现代印刷，从铅字排版到激光照排，读者也需要适应。

　　就文学欣赏来看，荧屏这个窗口未免太小。主要还是质地的改变，这与书写效果相去太远。声光技术的遥不可及，阻隔了人的情感。我们虽然在读文缀句，意思也能明白，但总有一种不够踏实的感觉。文字和书是这样成形的，先是写于树叶和龟板以及陶片，进而是棉帛和纸；笔由动植物身上取来的材料做成,最后才是铅笔钢笔。人的情感一笔笔记下,手工连接的心思有一种天生的淳朴,感染力代代延续;直到印制成书装订起来,其物理还是接近原初。而今通过无线信号接收数字,于掌中演变成形,走得太远。一种无法言喻的飘忽感,很难在心里植根,来去匆匆,像一层灰尘,轻轻一拂就没了。

就语言艺术享受来说,看似小小的区别,后果却是严重的。有人说这种很难察觉的差异会在习惯中克服。可是不要忘记,这个根性深植于生命之中,不可能在一代或几代人中改变。我们的阅读方式延续了几千年,人眼适应反射光历经了几万年的进化。

五

由于语言的使用趋于机械复合的性质,所以人人都可胡乱堆砌。即便在一些庄重的场合,也经常看到草率幼稚、根本不通的书写。人们已经没有审慎操练语言的意识,更不会发生生命的关系,只是程式化地、无关痛痒地使用。

一般的文字工作是这样,作为语言艺术的文学则产生了灾难性的结果。我们如果稍稍注意,就会发现随处都是文字垃圾,它们正日夜滚动在屏幕及各类印刷物上。兴之所至的涂抹、昏妄的呓语、不知所云的喧嚷、恶意的发泄以及晦暗不明、意思暧昧、稀奇怪异,全都出现了。正常的人只要耽于这种阅读区区十分钟,就会心生感叹:怎么会有这么多无聊、阴暗丑陋和恶意?美与善何在?它们仍然有,可是已远远不够,难道在坚硬的金属容器中密封起来?污浊和拙劣与一个时期的商业主义和利益集团结合,运用金钱向前推进,生出锥心之痛。

语言艺术最后连一个口实都算不上,在一部分人那里只是胡言乱语的代名词。需要垃圾填充的版面太大,以前是纸质的,现在则是由无限量的光电承载。胃口无限,可以连骨带肉吞下去。所以现在需要一大批丧心病狂的人，去做人世间最不堪的营生。

中国古人有一个说法，叫"敬惜字纸"，说的就是对文明承载物的尊重，这表明了一个民族的高度文明自觉。而今既已如此，其他也就不必奢谈。什么"未来"之类，它不属于我们。

纵观历史，会发现一个惊人的事实：从未有如此多的人参与涂抹。几千万人从事广义的"文学写作"，历史上没有发生过这种情况。有人不愿正视这个事实，好像一切照旧。散文、诗歌、书评、短篇、长篇，各种题材和体裁相加，多到前无古人。各种文字像潮水一样涌来，不是目不暇接，而是直接淹没。无论是网络平台还是纸质媒体，文字的潮汐无时无刻不在涌动。午夜和凌晨都有新作发表，黎明时分已阅读十万，跟帖八千，不知刷新了多少次。"文学"洪流滔滔不绝，与其他文字一起汹涌。敏感一点的作者和读者，面对此等情状可能觉得恍若隔世。

这么多人参与"文学"，还能说文学"边缘化"？如果回到二十世纪六七十年代，那时只有三两个作家和三两部作品，某些人也视为盛况，而今这一切又该如何评价？即便回到二十世纪八十年代，虽然写作者和阅读者成倍增加，但比起现在也只算个零头。有人会说那些只有三两个作家的年代，人数虽少影响巨大。是的，不过如果把文学比作一场体育赛事，赛场上只允许两个人参加，那么这些选手想拒绝当冠亚军都难。

实际上就是如此，在二十世纪六七十年代，无论一个"选手"天资如何优秀，都不准上场。要谈文学的"中心"和"边缘"，那时候的文学才真正退到了边缘。今天的一些人之所以把"边缘"挂在嘴边，是因为参照出了问题。只记住某位作家引起的巨大反响，却没有分析这种影响缘何而生。千万人写作和三两个人写作，毫无可比性。

在万马奔腾的写作中，文学关注力的分散和瓦解，是一定要发生的。

六

人是一种奇怪的生物，最容易遗忘，一二百年过去就感到遥不可及了，认为那时的书也十分老旧。追逐国内外最新的流行物，以新为好。艺术恰恰相反，它们并不是越新越好，而是要依赖时间的检验和甄别。时下的艺术经过时间之水的冲刷，至少过去一个世纪才会凸显出来。精神和艺术的历史，一二百年真的不算长，也不过历经两三代人。我们遗忘了十九世纪前后的那些经典，更不要说再早一些的，多么可悲。这实际上已经是离我们最近的积累了。《诗经》《楚辞》之类的作品以千年计，也没有显得特别遥远。这么快就疏离了人类的杰出创造，怎么能令人信赖？怎么能积蓄伟大的文明？不可能。

被眼前的时新强烈地吸引，其实其中绝大部分只是泡沫，是光线下的泛光。某个时代人类的创造力突然破掉一个基线、一个局限和概率，产生出山一样的杰作，是不可能的。参与者增多，理论上发生奇迹的概率可以提高，但一个民族一个时代，真正意义上的伟大作家和作品，一百年也就那么多，不会更多。纵观古今中外的文学艺术史，几千年下来，以一百年为最小单位，一个世纪也不过如此，这是古老的规律。网络时代的参与人数空前，却未必能打破人类的历史纪录。百年之内关于精神和艺术的结论，无论怎样凿定有声也会大打折扣，怀疑和挑剔在所难免。

即便那些已成定论的文学艺术经典，也要经过后人多轮选取，接受没完没了的质疑。像《在路上》《尤利西斯》这一类，像毕加索后期的创作，许多人认为它们实在被高估了。

不要以为参与艺术的人多了，就一定是艺术的大时代。随着消费主义、娱乐主义、物质主义的盛行，参与者的数量和品质，还有价值判断和审美取向，都会受到影响。以某些淫书为例，它们作为禁书，一致被判为有害人类文明，却在网络时代受到推崇。许多类似的书都获得了越来越高的评价,就此可以明白一个时代的偏嗜。有人强调它们的"认识价值",但这里或可反问:这种价值能够独立并代替其他?另外,所有的人间大恶都有很大的"认识价值",我们却不会拿来审美。

今天,对精神叙事保持一种敏感的、更高的要求,是至为重要也是至为困难的。文学不能走向物质化和娱乐化,它毕竟不是可乐也不是汉堡。我们每天被各种荒唐离奇的信息、无数悲喜交集的事件所淹没,正常的情感已经被消耗得差不多了。文学即便一再提高自己的分贝,哪怕变得声嘶力竭也无济于事。数字荒漠中,悲惨的不觉得多么凄怆,奇迹也懒得赞叹,神经刺激过度了。也正因为如此,当今的文学究竟该怎样书写,就变成了一道费解的难题。精神的起伏跌宕,情感的两手颤抖,不可忍受无比喜悦、夜不能寐的爱与恨,仿佛都不再动人了。

毁灭情感和自尊的高科技加物质主义,走到了一个极处且无法遏制。作为文学,尾随就是堕落,就是一钱不值,类似的文字不读还好,越读越乱,引起厌恶,觉得卑贱。一个民族拥有这样的文学才是真正的不幸。

我们曾经专注于精神,写人的失败、勇敢和抵抗,写人的尊严。人受到侵害之后多么痛苦不安,他们退于绝地,日日独思。而今,仅仅独坐沉思当然不够,且起而做工,着手从未有过的复杂而艰巨的事项吧。

即使雪落满舱

◎ 塞壬

　　那天，我跟父亲驱车两百多公里去乡村祭拜一位亡故的老者。天空飘着细雪，如萤乱舞。我们把车停在村口的小广场边，一路走进村庄。父亲的头发、肩头沾着雪粒，他垮着脸，表情凝重。他是头一天意外得知死者已于半月前就过世的消息，所以我们来晚了，没有赶上葬礼（后来知道并没有葬礼）。我们来到一户破旧、低矮的红砖房前，房前墙根堆着两垄黑瓦，底下一层有干枯的苔印，仿佛长在那里很多年。屋旁的旱厕墙垛倒塌了，像是被长年累月的风雨侵蚀塌的。左侧的菜地撂荒已久，枯死的杂草，被扔满乱石，几个空塑料袋嵌在杂草间被风灌满。冷风贴地吹过，挟裹着寒气，我环顾着村庄周遭林立的青砖小楼，墙体随处可见的电商广告，听到不远处传来一阵阵摩托车呜呜的鸣叫声，几个稚童在小超市前追逐嬉闹。这村庄远在郊外，正值初雪，乡村的寂寥笼在一层厚重的灰色阴郁里，仿佛在酝酿一场更大的雪。而这间屋子俨然死去很久了，就像一座旧坟墓。完全没有人居住过的痕迹与气息。屋子的木门中间横着一把生锈的搭锁，父亲用手扣了扣搭锁，又把头探向门缝里，我也凑近伸长脖子往里看，一片漆黑，阒寂无声。一时间，我和父亲陷入了一种不可名状的无措里。我们在屋门口转着圈，看上去荒诞极了。

　　死者七十岁，名叫李运强，三十年前因参与抢劫杀人案被判了死缓。五年前被释放，一个人回到乡下老家，半个月前脑溢血突发身亡。他跟我父亲有过五个月的铁窗之情。在这五年里，父亲偶尔会独自一人看望他，与上一次他来到这里不足半年时间。我知道,死者的妻儿自从他入狱那天起就跟他断了关系,他们从未探监,直到他死的时候都没有现身。听说尸体火化的钱是同族的几家分摊的,骨灰还摆在家里,至今没有下葬。

父亲突然剧烈地咳嗽起来,他躬下身去,身体在颤抖。我赶紧去搀他,他倔强地挣脱了我的手,一下站直了身子,然后说了句,我们回家吧。雪下得大了,他在前面越走越快,带着愤怒与悲伤,带着对荒凉人生的巨大虚无,他把渐行渐远的背影留给了我。我站在他身后,百感交集。祭拜未果,但此行本身也算是尽到了心意,我们原本可以拜访一下他邻近的族人,但父亲放弃了。他就这么粗暴地、自顾自地走了。他难过得说不出一句话。

我是惯于看着他的背影,站在他身后的那个人。作为父亲为数不多的朋友,这个人死了,没有亲人到场,骨灰没法入土。落得这样的下场,人们通常会说,这是杀人犯该有的报应。但这是一个可怕的报应。这个报应要比坐牢更可怕。从死缓到无期,从无期到有期二十五年,最终,死刑还是没有放过他。

············

那他岂不是万念俱灰地活过了这三十年? 我忍不住问父亲。

不。在接受死缓的那一天,他就朝着生的方向做最大的努力,所以他的每一天,是怀着希望和光亮的。只是,这人世间太寒冷了,没有给他一丝机会。

两天之后,父亲轻度中风,一时下不了床。他几乎不说话。陪他从医院回来,父亲已康复得差不多了。我半个月的年假所剩无几,即将返回广东,他突然叫住我,我见他脸有未干的泪迹,他微微地想掩饰一下尴尬,然而却又用一种罕见的郑重语气说出,红,谢谢你,辛苦你了。

一时间,我意识到,父亲的这声谢并不是指这几天没日没夜的医院陪护,而是来自他内心深处三十年来对这一切的一切最终凝结成的一个"谢"字。我怔住了,我知道这个字的分量。我们都有情感上的表达障碍,有些话从来都羞于出口，它太烫了，以至于会把我们稍稍地弹开一会儿。父亲一定知道它在我心里引起的风暴。我流下眼泪。

我给了父亲那样的机会。温暖与光。还有重生。

一

我时常在梦里听到一双钉了铁掌的靴子发出"噔噔噔"的声音，那声音由远及近，它伴着恐惧、压迫，一声逼近一声，最后踩进我的额头，踏破梦境。睁眼，手握成死死的拳头，心跳急促，而梦境清晰依旧，在它刚刚消逝的瞬间，留下一串渐次减弱的震颤使我眩晕。等到灵台清明，我还是要花很长一段时间费力地去绕开它。为的是遏止恶劣的情绪漫漶。无法诉说，没有人能从精神的内部来慰藉我，漫长压抑的童年，寂郁的少女时代，最终，我在阅读中找到了消解。我似乎很早就意识到，人可以依赖冥想活着，构建一个属于自己的世界，然后整个儿地缩在里面。我希望它能够阻挡门外热水瓶摔在地上炸碎的声音，暴烈的父亲，他的怒吼，母亲瑟缩着啜泣，年幼的弟弟，他扯着喉咙发出尖厉的哭号……全部，把它们挡在我的世界之外。在那样的年纪，我是如何练就了一副冷心肠的？一个人的自尊在长期对抗自我的脆弱时，内心就会结出一种类似盔甲的硬壳，看上去冷酷、麻木，不顾他人死活。这是我青春的叛逆。很多年之后，我再看那个时期的照片，很多张，我，撇着嘴角，空漠的眼从来不看镜头，鼻孔发出轻蔑的一哼，脸，厌倦着一切。我曾尝试用文字去面对它，或者说去面对尘封在内心角落的那个自己，可我疑心，一旦付诸文字，最后呈现出来的是另一个模样。很本能地，文字会朝着情绪化、自我辩解自我粉饰的方向。窜改，无非是遮蔽的另一种形式。然而，很长时间以来，我竟至发觉，即使是遮蔽，那也是真实的一部分。包括，即使我虚构的是另一个自己，那也是我心里希望的样子。

那双钉了铁掌的靴子是我父亲的，那是一双长筒牛皮靴。它的材质有天然的光泽与质感，锃亮、漆黑、沉默。摆放在那里，竟有轩昂的不凡气度，类似于某种男人的品格：伟岸的将军、不朽的战神，抑或心怀天下的英雄豪杰。那个时候，父亲跟那一代的年轻人一样，喜欢一个日本电影明星，他叫高仓健，那一代人，喜欢他，皆因那部叫《追捕》的电影。我想，父亲在穿上那双长筒靴的时候一定是有了杜丘的代入感，他时常穿着它，铁掌发出的声音让他萌生了凌驾他人的意志。父亲是一个身材矮小的人，刚及一米六。矮，是他终生的忌讳，逆鳞，不让人碰的。自卑与狂妄，不加掩饰。我相信父亲是一个痛苦的人。他仅穿三十七码的鞋子，然而那靴子最小却只有三十九码，明显大了，前面空出一截。在二十世纪八十年代中期，一双一百多块钱的靴子，父亲眼睛都不眨地买下了。他把长裤扎进长筒靴，那靴子竟没过了他的膝头，快要到达大腿的部位，远远看着，他的下半身，仿佛是从靴子开始的，看上去丑陋而怪异。父亲趾高气扬地穿上它就脱不下来了。那么多的日子，伴着他说着凶狠的话，变形的脸，目眦欲裂，他愤怒地在屋子里来来回回地踱着步子，铁掌在水泥地发出的声音，那声音，于我，真像是一场噩梦——他打了母亲。我用双手捂住弟弟的眼睛，缩成一团。

我最后看到那双靴子是很多年后的事情，它被扔在废弃的阁楼里，跟一堆缺腿的桌椅、旧自行车、不再使用的缸和有裂纹的陶罐们待在一起。那靴子的脚脖子扭得面目全非，像两只畸形的老树根。左边的一只，鞋尖处斜昂着头，没法着地；右边的那只，右侧严重磨损，脚背处折痕太深，快要断了。它们都无法站立，铁掌已锈。这是一双备受摧残的靴子，它承载着父亲太多的乖张、暴戾和喜怒无常。我所能忆起的有关这双靴子的那些岁月，父亲折磨着我们所有的人。

这双靴子仿佛为我找到了一种叙述的调门。写作十五年，关于父亲，这个离我生命最近的人，我却迟迟落不下一个字。起先缘于家丑不可外扬，讳莫如深。毕竟父亲有牢狱的经历。而后，我却又始终没有准备好去面对那个时候的父亲和我自己。一想到，或者一梦到，我都是极力去绕开，拼命往里缩。长期以来，我以为这个往里缩的空间还很大。然而，三十年过去了，人世沧桑，几遭起起落落，一生飘零异乡，最终也只落得浮生寄流年，虚掷了光阴。一切外在的，俗世的荣辱、毁誉，于我，皆已是风中之物。而今，我之所以去写它，除了一种佛性的释然之外，我还认为，不论是父亲还是我，在面对他入狱这个事件之时，皆不能以一个"丑"(即耻辱)字去定义。相反，四十岁的父亲和十六岁的我，在那个事件中认识了彼此，我们重新建立了一种人世间最宝贵的关系：父女。我最终没有抛弃父亲，我向他伸出了手，并抓紧了他。那件事不再是我们人生的污点和耻辱，而是一次重生的艰辛历程。我想起杜拉斯的《情人》，她写这部小说已进入生命的暮年，而这个她在十六岁就遇到的男人，是她终生难忘的情人，她为什么要挨到古稀之年去写这个让她终生难忘的人？之前，我对此很疑惑，然后现在懂了。她应该找到了一种合适的表达，赋予这个故事在她的生命中无可取代的光与不朽，要做到这一点，需要时空的距离，需要那种历尽世事沧桑之后仿佛又回到原点，重新对过往的打量，以及日日积累的情绪等待临界喷涌而出的那一刻。现在，这双靴子，这个破败而又衰老的实物，我在心里攥着它，眼前浮现出父亲中风初愈时的那张歪斜的脸，那张写满现世已然走到尽头的哀绝的脸。惶惶然，竟莫名想到"大限"二字，一阵心惊过后，泪腺犹如受了暴击一般，滂沱不止。

二

　　父亲是幼子，备受祖母溺爱。我们家世代农民，每一个人都是要下地耕种的，然而父亲吸血式读书，竟自读到高中，直到那个运动席卷全国时，他才辍的学。他只得背着一个网兜从城里回来，那兜里只装了一个铝饭盒、一个磕了瓷的搪瓷茶缸、一双旧解放鞋和几件换洗衣服。人皆纳罕：这个读书人从学堂回来，竟没有带回一本书。这到底是读了个什么书啊。父亲只是笑了笑。祖母满心欢喜:这小儿子算盘(珠算)打得好,十里八乡的人都赞,还能写一手漂亮的毛笔字,为他下的血本总算不亏。那个年代,在我们那里,看一个人是不是有文化,第一宗就看算盘打得怎么样;第二宗就是要看这毛笔字了。有这两样,你就有可能摆脱耕种的命运,去生产队当会计、记工员,最不济,也能去民办小学做个教书先生。他小小身板,没有吃过一天苦,喜欢仰着脸说大话,性格偏激好斗,然而为人却大方爽快,村子里有人家穷急需要钱,父亲只要有,定会倾囊相赠,也不计较人家会不会还。有天资不错的孩子,他从来不吝赐教,竭力劝说其家长一定要舍得下本钱让孩子读书。他性子好动,笑得很大声,一副天底下没有什么事能难倒他的样子。父亲所学,远远不止这两宗。他能写文章,文采不凡,善于复杂的数学演算,记忆力惊人。他还有一副迷人的男中音嗓子,能把《草原之夜》这首歌唱得深沉低回、孤独苍凉。

就这么个小小的人,进了生产队当起小会计。指尖的算盘珠子扒拉得飞快,如同他迅速爬升的命运。第二年年末,因在公社的会议上有了一次惊艳的表现而受到领导的关注。我的父亲,十九岁,从容不迫、胸有成竹地报出生产队两年来粮食、蔬菜、牲畜、工时、人力的所有数据,百分比,上升、下跌原因分析,他还补充了个人的相关建议。那种自信,那种踌躇满志,那种台下鸦雀无声的个人秀,父亲,在命运最初的高光时刻,一个牛犊子,尽管青涩,但终归也还是可爱的。紧接着,父亲就进了大队部当会计,做八个生产队的账。他彻底地摆脱了耕种的命运,成了吃公家饭的人。一路的顺风顺水,随后又做了大队队长、村支书,最后,他做到了乡镇建筑公司的总经理。二十年间,他从那个青涩的少年变成了一个傲慢、自负、冷酷而又喜怒无常的人。从我记事起,父亲像一个陌生人,这个陌生包括:他对我突如其来的热情。比如,周末他让单位司机去学校接我回家,引起同学围观;再比如,他时常塞给我厚厚的一沓钱,扔下一句"拿着",就没有了别的言语。我跟父亲几乎没有交流。但我知道,他在关注我。他从来没有漏过关于我的所有重要日子，生日、升学考试、毕业典礼，他知道我在学校的所有荣誉，并与班主任有频繁接触。在一次家长会上，父亲竟然给我所有的任课老师都准备了礼物，会后，还高调地请老师去酒店吃饭、唱歌。这些都令我反感，觉得他行事粗鄙，像一个小丑，让我蒙羞。在我的视线外，我能隐约感受到有父亲的身影。父亲对我的重视，我后面还会专门讲到一个事件。

可是，我却能从外面的言论中听到父亲。那是一种，看见我走来就会戛然而止的声音。残酷的是，我一字不落地听见了，像是被风吹落到地上的声音，人皆散尽，就等着我来捡起。那些话里有诅咒、嘲讽，更多的是看客的泄愤和谩骂。他们嘴里我父亲是一个不得好死的人，迟早要遭到报应，只是时候未到。我很小就是一个心事重重的人了。我听到了很多关于父亲的可怕的事：

建筑工地上有人从脚手架上掉下来摔死了，赔家属五千块钱私了。

所有的建筑项目从来没有招标，那个人垄断了。钢铁厂新区所有的厂房，围墙，包括公路，他想给谁做就给谁做。

听说他是乡镇领导一把手的钱袋子。

前几年新盖的教学楼，墙体都裂开了，垮了一边，至今没人管。连建学校都搞豆腐渣……

跟黑道的人搞在一起。听说打伤了外乡一个建筑队的头头，至今人还躺在医院。

然而有一宗八卦应该是真的。父亲在担任村支书的时候，有一次接待市领导，那是父亲第一次接待市级别的领导，所以他特地挑了一套灰格子西装，梳了一个锃亮的大背头，意气风发地带着村干部一行人候在村委会门口，一辆黑色的轿车开过来，里面下来四个人，一个领导模样的人，环顾了一下人群，然后他向父亲身边的书记员伸出了双手。那书记员戴着黑框眼镜，中山装，背着手，他身形挺拔，气质沉稳。人们这么形容我的父亲：他看上去,像一个小痞子。

只有我知道,这种事对我父亲的伤害是致命的。我甚至能想象得到,当时他那张变形的脸。我认为,他后来的种种狂妄、嚣张,都有一种表演的成分。那种扭曲,激发出的恶,往往是毁灭性的。

我后来翻看了父亲案件的所有卷宗,那些触目惊心、恐怖而又不可思议的事情远不是这些风言风语比得了的。然而那个时候,人们对我的态度非常微妙。直到父亲入狱,那种人情冷暖的露骨表现让我在一夜之间长大。无论我在外面听到了什么,我从来都没有向父亲求证过。我对父亲的无视、鄙薄皆与这些毫无关系。

我恨这个矮个子男人是因为他醉酒之后打我的母亲。直到我慢慢长大,敢用自己的身体去挡,父亲的拳脚落到我的身上时,他就会倏地缩回去。我护住母亲,怒眼圆睁。与父亲凶狠地对视几秒后,他就委顿下去。

一家人坐在一张桌子吃饭的日子很少,即使一年中有那么几回,我和弟弟端了饭碗回各自的房间。母亲一个人默默地陪着他,给他添饭,起先他们小声地争吵,继而父亲摔碗,摔椅子,最终他会摔门而去。父亲在家,总有一种奇怪的氛围笼罩着我们,他像一股特别刺耳的岔音,产生令人窒息的压抑感,让我们不自在。他在家从来不笑,他的脸有一股暴戾的力量,不知道什么时候发作。当我们娘儿仨有说有笑的时候,父亲突然推门而入,空气在那一瞬间仿佛凝固了一般,我和弟弟心照不宣,一言不发,小心翼翼地各自散去。我们从来都没有喊过他爸。"爸"这个字太奇怪了,它需要一个人无条件承认对另一个人有一种先天的情感,我时常盯着这个字看,直盯得它被无限放大,大至虚无,最后陌生得我不认识了。

上初中起我就住校了,那种逃亡窃喜的心理仿佛是,一大片干净明媚的阳光照进来,照亮内心那些已经生病的角角落落。那个家太阴暗了,可怜的母亲,她像一个智者,她深信会有一个崭新的父亲回归。而我在那么长的时间里,认为母亲愚不可及。我读不懂她的爱与慈悲,多年后读到张爱玲的那句话:因为懂得,所以慈悲。瞬间脑海中,母亲这个人一下子对应到位。

父亲经常一个人坐在客厅的沙发上直到深夜。电视的蓝光映在他的脸上。门缝里,我偷偷地看着,他是一个怎样的人?我有时问自己,忽然就觉得面对这个问题有一种巨大的障碍,像一个黑洞,无从下手,他从来都没有在我和弟弟面前表现出温情,更多的是不满和暴躁,即使我们在学校有不错的表现,他只是不屑:跟我那会儿比,你们都差远了。很多年前,他的床头曾经有《静静的顿河》《悲惨世界》这样的小说,而现在则是金庸的《倚天屠龙记》。有一点,我是可以肯定的,父亲他懂得人性的美好,这世间的善与真,他都懂。只是他好像关闭了。

母亲的态度耐人寻味。对我父亲这个人,她从来没有一句恶语。她微笑着,仿佛掌握着绝对的真理,她似乎在等待着什么。即使是在父亲四面楚歌的日子,那些汹涌地唱衰他迟早要出大事的日子。父亲被带走的那一天,她像一个先知那样说道,这个时候被抓起来是最好的了,再晚些就反而不妙了。

跟所有人一样,我们都认为父亲被抓是迟早的事。

那个时候,小城突然刮起了跳舞风,城里、乡镇都开了许多家舞厅,一到晚上,整条街霓虹闪烁,迪斯科的舞曲响起。父亲彻夜不归,在舞厅包场子打牌赌钱,听人说,父亲在外面有了女人。我直接的反应是,这绝对是真的。虽然我没跟他有真正的交流,但我了解父亲。一涉及他的相关信息,我就能瞬间判断它的真伪,我深信,父亲太需要情人这东西来坐实他作为当地一个人物所该有的那种匹配。那女人,堂姐指给我看了,是乡政府旁边庆丰餐馆的老板娘,一笑就花枝乱颤的那种女人,她有丰满的臀部和华泽的胖膀子。我原本没想去招惹她。

弟弟突然发了高烧,我只得在深夜去舞厅寻父亲,让他派车把弟弟送进医院。穿过震耳欲聋的舞池,我被一个认识的小哥领着,径直来到那间包厢。踹开门,怒气冲冲地出现在父亲面前。烟雾缭绕的空间,灯光昏暗,几个人在炸金花,桌面下注的大额纸钞扔得狼藉一片。那女人蛇样攀缠在父亲身上。父亲抬头惊愕地看着我。

回家。我只扔出两个字,语气没有商量的余地。

这谁啊?那女人口吐烟圈。

我,我家姑娘。父亲显得有点惊慌失措。

哎哟,你是红吧。女人的脸微微一变,立马从我父亲身上站起来,上下打量我。

黄江,你给我马上回家。我直呼父亲名讳。

那女人拉扯我,说道,红啊,什么事这么急,你爸这不忙着吗?

一个响亮的耳光打在她的脸上。我龇着牙狠狠发出:你给我滚。

父亲一下子被震住了。众人见情况不妙,把牌一推。父亲站起身突然大笑起来,他说了一句:果真虎父无犬女啊,不错。然后他把那女人扒拉到一边就往外走。

从那以后,父亲就跟这女人断了。我相信理由只有一个,他已经感受到快要失去我了。从那以后,父亲甚至一度罕见地对我赔着笑脸,我知道,在他心里我很重要。

三

我之前从来没有设想过父亲真入狱了我会做何反应。

那个时候我在市里读高中,住校。有一天傍晚,一个同学带话,说总机那儿有我的一个电话。是我母亲打来的,她说你父亲被破门而入的警察铐走了。母亲的声音很镇定,她只是告诉我这个消息,别的什么都没有说。放下电话,我真正感受到五雷轰顶,双脚灌铅。我的全部,整个的肉身,意志,我这个人的一个物理存在,全都化为一片虚无。生命仿佛停顿了一下。我才真正感受到,父亲是一直融入我生命的那个人。他突然被生生拆走,我就裂开了。本是意料中的事，可当它真正降临的时候，依然是一个晴天霹雳。

原来恨，它倾注的也是一种热情，它炽烈的程度远在爱之上。或者说，它们本来就是同一种情感的两个面。

没有请假，我径自坐车回家。一路上，我回想父亲的过往，林林总总。恨意又占据我全部的身心：他活该。见到母亲之后，我大吃一惊，才几个小时的工夫，母亲憔悴得厉害，脸寡白，唇青紫，看见我，她有一点发抖。我赶紧上前扶住她。弟弟蜷缩在她的身边，像一只受到惊吓的小羊羔。我们娘儿仨拥成一团。这就是一个家没有父亲的样子，这就是一个家就要垮掉的样子。我第一次感觉到，父亲这么重要。现在，他生死未卜，失联，与我们隔着一个未知的世界。恐惧，像一口悬着的深井，时刻害怕有一个小小的石子扔进来打破死寂而荡起狂澜。

我和母亲一夜未睡着。稍稍平复之后，母亲告诉我，前几年一个算命先生跟她说，父亲需要历一次劫，脱胎换骨之后，他会重新回来的。我的母亲，除了自己的名字，她大字不识。在她的世界里，总有一种奇妙的说法去阐释自己的命运，而最终获得心理的圆满。此时，类似这样的话无疑是一种暗示，我愿意顺着这个意思去相信它，相信一个算命先生。长久的沉默之后，母亲又说，他只有九十几斤，这小身板可要受点罪了，他得多害怕啊。我心里一紧，连忙攥住她的手。我跟母亲说，如果父亲坐牢了，我们就等，等他回来。母亲嗯了一声，把头靠在我肩上。

一直害怕说出口的那两个字——坐牢，就这样被我轻易说出了。十六岁，我第一次感受到母亲与幼弟对我的依赖，那么重，那么悲凉。我必须要先说出它。我不能被击垮。

仿佛一下子云开雾散。最坏的结果都预料到了，我们稍稍不那么害怕。然而除了接受父亲要坐牢这个结果，我需要面对的是一个更可怕的事实：我是一个罪犯的女儿。像一千根钢针扎到身上，一万只蚂蚁啃咬骨肉。那些看我的目光，那些背着我的窃窃私语。想遁地，想隐身，可是这个世界太亮了，我像被剥光了衣服暴于众人的视野之下，无处躲藏。那些坊间的谣言和议论在耳边嘈杂一片，嗡嗡作响，怎么也甩不掉，甚至会追进梦中。他们的笑声刺进我心里：

被带走的时候，吓得两腿瘫软，尿裤子了。拖着走的。哈哈。

民警在他家院子里挖出来好几十万元。

听说在看守所被吊起来打，跪在地上磕头求饶。

至少判五年。

可怕的是，相比我的尊严和高傲，父亲的处境和命运竟然不是最大的困扰。相比接受"父亲坐牢"和"我是一个罪犯的女儿"这两个事实，后者更让我难以忍受。那些被照见的陌生的自我，那些黑暗的真实面目，此刻都凸显出它本来的样子。我不知道要如何穿越这内心的地狱而抵达澄明，无人可以诉说。

没有一个亲戚来家里安慰。这本是意料中的。我并非是那种小小年纪就有了一副看透世态的老成模样。三天过去了，实在是因为父亲那边没有一丝一毫的消息传出来，而谣言四起，我们的心都悬着，哪里有心思去计较人情的冷暖。然而，却有这么一个人撞进来。

一个挺促狭的场面。在村口街道菜市场，几个人见我走来纷纷散去，人群中有我堂婶，她假装没有看见我，想借机混在人群中溜掉。我的堂兄没少拿我父亲下面工程队的活去做，平日巴结我母亲如同亲娘一般。可我径直就站在堂婶面前了。

哎哟红啊，买菜呢。她讪讪地。我嗯了一声，说了一句婶娘好。我直视着她，那句"民警在他家院子里挖出来好几十万元"的屁话就是她说的。

那个，我昨儿去庙里烧香了，求菩萨保佑你爸平安呢。出这样的事，我也是挺同情你们家的……

我爸这个人最怕死了,一挨打什么都招,说不定,堂兄跟他有点不干净都会被供出来的,所以……

她的脸瞬间变了,那是一种恐惧。嘴里依然絮叨,骂骂咧咧,什么自己死就算了还拉侄儿做垫背,死矮子,活该遭报应,一边骂一边落荒而逃。我站在那里,满街的人来来往往,夹着嘈杂与风声,眼前仿佛都混沌起来,只有影子在晃动,最后只觉得人只剩下我一个了,大日头底下,阳光是冷的。她这样的人,我是不会去计较的。只是,我那么难过。

四

我只得返校。班长李伟超已经替我在老师那里请假了。一连几天,我成了一个魂不守舍的人。坐着出神,同学从后面轻轻地拍背能把我吓到惊慌失措。先前就打听到看守所的位置、坐几路车,我决定中午放学去探一探。

看守所很远,在郊区的一个山脚下,旁边有一个磁带厂,从学校过去要转一趟车。下了车,往里,是居民的棚户区,有一条长长的脏巷子直通磁带厂门口,往左,就是看守所大门,几棵高大的悬铃木在天空环拱相抱,落叶纷纷,地上打着卷的枯叶被风吹得不停翻滚。大门的岗亭有一个小小的窗口,12 月,天已经很凉了,一个红色的热水瓶正挡着窗口,里面有人走动,看不真切。我的父亲失踪一周了,他就被关在我眼前的这个四面都是围墙的建筑里。

近在咫尺,我就这样离开吗?如果我此刻离开,那么我就会把同样的难题推给下一次。我不能等到下一次了,我必须正面接受父亲已被关进看守所这一事实。在过去十六年的生命里,耻辱、颜面扫地,难以启齿,举足不前的犹疑,同时又被一种力量驱使的压迫感,在那几分钟里,我全都感受到了。那是一秒接着另一秒的煎熬。

探出头来的是一个三十多岁的警员,锁着眉头,脸有些愠色。他问我什么事，连问两遍，我说不出话，只是泪水涟涟地看着他。这光景，他大概也猜出大半，问我是什么人关在里面。我回答说是父亲。他拿出一张探视登记表，我依次填上日期、探访人、人物关系、家庭住址等相关信息。他拿着表，看了看我说，判决前是不能见面的。我小心翼翼地问他，能否转交给我父亲一百块钱？他说这个可以。我环顾了四周，说了句稍等，就跑开了。我一路小跑到附近的一家小卖部，买了两盒精装红塔山香烟送过来。啊，我只是衷心地拜托这个人能把钱如实转给我父亲，看在这两包香烟的诚意上，千万不要做出不好的事情来。千万。我流着眼泪。那人推了一推，在我的坚持下收了。他忽然松开眉头，吞吞吐吐地说，周日你来吧，带上两桶黄油漆过来，你或许能见到你父亲了。周日，也就是四天后，我就可以见到消失了十一天的父亲。

我轻盈得像一阵风，几乎是一路飘着回学校的。

母亲把鸡汤放进保温瓶让我带上，天冷了，换洗的秋衣秋裤、外套、毛衣，我都打包在一个大大的牛仔包里，同时准备了五百块钱。一大早，我跟母亲就坐车去市里买好油漆，然后叫上一辆电动三轮车，径直赶往看守所。一路上，我跟母亲都没有说话。十一天，家里没有父亲这个人十一天了。真要见面，我会说什么呢？我跟父亲向来是没有交流的，甚至是陌生的，这样的见面，我如何面对？还是那个脸有愠色的警察出来了，他首先就叫人过来把油漆抬走。我急切地望着他，等来的却是一句：今天见不了，要干活。铁青的脸，没有任何解释。我气得正要上前理论，被母亲拦住。那人从抽屉拿出一个牛皮纸信封说，这是你父亲给你写的信。我一把抢过，眼泪又出来了。那警察看我这个样子，顿时语气缓和了不少，许是对自己失信的补偿，当即许诺道，东西放这里吧，会转交的，不会丢失。

这是父亲写给我的第一封信。一封长长的信。

五

父亲显然是得知我去探过之后才给我写的信。信中详细地写了我出生的那一刻，1974年4月30日的深夜。那一天，他成了一个父亲。信的内容让我惊讶，只字未提案子，以及看守所的生活和他此刻的心情。写了四张纸，圆珠笔写的，力透纸背，仿佛是一笔一画刻上去的。我能感受到他要对我说的还有很多，只是眼下，我急切想要知道的相关信息，一个字也没有。信中没有提及母亲和弟弟，只是对我一个人说的。

这几乎是一封无用的信，没有暗示我们应该怎么做。太匪夷所思了。

我读到第二遍、第三遍才略略看懂其中滋味。在我出生之前，母亲掉了一胎。眼看着我一天天大了起来，就要落地，父亲应该是紧张和满怀期待的吧。他写到，那天晚上八点，母亲就开始阵痛，天已黑透，他急着去请接生婆，谁知村里的老接生婆病了，动不了。父亲要走十几里路去另一个村请一位经验丰富的接生婆，跟小舅两个人去的。"满天星繁，手电筒昏黄的光圈摇晃着脚下的路。"父亲竟写出这样的句子。他一路小跑，经过成片的稻田和几个小山冈，把小舅远远甩在身后。抄近路蹚过一条河，那时正要入夏，河水还没有涨起来。入夜，水已经很凉了，他把鞋提在手上涉水过河。起先没过大腿，最深处齐腰，不到半小时就赶到了。父亲回忆这段往事，不吝笔墨，甚至提到赶到接生婆家时，喘作一团。我细细读着，忽然觉得身体里有一根肋骨被轻轻地牵动了一下，隐隐作痛，仿佛是唤醒了一种被封印的记忆。

母亲难产，我是脚先出来的，其间还有一只脚卡住了，折腾了很久。最终，我在半夜十一点四十分落了地，洪亮的啼哭沐着血浆被一双手托了出来，那是一团蠕动的活着的血肉。父亲说，那一刻他痛哭流涕。我特别注意到他用了"活着"这两个字，可以想见，产房外，他分分秒秒的煎熬，以及最后爆出泄洪般的痛哭。

在信的结尾,父亲让我送两套金庸的小说过来,说阅读能让他平静。

我承认这封信打动了我,但并非是这字里行间透着一股陌生的深情。而是,父女这种显性的关系,其诞生的过程有一种百转千回的私密性,它定义了我是一个人的女儿、他是一个人的父亲这一轨迹。这封信潜意识里似乎还藏有一种隐隐的恐惧,这个恐惧不是因为要面对坐牢的审判,而是,他害怕——彻底失去我。没错,是这个意思。十一天,父亲经历了什么,我一无所知,但从这封信来分析,他似乎并没有把会不会坐牢这件事看得那么重,或者说,父亲对自己的案子已有了判断。我极力地想读出弦外之音,然而还是一筹莫展。

一放学,我的脚就鬼使神差不听使唤,径直往看守所跑。来来回回好几趟,我依然没有见着父亲,但跟岗亭那愠着脸的警员混熟了。他拿到我送来的金庸小说,把书翻得哗哗响,还往下抖了抖,这是想看我有没有在书里夹带纸条。判决前,父亲跟我通信的内容全部都要过审,一旦涉及案情皆要被扣留没收。终于得到一个确切的消息,本周日上午,父亲跟其他羁押的犯人一起去对面江北农场劳动,一大早从江边码头坐轮渡过去。那门卫还提醒了一句:你最好在七点半之前赶到码头哦。

我竟毫无察觉已缺了三个下午的课。

一夜没睡踏实,翻来覆去漏了风,被子是冷的。起床看着窗外,下雪了,纷纷扬扬,如诉如泣。天还未大亮,雪光把天地映成黛青色,路上有行人了,听得见有人咳嗽。我顾不上吃早餐,穿上厚厚的棉服,用围巾把头和脸包住,拿了把雨伞,匆匆往码头赶。

大雪如席,雪花像是有一双巨手往头顶的雨伞抛洒,噗噗作响。公共汽车到站还要步行二十分钟才能到码头,我已走得一身细汗。七点二十分,我到了码头,江天一色,雪落在江面上,来不及化,形成一大片稠稠的絮垫子。江对面的散花洲隐在薄雾中,父亲要去那里的农场劳动。岸边泊着一排挖沙船,乌篷里,没有灯光,看不到人影。一艘掉了漆的蓝白色旧渡轮停在那里，它没有篷，是敞式的，两边扶手的漆全掉了，露出黑色的氧化铁，雪落满舱，它泊在风雪中飘摇，底下的水一荡一荡，它就一晃一晃。一个中年男人缩头缩脑地在船头完成匆忙的洗漱。一会儿，驾驶室的收音机打开了，我听见在播报早间新闻。

陆续有人往码头来，人们在大雪中边走边吃着手中热气腾腾的早餐。七点四十分，七八个警察持枪押着二十多个犯人往这边走，我远远看见了一个矮小的身影，踉踉跄跄。十八天未见，待到人群走到跟前，我大吃一惊。

父亲的头被剃成极短的板寸，仅比光头多一层发晕而已，他的脸发青，明显浮肿，眼睑处有鼓鼓的眼袋，眼神暗淡无神。穿着一套深蓝色囚服，行动迟缓，垂着无力的手，脚底仿佛有千斤重。我从未见过这样的父亲，他看上去苍老得像一截枯木，似乎已放弃了自己，麻木，任人宰割，灵魂已死。他被彻底击垮了。我不知道父亲是否如外面传言的那样挨过毒打。此刻，他俨然是一个真正的罪犯，一个只剩下皮囊的罪犯。

太可怕了，这是一个死去的父亲。我从未想到会是这样的结局。我还没有完全接受父亲入狱坐牢的事实，他就直接跳进了死亡的画面。太突然了，强烈的悲痛攫住我，我失声痛哭。突然间意识到，所有的，所有的这一切都不重要了。我的所谓尊严和面子，罪犯的女儿，这些都不重要了。此刻，我唯一需要的，是一个活着的父亲回来。

我想起了那封信，那封信如同溺水之人向水面伸出的一只手。我不能远远地看着人群从我身边走过，我径直追上去冲到他面前。可是，我从未叫过爸爸，叫不出口，这个词卡在喉管里，迟迟喊不出来，情急之中我脱口而出——黄江。

父亲回过头来看见我了。他愣在那里一动不动。我们对视，天地万物静止无声，时间也瞬间停摆。我看见两行长泪从他眼眶中涌出，槁木般的面庞如同被唤醒了一般活了过来，他的瞳仁注入了一丝光亮。警察过来推揉他,他只得往前走,却又频频回头,拿袖口拭泪。我只得大声喊:黄江,加油,我们等你回来。

上船了,渡轮发出长长的呜呜。大雪纷飞,父亲看着岸上的我,他直直地站着,没有说一句话。我对他做着加油的手势。这艘破败的渡轮,多么像父亲此刻的命运,眨眼就驶进水中央了。中年,雪落满舱,风雨飘摇。尽显下半世的光景来。我已然坐在了那艘船上,去跟他共这相同的命运。如果这一切能够换回一个全新的你和我,那么一切都是值得的。

我们彼此拯救。我放出的一个至关重要的信息:我们还在。父亲准确地收到了。

回到学校,班长把我拉在一边,他告诉我,你父亲入狱的事全年级的同学都知道了,如果有人在你面前说了什么不好的话,你可千万不要冲动做出过激的行为。于我,这原本是一个天大的禁忌,一碰就会炸毛的话题,我是一个多清高多要脸面的人啊。然而我竟释然了,我已然接受自己是一个罪犯的女儿。我笑着对班长说,放心吧,我不会的。我的同学,自始至终,高中三年,没有一个人在我面前提过这件事。连窃窃私语也没有,即使是平日常有龃龉的赵晓静同学。仿佛什么都没有发生过。

六

律师告诉我,这个案子父亲是从犯,主要罪行是行贿、受贿及以权谋私,还有一宗是涉嫌不正当竞争,转包工程。我问他最终的结果会如何,他笑而不语。我忽然觉得法律太有意思了,默念着这几宗罪,只觉得陌生,完全没有切肤之感。为什么法律认定的罪行跟我想的不一样呢?父亲难道不是因为打了母亲、在外面找女人、聚众赌钱、唆使他人打架这样的事入狱的吗?他性格跋扈、专横,肆意践踏他人尊严,当众掴人耳光,为一点小事砸人饭碗,没钓到鱼就毁人鱼塘,睚眦必报,跑到我学校做出的种种丢脸的暴发户行径……他应该是因为这些事入狱才对啊。可是,律师跟我说的这几宗罪，我仔细比照了一下，觉得比我认知的那些琐碎要严重得多，光是字面上，那些就透着一股条款的威严感。

隐隐地担忧。

再见到父亲是开庭的时候了。将近年关，与上次匆匆一别已有两个月，我多次在看守所传递生活用品，也来带给他鼓劲的纸条。他的头发长成直竖的硬茬桩，看上去精神了很多。因是从犯，所以庭审的内容是关乎另一个人的案子。审判庭很像一个舞台，背景是酒红色金丝绒垂幕，像是在演话剧，父亲一上台就看见我们了，即使只是淡淡一瞥。我跟母亲并排坐着，我紧紧地攥着她的手。她的手冰凉冰凉的。

面对每一项指控，父亲的供述条理很清晰，陈述事情原委。他的语调平缓，气息从容。他没有丝毫辩解，大体是认罪的，只有两处金额上有出入。法官是一位女性，她的声音尖细，显得咄咄逼人，她两次打断父亲的陈词。但父亲在那两处表现得斩钉截铁，没有一丝妥协。他要求跟主犯当场对质，连说了三遍。主犯不在场，接下来要审另一个从犯，最终似乎也没有得出一个结果。

我不知道如果底下没有坐着我和母亲，父亲在台上的表现会不会有所不同。结束了，我们在门口等他出来，快要走到跟前的时候，父亲的头是低着的，他在我们面前站定，依然没有抬头，几秒钟后，我分明听见他清晰地说出：对不起。这三个字，我知道是说给母亲的。母亲的手开始抖起来，这是黄江第一次跟她说这样的话吧。他径直出了门，两个警察跟在他的身后，阳光像突然被掀开的帘子那样无蔽地洒在他身上，他的腰挺得很直，脚步稳健。都结束了。父亲看上去能坦然面对最终的结果。

等待判决书的日子是漫长的。然而家里的气氛似乎轻松了许多。我的母亲，在她的世界里，最终的解释是，她所受的业，终于得来了福报，她等到了那个属于她的良人。俗语的"浪子回头"皆可以由业报和果因来阐释。我看着她，三十八岁的母亲，她不识字，长着一张略带苦相的刮骨脸，寡白,几乎没有眉毛,但有一双清亮的大眼睛,微微往里抠,她看着你的时候,你会觉得整个世界都亏欠了她,我想,这也许是父亲对她不耐烦的原因。我忽然觉得她的世界很美好,有一种静穆的宗教感,一切的解释都是安慰与慈悲。我们安静地等待一个全新的父亲归来。

眺望星空,澄澈的夜,天空像倒悬的大海铺在屋顶。新年的礼炮响起了,这是父亲第一次不在家里过年。在祈祷的钟声里,我们不念过往,也不畏惧未来。

我又收到父亲写给我的一封信。鼓胀的信封里是厚厚的一沓,似有一万句话在等着我。

七

应该算是两封信。第一封,父亲为我展现了不为人知的过往。在他春风得意进了大队部当会计的第三年,就被暗示要求做假账。那个时候,他还是一个踌躇满志、充满理想的年轻人。清高、自负,眼高于顶,自然不屑作假。然后入党的事就此一拖再拖,他也由主会计变成一个小小的助理。喜欢的姑娘突然跟另一个人好了。父亲说,如果跌入谷底的人随时都有机会重新登上高处,而代价就是变成跟他们一样的人,时间一久,极少有人能够扛得住。而在外人看来,变成跟他们一样的人是你的本事,是你混得开。全世界的人都这么看,没有例外。最后,你发现,你对抗的不是那个让你作假的人,而是这庞大的致密的世俗道德价值体系。他写道,即使是像约翰·克利斯朵夫那样的人最终也放弃了反抗精神,变成了一个彻底的俗人。

这是一封很深刻的信。尽管我不认可他对这个世界的描述与定义。对于十六岁的我来说,父亲的真正意图像是在为自己辩白,然而更多的是,他想让我了解他这个人,了解他的人生是在什么地方开始拐的弯。我还感知到,父亲把我当成了一个可以真正倾诉的朋友。所涉之事如此私密,正如他所说，如果像一个异类那样活着，你就会被这个世界所抛弃。

他举了一个例子，祖母开始冷言冷语，觉得家里的希望因为他的不懂变通全都化成了泡影。终日唠叨不停，指着痛处戳，埋怨自己命苦，一生辛劳付之东流，闹着要喝药上吊。

也许我低估了亲人冷语的伤害程度。我读出在父亲辩白的语境里，有一种自我安慰的正当性。当他选择作假的那一天起，接踵而来的人生把他重新送到了高处。过了那一道坎，崩塌的世界在废墟中重建。父亲在信中写道，最后悔的事情是，他在高处的时候本可以终止这一切，掉转当初射出的错误箭头，回归他最初的理想世界。然而，一切都已是深渊中了，无法回头。他类比道，就像岳不群（金庸小说《笑傲江湖》的大反派）贪恋《辟邪剑谱》，越走越远，永远也回不去了。

也许，让坐牢终止这一切，重新为人生洗牌，才是最好的安排。父亲在信中还花了大量的笔墨写了自己的几桩功绩，那也只是强颜对我暗示：你父亲这个人并非一无是处。我莞尔一笑。信里，辩白是真的，然而忏悔也是真的。黄江，一切都不晚，你可以回归最初的那个少年，意气风发，纯净而美好地活着。

八

在此之前，我以为父亲之所以能振作起来是因为我们没有放弃他。我们彼此给了对方机会。在我读到这封信之前，我甚至以为，是我拯救了父亲。这封信中提到一个叫李运强的人，就是这个因抢劫杀人而被判了死缓的人才是他人生中拨雾见月的重要人物。李运强与父亲年纪相仿，他们在看守所一起度过了五个月的时光。

父亲在信中讲到这个对"活着"充满渴求的人，那种震撼的力量让人不得不珍视拥有的生命本身。因为是死囚，犯人们要轮流看守他，以防他自虐、自残、自杀。就在这个时候，槁木死灰、行尸走肉般的父亲与这样一个人相遇了。

　　你睡吧，我才不会自残呢。我一定会在二十五年之后出狱去重新开始新的生活。父亲注视着这个人，从死缓到无期，再到有期二十五年，他说得如此轻描淡写，仿佛只是跨过一个小小的沟坎。要知道，这一轨迹需要付出巨大的努力，还要有坚定的信念，二十五年，时光的灰也会让人的心灵蒙尘，太漫长了，漫长到足以冲淡最执着的初心。这世上真的有饮冰十年难凉热血的人？父亲觉得这个人太独特了，他的精神世界独立于俗世之外，这正是他最欣赏的。在那样的地狱生涯里，他活得像一团火。于是父亲主动提出由他一个人来看守他，每天晚上跟他讲两个小时的金庸小说，他反问父亲，为什么鸠摩智要在武功尽失、走火入魔的时候才大彻大悟？他的问题很像自己的处境，但父亲给他的解释是，一切恶的极致都预示着善。这个解释太玄乎李运强听不懂，他做了这样一番理解：武功全没了，他也没法再作恶了吧，这个时候选择做一个好人不就洗白了过去的人生吗？父亲无奈地笑笑，但又承认他讲得其实很有道理。

　　读到这里，我会心一笑，你们在看守所的日子也没有外界传闻的那样不堪吧。我父亲这个人，至今没有一个朋友，他唯一的朋友居然是在看守所里结识的。正是这个朋友，让父亲走出了绝望。

　　他有专业的汽车修理技术，能画机械图纸，干活卖力，寻找一切机会立功减刑。父亲跟他讲了自己的案子，他不屑地说，就你犯的那点事，至于吓成这样？也许两个人的命运对比太强烈了，所以父亲开始珍视自己的人生和他身边的人？父亲知道李运强的心病是他妻儿自他入狱至被判死缓，一年多时间从未来探视。

　　而我，在父亲进看守所的第七天就去探视了。父亲把这个消息分享给了李运强，所以才有了他写给我的第一封信，恰到好处的煽情，我果然被打动了。

　　在信的最后，父亲有一个请求，他希望我去看望李运强的家人，给他们带去他的消息。说他一定会回来的。

我按照信上的地址，一个人坐了四个小时的车找到了郊外的那个村庄。

村口的一位少妇指着旁边的一块稻田跟我说，看那儿，李运强的老婆在田里干活呢。我提着几斤水果，连忙走到稻田边，看见一中年女人埋头整理田上的沟垄。已是正午，我又冷又饿。上前打招呼。

李婶婶好。李运强叔叔托我来看望你。

谁？那妇人猛地抬头。深深的抬头纹爬满她干瘦的额头。

李运强叔叔。

他死了。妇人丢下这句话继续着手上的活。

李叔叔让我来告诉……

我说了，他死了，别来烦我。你是谁啊，走开走开，别耽误我干活。她冲我瞪圆了眼睛，一副极度厌烦的表情，然后她又对我摆了摆手示意我赶快滚，仿佛我是一个令人讨厌的臭虫似的。

我连李运强的家门都没能跨进。一路上，我想了很久，我恨过父亲，那么李运强的妻儿更恨这个杀人犯似乎是可以理解的。有一种说法是，对于某一种人，唯有死才能解救那一家人。

我不能对此评判什么。我既不能低估曾经的李运强给家人造成灾难的程度，又不能因为父亲过度地褒扬他对重生的执着与热情。我只能遗憾。

在一次探视中，我把这事的经过与结果写成纸条传给了父亲。父亲没有任何回复，他一定非常难过。

九

判决书总算下来了，判一缓二。一个月后，父亲回来了。很多村民围观，父亲没有躲避任何人的目光，他微笑着，谦逊地与人打着招呼，得体，有礼，我知道，他已经越过了一种心理的瓶颈，打通了精神上的任督二脉。他摊平了一切的过往，任踩任嘲，他只是微笑。

两年之后，父亲成了一名炉前工。

清早起床扫马路，给隔壁寡居的王奶奶家担满一缸水。长期坚持，从未间断。我们那个地方的人，从来就不会把一个人看死，人们笃信浪子回头的福报。

李运强后来从看守所转去了监狱，父亲经常去看望他，直到他出狱。三十年，我回想那个大雪纷飞的清晨，江面上的渡轮雪落满舱。我在那里见到了濒死的父亲。那一刻，很本能地，我需要的仅仅是一个活着的人。这是触底的生命线。没有经过最绝望的时刻，也许我根本不知道自己到底在意的是什么。三十年，李运强没有等来他妻儿的回头，他抱憾而死。在他人悲壮而又凄凉的人生里，我和父亲照见了彼此，读懂了人生的珍贵。他常跟我说，其实在欧阳克死的时候，欧阳锋也死了，是杨过让他重新活了过来。啊，杨过，他是一个什么样的人间小天使呢？那些在我们的生命中，给予我们新的生机和希望的人，那些让我们战胜绝望，不再害怕黑夜与寒冷，活成了别人心中一个银亮灯盏般的人，他们都是人间天使。即使看清了生活的全部真相，即使是一路的荆棘与荒凉，人生依然值得付出所有的热情与爱。

一座园林的旷世浮华

◎ 吴光辉

一

有人说扬州园林是富商巨贾的阔太,杭州园林是官商高士的红颜,苏州园林是退隐官员的诰命,淮安园林则是官宦世家的贵妇。诰命般的苏州园林风情万种, 阔太般的扬州园林雍容华贵, 红颜般的杭州园林妙曼姣美,与当下享乐与拜金似乎成风恰好同步,成为众人追捧的目标,而淮安的"贵妇"早已变为明日黄花,憔悴损如今几人堪摘?

我觉得这些比喻虽然不够准确贴切,却道出了"运河四大都市"的园林在时光假象背后的本质特征。

诚然,我每次走进淮安落寞清静的清宴园,就如同聆听一位古典美人在倾诉家道败落之后的种种怀旧忧伤,就觉得清隽秀美、古典精致的清宴园很深邃,深邃得像一位久经风霜且风韵犹存的贵妇,从她的脸上很容易读出曾经发生过的许多缠绵悱恻的风花雪月和波澜起伏的荣辱兴衰。

我从苏州的退思园里一丁点儿也看不出"退亦忧"的人生思考,反而感觉到那些退休高官花费来路不明的巨资建造豪园时的奢侈与挥霍;扬州的个园与之明显不同, 无法掩饰地流露出暴发户那种贪图享乐而又附庸风雅的刻意显摆;那座杭州西湖边的郭庄,则更能彰显出亦官亦商者的自命清高与无限陶醉;而淮安的清宴园则有一种没落贵族对浮华往事的怀想与忧愁,并且夹杂着对世俗红尘不屑一顾的沉寂与清傲。

清宴园从头到尾都流露出一种王室贵胄的皇家气度。

经济实力雄厚而无须张扬跋扈，身份显赫高贵而无须争强斗胜，完全摆出一副帝王风范。谁让她的身份本来就十分高贵？她本来就是朝廷钦命一品大员的府第，又曾经多次作为皇帝的行宫。这个"贵妇"的身份岂能是退休官员的"诰命"、富商巨贾的"阔太"和官商高士的"红颜"相提并论的？

当然，这仅仅是我个人的一种谬赞，其实清宴园不但从来就没想与谁比试，更没有看不起谁，反而表现出十分的内敛与自谦。

这恐怕也是整个淮安人的个性，也是淮安这座运河之都的个性吧？

二

玉妃山是一座温柔无比的假山，那群太湖美人般的玉石故作许多曼妙的姿态，摆出千奇百态的造型，气韵非凡、叠嶂层峦地耸立在清宴园的入口处。我想她肯定就是清宴园的玉屏了。这座巨大玉屏的肤色已经被时间慢慢地风化斑驳，六百年的风雨早已磨滑了她脸上所有的棱角。

我看到时光在假山底下穿行了六百年的步履，我甚至听到了时光穿行时发出的轻微而艰难的喘息。

徘徊在玉妃山的石径上，我能听到从她那美丽的玉体内发出的延续了六百年的一声长叹，这肯定是一个没落贵族对自己身世的喟然叹息。我推想她是在叹韶华已逝，岁月最是无情物；她是在叹门庭冷落，昔日的显赫已被雨打风吹去了？

秋天的气味笼罩着用洁白如玉的石头构成的花一般的三维空间，犹如贵妇玉体上散发的清香，令无数块白牡丹般的太湖石叠加而成的假山的骨髓里，浸透了无上高贵而又无边忧愁的内蕴。高达数丈的假山上与蓝天相接，下与湖水相连。山间长满青藤、花草、绿树，想将一季的秋色独揽入怀，山下湖水涟漪，荷花、莲蓬、香蒲，荡漾出一湖秋景。为此，林则徐在道光二年（1822）到淮安出任淮扬道时曾写过一副名联："秋从天上至，水由地中行。"我想，林则徐对清宴园的这座玉妃山仅仅用了十个字就道出她的全部征候了。人造的山水成就了一幅江南风景,似水的幽愁和无尽的长叹便依偎在这幅江南风景那袅袅婷婷的山石之间了。

的确,这是一座女性的山,阴柔的山,江南女子般的山。

当然,我从清宴园假山身上读出的远远不止于此,我还读出了她与苏州、扬州、杭州园林明显不同的风格和完全不同的气质,也读出了淮安这座城市的性格。因为就在玉妃山之南数十丈远之处,还有一座全身红黄、巍峨高大的皇石山。

这座山采用太行山石料堆积而成,满身通红,粗犷豪放,大义凛然,独具君临天下的威仪,更有大气磅礴的气概。同一座园林内的两座假山,一南一北,一阴一阳,一柔一刚,和谐共处,相得益彰。

这便是淮安园林南北兼容、阴阳合一的个性特征了,因而以和谐兼容为特征的满汉全席在这座清宴园里诞生也就成了顺理成章的事,淮安人说的一口半蛮不侉的江淮官话也就成为必然。谁让淮安这座城市本身就坐落在中国的南北分界线上,就在清宴园不远处还有一座中国南北分界标呢?

两座假山之间有一座三十多顷面积的荷花池,碧波荡漾的湖里有无数条南方的鱼和无数条北方的鱼混淆掺杂,它们一边逍遥漫游,一边窃窃私语。我想它们肯定是在议论这座园林的前世今生,肯定是在喟叹这座园林的浮华人生吧。

在这里,我读出了淮安这座运河城市的中庸。

三

春已去,花已落,唯有已经风化了三百年的残碑,在喋喋不休地叙述着昨天的故事。

一排正在落叶的古柳搀扶着秋天,歪歪扭扭地在碑廊边站立成一道伤感的风景,一片片金黄色树叶跟着缓慢而伤感的节奏飘落在一块块残碑断石之间,每一块头顶着龙雕、脚踏着龟甲的御碑,全都落满了昔日帝王恩宠的余晖。这些残缺不全的御碑上皇帝钦题的宫阁体大字,依旧气度非凡地站立在清宴园的碑廊之间,它们全都在默默地向后人诉说着那段辉煌显赫的人生。

康熙六次下江南,乾隆六次下江南,都无一例外地临幸这座清宴园,有时甚至还将清宴园作为他们的行宫,也就一次又一次地为清宴园留下了多达二十三块钦赐的御碑。我从那块单独敬奉于碑亭之中的康熙皇帝钦题"淡泊宁静"的巨碑上,看出了什么是皇家气派,什么是九五至尊,那右上方康熙皇帝用小楷亲书"赐兵部尚书兼都察院右都御史总督可首",在左下方又用小楷写下"康熙四十三年三月十日"的落款,整个御碑题字工稳大气,笔力遒劲,再加上石碑高达两米二八,这一切都彰显出御碑唯我独尊、无与伦比的皇家霸气。

试想《红楼梦》里的大观园一次接驾了皇贵妃就弄得那样的屁颠麻狂,搞得那样的嘚瑟显摆,而眼前的这座清宴园十多次接驾当朝圣上,又是何等的荣光?再加上皇帝还欣然御赐这几十块碑文,又是何等的辉煌荣耀呀?这真是荣幸到了极致,奢华到了极致,排场到了极致!作为清宴园的主人肯定是放屁都能吹着火了。

如今,从那乾隆御赐的"绩奏安澜"碑的斑驳陆离,从那乾隆七言诗碑底座的弯丝祥图雕刻,从那乾隆御赐寿辰碑的风化苍老,从那乾隆御赐懋安碑的断裂破损,从那乾隆御赐保障碑的残缺不全,从那乾隆御赐白钟山碑最后"御笔"二字的皇家风范,从那乾隆御赐江南总督李奉翰碑的宫阁体的气度,我们仍然还能看出清宴园昔日无与伦比的辉煌。

每一块御碑都是清宴园的一块金字招牌,每一块御碑都是清宴园的一种贵族象征。试问在偌大的中国有哪一座园林能够拥有如此众多的皇帝钦赐的文碑?在中国皇权制度统治了几千年的封建社会里,清宴园就足以身价百倍了。

四

　　和苏州拙政园、扬州个园、杭州郭庄可以"不出城郭而获山林之怡，身居闹市而有林泉之乐"的享乐目的根本不同的是，清宴园的诞生本来就是一种"先天下之忧而忧，后天下之乐而乐"的畸形表达。所以，我在观赏苏州、扬州、杭州的园林时总是有一种轻松和休闲，而来淮安园林游览时心间总是有一种压抑和沉重。这或许就是不同的历史文化、不同的城市性格造成的吧？

　　清宴园是我国唯一的一座保存完好的府署园林，明代原为户部分司的后园，始建于明永乐十五年（1417），保存至今已有六百年的历史了。清康熙十五年（1676），靳辅被朝廷授为河道总督，为了靠前指挥治理运河而进驻淮安清江浦，以原户部分司署为河道总督府署，自此以后历任河道总督共 37 人皆驻节于此。康熙、乾隆二帝十多次下江南巡视治水，每次必经淮安的河道总督府，而作为府署后园的清宴园也就每每变成接驾的行宫，为了迎接圣驾，河督们一次又一次地扩建清宴园，也就使这座官署园林成为"淮上园林以河帅署中为最。池广数亩，叠石为峰。有荷芳书院、听莺处、恬波楼，颇极水木之胜"。

　　今天，我从荷芳书院这座古建筑身上还能体会到当年这里皇帝御驾亲临时的辉煌。遥想当年，作为乾隆皇帝老丈人的江南河道总督高斌，是多么的荣幸、多么的兴奋、多么的欣喜呀。试想当了一个副处级就能吆五喝六、吃香喝辣了，更何况皇帝是自己的亲女婿，自己是个统领江南各省的一品高干呢？可想而知高斌的心情简直就是"直挂云帆济沧海"了！他为了取悦女婿，在乾隆十五年（1750）春天，在荷花池的北面建起了这座荷芳书院。当女婿皇帝第一次南巡来到清宴园，浩浩荡荡、前呼后拥地摆驾荷芳书院之后，对高斌修建的这座行宫大加赞赏。为此，清代大诗人袁枚还专门作了一首《留别荷芳书院》："看取君恩最深处，碑亭无数卧斜阳。"我在寻思，至今，这座荷芳书院的翘角飞檐、雕梁画栋上，似乎还残存着皇帝亲临宠幸时留下的浩荡恩泽。

清晏园用她那特有的古典建筑语言，悄悄地对我诉说着她几百年的荣华富贵。那淮香堂、蕉吟馆、今雨轩、蔷薇园，哪一处没有留下皇帝的身影？那谦豫斋、紫叶园，哪一处没有留下皇帝的墨宝？那回廊、水榭、船楼、假山、曲桥，哪一处又没有留下皇帝的足迹？

我在想，清晏园用这些古典建筑刻下的永恒，能让数百年的旷世浮华回头重演？

五

荷花池是一座落寞的湖，一座生活在回忆之中的湖。

湖心的湛亭像是一下子清减了小腰围的思妇，高贵、颀长、清瘦，孤零零地伫立在几十顷荡漾的碧波之中。一曲清冷幽怨的老淮调好像从湖心的湛亭中传播开来，无数落寞的音符便落满了凄凉的湖面。她是在唱春花秋月何时了、往事知多少，是在唱雕栏玉砌应犹在、只是朱颜改，还是在唱故国不堪回首月明中？

当年的繁华兴盛早已化作过眼云烟，眼前剩下的仅仅是一片门前冷落鞍马稀的凋零。清晏园只有在忆旧和回味之中度过她以后的漫长岁月。我推想她这时的心态肯定是不会平静了，谁让她曾经得到的太多太多，然后一下子从云端摔到了地上。试想一个曾经当过一个正科级八品小官的人退居二线时心理还是那样的不平衡，更何况是清晏园这样被皇家恩宠了几百年的一品大员？

这座荷花池当年"满园花木绣春风"和"骊歌一曲柳千行"的得意早已无影无踪，唯有湖边的垂杨无语地随风摆动着她们细长的腰肢；当年"开成香雪海，疑是广寒宫"的盛况早已好花不再，唯有湖中的清水在默默地问君能有几多愁，恰似一湖秋水向东流了。

我想清宴园如果没有这样曾经的辉煌，她肯定就不会像今天这样落寞了，而苏州、扬州、杭州的园林本来就没有经历过这等无上的荣耀，也就压根儿不会产生失落时的叹息和忧愁。所以，我从苏州、扬州、杭州的园林里又品尝到了她们那种富可敌国而又没有大起大落的富足和平实，这或许也就是苏州、扬州、杭州这三座运河城市的性格和命运吧？

　　从这座荷花池流淌向南的那条"泉流激响，行自地中"的小溪一直向南流去，穿过曲桥、船楼、假山、回廊，在蕉吟馆和戏水榭前形成了又一座更大的湖泊。我从这座占地百顷的湖水里读出了更多的落寞和无奈，因为她的东面就是当年江南河道总督府署那高大威武的大堂和二堂。

　　我徜徉在湖边的垂杨树下，看到湖面上漂浮着太多的悲欢离合的生命记忆，荡漾着太多的荣辱兴衰的历史风霜。

六

　　一曲老淮调悲悲戚戚、一唱三叹地从水榭歌台上扩散开来，悲叹的音符在河道总督府大堂的西山墙上碰了壁，撞倒了坠落在满是枯叶的石板小径上，这群悲伤的音符便与那批寂寞的枯叶一起盘旋而起，将这两座高大巍峨的古代府署层层叠叠地笼罩起来。

　　大堂二堂是当年总督开会办公的地方，严格按照正部级规制建造，高大气派、威武庄严，远非一般州府能及。大堂的正南大门上方高悬着"江南河道总督府署"的门匾，可想而知这里当年是何等的盛况了，那时河帅升堂时肯定是门庭若市、威武壮观，一般平头百姓哪里能踏入半步？恐怕就连县处级干部想跨进这座府署的门槛，都要小腿肚直打哆嗦吧？而眼下大堂内外空无一人，门可罗雀，连一个游客都没有。那门前两尊巨大的石狮居然梳着当今流行的鬈发，高高地端坐在那里，早已失去了往日的威严。

　　现在的府署冷清得让我能听到如血的残阳斜射进来时发出的轻微而疼痛的声响。

我每次来清宴园走到大堂时，总是为这座曾经盛极一时的正一品江南河道总督府署深深地叹息，因为现在这座高大的总督府署连大门都没有了，大堂前面早已盖起了几座住宅楼，弄得想进清宴园的人必须走后门，人们从后门进来由后向前行走，最后方能见到这两座本来应是龙首现在却变作蛇尾的河道总督府署，大堂二堂反而像大户人家闺房似的，躲藏到这最隐秘的地方了，哪里还能看出当年总督不可一世的气派？这真可谓物是人非、今非昔比了。

七

　　清宴园给后人留下的，绝对不是落寞。

　　在我看来，总被雨打风吹去的只是这里曾经的皇权富贵，总被洪水席卷而去的只是这里曾经的物质繁华，而这座清宴园留下的中庸与兼容的文化品格却早已深入了这座运河城市的骨髓，或者说这座城市中庸兼容的文化品格早已深入了清宴园的骨髓里去了。

　　在这里，我从权势、富贵、物质和经济的脆弱中，还看到了文化的坚韧。

　　我想如果一座城市一味地追求经济而完全忽略文化，岂不是丢弃了这座城市的灵魂？

　　此时此刻，我看到历史在清宴园里睡着了，发出轻轻的鼾声，而文化总是无法入眠。

爱，与光阴无关

◎ 张岚

一

这个春天，我总是长久伫立在窗前，注视着院子里那一排樱花树。

当春风刚刚吹来的时候，当大地刚刚苏醒的时候，当温润弥漫于天地之间的时候，当梅花绽放、金色的连翘灿烂了大地、玉兰花端庄妖娆地开满眼帘的时候，当梅花、玉兰花纷纷落地，一切都归于宁静的时候……我总是耐心地站在窗前，注视着眼前的这一片樱花林，看她们如何不动声色地笑看周边的柳树冒出鹅黄色的叶片，看她们如何淡定从容地称赏梅花惊艳了大地，看她们如何在一树树怒放着的白的、紫的玉兰花旁心安理得。整整二十天，樱花树在我的注视下，就这样不温不火看着春回大地上"你方唱罢我登场"——热闹是别人的热闹，争艳是别人的争艳，与我何干？

是的，我在等待。我在等待哪一天一抬眼，不经意间"哗"的一声，樱花林突然间绽放，绽放出惊喜万分，绽放出繁花似锦，绽放出美不胜收。

最初的等待是急促的。

想去年一树一树的繁花，是怎样地美丽了天地人间？想她们与众不同的繁盛是怎样地惊天地泣鬼神……即使夜里我也会良久伫立于窗前，注视着窗外或黝黑或月明星稀下，她们如何能面对盎然的天地而不动声色。"灿灿花开留人醉，淡淡清香时有无"的句子便涌上来，急迫便涌上来。当饱满的玉兰花落下最后一片花瓣的时候，就在这个春天的清晨，太阳刚刚从东边升起,阳光温柔,春风和煦,几只小鸟在樱花枝头跳来跃去,不时发出欢快的吟唱。我立在窗前,一如既往地等待着我的樱花林的盛开。推开窗,犹如喜讯随风而至。几棵樱花树窃窃私语,她们仿佛刚从梦境中惊醒,闪动着炯炯有神的眸子,似乎在调皮地探问:瞧瞧,我们是否与昨天的我们有所不同? 定睛细看,今天的樱花树的确很是与众不同——所有的枝杈上全都缀满了花苞,不,是从枝杈到梢尖,无处不花苞,无处不含苞,一串串、一丛丛、一簇簇。那一刻,我竟有了些许的愧疚,为我对她们的误解。其实,连日来,在她们从容的外表下,一定是理解了我急迫的心情,理解了我这份长久的等待,更理解了我翘望着她们突然盛开的那一刻。于是,她们起早贪黑昼夜不息地生长,起早贪黑昼夜不息地孕育,也许就在明天,或者是今天晚上,当那一缕春风而至的时候,"啪"的一声,她们一定会突然响亮地绽放,之后,她们一定会时不我待般起早贪黑昼夜不息地开放——她们又怎会错过这一季春风,错过这一世的风华岁月呢? 错过一颗惜之珍之的心呢? 何况盛世难再啊——她们一定做了一个长长久久的美梦,她们一定存了一个长长久久的诗意,不知重复了多少遍,才盼到含苞待放的今天。"樱桃花参差,香雨红霏霏。含笑竞攀折,美人湿罗衣。""昨日雪如花,今日花如雪。山樱如美人,红颜易消歇。""树底迷楼画里人,金钗沽酒醉余春。鞭丝车影匆匆去,十里樱花十里尘。""最美不过樱花雨,缤纷浪漫逐人舞。"……除了美丽的诗词,我不知如何表达自己的心情。明日,对,就是明日,对于所有的樱花树来说,"盛开"这个词是难以表述她们繁盛的状态的,因为"盛开"这个词实在太温和,实在难以表达她们盛开时的气势、速度、声响、热烈和给人心灵带来的震撼。

在我,震撼不仅仅来自这片即将盛开的樱花。

窗中日满、街上人喧的时候,从窗前的樱花林望过去,总会看到两个相依相携走来的人。

母亲应该有七十岁的样子,微驼的身躯、雪白的头发,她半抱半携的女儿三十岁的样子,喜欢穿各式各样色彩艳丽的裙子,尤其突出的是每次都变换着发式。因为长满了青春痘,肥阔的脸上暗红相间;因为肥胖,身上全是肉的旋涡,每走一步便会引起全身有节奏地颤抖。这样的肥硕,更显得母亲矮小而苍老。因为平衡,每次行走总是跟跟跄跄,母亲便半抱半托地伴在左右。无论何时,总见到母亲满头大汗的样子。累了,女儿会坐在路边的石椅上,母亲便一下一下抚着女儿肥厚的手掌,或者仔细地为女儿掏着耳屎,这样的时候,女儿会安静地躺在母亲的怀里,一脸的郑重和严肃。更多的时候,女儿手里总是拿着这样那样的吃食,遇到每一个路人,她的脸上便会堆上满满的笑,像是见到了久别的亲人,一双眼睛向上翻起,眼白整个露了出来,却伸出手里的食物迫切地要与每个人分享。母亲便会歉意地送上一份微笑,却慈祥地注视着女儿的脸,眼神里是说不出的溺爱和欢喜,我敢说,在喧嚣着的街面上,她的眼里只有自己的女儿。她们每天不停地走在我所看到的小径上,是因为它通向小区的小卖部。有一次我在小卖部买菜,恰巧遇到正在购物的她们。女儿只管拿起这样那样的食物,母亲在一边细声细气地劝说着——这种啊,记得上次你吃过后一直拉稀,不要吧?口气中的温柔,完全是对着一个五六岁的女孩。母亲一边说一边从包里拿出纸巾小心擦着女儿嘴角的饭粒。女儿一边顺从地让母亲擦拭,一边反复强调"要吃嘛""要吃嘛",母亲终还是买了重重的一包拎了走,走前把袋子完全打开让女儿挑,并剥开女儿选中食物的外包装,只留一角用袋子包了放到女儿的手里。女儿便开心地嘿嘿笑着,边吃边用手抱了母亲的一只手臂就走,身体的整个重量就压在了母亲的身上,似乎母亲的那一只手臂就可以托付终身似的。矮小的母亲的两只手臂一边是重重的手提袋,一边是高大健壮的女儿,整个人就更加矮小了。走了很远,风中还断断续续地传来母亲"少吃一点儿,吃了要拉稀""那就再吃一点儿""还是少吃一点儿吧,吃了要拉稀"……这样反反复复叮嘱的声音。

见我长久地望着这对母女的背影,店老板娘便介绍了起来。原来这位母亲一生不能生育,便收养了这个女儿,儿时生病烧成了智障,前几年嫁过一个男人,一开始还好,但不出一个月那男人便拳脚相加。母亲心疼不过便拼了命又要了回来,还赔上了自己一部分养老金。"她最大的担心就是自己死了后,女儿怎么办。于是,便恨不能把有生之年里世间的爱全给自己的女儿。"听到这里,我的心无端地痛了很久——毫无血缘却给予最周到无私的爱,除了感慨之外,我还感受到生硬的俗世里,有一块心一样形状的钻石或珍宝,让我怦然心动。

这样的怦然心动还因为一句话。

"你是我永远的姑娘。"

这是结婚仪式上新郎对新娘说的一句话。新郎叫张学良,新娘叫赵一荻。彼时,两个人都已年过半百,他们的年龄加起来已超过百岁。似水流年,她不再是如花美眷,不再是《诗经》里走出的"有美一人,婉如清扬",而是他的白发新娘。她用半生的等待和陪伴,换来字字如明玉的一句话和一段爱情——在世人的眼里,他深爱的女子已然老去,而在他的心里,却永远是一位姑娘,是爱情初逢时最初的样子。

有一种爱,与光阴无关。

有一种爱,会与一个句子有关,比如"虫鸣打湿一身"—— 一个在秋天走夜路的人,被疏疏密密、嘈嘈切切,四面八方浮上来的虫鸣声打湿了衣服、头发、眼睛、耳朵和心灵。这是多么美妙的意境啊,顶顶美妙的,还有"陌上花开,可缓缓归矣"……

二

我所在的新区街道、各式小区以及工作区域内最多的是一排排一簇簇的樱花树,楼前屋角也多是她们的倩影,有时行至路边街口,不小心便会碰到一枝斜斜逸出的樱花。每当春天来临的时候,樱花们便次第开放,用自己的美丽装点着这座崭新的城市。

然而,在我的心里,有一片樱花是独一无二和无可替代的:从我居住的地方过河,沿滨河向西行走四五里的样子,便到了这所幽静的校园。

　　其实,这所校园于我并不陌生。二十多年前,我是以一名学子的身份在这里读完了专科、本科。那时,年轻的我怀揣着一份满满的理想,工作之余便安静地坐在教室里,读管理学、教育学、哲学、经济学……读着读着,我也会把目光投向窗外。冬天的校园是干净的,干净到清冷;秋天的校园是黄色的,落叶翻飞的时候,心里总是多一丝愁绪;夏天的校园是热烈的,明晃晃的阳光,总是让人多了一份困倦。最好的时光便是春天来临的时候:大地有了青草的气息,泥土松软而柔和,纤细的枝梢颤悠悠地摇动着,摇动出一个万物萌芽的春天;枯草里冒出鲜绿生动的春芽;高大的银杏、杨树、玉兰,也都纷纷绿意葱茏了起来。一阵春风,一场春雨后,春天便美丽得不成样子,绚丽得不成样子。每当下课铃声响起的时候,成群结队的年轻大学生穿行在绿树红花中;晨起或者傍晚时分,绿色的草地上三五成群地坐着捧书醉读的学子,操场上青春的节奏在春风里飞扬,绿树成荫的人行道上,抱书的学子款款而行的背影成为一道意味悠长的风景。也有席地而坐旁若无人晒着太阳的,也有在树丛中轻轻漫步的,更多的是闲闲地坐在公园的木凳上,独自想着心事……作为这座城市唯一的一所大学校园,它的宁静、祥和与书香一样,一直很神圣地存放在我的心底。那时的小城远没有现在的繁华和规模,在当时,这样的校园规模、教学质量在省里也是屈指可数的,它就那么骄傲地处在小城的一隅,成为沂蒙人文化和实现梦想的一个所在。

　　一别便是经年。

　　记不清是哪一年,校园里的樱花便成了春天最美丽的风景。多年来,我竟与之有着一个不成文的约定,好似不去走上一趟,不到花树下站上一站,这个春天就没过似的,如鲠在喉,郁郁上整整一年。樱花的花期短,一进入三月,我便一次次地打探着花信,怕错过花期,更怕错过最美的日子。

即使有事外出,我也想尽办法避开樱花最盛的那几天,梦里心里弥漫飞扬着的全是柔美的樱花,那"樱花映随半片天,人潮如海笑人间"的盛景更是才下心头又上眉头,恰如仓央嘉措所说的:我放下过天地,却从未放下过你。于是,便每年与这里的樱花有一场不见不散的约会。每遇春季樱花正盛的时节,恰巧有外地的朋友来此,我总会竭力推荐了同赏,那些美妙的花树,美丽了过往的岁月,更见证了一个又一个纯真而浪漫的友情。

记得最早的时候,女儿不过四五岁的光景,我带着她穿行在樱花树下。那时女儿穿着鲜艳的裙子,小脸上满是春霞般的光泽,头上系着红色的蝴蝶结。望着满院子的樱花,女儿跑来跑去,一会儿在这棵树下站站,一会儿伸出手攀一枝垂下的花条,胖胖的小手便淹没在花瓣中。不一会儿头上脖子上便落满了红的粉的花瓣。之后,花儿般娇嫩的女儿仰着那张粉嘟嘟的脸,发出一声声惊叹:"妈妈,这么多树,这么多花,要结多少樱桃啊?"樱花与樱桃一字之差,小小的女儿竟混成了一种植物。行走在高大的樱花树下,我笑着给女儿讲起了两者的区别,女儿似懂非懂地问着:"不结樱桃,多可惜啊?""其实,树分几种,有硕果累累却难见其花的无花果,有果密花小的苹果、樱桃,也有这种只供观赏却无果呈现的樱花、紫荆、紫藤。它们的使命不同,但都珍惜着自己的生命和美丽,在适宜的季节,不留余地地展示着自己的缤纷……""《红楼梦》里的黛玉葬花,表现的是一位女子对花的珍爱、痛惜、无奈与不甘,但花儿有自己的使命,在美丽的季节绽放出独一无二的美,之后,再等待来年的春风。这也是一种不贪,是一种节制,是一种忍耐和无私……"那一树一树的繁花,似乎听懂了我对女儿的科普与说教一样,轻轻摇落了几片花瓣。

美丽的花树下,也曾记录过我与母亲母女情深的时刻。

很早就计划好了这一场短暂的旅行。母亲重病痊愈刚刚半年,身体还很虚弱。于是,四月里一个晴好的周末,我和女儿、哥嫂,给母亲带足了零食、水,穿上大红的毛衣,怕春风时暖时冷,还准备了一件外套,临出门时,细心的嫂子还给母亲系上了一条草绿色的丝巾。

出门向西,过桥,上午九点的太阳暖暖的,透过车窗就像弥漫在母亲脸上的笑,温柔地漫上我们的心头。一路上,女儿开车开得很是小心,我和嫂子轻轻握着母亲的手,十分钟的路程,竟用了半小时才赶到了校园。

轻轻打开车门,把小巧的轮椅拿下来,慢慢把母亲扶下车,我的心不禁欢呼起来:樱花正盛,粉红的花瓣如十几岁少女红润的脸庞,白色的花瓣可让阳光透过,有一种嫩蕊繁花看不厌的感觉。爱花惜花的母亲还未坐稳,便急不可待地摇着轮椅奔向了繁花似锦的花海,嫂子拿着盖腿的小毛毯在后面紧追慢赶。

放眼看去,整个校园的空地,被分成了三块。青青的草坪里层次分明地种植着高大的水杉、整齐的法桐、玉兰、银杏、槐树、柏树、香樟树、紫荆花,而每块草地的四周,间隔有序地植满了樱花树。山樱、吉野樱、妹背、红樱……满院子绯红热闹出万种风情。最为稀少的是一种绿樱,粉白泛绿、亭亭玉立于红花绿树之间,如同出水的芙蓉,娇美动人。最惹人注目的是南边东西走向的重瓣粉红色的樱花组成的如云似霞的长廊,远远望去,掩映重叠,争奇斗艳,美妙无双。母亲目不暇接,看看这里,瞧瞧那边,那满含喜悦的眼光里全是赞美,那微微上翘的嘴角里全是喜悦。阳光在樱花上跳跃,也在母亲欢快的脸上徜徉。"同样是樱花,为啥咱院子里的不如这一处的好看?"母亲一次又一次热切地问着。"咱们新区里的樱花,包括咱们院子里的樱花,大都是花叶同开的。虽然它们的花也重重叠叠,也繁密硕大,因为有叶子点缀其间,便显不出花的纯净美丽来。"风吹动着母亲绿色的丝巾,不时掀一掀母亲大红色的毛衣,拂一拂母亲雪白的头发。母亲雪白的皮肤,温和的笑,与艳阳下的樱花互为风景,怎么看都是一种美丽。我推着母亲从不同的花树下经过,引来不少羡慕的眼神,当我们停在南侧东西路上用樱花树砌成的长廊下时,我指着那一排八重樱对母亲说:"瞧,这一排,远远看去,如同一团团升腾的云霞,是因为这些樱花是先花后叶的。所有的枝条上盛开着的花无一片叶子掺杂其间，所以才会如此美到惊心动魄啊。"对母亲的解释，也恰是我热爱这处院子里樱花的原因啊。"选几朵开得最好的花摘下别在母亲的白发中，一定很美。"我边说边走到花前，母亲在一旁却急得大声喊了起来："别摘，别摘，多可惜，多可惜，别人还要看呢。"看到母亲急切的样子，我们都忍不住哈哈大笑了起来，女儿手里的照相机一刻也没有停下。于是，樱花下那一个个瞬间，便成了最珍贵的记忆。

在那个晴好的春天，在这座校园，在这片美丽的樱花前，留下了母亲站在花下灿烂的笑脸，留下了母亲对生活的热爱和热情。然而，今年的樱花树下，阳光仍旧明丽，花儿依旧美好，母亲却早已去了另一个世界。"如何让你遇见我／在我最美丽的时刻／为这／我已在佛前求了五百年……"正当我独自伤感时，一阵优美的声音飘了过来。我心下一喜，是席慕蓉《一棵开花的树》。循着声音望去，花丛中，一个女孩正对着一棵花树声情并茂地朗诵着，我不由想起了进门时看到下午演出的海报，想来，这女孩一定是为下午的活动做准备吧。而这样的诗，在这晴好的日子里，在这美丽的花树旁，更是别有一番意境。

三

在这个春天的早上，我们走在通往故乡的路上。

车窗外，远处连绵起伏着的山崮，在太阳的照射下宏伟大气，如同一幅富有质感的油画，时远时近地呈现在车窗里。路两旁见得最多的是高高矮矮的杨树，初春时节，高高矮矮的树上全都挂满了花穗，俗称"杨树芒子"。儿时的记忆里，杨树的叶子可以做成馒头，也可以洗净后放上点盐直接上锅蒸，出锅后有一种涩涩的香味，还可以洗净后放上豆面拌匀上锅蒸。这种杨叶一出锅，满屋飘香，百吃不厌。杨树的花穗做成渣豆腐比杨叶更好吃一些。

越往前走越接近故乡。民风古朴的故乡，在春的怀抱中，一派生机勃勃的样子，玉米地、小麦田、果蔬大棚和苹果园、桃树园，虽然才刚刚返青，但用不了多久，一株又一株庄稼就会绘成绿色的海洋。此时这些喂养了我们一代又一代亲人的田园，有阳光丽日，有清新鲜亮的天光景色映衬，显得饱满而结实，充沛而丰富。我喜欢旷野无垠的深邃，喜欢粗犷无边的生动，也喜欢那些粗砺得直露甚至残缺的野趣。或者喜欢那农家风情的随意简单，那乡土味的甘苦杂陈，特别喜欢像大山一样厚道朴实、像土地一样宽厚辽阔的乡邻们的习性。这一切只有在原生态的蒙山腹地，只有在"最美乡村"自然环境里才能熏染打造出来，也才最真切、最可靠、最亲和、最难忘。

　　迎面而来的是一条河。河道清浅，河面也不宽阔，微风吹过，波光粼粼，而蓝天和白云、青山和鸟迹就会倒映其间。山洪未至的时候，脱掉脚上的鞋子，卷一卷裤角便会蹚水而过。曲曲弯弯清澈流淌着的河，是故乡里的生命之河。这些清澈、干净、透明的水，承担着沿河而居的村民的饮用、淘洗、灌溉、洗浴的使命。山高无泉，而清冽的泉则来自清澈的河水，沿河两边居住的村人，祖祖辈辈里远远近近无不是肩挑背扛地来河里取用；河水里有长长的水草、鲜美的河虾、自由游弋的小鱼。掀起一块块巨大的石头，大大小小的螃蟹便会四下散开。河水解冻之后，便会有年轻的媳妇挎着成篮的衣物来河边清洗，红红绿绿地晒满河滩，小小的孩子便会在周边的河边玩耍。夏季水深，这里便成了孩子们的天堂，选一块水深之处，成群结队的孩子自河岸高高的石头上鱼贯而入，身下溅起丈余的雪白的水花，再从不远处露出头来，之后，迅速爬上岸来等待再次跃入水中，一次又一次不知疲倦。父母亲人也不用照管，孩子们自发地结伴而至，累极则归。那些碧水蓝天的童年，就那么白花花地存在于心底，每一次想起，都会有清水般的感动在心里涌动起，那童年里的阳光投射到水里闪动着的金子般的光，就那么令我晕眩地闪耀在岁月的深处。而此时的河面上早已修起了一座敦实的大桥，儿时跃水处的河岸也寻不到踪迹了，河床裸露在阳光下，像一位邋遢丑陋的女子，沿河两岸的村庄也都用上了自来水，它不再是故乡的生命河。

过河后拐上窄窄的水泥路拾坡而上，就来到了生育我的村头。走到村口，我又一次驻足瞭望。春日的阳光下村庄静谧，泛着淡淡的光，家家房顶上寻不到袅袅炊烟，小路上少有担肩锄禾、往来行走的村民。我的眼睛扫过一扇扇大门、一棵棵树、一个个门墩、一条条弯弯曲曲的村道，缓慢而贪婪。我熟悉这里的每一道墙、每一间房、每一块砖头，就像熟悉自己的五脏六腑；我知道，墙上的牵牛花会开出粉嘟嘟的小喇叭，被雪覆盖的砖缝会长出绿油油的小草，榆树上的榆钱可以做稀饭，这种稀饭虽有淡淡的苦香，却是春季农家必食的物品。我知道村子里曾有一棵上千年的银杏树，枝繁叶茂树冠蔽日，树身粗壮，五六个成年人都合抱不过来。春夏秋三季里，这里是小村新闻发布中心，是文化娱乐的中心，是聚集聊天的中心，树身有一大洞，更是孩子们藏身的好去处，也成为孩子们欢乐的中心。每到放学之时，树上树下全是半大的孩子。树下有一石碾，每天下午各家拿了粮食碾轧，孩子们便在树下碾边忙个不停。女人们你帮我碾，我帮你轧，边劳作边聊天；即使碾完了，女人们也还会站在碾边说个不停，直说到天都黑了，这才拿起自家早已碾好的粮食，急三火四地跑回家生火做饭。

我清楚地记得，村头第一家的院子里栽满了石榴树，石榴花开的时候火红火红，秋天鲜红的石榴上上下下、左左左右地垂着，张口的粒粒晶莹，闭口的鲜艳俊美，是一种绝美的风景，挂满果实的枝条，总是谦虚地低着头，感谢着大地的养育，不喧哗，不骚动。那些亲切的石榴像油画，又像一个个会说话的精灵，吸引着年少的眼球，更吸引着舌尖的味蕾。

我还清楚地记得，村庄里那些高高低低的树木，无论是站在高冈上，还是低洼处，或者斜坡里，我都曾真切地感受到阳光下重重叠叠的绿荫，曾聆听过清风里悄悄问候的细语。那些细语里，全是仁义、道德、善良、忠义，就像村庄里的那棵千年银杏，以岁月的方式延续着山村的淳朴与厚道。

她独自站在岁月里迎来送往守护宁静,给我们亲人般的温暖和爱的真诚。

我还清楚地记得,那些高大的树木,那些青绿如少年岁月的叶子。随手摘下一片轻轻一卷,就会变成一只哨笛,放在口边便会吹出清脆的哨音,小伙伴争争抢抢,或者三五成群用力吹起,会"哥哥打,哥哥打"地惊跑胆小的鸡群,却会引来好奇的小狗。它会循声而至,摇动毛茸茸的小尾巴,睁了圆溜溜的眼睛望着你。当哨音停下时,它则会失望地跑开,再吹,它又会欢跳着跑来。忽高忽低、时远时近的哨音里,我的心如同一只小鸟,从哨音里飞出,越过屋檐,越过银杏树,飞出小小的村庄,飞向远方连绵的群山……

我记得更多的,是村人浓得化不开的亲情。走亲访友或外出时,也不用锁门,只跟房前屋后的邻居打个招呼,即使锁门,也只管把钥匙一交便万事大吉。再晚回家,家里的孩子自会有人照看,喂养的鸡猪也会有人照料,刮风下雨也不用担心,晾晒的衣物、粮食也会有人帮忙收好;若遇亲友来访,也会有人接待。尽心尽力,实心实意。而外出回来的那人也不会客气,完完全全是一家人的感觉。一家的孩子,也是全村的孩子,有了好吃的用碗一盛端到另一家去,有时还会把整口锅端到邻居家。到了吃饭的点儿上,孩子们正好在,坐下就吃,大人也是,完全不用推让,有时做好了饭,隔了院墙喊上一声,另一家的大人孩子便会倾巢而出。大人们亲密无间,孩子们也像一家人,同吃同住同玩,一两天不回家的时候也会有的,大人们也放心,全不用外出去找,过不了几天,孩子自然会回来。大人们白天下地,孩子们自己会有自己的乐子:下五子棋、掏鸟窝、上树、爬墙、放烟火、捉迷藏……孩子奔跑的脚步声、热烈的呼唤声,在静静的山村的星夜中回响着,那么清晰地一遍遍回响在我的心头,那么辽远,那么清澈,如同儿时苍白的日子,如同日子里那一颗颗洁净的心灵。然而,这个春天当我怀着一颗虔诚的心,再一次驻足于故乡的阳光下时,故乡的宁静变成了幽静,儿时那幅小桥流水、夕阳西下、炊烟袅袅的田园风光和山水画般诗意的乡间景象却成了久远的记忆。

"我见青山多妩媚，料青山见我应如是。"当我吟起这句诗时，远处的青山不时有一两处刺目的白，就那么白花花地袒露在阳光下，如同一绺白发，还似一块洗旧的补丁，甚至是受伤后包扎的绷带，我知道，那是开矿取石的缘故——因为此处的青山盛产一种坚硬的大理石，可以做桌、做板、做成各类生活用具或者工艺品，于是，便应运而生了一个又一个大理石公司。于是，秀美的青山便支离破碎了起来，当青山变成一个个白色的补丁后，大理石公司也便一个个关门大吉；近处，村头那棵粗壮的千年银杏树已经不见了，树上的鸟窝、树下的石碾也寻不到了踪迹。从村西到村东，看不到那抖着红鸡冠打鸣的大公鸡，看不到摇摇摆摆、抻长脖子嘎嘎叫着的鸭子，猪圈里寻不到猪的影子，更多的家门院子上，是一把锈迹斑斑的锁，想来主人已很久没回来过。记忆里蹲在树荫下下棋的老汉不见了，三五成群做着针线活的婶子大娘们不见了，女孩脆生生的笑声和甜丝丝的歌声也寻不见了，终日戴了斗笠在田间劳作的农人的身影也不见了。终于在村子的最西头见到了独自坐在破旧门槛上的一位远房大娘。风吹着大娘雪白的头发，深深的皱纹如同大娘人生走过的路。我走过去攥着大娘的手，半天后大娘才想起我来。"我总是一个人对着墙说话。大人去打工，孩子去上学，都跑到城里去了。咱这个庄，是空心的村子啊。"抬眼看去，原来整齐高大的四合院子也坍塌了一半，就像村子里其他的一些房子一样年久失修。离开大娘的时候，我的心里一直回响着大娘的话，据说，后来大娘去世时，是在去世一周后才被家人发现的。

浓烈的春阳下，我站在故乡里仔细搜寻记忆里的炊烟，搜寻那依山傍水的朴素，搜寻那浓得化不开的乡情，搜寻故乡亲人们温暖的怀抱。然而，我却感受到了一份沉重、一份沧桑。

亲情、纯朴、秀美、宁静、和睦……它们就如同故乡里的阳光一样，一直照耀在我的心头，历经多年而不衰。而此刻，我张开双臂拥抱着故乡的阳光：故乡，我走近您仰望着您，我的心一遍遍地搜寻着旧日静美的岁月和温暖的乡情,从心底热切地呼唤您的名字,一次次热泪盈眶。

正当我感慨时,同来的女儿拿来了一幅刚刚完成的水粉画:远处是连绵的山峰,广袤的田野里,星星点点劳作的身影;近处一座幽静的小院,几丛火红的月季开在春风里,几株带露的竹子让人感到清风徐来,似乎有沙沙的声音在阳光下轻轻泅开,一树缀满花蕾的樱花树透过画纸似乎能听到花开的声音;几只觅食的小鸡、一只趴在树底下的小狗增添了不少生活情趣;穿着红肚兜胖胖的宝宝正蹒跚走向不远处的一个石凳,石凳上分明放着一本被风吹起一角的画册,而蹲在石凳前的母亲张开双臂,站在身边的奶奶纵横的皱纹里全是笑,初春的阳光就藏在这三张笑脸上熠熠生辉……我沉醉在这宁静、和谐、美好的画面里。女儿笑着说:"我想象中,这里就应该是这样的,有爱、有暖、有希望、有阳光……"那一刻,我好像看到了故乡里散发着清香的阳光正热烈地照耀着故乡的土地。

女性之美的巅峰摹写

◎ 潘向黎

古诗词里关于女性美的描写,可谓不胜枚举。

就我个人的阅读经验,印象深的却不太多。因为许多诗词只是写到女性,并不曾写出了女性美。即使写出女性美,能风神动人、独出机杼者,终究是少数。况且这些摹写传神而艺术独特的作品,其所传递所赞美的女性之美,又有深度和烈度的不同。更有一关要过:作者是否在审美观、人生观、两性观诸方面超越具体时代、禁得起时间和不断演进的观念的双重严苛检验。

《诗经》中"蒹葭苍苍,白露为霜。所谓伊人,在水一方",虽然是写女性的名句,但与其说写美人,不如说是写心上人。当人有了心上人,全世界的人就只分为两类:那个她(或他)和其他人。所以这首诗写的是恋情,而主要不是女性之美。当然那个伊人一定是很美的,因为她是那个充满诗意的世界的中心,因为她是思恋、渴慕的心的方向。《蒹葭》没有一句写伊人的容貌是对的,被这样痴心爱恋、苦苦思慕的人,当然是全世界最美的。

被爱的人总是美的。正如从来不存在真正的色衰爱弛,相反,爱弛了,失去爱的支撑和滋养的美貌才枯萎衰败。

来看乐府。《孔雀东南飞》中的女性美是现实而细致的,令人印象深刻:"鸡鸣外欲曙,新妇起严妆。著我绣夹裙,事事四五通。足下蹑丝履,头上玳瑁光。腰若流纨素,耳著明月珰。指如削葱根,口如含朱丹。纤纤作细步,精妙世无双。"虽然没有对刘兰芝容貌和表情的描写,但是完全读得出她的伤心和悲愤，以及在这种心境之中，对人格尊严、女性骄傲的全力维护。正因为她在应该蓬头垢面、哀哀欲绝、丧魂落魄、苦苦哀求的时候，反而这样严妆，这样光彩夺目，而且依然守着礼数，进退有度地上堂拜别婆婆，所以才使得本应享受胜利喜悦的婆婆变得恼羞成怒。"阿母怒不止"，其实是很奇怪的，已经成功地逼迫儿子把兰芝休掉，要赶她回家了，为什么还要这么生气？因为她看到兰芝没有崩溃，而是依然保有自己的体面，依然很美，打扮得很精致、很夺目，面对这样一个儿媳妇，这个自以为是又蛮横的女人，突然感到自己把儿媳妇休掉的理由实在是牵强，而且觉得任何人都会对着这样一个儿媳妇发出疑问：为什么婆婆会如此容不得她呢？于是这个可恶的婆婆和不称职的母亲崩溃了，于是她只能用大发脾气来找回心理优势。

美，有时候就是一种罪。无论拥有美的人如何努力，都不能赎。

李白写女性美还是值得注意的。虽然因为他天生一种飘飘荡荡的气质，绝不是情圣，使得他在这方面未曾完全发挥他的天才，但他写起女性来，带着一股盛唐的醉意，也自有其好处。最著名的当数《清平调》三章。"云想衣裳花想容，春风拂槛露华浓""名花倾国两相欢，常得君王带笑看"，玉面花光辉映，不知是名花衬着美人，还是牡丹"得气美人中"。因为写的是杨贵妃，又比较浅近，自带爆款流量，而且流光溢彩、兴高采烈，所以万口流传。同样写杨贵妃，白居易的名句是"回眸一笑百媚生，六宫粉黛无颜色"，比李白写得好。因为写出了美人的动态和神态，也写出了迷人的程度和对其他美女致命的后果。这两句写得好，以浓艳写浓艳，以娇俏写娇俏，仿佛有香气从纸面散发出来。但是细想，也仍然是一个尤物，因为出众的美貌击败了其他段位不够的对手，赢得了可以改变人生的垂青和宠爱。以色事人，这样的女性美，格调上是有些先天不足的。

《清平调》是奉唐玄宗之命而作，同为遵命文字，李白还有其他一些作品，但就不如写杨贵妃的有名。比如《宫中行乐词八首》其一：

小小生金屋，盈盈在紫微。

山花插宝髻，石竹绣罗衣。

每出深宫里，常随步辇归。

只愁歌舞散，化作彩云飞。

…………

　　这一首的女性，是一位年少宫女，身份远远不能和杨贵妃相比，但是在李白笔下也很美，而且美得更有特点。

　　"小小""盈盈"写出了宫女的身量小巧，插在头上的"山花"和绣在罗衣上的纤细的石竹花（而不是牡丹），有一种纤细的气质，更衬托了她的单纯可爱，同时还有些心不在焉的清新脱俗。

　　"每出深宫里，常随步辇归"，顾随先生认为这两句不好——"太滑"；也有人认为是暗用了虞世南奉隋炀帝之命嘲"司花女"袁宝儿之典："缘憨却得君王惜，长把花枝傍辇行"，是写宫女娇憨。其实即使不用典，这两句也还不错，写宫女的日常生活，同时也能读出天真懵懂，出宫、回宫，这个小女孩都是天真烂漫地跟着走，她没有什么自己的心思。但是娇小可爱的她也是有技艺的，她能歌善舞，而且她的舞姿非常轻盈、非常优美——李白大约觉得人间找不到什么东西来比喻，只能把她想象成彩云，所以最后两句的意思是：真担心歌舞散去的时候，这个小姑娘会化作一片彩云飞回到天上去。有人认为是说歌舞结束后，这个女孩子会如彩云般步履轻盈地离去，因此引人惆怅；我觉得这样理解把李白给读拘泥了，也把诗意死死困在了地面上。

　　这首诗写女性美，比《清平调》要好，因为是把女性的外表、特点、气质、专长、动态结合起来写，写出了"这个"女孩子独有的美，一种稚气娇憨的美。

这样的女性美,固然唯美,但除了相当纯度的美,没有别的。美则美矣,还不够强烈,不够吸引人;更不够深刻,不足以动人。

写女性美,一般不会想起辛弃疾。确实,金戈铁马、硬语盘空的辛弃疾很少写女性,写也写得往往比较简约且粗线条。当然他也粗中有细,他的细主要在于他似乎格外重视女性的头饰。著名的《青玉案·元夕》里"蛾儿雪柳黄金缕,笑语盈盈暗香去",蛾儿、雪柳、黄金缕,都是宋代妇女元宵节出游时头上所戴的饰物;《汉宫春·立春日》第一句就是:"春已归来,看美人头上,袅袅春幡。"按当时风俗,立春日,妇女们多剪彩为燕形小幡,戴于头鬓,叫作春幡。辛弃疾也写眼泪,但不是胭脂泪,而是英雄泪,这个时候美女出现了,"唤取红巾翠袖,揾英雄泪",代指美女的"红巾翠袖",实用性大于审美意义。与此相关的,辛弃疾笔下很多次出现的"佳人""美人",都不是指美貌女子或者心上人,而是指与他志趣相投、他所爱重的好友,都是须眉丈夫。

关于女性美的描写,最过人的是谁呢?我觉得最过人的是苏东坡。

他的"淡妆浓抹总相宜",虽然是借西子写西湖的,但仍然是关于女性美的一句绝妙诗句。美人美在其本色,浓妆淡抹都相宜,浓妆淡抹也都不重要,美人怎么都是美的。

另一句在《洞仙歌》中——

仆七岁时,见眉州老尼,姓朱,忘其名,年九十岁。自言尝随其师入蜀主孟昶宫中,一日大热,蜀主与花蕊夫人夜纳凉摩诃池上,作一词,朱具能记之。今四十年,朱已死久矣,人无知此词者,但记其首两句,暇日寻味,岂《洞仙歌》令乎?乃为足之云。

冰肌玉骨,自清凉无汗。水殿风来暗香满。绣帘开,一点明月窥人,人未寝,敧枕钗横鬓乱。

起来携素手,庭户无声,时见疏星渡河汉。试问夜如何?夜已三更,金波淡,玉绳低转。但屈指西风几时来,又不道流年暗中偷换。

"冰肌玉骨,自清凉无汗。"这一句一下子从皮相的特点,直接切入人的内心世界,从那个美人的冰肌玉骨、晶莹剔透,直接转入她的精神气质——气度娴雅、淡然自若、飘然出尘。这样一种气质,非常特别,读之令人向往。但是这两句的著作权不能归于苏东坡,因为他自己在小序里说了,这是流传下来的两句孟词。

不过,"冰肌玉骨,自清凉无汗",让我想起苏东坡《贺新郎·夏景》中的一句:"手弄生绡白团扇,扇手一时如玉。"写高洁寂寞的美人,极好。这里隐隐约约用了典故,出自《世说新语·容止》:"王夷甫容貌整丽,妙于谈玄,恒捉白玉柄麈尾,与手都无分别。"

或认为白团扇暗示秋扇见捐——被冷落的寂寞,但因为写的是夏天,团扇正当合时,也许未必有此意。大约主要还是借手执团扇、扇手如玉来写出这位美人的一尘不染、冰清玉洁。"如玉"的,不仅仅是手,而是整个人。

气质不好、人品欠佳的女子,自然也有皮肤白皙、手长得纤秀的,但是诗人不会这么写。这不违背生活的道理,但违背了诗歌中审美的道理:美必须是整体性的,是表里统一的。

顾随先生说李商隐"东风日暖闻吹笙",写暖,必须是笙;杜牧"落日楼台一笛风",写凉,必须是笛;"'东风日暖'时岂无人吹笛?有人吹亦不能写",这是顾随先生很任性的一句妙语。同样道理,一个为人鄙俗或气质平庸的女子,即使肤如凝脂、十指纤纤,诗人也绝不会用"扇手一时如玉"来写她,因为那种情况下,这个女子的手只是雪白、只是细嫩,但不能说"如玉",她整个人更不能说"如玉"。事实上,只有整个人由里至外"如玉",手才能"如玉"——才可以被写作"如玉",否则再白皙柔嫩,"亦不能写"。

写女性之美,"淡妆浓抹总相宜",和"冰肌玉骨,自清凉无汗",都可以列入前三甲。

若说写得最好的,以我之见,出自苏东坡的《定风波·常羡人间琢玉郎》。这阕《定风波》前有小序,苏东坡这样记录了创作缘起——

> 王定国歌儿日柔奴,姓宇文氏,眉目娟丽,善应对,家世住京师。定国南迁归,余问柔:"广南风土,应是不好?"柔对曰:"此心安处,便是吾乡。"因为缀词云。

> 常羡人间琢玉郎,天应乞与点酥娘。尽道清歌传皓齿,风起,雪飞炎海变清凉。

> 万里归来颜愈少,微笑,笑时犹带岭梅香。试问"岭南应不好",却道:"此心安处是吾乡。"

苏轼的好友王巩(字定国)因为受到"乌台诗案"牵连,被贬谪到地处岭南荒僻之地的宾州,其歌伎柔奴自请随行。

这位柔奴,端的是非常美。东坡先写了她的容貌之美,不但在小序中道其"眉目娟丽",而且在词中赞美她是配得上英俊的"琢玉郎"的"点酥娘","点酥"二字,言其肌肤晶莹。

然后写了这位娟丽姑娘的技艺之美。她歌喉美妙,一旦从她牙齿洁白的樱桃小口里唱出一曲清歌来,像一阵风起,即使在炎热的地方也像下起了雪,让人感到清凉。歌声令人闻之心醉,忘却艰苦烦闷的环境而神清气爽——这是何等过人的技艺!

但这样的感染力,已经透露出了歌声背后的气质。

这位柔奴当然不俗。她追随王定国在广西那个当时的"瘴烟窟"五年,王定国的一个儿子病亡,王定国本人也大病一场,几乎丧生,气候条件、生活条件的艰苦不言而喻。可是就在这样一个精神上理应非常困苦的情况下，他们不悲戚、不沮丧，豁达而平和地相守，坚忍而乐观地生活，五年之后，当他们北归，面色红润，容颜丰美，风采胜过从前——这一点似乎不是东坡的夸张，司马光、李焘等人对此均有记录，令苏东坡大为惊叹，也无比欣慰、无比高兴。

东坡和王定国相聚，柔奴出来斟酒，东坡和她聊天，问她：这几年在岭南应该很不适应吧？没想到这个小女子清清淡淡地回答了一句话：此心安处，便是吾乡。也没有什么适应不适应的，我的心能够安定的地方，就是我的家乡。

柔奴显然是熟读诗书的，因为白居易多次表达过类似的意思："身心安处为吾土，岂限长安与洛阳""我生本无乡，心安是归处""无论海角与天涯，大抵心安即是家"。苏东坡一直引白居易为同道，他当然不会不知道，但他没想到这个意思，能从一个朋友的侍妾口中说出，而且如此自然、如此贴切。苏东坡自己一向抱持"人生所遇无不可""也无风雨也无晴"的人生观，因此柔奴此语，与苏东坡心性、气质大相契合，使他大为惊喜，大为共鸣，以至于为柔奴专门写了这阕词。

有人说这阕词是写王定国的，认为东坡的意思是：仆尚如此，何况主人？是借着柔奴的态度来写王定国的淡定、豁达。客观上当然可以这样理解，但是细读小序和全词，恰是柔奴激发了苏东坡的创作冲动。为什么一定要说是苏东坡绕着弯子写老朋友呢？宇文柔奴，这个小小女子，难道不是一个人格独立、旷达超然、气骨不凡的人吗？难道不正是她给了苏东坡极大的惊喜乃至鼓舞吗？这样的一个人，当然值得苏东坡专门写一阕词为她赞叹一番。

在潇洒旷达的苏东坡心目中，柔奴超越了现实的卑微身份，而成了一个朋友、一个同道。柔奴因此获得了和主人王定国并列的地位。琢玉郎、点酥娘，一对天造地设的璧人，同时又是一对以精神力量超越困境的智者。

让人非常惊叹的是，待人平等的苏东坡深切注意了柔奴的变化，"万里归来颜愈少"，受了几年苦，万里归来，反而年轻了，这是一个奇迹，也是诗人对女性柔韧的精神力量的绝大赞美。

还不仅如此，东坡注意到，在和自己相见对谈的时候，柔奴的精神状态是愉快的，她始终是微笑着的。这个微笑，智慧如苏东坡，是知道它的珍贵的，也是击节赞赏的。这种精神气质和人生观是苏东坡一向推崇的。所以他用了这样一句来赞美：笑时犹带岭梅香。

当写一个女子，从容貌美写到了气质美，而且用了通常赞美高洁士人的梅花的意象，这是对女性最高的赞美。

"岭梅"的"岭"指大庾岭，岭上梅花有名，这个"岭梅"就泛指岭南那一带的梅花。

"笑时犹带岭梅香"，这句话从外表到神情，直通气质，再抵达人生观。柔奴年纪轻轻，不但天生丽质、冰雪聪明，而且已经得道，她能够平静地面对人生的苦难，摆脱精神上的困苦，领略并贯彻了这样一种人生哲学：随遇而安、随缘自适。

"此心安处，便是吾乡。"柔奴说的是"此心"，这颗心，不是别人的，是她自己的心，这和《红楼梦》黛玉所谓"我为我的心"，有相通之处。在这里，女性不是附属品，不是依附、从属、仰望于他人的，而是有自己的心、自己的人格、自己的选择、自己的情怀。因此，"随"是自己选择的"随"，"安"是自己达成的"安"。柔奴参透苦乐，看淡得失，翩然归来靠的是自己的精神力量，这种力量甚至还帮助和支撑了她的主人和丈夫。

以梅花的清香写一个女子的微笑，以梅花的高洁脱俗写一个女子的气质和人格，我觉得这是中国古典诗词里写女性美，写得最美妙的一句。"笑时犹带岭梅香"，写出了女性的气质美、格调美，更写出了人生哲学的美，是抵达"人与天地参"境界的大美。

当美战胜了它的敌人——那些摧毁美的东西，美就拥有了力量。而美面对它的死敌——挫折、苦难、痛苦、辛劳、时间……不被击垮,却也不对抗,只是超越;不怨尤,但也不自怜,更不自赏,只是看得淡,想得通,美就成了一种真正的强大。不为外物所伤,不随世俗俯仰,平和中生机郁勃,淡然中安然自适,表里澄澈,清香四溢,多少自在!女性之美,人的精神之美,可以如此洒脱、如此开阔、如此柔韧、如此超然于尘世之上。伟大的苏东坡记取了这一幕。于是,梅花的幽芬清气至今飘浮,女性的性情之美、气质之美,历千年而光彩熠熠,照彻此际昏暗的双眸和委顿的心灵。

"塑造"乳房

◎ 梁鸿

那天清晨,我们从伦敦出发,坐火车去剑桥大学。

天空阴冷,乌云在地平线周边移动,每一朵云都是欧洲画家画中的云,灰色中带着充足的水分,水分中又携带着阳光的亮色。我们参观了国王学院的教堂、圣约翰学院的建筑、徐志摩笔下的康河。英国人崇古,几乎每一片土地都有过去的痕迹。可在这样的天空下,总感觉到过去的魂灵就在周边徘徊,似要拉你和他一起回去。不如归去,不如归去,人终究不过一抔黄土。

下午再回到伦敦,去莎士比亚剧场看戏。

圆形的露天剧场,依然保持着莎士比亚时代的构造。罗密欧和朱丽叶的故事正在上映。朱丽叶偷偷和罗密欧结了婚,可她的父亲一心想着让她嫁给他喜欢的贵族。朱丽叶的父亲喜气洋洋、迫不及待地安排着婚礼,漫不经心地让夫人去通知一下女儿,他以为这样就足够了。女儿听从父亲的安排,这是天经地义的事情,更何况,他视朱丽叶若珍宝。因此,当朱丽叶不同意出嫁时,他脱口而出,骂道"该死的小贱妇,不孝的畜生",他愤怒至极,冲上去要打朱丽叶。台上的父亲去拉扯朱丽叶的头发,朱丽叶先用手去护头发,在拖拽的过程中,又紧忙伸手护住胸部,任凭父亲把她从舞台的这边拉到另一边。

那一刻,我的心脏莫名抽紧了一下,一阵寒意陡然袭来。

天空下起小雨,风又起了一些。站在剧场中央空地上的观众,仍在出神地看戏。

等到去泰特美术馆，已经是下午三点钟了。在极度疲倦中，我们参观了约瑟夫·博伊斯（Joseph Beuys）著名的装置艺术"二十世纪的终结"，切尔多·梅蕾莱斯（Cildo Meireles）用不同年代的收音机装置而成的巴别塔（Babel），不同频道、不同声音混合在一起，通向无限的高空，有一种神秘的末世之感。也看到莫奈、凡·高、毕加索的经典画作。最后，才突然发现有法国画家皮尔·波纳尔（Pierre Bonnard）和美国画家多萝西娅·坦宁（Dorothea Tanning）的特展。

在波纳尔繁复、绮丽的色彩中穿行，没完没了的裸女，逆光的、迎光的、背光的，恍惚迷离之中，我竟好像看到波纳尔沉重的眼皮扫过女性裸体时的溺宠和沉没。

突然看到这样一对乳房，坚挺、结实，它和身体的其他部分，明亮、饱满的脸庞，有着深凹人鱼线的肚子，光滑平坦的小腹，还有站立、远眺的姿势，自然地融为一体。那对乳房在邀请人们观看，但并非独立出来的傲然的美，而是作为身体器官的一部分存在。甚至，它对观众是冷漠的、不关心的，画家没有赋予它特别的性感，它和身体所有器官一起，构成一个性感的形象。这一性感是自足的，虽然它的胸部是敞开的。

画中的女士，沉浸在自己的世界里。她的身体挺拔、昂扬，和眼睛里的思想相一致：坚硬、充满力量，既为远方迷茫，又无所畏惧地期待远方。在她的身后、左边和右边，有多扇打开的门，通往不同的方向，这些方向围绕着画中女士，似在暗示，或者前方有无限可能。时间是开放的，未来是开放的，你可以拥有选择或不选择的自由，而非某种命定的归宿。

此时已经是晚上八点左右。在极度疲倦之中，我几乎忘记自己已经进入了坦宁的展厅。她的画犹如一针强心剂，让我瞬间复活过来。

我突然想到在这之前刚刚看到的毕加索和波纳尔的画，他们也同样画了女性的乳房，但和坦宁所画的，又是多么不同啊——不是风格和派别的不同,而是他们在面对女性乳房时的内心意识和所使用手段的不同。你可以从中清晰地感受到某种隐约存在的危险和威胁,这一危险和威胁一直存在于文明和生活的内部。这正像坦宁的另外一幅画:一个女子坐在餐桌旁,餐桌下方是一位更矮的仆人,而在画的正上方,充斥整个画面的是一个戴眼镜的男人,如果你不退后以整体视角来看的话,根本意识不到他的存在。他正威严地俯视着桌上的女子、食物和仆人。

毕加索赋予乳房一种不可阻挡的欲望和暴虐的力量。《奔跑在沙滩上的两个女人》,粗壮肥硕的身体和浑圆饱满的乳房朝向你扑过来,呼之欲出,一种鲜活的欲望的象征;《阿尔及尔女人(〇版)》,乳房以夸张比例横陈于腹部,一个巨大的社会符号;在《裸体、绿叶和半身像》中,我们看到一斜躺着的女人,她的乳房呈现出一种柔软的沉重的丰满,是情爱之后某种激情的隐秘映射,据说这位女子是毕加索当时的情人。毕加索的画的确有某种性解放的意味,欲望以大胆、裸露的方式呈现出来,但是,你也隐约能感受到,画家在升华女性情欲合理性的同时,也固化了女性作为情色对象的地位,一切都以性为前提安排和使用女性的身体,女性在其中只是被动的承受者。

在他著名的画作《梦》(据说画的是当时他的情人玛丽·泰丽莎·沃特Marie-Therese Walter)中,女人斜仰着脸,朝上的那半部分由一根阴茎组成,女性的脸成为一种欲望化的对象,粗暴、直接,碾碎着观者的尊严和自我。实际上,在现实生活中,所有和毕加索在一起的女人最后都成为他的工具,而她们本人,没有获得任何的个性和独立的价值,或自杀,或抑郁,或被迫离开。她们自身的精神、生存和人性状态从来没有被关注,更没有被倾听。

2018年2月,《拿着花篮的女孩》,毕加索青年时期的一幅裸女画以7.3亿人民币成交。画中的女孩,乳房还没有充分发育,毕加索把它们画成一种怯生生的花蕾意味,女孩的整个身体呈现出少女的光滑,眼神却暗含着色情—— 一种在贫穷中渴望通过身体交易获得保证而男性又谙熟这一点的色情,有祈求、邀请,又有害怕和担心。有评论家认为,一个未成年少女的性欲暗示无疑更让人产生"心潮澎湃"的欲望。据说这个女孩在巴黎街头流浪,以性交易和卖花为生,为很多艺术家当过模特,包括阿梅代奥·莫迪利亚尼(Amedeo Modigliani)和凯斯·凡·东根(Kees van Dongen)。至于这个女孩最后流落到哪里去了,无人知晓。"女孩的命运最终如何?"对于艺术家而言,这到底是否是一个值得追究的问题,可能很难界定。但是,画家笔下所传达出来的信息却暴露了一种攫取式的掠夺,女孩内心的羞耻、困顿和未成年的身体最被作为某种色情意味呈现出来。在那个女孩身上,他究竟要获得什么?他并没有关注女孩的灵魂,没有激发内心人性的某一部分,而只是玩味其中独特的情色倾向。也正是在这个意义上,有人发出追问:"为什么对方一旦是艺术家,我们就乐意瞻仰这种残忍而荒谬的做法?"

艺术和人性观念之间究竟是怎样的关系?

我们一方面欣赏毕加索的反战巨作《格尔尼卡》,另一方面,我们又欣赏他充满暴力的、把女性严重物化的作品,是我们完全看不到后者中的暴虐吗?或者,在我们自己的观念意识里面,在艺术史里面,女性被物化是一件非常正常的事情,再往更广处推,在整个文明史里面,女性也一直处于被贬低被伤害的位置——这一位置以日常化的状态表现在生活和情感的方方面面,每一个人,包括女性,也都司空见惯,甚至,会忽略其中其实也包含着自己的命运。毕加索的画带着一种摧毁性的力量,把女性的自我完全粉碎掉,变成他任意投射欲望的容器。女性,包括观众,被他赤裸、坦率而粗野的目光层层包裹,无法挣脱。如果说他的情人们是被他的魅力所吸引,倒不如说是被他的暴虐所震慑。

在当代艺术领域,先锋、变革的诞生几乎伴随着强烈的贬女症出现。安迪·沃霍尔波普艺术中的女性,影像中的女性,无一不是带有强烈的观赏和商品性质,理查德·普林斯(Richard Prince)接续了这一贬女和厌女的传统,以粗暴形式对女性身体进行涂抹,直到达到他需要的性暗示和欲望化。

在真相尚未萌芽之际,我们往往被那些具有冲击性的事物所迷惑,并且为之摇旗、呐喊。我们总是忽略内心某一瞬间的真挚及这一真挚的作用,最终,走向了自己的反面。这一真挚来自人类最朴素的直觉,就像最初看毕加索《梦》的时候,总有一种微微的恶心之感,那应该不是爱情,而是绝对的占有欲、肆意的侵入、一种以爱为名义的黑暗暴力。

人性的幽深不可探触,爱的形式也万千各异,艺术可能确实是关于人类欲望的深层表达,在这一点而言,毕加索的确是一个伟大的画家。但是,当把单边的叙说和表达扩大到双边存在状态考察时,你便会发现很多谎言。譬如,《梦》所表达的是否只是欲望或爱的一种形式?如果一定要这样说的话,倒不如说是对女性的一种侵犯,这里面有赤裸裸的攫取、占有,是一种权力的表达,用"爱的形式"这一说辞是解释不通的。

在很多时候,艺术就是这些谎言的装饰。

而更为可怖的是,我们甘愿充当这些装饰的鼓吹者。我们为艺术的诞生而欢欣鼓舞,却任由其吞噬我们的内心。

我们不单要看到他的伟大,欣赏其中的创造和意义,也应该看到其伟大背后的阴影部分,要有辨析,这样,才有可能对欲望及欲望背后的权力关系有基本的认知。

波纳尔画中的女性则充满镜像的意味。

这些画中女性,身体柔软、和谐,充满肉感。画家有点像对待天真而美好的事物,竭力观察、体会事物身上的每一丝变化并把它们描述出来,即使淫荡,也是天真的淫荡,带有某种原始的蒙昧。波纳尔的乳房最符合女性实际的情况,有褶皱、塌陷,有时空瘪瘪的,有时又因姿势的改变而呈现出不对称的感觉,乳房的色彩几乎是暗白色的,有光折射在上面,乳头略带粉红,整体而言,是一种粉红嫩白的基调。女性在一个私密的空间自我欣赏,自我注视,延宕着时间,和外部切割联系,构成一个完全封闭的世界。

波纳尔就好像一个有着金屋藏娇癖好的人,怀着最大的耐心欣赏着女人的自我沉溺。画中的女性是温柔的,在男性充满溺爱的注视下的温柔。他喜欢把女人放置于镜子中,女人注视着镜中的自己,而画家又注视着镜中人。镜子既是映射,也是隔离,把女性隔绝于现实生活和真实场景之外,从而满足了画家"造物"的欲望。在一幅《浴缸里的裸女》(nude in the bath)画中,女人躺在清澈、温柔的水中,肢体鲜嫩如初生婴儿,浴缸用淡白柔红的颜色轻勾出轮廓,作为背景的地砖用褐蓝、灰蓝和粉金渐次涂染,没有丝毫坚硬的感觉,从整体来看,女人就好像躺在一个子宫里,被羊水、胎膜和柔软的母体所保护,她浑然地沉睡,丝毫没意识到自己的美丽。

这当然是一种爱:画家爱自己创造的理想之物。

但是,就画中女性而言,却缺乏内容,缺少一种智慧的对等和某种博弈。

相形之下,高更画中的女性,和大溪地的自然相一致,裸体、乳房融于自然的曲线之中,没有被突现出来,或者说,没有被隔离出来。所以,乳房或者饱满,但并没有毕加索画中的暴力和波纳尔的镜像,它们就是生活的一种样态。

中世纪以来的画,不管是宗教题材还是世俗题材,都有一种倾向,喜欢画露出一只乳房的女性,哺乳状态的,躺卧的少妇,站立的少女,等等。这些女性乳房光洁、饱满,有着粉红的乳晕,女性整个身体是肉感的、均衡的和适合生育的,几乎可以说是纯洁的象征,未来母性的象征。

这也是最容易被接受的女性形象。女性"被净化"——或者说"被窄化"——为单一形象,所以,才有《阁楼上的疯女人》的诞生。女性那些愤怒的、张扬的和要求自我存在的希冀都被加以"疯癫"之名存放于"阁楼"之上，其实，它是一种强烈的示众和规训。

当坦宁的这幅画出来后，坦宁未来的丈夫，著名的超现实主义画家恩斯特说："The title to mark her'birth' as a surrealist artist."。意即，这幅以《生日》命名的画作标志着坦宁作为一个超现实主义艺术家的诞生。他说的话固然没错，画中女士的前面是一个怒睁双眼的动物，前后左右开立的门意指过去、现在、未来，使得人物主体似立于无限时空之中，又拥有某种神秘力量。但是，如果你把眼光贯注于画中的女性主体，就会感觉到，所谓的超现实主义其实是画家本人极为强烈的自我力量所导向的效果。

因此，说它意味着坦宁超现实主义画家的诞生，毋宁说，它是坦宁自我意识（女性意识）的充分表达，女性的觉醒并非只局限于身体意识的觉醒，而是觉察到，要重新定义女性和整个世界的联结方式，这里面包括与男人的关系。

在这幅画中，坦宁所使用的色彩主调是青铜和灰绿，衣服也是冷淡、高贵的紫色，整体清冽、刚硬，画中女郎脖子上的筋、乳房之间的阴影、肚子上的马甲线，包括肌肉，也都利落、分明，这些都昭示着：她是能够控制自己、拥有主体性的女人，她有自己的主意、自己的观念和期待，不依赖于任何人。她以这一姿态站立，眺望远方，期待未来，迎接走过来的男人或纷繁的世事。

男人看女人，或女人看男人，自会有差别，也不可避免有异性之间的情爱和欲望之眼光，男性画家笔下的女性有情欲意味也很正常，但这一差异不是抹杀其中暴力或不平等倾向的理由。我们容易把对其的辨析看作过于强调两性对立的观点，而忽略两性之间相互需要及其复杂的情感存在。这一理解过于简单化。在妇女解放历经一百多年之后的今天，关于"何种意义上的男女交往或表达是一种暴力"还是最基本的议题，当"me too"运动中的女性勇敢地向公众叙说自己的遭遇时，首先被质疑的还是"你是不是也有诱惑之意"或"我以为你同意"，更有相关男性当事人反击女性也并不是"严肃之人"。在这里,有一个问题男性始终没有学会面对:女性的存在并非以你的感受为依据,而是以自己的感受为依据。进一步说,即使女性以为这是一种爱情,里面也可能包含着一种压迫关系——这一压迫关系可能来自文明深处的性别关系,也来自其他更古老的关系,如以各种形式呈现出来的权力关系,它往往和性别关系以同构的方式出现,就像《房思琪的初恋乐园》里面的女学生和老师之间的关系。

坦宁的另一幅画《树叶、头发和红色绑带》中,女人犹如森林女神,以发为叶,覆盖了半幅画面,但作者不是画一个与自然和谐存在的女性,这一女人眼神倔强,她的乳房被猩红的丝带紧紧捆绑,以至于失去其完整和优美,带着血腥和强烈冲击的意味。画中的隐喻元素相互冲突,彼此否定。它拒绝给予女性某一定性,或者说,拒绝那些被给予女性的一系列定义。

在泰特美术馆画展手册的首页,引用了坦宁自己的一句话:"I wanted to lead the eye into spaces that hid, revealed, transformed all at once and where there could be some never-before-seen-image."。"我想引导眼睛去看到被隐藏、暴露或被转移的空间,在那里,可能有一些从未看到的景象。"究竟有哪些被隐藏的空间? 就女性而言,或者,关于身体的描述一直隐藏着被文明史刻意忽略掉的另一文明发展史,在这一发展史中,女性被利用、被限定,它并非只是与男权有关,而是人类社会内部的结构性缺陷所致。它也并非只是毕加索、波纳尔的问题,而是在整个人类生活的默许下完成的。

从泰特美术馆出来,雨仍在下。泰晤士河水涨了。下午过来时还有人在河岸边玩耍,此刻水已经把阶梯淹没。

站在桥的中央,看河水浩浩荡荡,两岸高楼灯光点点,而圣保罗大教堂的圆顶仍然沉静肃穆,让人不由得想起下午的《罗密欧与朱丽叶》。当演员捂住乳房部位时,是朱丽叶的行为,还是演员的行为? 一旦朱丽叶不是父亲的乖乖女,她就失去了父亲的宠爱和财产,她的身体,美丽的面庞和优美的曲线就不再具有价值，她就不能够再在父亲面前骄傲地挺起她的胸脯。她失去了宠爱，同时，她的身体也失去了价值。朱丽叶的乳房并不拥有独立存在的可能和空间。或者，在那一瞬间，女演员和朱丽叶合为一体，那刹那的惊慌和本能的举动是她们作为女性的历史反应，是历史中的女性和当代女性所共同面临的处境。

而作为观众的我，我的突然紧张，无意间呼应了她们的内心。几百年前的朱丽叶、当代的英国女演员和一位中国女性，尽管时空和文化背景完全不同，在那一刻，在英格兰阴郁的天空下，却同样感受到来自乳房的——我们身体和观念的一部分——呐喊。

纸上花开

◎ 马卫巍

一

　　郎世宁有《十美图》传世。我见过其中的《鸢尾花》，是写实手法，一株鸢尾花迎风飘扬，花开如梦，甚是飘逸。郎世宁的鸢尾花着色艳丽，配以石头、野草相伴，画面就有了分量。鸢尾花潇洒、轻盈，春天之气扑面而来。

　　鸢尾花常见，现在也植于公园、路边，作为装饰性花草之一。在我们这儿的清明节前，鸢尾花开始生发，叶子随风舒展，花苞开始鼓动，过了谷雨后便竞相开放，满地蓝盈盈的花朵儿，一团团紫气荡漾开来，像一只只随风而舞的蝴蝶，非常壮观。我住的小区里就植有鸢尾，盛开于小路两旁，非常可爱。周末领着孩子在小区散步，她也被这鸢尾迷住了，追逐着嬉戏其中的蝴蝶，欢歌笑语，其乐融融。

　　齐白石先生所画鸢尾并不多，他有一幅《工虫鸢尾花》，可算精品。鸢尾花的画法介于工笔与小写意之间，花、叶皆以淡墨勾勒，再染淡色，用笔松匀，情态悠然。又以工笔画蝉、蝶、蜻蜓、螳螂四草虫，极具代表性。

　　凡·高有幅名画《鸢尾花》，被称为凡·高在"圣雷米时期最伟大的作品"，它远远地就能吸引住人们的目光，色彩丰富，线条细致而多变，整个画面充满律动及和谐之美，洋溢着清新的气氛和活力。鸢尾是很平凡的植物，但凡·高赋予它们精彩的形象与色彩以及永恒的生命力，是这位一生都在痛苦与挣扎中度过的画家对大自然的赞美，对美好生活的向往，仿佛是一位黑暗中孤独的舞者内心里无语的倾诉。凡·高的鸢尾花鲜丽可爱，但又有点忧伤,有点孤独和不安,甚至有一种近乎挣扎的姿态,他在油画中表达出清新的洋溢与活力的气氛。这幅画也是他昂贵的作品之一。

近现代画家中,王雪涛先生多画鸢尾,他用笔潇洒,寥寥几笔,便画出了鸢尾在风中的飘逸感觉,然后细心勾勒,把花头花瓣刻画得淋漓尽致。先生多配以蝴蝶、蜜蜂等昆虫,或飞舞或追逐,生机盎然。画面虽然简单,却极具生活气息。

鸢尾是法国的国花,西方人对其也是十分喜爱。相传法兰西王国第一个王朝的国王克洛维一世在受洗礼时,上帝送给他一件礼物,就是鸢尾。

在我们中国,鸢尾花象征着友谊与爱情。我想,在这大好春光里,约几个好友采几束鸢尾品茗聊天,绝对是非常愉悦的。或者,携手自己心爱的人畅游在鸢尾盛开的花海里,也是一件非常美妙的事情。

二

我记得小时候院子里有一棵杏树,花开时节蜜蜂涌动;微风徐来,摇落一阵花雨,把院子装点得很有气氛。杏花好看,艳丽,在果树中开得比较早。红杏枝头春意闹。杏花开了,春天也就真正地来了。

不过,那棵杏树在结了两年果后,不知道什么原因便死掉了,花儿不再来,春意不再留意枝头,甚是可惜。我后来见杏花,总会想到那棵院子里的树,纤弱却朴实,妩媚却稳重,是春天里的一抹红颜。丰子恺有幅漫画很有意思,题款为"春日游 杏花吹满头",他把杏花闹春的景象画出来了。

吴昌硕画过很多杏花题材的作品。杏花春雨江南,老爷子也喜欢杏花的喜气。他的笔力老辣,力透纸背,花朵纵横恣肆,气势雄强,穿插揖让从容大方、汪洋恣肆,苍茫古厚之气盎然。他有一幅《杏花图》布局新颖,构图近书印的章法布白,取"女"字的格局,对角斜势,虚实相生,主体突出,喜用浓丽对比的颜色,画面色泽强烈鲜艳。气势之贯通使画面的用笔、布局、题款等浑然一体。潘天寿曾论吴昌硕的绘画:"以气势为主,故在布局用笔等各方面,与前海派的胡公寿、任伯年等完全不同。与青藤、八大也完全异样。""它的枝叶也作斜势,左右相互穿插交互,繁密而得对角倾斜之势。"观此画正可以得到印证。

杏花貌似是古今画家非常喜欢的题材,唐寅就有《杏花仕女图》,雍容华贵,独享纯姿。齐白石也有多幅杏花图传世,他画杏花,初看与他的梅花、海棠相似,实则在细微关键处有差别,这是画家生活中仔细观察的结果。杏花点点,或疏或密,或稠或稀,或瓣或蕊,或向或背,极尽变化,别具风采。白石画杏花,多半寄托一种乡愁。他生于湖南省湘潭县杏子坞星斗塘,杏子坞又名杏花村,远近大片杏林,绵延数里,初春花开,灿若朝霞。白石老人于1919年进京定居,始终念念不忘祖辈居住过的老屋和附近遍开的杏花,"星塘一带杏花风"成为老人对少年时代田园生活的深深眷恋。人至桑榆,思乡之情愈加强烈,亦时常流露在他的篆刻书画中。

我们这儿多植梨树,但梨园边缘也栽植杏花。梨花开时白茫茫一片,虽然壮观却略显单调。杏花开后,一片飞红落雪中,白得耀眼,红得心动,春天便涌到眼前、扑进心里来了。

三

王献之有一幅非常有意思的书法作品,名为《地黄汤帖》。"新妇服地黄汤来,似减。眠食尚未佳。忧悬不去心。君等前所论事,想必及。谢生未还,可尔。进退不可解,吾当书问也。"王献之真迹未能传承至今,作为模本墨迹有数种传世,其中之一,即《地黄汤帖》。全篇是记录服用药物的尺牍,书风柔韧兼备,沉着轩昂,一气呵成。

我们这儿也有地黄,不过当地并不叫学名,而是叫"老酒稞",名字也挺有意思。至于为什么叫这个名字我不得而知。我们这儿还有一首关于"老酒稞"的童谣,朗朗上口,具体内容已经忘记了。

地黄三三两两生长在田间地头,与其相伴的还有车前子、蒺藜、苦菜等。地黄有特点,初夏开花,花大多数呈淡红紫色,十分好看。它的花朵开得像小长喇叭似的,开成一丛,有淡淡的香味。

我和小朋友在田野里剜菜时,碰到地黄开花并不采割。用手轻轻把花朵揪下来,放到嘴里,品尝那种略带甜气的味道。有泥土的气息、初夏的芬芳、药材独特的香味。其他的花与菜就不行了,它们有的没有香味,有的苦气冲鼻,只好被我们割回家喂兔子。

有的孩子咽喉上火发炎、口腔溃疡或生斑生疹,家里大人会到野地里刨几棵地黄来,洗净后让生嚼了。味虽苦却极具疗效。

后来我才知道,这地黄有鲜地黄、生地黄、熟地黄之分。鲜地黄有清热生津、凉血止血作用,用于热病伤阴、舌绛烦渴、发斑发疹、吐血、咽喉肿痛。生地黄有清热凉血、养阴、生津的药效,用于热病舌绛烦渴、阴虚内热、骨蒸劳热、内热消渴。熟地黄有滋阴补血、益精填髓的效用,用于肝肾阴虚、腰膝酸软、骨蒸潮热、心悸怔忡、月经不调、崩漏下血、眩晕、耳鸣、须发早白等。

这让我很惊奇,不起眼的"老酒棵"竟然有这些疗效。在我们这儿,谁也没把它放在眼里,任其自生自灭。到后来,各种化肥、农药、机械等广泛使用,地黄也慢慢地不常见了。

苏轼有写地黄的诗:"地黄饷老马,可使光鉴人。吾闻乐天语,喻马施之身。我衰正伏枥,垂耳气不振。移栽附沃壤,蕃茂争新春……"

苏轼写出了地黄的特点,也非常有意思。诗歌和《地黄汤帖》一样,让人眷恋,万分着迷。

四

齐白石有首非常出名的诗:"青藤雪个远凡胎,缶老衰年别有才。我愿九泉为走狗,三家门下转轮来。"老先生特别讲求继承传统,转学多师,他最欣赏最喜欢的画家有徐渭、石涛、八大山人、吴昌硕等人。这些艺术巨匠艺术个性鲜明，反对墨守成规，也能别开生面。齐白石非常推崇吴昌硕，曾多次在画作中提及他的名字，笔墨图式也颇具吴氏风格。齐白石并不是痴迷吴昌硕的第一人，大画家郑板桥曾刻一印，印文为"徐青藤门下走狗郑燮"，可见他也是痴迷至极。

不过，吴昌硕也说过一句酸溜溜的话："北方有人学我皮毛，竟得大名。"这句话明眼人都心知肚明，他是针对齐白石说的。这话听来，总感到老缶未免有些小家子气。在他看来，齐白石一介草莽，处处透露模仿的痕迹，竟得大名，这让他不能理解。

吴齐二人虽未面见，但根据史料记载，他们之间曾有过两段间接交往。第一次是 1920 年，"衰年变法"第二个年头齐白石在北京讨生活，由于他是木匠出身没有师承，学画全靠自己摸索，因此被北京画家圈排挤，甚至有人说他是"野狐参禅"，因此画作定价比一般画家少一半依然没人问津，导致他的生活十分落寞。此时，吴昌硕是当之无愧的画坛领袖，通过齐白石的好友、著名报人胡鄂公的关系，为齐白石写了一张"润格"。第二次是 1924 年，吴昌硕为齐的画集题写了"白石画集"四个扉页篆字。

后来，齐白石的画作在日本大卖，而吴昌硕的作品却少有人问津，老爷子心里有些小小嫉妒，便说了"皮毛之类"的话。对此，齐白石也不能公开叫板，所以私下里刻了一枚印章："老夫也在皮毛类"，边款"老夫也在皮毛类，乃大涤子句也。余假之制印。甲子，白石并记"。借大涤子石涛的话来回应吴昌硕，向世人解释。在二十世纪二十年代中晚期到三十年代，其画作上多处盖有此印。后来，齐白石也曾写诗："皮毛袭取即功夫，习气文人未易除。不用人间偷窃法，大江南北只今无。"

吴昌硕和齐白石的画作各有特色，不必比较。齐白石推崇吴昌硕，吴昌硕也提携过齐白石，两人应该英雄相惜。齐白石的诗是真挚的，吴昌硕的话也有些玩笑的意思，两人并未真正较真。两位艺术大师这点肚量还是有的。这件事情，不过是给我们后人平添了些逸事罢了。

艺术家的肚量与执着至关重要，齐白石到后来的盛名更是如日中天，这与他的刻苦努力密不可分。

齐白石也说过"不教一日闲过也"这句话。珍惜光阴、勇于改变自己，才能做别人眼中那个不一样的自己。

五

我向来盼着过年，这也许与在农村长大有关。年节将至，总会惊喜地收到父母给买的零食或者几挂鞭炮。前些年，父亲曾贩卖过鞭炮，怎奈运气不佳，卖了两年也没卖出去，反倒赔了不少。那些年父亲刚过四十，霉运不断，年关时总是债主堵门，其中也不乏有家里的亲戚朋友。人情冷暖，世态炎凉，奈何如此。过年时，父亲便让我过了放鞭炮的瘾。反正卖不出去，索性在自个院子里放个痛快，冲一冲霉气。

这些年也就这样不知不觉地过去了，平平淡淡。父亲一天天见老，母亲也动了一次大的手术，两位老人的脸上便涌上了淡然的神色。这种神色是与年龄有关的，即是天意。

家里多次变故后，特别是熟人脸上的那种有点不屑一顾又有点模棱两可的表情，总是像锥子一样插进内心深处。那种痛楚是说不出来的。我过早辍学，打工养家。说是打工，不过是自个糊口而已，至少不用给家里添麻烦，自由自在一身轻松。但身处江湖，又怎能够得到身心轻松呢？人情冷暖，会更直接地摆到眼前，躲也躲不掉。时间长了，也就顺其自然了。

但我这个人，总能够得到贵人相助。辗转之间在单位当了一名临时工，虽加班加点，却也风吹不到雨打不着，相对轻松起来。十几年之后，我还是我，工作还是那份工作，结婚生子贷款买房，一直奔波在路上。

这些年，我喜欢写作画画，在圈子里混了个半熟脸，写得不冷不热，画得不惊不奇，有时候想想也就这样了。这两年间在外漂泊，就像一片叶子风里来雨里去，经历了不少沧桑，时光便在手指缝隙间悄悄溜走。写得少，画得少,意气风发变成了愁容满面,内心反而变得弱不禁风,多了一些忧虑。

忧虑从何处而来?我想,最直接的因素就是生活。我发现,当为着一个目标而慢慢发力,直到有一天会实现时,世界还是原来那个样子。人情还是人情,世故还是世故,甚至有时候你还会站在原地。

到这个年龄,想来想去总有些怵头,反而越来越怕过年了。很多朋友都在总结,回忆过去,展望未来,雄心满腹,豪气冲天,还保存着那份书生气。这让我羡慕、让我敬佩,自愧不如。

但不管怎么说,我还在路上,一直在路上。远游未减书生气,归来依旧是少年。

伸手够一够春天

◎ 朱鸿

所谓正月,指岁之首月,春天兴起了。

谁也没有料到,庚子年的正月会是一个隔离状态,不得不居家生活。出门上街,你可能感染人,更可能人感染你。疫情就是这样厉害,然而它不去,我便坚持居家。我有的是静气、忍性和毅力,我将目送着疫情退出九州。

春天毕竟已经来了,我在屋里也感觉得到。窗口是建筑的诗,没有美的生活就像一个建筑没有窗口,多是可疑的,甚至是匿鬼的。我住五楼,北半球的春天通过窗口送给我,满足了我对春天的探望和享受。

实际上我看不到太阳的运行,因为我的楼前是建筑,楼后还是建筑。我看到的云景也很有限,光照也很有限。建筑生硬地切割了空间,不仅使它削减,也使它残缺。然而我还是发现春天的空间比冬天的空间明亮了,欢快了,尤其变得温暖了。朝晖和夕阳都会入室示熙,西墙一灿,东墙一灿,也让我直观地知道了什么是早晚。

从窗口俯察下去,可以看到路缘北边的野草,断断续续,逶迤而去。其他地方,尽是黄壤,都干干净净的。凡是长着野草的地方,都比较潮湿。也许由于潮湿,才会生长野草吧!仔细分辨,野草应该是苔藓和荠菜吧!不管是什么野草,它总是一抹生机,是春天的哨音。一只麻雀落在蔓延着野草的地方,跳着、啄着,追随人类生存着、繁殖着。

明德门为唐长安城的正南之门,我所在的小区就坐落于它的遗址上。

站起来,我可以顺着两座建筑之间的罅隙看到丈八东路和朱雀路。五楼并不高,不过站在五楼的窗口远眺,究竟还有其优势。

丈八沟在明德门西南方向,池水潋滟,又有茂林修竹,夏天极爽。杜甫曾经陪贵公子于斯纳凉,快乐之至。不虞风云难测,黄昏竟骤雨倾船,越女裙湿,燕女额蹙。想象这一幕,倒是颇有意思的。唐的丈八沟早就萎缩,吾辈遂不能纳凉了,不过它腾出了地方便于修路。丈八东路当然在丈八沟以东,距我的窗口也就是一百余米,行人行车,尽在视线。正月十五这一天,我数了数,一分钟之内,有人三个往返,有车十二辆往返。几天以后,我又数,还是寥寥无几。丈八东路一向车堵人拥,十分喧闹,但现在却是冷清的、落寞的。

朱雀路就是唐长安城的朱雀门街,自皇城朱雀门南通外郭城明德门,居城中央。城市劲扩,我看到的朱雀路已经延伸至明德门以外了。高楼耸立,大厦巍峨,人悬华灯以耀夜。不过华灯怎么闪烁,也有岑寂之感。

环顾左右,我看到的树只有几种。苦楝还是冬天的样子,枯枝发灰,残叶呈褐。然而它的根部有水分,有营养,它也会捕捉春天的信息。有朝一日,它必能青翠欲滴,郁郁招风。女贞冬夏皆绿,不过非常敏感。它的旧叶顶端显然萌发了新叶,卵形的,如指甲大小,又嫩,又鲜,又油,片片都很欣然。玉兰枝上尽是花蕾,繁星似的,由花萼包着。我每天都向它致礼,希望它尽快开,它每天也都在膨胀着,且一边长大,一边增白。玉兰是先开花,后生叶。也许一夜之间,它就会悄然绽放。玉兰的花将像白浪,像白玉,其芳四溢,以助春天的清明和绮丽。

一日之中,总能听见几声鸟鸣。除了麻雀,显然还有别的翔禽。趴在窗口寻找,竟是斑鸠、乌鸦和灰喜鹊。它们不定什么时候会飞到苦楝树上,又一举栖于女贞树上,偶尔也会落到地上。它们多是单独行动,或在树上,或在地上,都是觅食吧!当它们振翮一跃,越过白色的建筑之巅,冲向天空,要飞到它们愿意去的城市、乡村或者萋萋卉木之间,我才切身体验了自由的意义，并明白了自石器时代以来，世界各个疆域的人为什么都崇拜鹰，以鹰为图腾，雕之以玉，塑之以陶，铸之以铜，并美其名曰雄鹰。

我有一点儿激动，从窗口伸出手，想摸一摸春天，够一够春天。毕竟才是正月的春天，我的手有丝微的凉意。然而我知道，羞涩的春天将迅速出落成万紫千红的春天，并将流溢山川，飘荡江河，充盈于广袤的天地之间。

抵抗和消灭疫情，时闻艰辛与悲苦，时有牺牲，令我一再哽咽和落泪。1992 年 2 月 8 日，我尝在一张纸上留下这样的言论：人应将成败、贫富、生死置之度外而生活，并悠然地接受天所降临的祸福。2020 年 2 月 8 日，我在一张纸上留下的言论是：热爱生活，不管命运多么残酷和凄惨。

五彩缤纷

◎ 沈荣均

康熙古彩："绘事后素"

常混迹于一些国画圈子，得以看各种画派争论，也挺有意思。画友们在绘画实践中表现个体审美情感表达的倾向，也让我困惑——偏向佛，或崇道。这或是中国传统绘画理论长期以来的误区和缺陷。一方面，画家们受研究参考对象的局限，如太看重古时壁画和魏晋以来文人书画；一方面，画家日常生活气息也少了浓郁。中国乃儒学国度，如果诗词书画，缺了"儒"，可能要少些许骨气、温度和生机。

儒家关于色彩美的例子曰："绘事后素。"《论语·八佾》记载了孔子和子夏的一段著名对话。子夏问曰："'巧笑倩兮，美目盼兮，素以为绚兮。'何谓也?"子曰："绘事后素。"关于"绘事后素"，孔子又引用了《周礼·考工记》（下称《考工记》）"绘画之事后素功"一说。但"绘画"和"素"的关系，后人争议较多。一派认为先设色，后布素。代表是东汉郑玄和北宋邢昺。郑玄注："绘画，文也。凡绘画，先布众色，然后以素分布其间，以成其文。"邢昺疏："案《考工记》云：'画绘之事，杂五色。'下云：'画缋之事，后素功。'是知凡绘画，先布众色，然后以素分布其间，以成文章也。"

另一派认为先有素地，后有绘画。以南宋朱熹为代表。朱熹注："绘事，绘画之事也；后素，后于素也。《考工记》曰：'绘画之事后素功。'谓先以粉地为质，而后施五采，犹人有美质，然后可加文饰。"朱熹的理解，简单说就是"素以为绚"。朱熹关于"绘事后素"的批注，成为影响元明科举考试的标准。按朱熹的意思，孔子和子夏的对话就翻译成了这个样子。子夏问："'微笑那么美，大眼睛传神，素颜也灿烂。'这是啥意思？"孔子答："先有个白底子，然后才能画。"意思就是先有良好的质地，才能锦上添花。

不管"后素"还是"后于素"，理解都偏颇。已经弄好的绚丽彩妆，不一定非得再敷粉调和。要画个好画，也不一定先要有张白纸。

康熙深谙儒家文化中庸之道。他主张："不可偏于宽，亦不可偏于严""凡是得中为善，不可太过，亦不可不及""不齐者齐之，太过者抑之"。处世哲学"度"的把握，反映在审美上，也更讲究雅俗的融合。好在这时候，民间版画和年画艺术高度发达，士大夫中更多受明代画家陈老莲影响。景德镇的工匠们，一边学民间，以更绚丽、更丰富的色彩组合，寄托最朴素的世俗理想，一边学文人，以画意抒发内心的情感积淀。康熙五彩，研磨细致，除了红、绿，还有黄、蓝、紫，五种"素"色的融合，实现了"绘"的绚烂。然又不觉得诸色把眼睛看花，仿佛色彩的背后蕴含某种人生境界，静时山岚一样从容，动时诗酒一样写意。大雅和大俗，原来并非两路人。"设色不以深浅为难，难于彩色相和，和则神气生动，否则形迹宛然，画无生气。"（清·方熏《山静居画论》）康熙五彩在"随类赋彩"的同时，也赋予了儒家气质——情怀和生动。

"素"不过寥寥三五颜色，"绘"可调配大千气象。康熙五彩"一体数彩""以少胜多"，与印象派用色的夸张，是不是有些接近？"象征示意"，以"大红大绿"概括关于日常生活诸事百物的理解，俗耶雅耶，虚耶实耶？康熙盛世，中华民族已历经太多恐惧，终于有了大一统，有了富足，终于可以长舒一口气，弄弄精神家园。就像眼前的五彩——没有扭捏，静若处子，那程式化的线条、构图和用色，因为尊崇内心的格律，不乏"动"势，及更多的可能性。

"素"——理智的参与。"绘"——情感的寄托。在康熙五彩的画工们眼里，二者并无先后主次之分。

超写实的牡丹，层层叠叠，一丝不苟往外伸展，自个儿开得挺欢，没有谁打扰它的生长。陶工们在彩绘牡丹时,尊崇了最内心化的逻辑和格律。此刻,他们又多么希望随心所欲。于是,牡丹的蕊间,点缀珠纹,有人说,那是画工眼里的朝露与晨雾。于是,午后的莲池,一对自由恋爱的水鸟,互相绕舞,花香也因为水鸟的欣赏,不再寂寥。于是,竹树枯瘦,山石嶙峋,宋元落魄文人的画意,因为金彩绘画的太阳,以及遁入夜色依偎取暖的鸣禽,有了小激动。比如,"康熙五彩加金折枝桃纹盘",淡绿的叶,配了橘黄的桃,莫不是书生们以贫为乐的写照?或许,绘画五彩的陶工,心存另一番自然。就像他们热衷描绘"凤凰",古彩中常见的形象,传说中的吉祥神鸟,谁也没见过。生活中的美好也许记得的,五彩中的凤凰就成了这般模样:孔雀的修长,雉鸡的绚丽,鹤的挺拔,燕的妩媚,鹰的矫健,龟的老练。一切美好的都有了。甚至趋于完美。生活本不完美,所以才有了梦想。梦想花朵照自己的想法,层层平铺,直到开成满满一张美颜;梦想绿叶红花藤蔓,与高挂枝头的果实、深埋地下的根,以最丰富的组合呈现在我们面前;梦想花鸟虫鱼、飞禽走兽,它们相濡以沫,甚至在某处宽广的舞台,一道粉墨登场,演绎生灵的歌舞……清中期的陶工们,他们的审美世界里,有理智,也有情感。他们的时空自由,随性转换。对于色彩的理解,不仅因为它是一种装饰符号,还可以与笔下万物、与人生对话的语言——诸事百物,与当下的生活似是而非,更像今生的寄托,那么遥远,又那么切近。

但理智和情感,对于治理大清帝国,究竟哪样更为重要?

康熙认为:"天下当以仁感,不可徒以威服。无恩不足以摄民心,无威不足以服天下。"读书人乃国家栋梁,软肋也不少,爱发牢骚,搞事。统治者对付士大夫,惯用恩威并施。康熙也不例外。

康熙古彩有很多取材于杂剧、白话小说的版画插图人物,最有名的为描绘武人战事的"刀马人"和"仕女图"。"刀马人"多取材历史,尤数三国题材最丰。"三国故事图盘"画的是《三国演义》第四回"董卓献刀"。"长坂坡大战"画的是《三国演义》第四十二回,蜀将张飞"大闹长坂桥",大嗓门吓死夏侯杰，一人独退十万曹操精兵。"萧何月下追韩信梅瓶"，与南京博物馆藏元青花瓶，为同一题材，画的是秦末楚汉争霸的故事。"仕女图"作品，多取自《西厢记》《红楼梦》《琵琶记》等。山水画、花鸟画和"耕织(读)图"，题材也常见。

观康熙五彩，会发现一特点，不管文人、武人还是仕女，脸部描摹怎么看怎么妩媚小气。文人自不必说，小白脸；仕女个个弱不禁风，像林妹妹；武夫没力量感，宛若书生。人物衣纹线条摇曳多姿，缺少阳刚美。山水也秀气，远山清幽疏朗，渔夫自得其乐，拟宋元画意。都说康熙盛世，看其五彩，貌似缺少匹配之大气象。仔细想，也是当朝文人生态写照。康熙时，出了明史案、南山集案、朱方旦案、王锡侯案等，对读书人影响挺大。官场险恶，人生无常，那就削了锋芒，臭脾气藏起来，"处江湖之远"，"独善其身"。其实，宋以来中国士大夫们，一直在调整，对抗权贵，规避风险，像走钢丝，书生的人格也在挣扎中完善。康熙五彩的流行，表现得如此社会常态——一边是统治者需要书生在规矩中施展智慧，一边是书生在夹缝中寻找精神空间。

书生并非一定为先知先觉者。天下的事，本无突变。书生智慧不及，总看到时事纷纭一面。前因早已潜伏，最后摆在书生面前的是突变的结果。书生的价值，也在于此。"守矩"或"逾矩"，书生一直在纠结。就像五彩瓷画的"点"和"线"，多着一笔不嫌多，少抹一笔亦无妨。其貌不扬的"点"和"线"，成了康熙五彩最重要也最难掌握之"度"。

——所谓"戴着镣铐跳舞"。

比如，"进"和"退"，成就书生的价值。"守矩"和"逾矩"，成就士大夫的艺术。"绘"和"素"，成就"大红大绿之间""似与不似之间"的康熙五彩。

雍正粉彩："往秀气里收拾"

都说慢工出细致活。这是对大多数手艺而言。做瓷也讲究"细活"，毛里毛糙当然出不了好货。不过瓷做得细，说陶瓷工艺的精致，讲究手头的分寸感,并非"慢"可以实现。尤其拉坯和绘画—— 一刀一笔下去,不得有片刻的停顿,说一气呵成一点不夸张。

雍正官窑在清三代里算"细",除了精致,还有个意思——"秀气"。单色釉是,青花是,粉彩、斗彩、珐琅彩更是。

雍正瓷秀气,雍正老儿不秀气。二十世纪八十年代读武侠,感觉雍正心狠手辣、薄情寡义。最近宫斗剧火爆,"四爷"雍正被弄成善解女人意的"暖男",完全颠覆早年的印象。"伪君"也好,"暖男"也好,其实都与雍正差距很大。抛开政治不谈,单就做皇帝而言,雍正算"勤主"。四十五岁即位,当了十三年皇帝,到五十八岁离世,没离开过北京一步。每日早起晚睡,处理天下事务,平均日批十件奏折,件件有指示,最长的批文甚至比奏折本身还长,真个好敬业!若评最佳公务员,雍正算大清第一人。有个日本学者叫佐伯治,给的评价很高,也中肯:"康熙宽大、乾隆疏阔,若无雍正整饬,清朝恐早衰亡。"

读到这里,各位可能觉得雍正单调、刻板,当个皇帝也了无生气,但这是个天大的误会。宋以来,士大夫们越来越讲究生活的意趣。雍正算不折不扣的书生,历朝士大夫们的诗书读得不少,审美喜好自然契合文人传统。他有本小册子,抄陶渊明《归去来辞》《桃花源记》,抄王维《山中与裴迪书》,抄白居易《池上篇》《冷泉亭记》,抄刘禹锡《陋室铭》……皆为陶冶性情的好东西。他抄苏轼《江郊》:"意钓忘鱼,乐此竿线,优哉游哉",还把这个意境,画到像里。雍正自画像有很多自己扮演书生偶像的内容,如扮东方朔、苏轼、达摩、阮籍等。够文艺吧。有人说,雍正现实中太勤勉,只有去心灵里追寻田园梦,从心理学角度讲这叫"情感补偿"。

士大夫的趣味,直接影响雍正对于宫廷器皿的审美标准。

清宫流传有套宫廷画《雍正十二美人图》,现藏北京故宫。雍正最珍惜此画,一图一美人,模特爱妃年氏。年氏是谁,年羹尧的妹子。年羹尧是谁,抚远大将军,一等公。后来呢,后来被皇帝妹夫给处死了。麻烦吧。看来雍正对年氏的爱,比较纠结。看图中美人的脸色,无论窗外春夏秋冬,美人都还你一副清俊忧郁。十二图中,数《博古幽思》最合男人口味——画了多件雍正自玩古董。大致有:湘妃竹质高靠背纳凉椅,玉镯和插屏,蓝釉花盆,汝窑葫芦水滴,釉里红砚,苹果绿花囊,高古铜编钟和瓿,汝窑花盘、洗、葵口盏,仿宋官方炉,宣德蓝釉碗和红釉僧帽壶,定窑鬲炉……看花了吧。还有更奇的,这些宝贝全是按真实尺寸绘制的,差不多都流传下来,现在放在两岸故宫。如果炫富,这算我见过最炫的,没有第二。虽无大堆金银珠宝,不过案头陈设器皿而已,单那低调的贵气,足可让现在土豪们瞠目。看来雍正做皇帝,并非我们想象的那么枯燥。天天守一堆稀世珍奇上班,还有美人瞧,再苦再累也情愿。这是说闲话。其实,就这一张图,我们已大致看出雍正的审美意趣。

内务府造办处《各作成做活计清档》,记录雍正参与宫廷器物设计制作的批文,事无巨细,均有回复,貌似流水账,却显文气。

造办处送来一方黑白玛瑙盒西山石砚,得到好评:"做法文雅,甚好!"表扬过后,把自己的想法也提出来,要求改进:"照此样再做一方,略放大些。"一个"略"字,体现雍正的分寸。

雍正六年(1728)二月十七日《珐琅作》:"尔等近来烧造珐琅器皿花样粗俗,材料亦不好,再烧造实物要精心细致,其花样著贺金昆画。"连画师都亲自制定,管得够细的。

雍正七年(1729)四月二十七日《记事录》:"郎中海望奉旨:尔等将各样款式水盛,或腰圆形、半璧形、鸡缸形或扁圆形,酌量做术样几件……或黄釉,或霁红釉务……要精细,每样烧造几件。"对官窑的造型和釉色提出明确要求。

流俗没品格的,自然挨批。雍正六年(1728)十月,下面兴冲冲送来一百个玻璃烟壶,得到的批示是:"此鼻烟壶款式甚俗,不好!可惜材料!尔持出放在无用处。"不晓得拿到这批文的造办处官员,是啥滋味。但雍正的心情我们读出来了,造办处的官员和工匠们,数月的辛苦,多不堪入目,又不好打击他们,就"放在无用处"吧,只是可惜了那些材料呵。没办法。谁叫主人对"雅"的要求那么高呢。

的确,雍正审美自视很清高。可用一个词讲:"秀气"。

有一次,雍正命造办处将一商代金银蟠螭圆鼎的紫檀木座,"肚子去了,往秀气里收拾"。估计这个"秀气"就是他的标准。不过,怎样才算"秀气"呢?雍正也担心下面的人理解不了,又批了一段:"照怡亲王进的活腿四方香几做二件,或漆的或木的,做秀气着。"这下总明白了吧,有样板,有数量,连材质也列出来了。

又如,雍正十年(1732)闰月二十七日《记事录》:"著年希尧做些香几及小炕案;香几胎骨要轻妙,款式要文雅;小炕案胎骨要醇厚,款式亦要文雅。"无论轻妙、文雅、醇厚,还是"秀气",内涵都一致,这就是雍正提倡的质朴和含蓄。看来他这个皇帝也见不得闹热和铺张。宋徽宗亦如是。今天叫"极简"之美。

这是一种源于内心深处的审美尺度,它离五官感受更遥远——拒绝声色,近乎苛刻。在雍正官窑作品里表现到极致。

雍正九年(1731)四月一十七日,他拿出个素白碗给督窑官出题目:"多半面画绿竹,少半面由戴临撰书,印章用原红最好,实在不行藕荷色还可。"

雍正十年(1732)七月二十四日,下面送来一件白地红龙玉壶春,玩了半天,觉得还有点小毛病,为了不给自己留下遗憾,就又下旨:"红龙甚好,可惜龙尾不甚爽利,上下的花纹亦好,再画得略深些。"

命题也好,打磨也好,其实就一字:"慢"。慢并没有消减雍正对于做瓷的激情,相反激情深藏于细节斟酌之间。只有越加地接近"往秀气里收拾",才对得起雍正的名号。

来看雍正最有名的官窑粉彩。工艺大致如此:先高温烧素白瓷,再以

"玻璃白"打底，诸色施"玻璃白"上。色料不能平铺，需一点点乳化洗开。画好后，再中温烧成。这样烧制的花卉，阴阳向背分明，有恽寿平"没骨花"韵致。《饮流斋说瓷》(许之衡)说："雍正花卉纯属恽派，没骨之妙可以上拟徐熙，草虫尤奕奕有神。"清人方熏《山静居画论》认为恽派没骨显高古气："南田氏得徐家心印（说的是五代徐熙和他的孙子北宋徐崇嗣的没骨画法），写生一派，有起衰之功。其渲染点缀，有蓄笔，有逸笔，故工细亦饶机趣，点簇妙入精微矣。"

雍正粉彩拟恽派花卉没骨之妙，妙在用笔拟色。笔有顿挫，线条就跟在宣纸上作书一样。如画牡丹，枝的线条，苍劲有力，有质感；花瓣的线条，柔和舒展，顾盼传情。花色本胭脂、矾红、洋黄、洋白、洋绿诸色，调和晕洗后，多出魏紫、姚黄、昆山夜光等名品，把个"国色"表现到极致。

"粉彩以雍正朝最美，前无古人，后无来者，鲜艳夺目。"(清·寂园叟《陶雅》)雍正粉彩花蝶又是"极品中的极品"。如粉彩团花蝶图碗。碗外绘五组花蝶。每图绘在五厘米不到的圆中，蝶的翅纹和触须，精细到跟真的无二样，色也柔和婉丽，美轮美奂。

雍正对于美始终如一的挑剔，造就了粉彩的绝响。后世对雍正粉彩的崇拜，可以从大量的仿烧现象看出端倪。不管清末民国的御窑传人，还是当今的大师，也仅仿个大概。不是瓷质不好，色料不丰，工艺不细，是世非那世，人非那人了。仿烧者功利，无非图财。雍正把的是粉彩出品最后一关，这关不好过，得有雍正的胸襟和情怀。谁有啊？不缺江山，不缺美人，除了工作和起居，也无多的爱好，剩下点心性都用来摆弄"秀气"了。

雍正十三年(1735)春节，下面呈上来一件玉壶春，雍正拖着病体下了一道最后与官窑有关的旨意："龙身还行，龙发短了，龙脚花纹与芭蕉叶也有些糊涂，以后要更精细些。"

2002年5月，雍正的精细契合了港人张永珍，她花了4150万港元，在香港苏富比春季拍会上，买下雍正官窑粉彩蝠桃橄榄瓶，刷新了当时清三代官窑的世界纪录。4150万港元,有些贵。张永珍认为自己做了一件"一生中最有意义的事"。此瓶后来捐给了上海博物馆。

2012年元旦,我前往上海博物馆,目睹了雍正官窑粉彩蝠桃橄榄瓶的风采。那天,江南大雪,博物馆人迹寥寥。来的也极安静。我,以及更多的一些崇拜者,在橄榄瓶前驻足,端详,聆听——

宫人们早睡去了。雪花飘落的清寒和寂寥。一个人的炉火并不旺。当日的奏章批到最后一道——那是雍正的声音:"不必急忙,坯越干越好。还有讲究的,坯必待数年入窑之论。若匆忙,可惜工夫、物料置于无用……"

复州记屑

◎ 孙郁

　　一位日本朋友到平遥古镇访问，见街市的古朴与布局讲究，大叹汉文明的奇妙，于是写了一篇随记来。我那时候在编副刊，看到他的文章觉得有点简单，似乎没有搔到痒处。便说，那样的访问，看到的只是空旷的外壳，人间烟火不见的时候，自然接触不到古城的灵魂。倘能够遇到地方的贤达，或许才能解平遥的真意。不过这样的机会不是人人都有，这样的时候，退而求其次，看看地方的艺术，也许有意外的收获也说不定的。

　　记得柳田国男曾叹日常生活才有文化的隐秘，他是日本的谣俗研究专家，就是从民间艺术里，窥见本民族的精神底色。我们现在了解东瀛历史，浮世绘、歌舞伎、能乐，就是不能不去光顾的存在，那里记载了民风的点点滴滴。这一点与中国相似，我们的古人的智慧，许多折射在艺人的辞章里，稍稍留意民间艺术，对于历史深处的东西，便会别有新解的。

　　但古中国的情形比日本复杂一些，因为易代多，文化总有些变异。用一个模式去看过往的遗存，总不得要领的。研究谣俗，大概要关注个体的记忆吧。有时候我们忽略的是那些不入流的文字和物件，诸多沉默在时光深处的遗物，总有些我们觅而难得的存在的。

　　我这个年龄的人，大凡有过古城生活经历的，印象里都会有关于旧式民风的记忆。二十世纪五六十年代的古城，明清的建筑还有，街市里的民国影子多多，习俗里略带有一点古意。我生活的那个复州城，有大致完整的城墙、书院、寺庙，切割均匀的街道，和平遥古城颇为相近。我幼时随家人搬到这个地方的时候,古风还有,明清的格局依然。只是古塔、戏台已经残损,除了清真寺还有活动外,天主教堂和孔庙都变成废园了。

复州城已有千余年的历史,是辽南重镇,明清之时曾繁荣一时。民国时是县城所在地,抗战胜利后,县城改到瓦房店,它也渐渐衰落起来。要了解旧时的光景,只能从某些风气里感受一二。城里门店很多,平时商业气味重,不远的地方是下洼子市场,各种生意红火。城外还有骡马交易地,到了周日,四周的赶集的人都来了,颇为热闹。除了商业发达,城里还有诸多文化生活,明显留有古意的是中心街二楼的文化站。我对那座小楼有些好感,可惜后来拆掉了。印象深的是正月十五放焰火,文化站的人站在楼顶,将礼花点燃,漫天的银花散射,如梦如幻,给孩子莫大的欢喜。日常的时候,楼里也颇为热闹,有时候有琴声传来,大概是有人在排练节目吧。对于一个世俗化的小城而言,这个地方有点特别。红尘滚滚之中,文化站来往中人,好似是些不食人间烟火,也缘于此,孩子们感到了其间的神秘。

我偶尔也去文化站凑过热闹,渐渐地认识了里面的人。站长姓逄,是个矮胖子,说起话来有点哮喘。他的眼睛亮亮的,与人天然地亲近。这个人三教九流都能对付,爱说笑话,是一个复州通。他好像没有读过几天书,民间艺人的杂耍,二人转、拉场戏、评戏都很明白。也善于写点戏曲小品,文字是口语化的,四六句分明,合辙押韵,很有乡土的气味。文化站每年都张罗各种活动,演戏、高跷会、灯会等等。本来,城里有文墨的人很多,就水平而言,还排不上他,但那些老人多已经靠边站,二十世纪六十年代后,逄站长就成了镇里家喻户晓的人物。

他身边聚集着不少的艺人,多为四周乡下的,唱二人转者尤多。那些人平时在家务农,逢年过节,就赶到文化站里,彩排新的节目。演出多在完小的操场上,临时搭上台子,招来无数的观众。节目呢,都是乡间情调、男女爱情、婆媳恩怨、历史传奇。"文革"前演出的节目多是东北流行的曲目,如《西厢》《古城会》《夜宿花亭》《火焰山》《请东家》等,数量可观。曲子唱多了,民众也多学会了。东北的一些民歌,也流行很广。《黑五更》《十大想》《瞧情郎》《打秋千》都有市场。二人转、民歌中有些文不雅驯,免不了黄色段子,但也有写得俗中带雅,比如《西厢》开头唱道:

一轮明月照西厢,

二八佳人巧梳妆,

三请张生来赴宴,

四顾无人跳粉墙,

五鼓夫人知道了,

六花板拷打莺莺,审问红娘,

七夕胆大佳期会,

八宝亭前降夜香,

九(久)有恩爱难割舍,

十里亭哭坏莺莺,叹坏红娘。

…………

句子介于文言和俗语之间,这些吟唱,传统的读书人觉得有点俗气,市井里的百姓却听得有滋有味。古城有演戏的传统,除了评戏,就是影调戏。城里城外有好几个演出团体,有的与文化站没有什么关系,他们演起剧来十分野,耍得开,唱得浪,台上台下被点爆了一般,引得下面的观众噼里啪啦鼓掌。男男女女聚集多了,自然也生出爱意,成双成对不必说,婚外之情也暗中涌了出来。当年一位男演员和一个姑娘爱得死去活来,因为已经有了家室,又难以重婚,生了女孩便给了一个鳏夫。那孩子很是漂亮,与我恰是邻居。我们叫她巧姐,其样子与生父颇像。巧姐到了很大都不知道自己的身世,我们这些野孩子虽然心知肚明,却没有一个人说过此事。这是城里的风气,看破不说破,也是儒家的一个遗风吧。

"文革"到来，文化站自然受到冲击。站长被点名批判，说过去的艺术庸俗，封建意识浓厚，是古城的毒瘤。为了自保，老逄也站了队，但因了属于"保皇派"，也招来不小的麻烦，受到了"反对派"的打压。有一次老逄带着几个人敲锣打鼓去参加一个文艺活动，走到中心街，被红卫兵堵住，牌子砸了，旗子也扯了。于是各种罪名也来了，演出落后的剧目，演员的问题，一一被晒出来。站长流着泪说自己无辜，表示以后一定好好学习毛泽东思想，净化镇子里的空气。

文化站开始发生变化，不久成立了宣传队，演出样板戏和革命戏曲。那时候县里、省里常常搞会演，要求自编自演，文化站每年都要送一些节目到上面。给逄站长提供剧本的有几个老人，有一位是城外驼山乡的老顾，六十多岁了，他与儿子都喜欢曲艺，农活之外，在家里编写一些作品。老人读书挺多，尤注意搜集戏曲本子。许多年后我还拜访过先生，他很是木讷，说话脸红，讲起明清以来的戏曲沿革，显得有些激动，口吻里有一点旧文人气。但他的文字有时过于拘谨，不能放开，不及逄站长的作品开朗。另一位老唐，是供销社的推销员，会编段子，肚子里颇多学问。他写过大型评剧，谈吐间有旧式才子的气质，对于民间旧式戏文，研究很深。据说运动来临，也遭了大难，于是思想求变，对于新政策和时风也颇留意，写出的本子也能被上面认可。老逄很欣赏这位才子，关键时刻，靠着老唐的本子支撑着各种演出。

我身边几个同学成了宣传队里的活跃分子。到了晚上，文化站传来音乐声，多是辽南影调的曲牌，几个人嗓子吼得场面爆裂，像六月的朗日，蒸着热气。我有时到了那里，看到男男女女的认真的样子，羡慕得很，于是也很想挤进宣传队，做一名歌手。但自己的条件不行，内行人一看就属于演艺之外的人，这曾让我生出不少的遗憾来。那时候宣传队已经不再演出民间的戏曲，一切都革命化了。有几个同学因为出色，被部队选中，有的去了县里的剧团。文化站一时成了古城青年梦飞的地方。

如此红火的文化站，其实只有两个工作人员，与逄站长搭班的是老韩，一位戴着眼镜的先生，平时寡言寡语，名气没有老逄大。老韩比逄站长文静一点，书读得多，且有点美术修养。我那时候常到他那里借书，图书室能见的是《鲁迅选集》《马克思传》《李自成》(第一卷)《科学社会主义》《巴黎公社》《欧仁·鲍狄埃诗选》等。到了晚上，街里只有文化站的灯亮着，阅览室有大人坐在那里浏览着什么。老韩的人脉广，知道谁家有什么时期的旧藏，谁喜欢什么版本，对于城里的历史也比常人清楚。我很感谢老韩，他借给我的书从来不催，有时候还主动推荐一些作品给我。一些内部出版物，就是在他那里看到的。

二十世纪七十年代初，各种运动平静了下来，周日的时候，文化站会聚集一些喜欢扎堆聊天的人，多为书友。他们在一起谈天说地，彼此开心得很。这些人年纪很大，多叫不出名字来。有位张老爷子颇为传奇，过去是县衙的小官吏，政治上受过冲击。他读书甚多，对于复州历史烂熟于心。据说收集了不少当地先贤的诗文，在小的范围传阅着。老先生述而不作，眼高手低，但看不起一般的读书人，对于身边的朋友，从不掩饰自己的观点。他经常点评城里历代文人的笔墨，说起话来声音震耳。高兴的时候要吟诵几句县志里的旧诗，谈兴正浓间，唾沫飞出，如入无人之境。自然，士大夫的迂腐气也是有的，许多人并不尊敬他。老人有句口语：

那时候的人啊……
嘿嘿嘿，不说了。

有时候大家会说起过去县衙里的人的书法，老爷子便道：

清末的几位还好，民国间的几位就差了。
那么，现在城里的几位写得如何？

江河日下呀。

站里的空气就这样热起来了。

我那时候年纪小,他们说话,不能插嘴,进不了老人们的语境里。他们有时候会聚在一起唱京剧,摇头晃脑中,忘了己身。这些人对于逢站长的那些东西不以为然,觉得城里流行的东西太浅。但他们喜欢的东西,都过于小众。不过在街市一片红的时候,这个地方的一丝古意,倒映衬出诸人的特别。

多年后,我从市里师范学校毕业,分在县文化馆工作,每年都要回到古城几次,文化站自然成了必到的地方。那时候正在编一张小报,有个民间文艺栏目,便想起逢站长和老韩,希望提供一点稿件。逢站长投来的稿件都是民谣与二人转,土里土气的句子,因为很有生活气息,一般都能刊用。老韩不太会写文章,便介绍了几个作者。张老爷子对此不感兴趣,拒绝了我的约稿,但一位宫先生却显得积极,写了不少文章,我便与其慢慢熟悉了。

宫先生住在城南,那时候已经七十多岁,仙风道骨的样子,走起路来轻无声响,白胡子随风抖动着,仿佛从古代画面走出来的人。老先生的文章都是文言,写的是复州八景、民国风俗、市井往事之类的短文,骈散相兼,编辑起来很是费劲。一些字在印刷厂字库里没有,只好替他改动。不料他十分不满,来信说不可更改,否则退稿云云。我后来多次去他的城边的小屋,房子破烂得很,桌上有几册《史记》《汉书》《白居易集》等,余者都是乡下寻常之物。听老韩介绍,宫先生新中国成立前在家办私塾,有时候坐堂行医。这些给了我一种神秘之感,就学识与文章而言,我经历的老师中,能及其水准的还不曾有过。

他写作的范围很广,游记、金石品鉴、清代逸事等,深入浅出,又很古朴。宫先生在古镇里,不显山,不露水,而山川地理里的人迹风物,均在心里深刻，实在是一本老词典，内中有许多丰富的东西。后来县里人写地方志，多参考了他与一些老人的资料，倘不是有这样的老人在，远去的时光里的人迹物语，也许永远不会有人知道了。而我那时候觉得，能够用美的古文表述山川旧迹，真的切合得很。流行的白话文缺失的，可能是那种儒雅、简练之气。我自己开始留意近代以来的文言文写作，也是那时候开始的。

与宫先生多次接触，感慨于他的博识。比如在一座寺庙前，他看到牌匾，告诉我写匾的人当时生病了，章法有点不对。有一次我陪一位作家到古城玩，拜访宫先生。席间谈及清代八旗文化，老人滔滔不绝。他说不懂满文，就不能弄清清代历史，用汉语思考满族旧迹，往往不得要领。随口说了几句满文，让在场的人大为惊异。朋友说，您这么有学问怎么窝在这里？老人笑道，过去古城内外比他有学问的人多，自己实在算不了什么。

宫先生渐渐被许多人知道了，省城一位老编辑看到我寄去的小报，对老人的文章大为佩服，希望能够写一点东西给他们。宫先生开始不太情愿，觉得自己的东西与时风不合，有一点落伍。但拧不过大家的催促，还是写了几篇关于辽南民间掌故的随笔。文章投寄过去，泥牛入海，一点消息都没有。我后来到省城开会，知道稿子被主编毙掉了，原因是过于古奥，佶屈聱牙的文字不合刊物风格。宫先生知道后，什么也没有说，此后大概就不再给外面的刊物写文章了。

二十世纪七十年代末，古城慢慢地被拆了，最难过的是那些读书人，有的便想整理一点乡邦文献，给后人留下点什么。县里不久成立了民间文艺研究会，会议召开的地点选在古城。那一天，来的都是复州有文墨的人。逢站长高兴得不行，找了一家老饭馆招待大家。我第一次认识了几个专于书法和国画的人，还有几个刚摘掉右派帽子的教师，他们对于文史都有一点研究。大家围坐一起，开心地扯东唠西。说起民国时期的友人的雅聚，一切趣事引起大家久久回味。言及古城被拆，张老爷子伤心落下泪来，千年古城就这样没了，真的可惜。那天逢站长有些醉意，说了许多感伤的话。席间宫先生赋诗一首，很有感情，其中一句"可怜一觉复州梦"，至今还记得。这些大半生不太得意的人，好像忘了己身的荣辱，谈兴浓浓，直到深夜才慢慢散去。

复州这个地方的文脉，在一些人眼里都上不了大雅之堂。外来的人看到县志，记住的是民国几位县长的古诗，或几个骚客的文字。普通人的作品睡在街市的一旁，没人去看。其实那里掩埋的人与事，惊心动魄者多多。例如辛亥革命时期一个烈士石磊，就在城里留下了好的诗文，城里的老少，多会背诵他的临别诗。到了二十世纪五六十年代，古风渐稀，余脉还是残留一二的。世人不解其意者，无非那遗存的不入时尚。像逢站长的文字很土，有些不太正经，就没有时代语义，大的报刊自然不会入眼。而宫先生的文字又过雅，乃桐城余影，一般的编辑将其视为遗老之作，也与时风隔膜的。现在想来，他们的一俗一雅，未尝不是古城的一种标记。一个来自巷陌的寻常之音，一个系远古的遗曲。以不同的符号生活记录古城的经验，没有什么不好。与我们这些只会写时文的人比，他们有时甚至显得更为有趣。

我离开辽南后，没有再与逢先生和老韩联系过，那时候心在域外文化之中，不太看重乡土的遗存，内心怠慢了那些乡贤。又过许多年，回到复州城，听说逢站长、张老爷子、宫先生病逝了，老韩还健在。文化站接任者姓金，有很浓的故乡情结，也很是能干，他组织城里的老人，绘出了古城的模型，恢复了横山书院，博物馆也建起来了。书院收集了辽南千百年间的一些地上和地下文物，残碑断垣中，依稀看见往昔的时光。古城的模样已经没了，连同曾经认识的人。走在熟悉又陌生的故地，忽想起苏轼《伤春词》里的句子："纵可得而复见兮，恐荒忽而非真。"对于消失的一切，又能说些什么呢？

江天云鸟自来去

◎ 周万水

　　去坡头是一个很偶然的想法。沿洞庭湖平原一条狭窄的公路曲折而行，路程过半，空气逐渐潮湿，不断有各种飞鸟掠过头顶，又消失在一片苇草之中。行至路穷之处，视野骤开，洞庭湖豁然闯入我的眼底。

　　坡头是西洞庭湖旁一个不知名的小镇，水边的船比我看到的人还要多。我寻得一位渔夫，他答应用他的船送我去湖里转一圈。渔夫乃独臂，立在船尾，如在平地。一只手熟练地扳着桨，一只空袖管像古人的长袖在风中飞舞。他不解地问我为什么要到这么一个偏僻的地方来看洞庭湖，我说我想找个人，他问我找谁，我说：王阳明。渔夫望着我，一脸的迷惑。

　　多年前，我第一次翻开《传习录》，没读几页其实也是一脸迷茫。

　　我不知道为什么要读王阳明，或许像我这样的读书人不读王阳明是一件没面子的事，至少不好说自己是读书人吧。集哲学家、思想家、政治家、军事家于一体，王阳明也算是古今第一人了，还需要其他理由吗？

　　那就读吧，结果却有些尴尬：在那个空旷的周末，我无比自卑地迷失在一片云雾里，虽然窗外阳光很任性地弥漫着，天空也蓝得很辽远。

　　我承认，要读懂王阳明不是件太容易的事。

　　我也可以选择从阳明先生的书里找些似懂非懂的句子，加上自己模糊的解读，熬成类似鸡汤的东西给自己一些安慰。因为对大多数人来说，阳明先生的"心学"肯定不是生活必需品，就算我的理解离他的本义相去十万八千里，那又有什么关系呢？我揣摩有不少人就是这么干的，反正阳明先生也不会知道，但这个念头很快让我羞愧不已。

不管阳明先生愿不愿意，他现在已经被后世膜拜成一座山，成了半人半神的圣者。可是我觉得面对一座高山，除了仰望，我们还是可以选择走近它的。就像一条河流，你可以选择绕过一座山，但你仍然躲不开山的注视，这种注视多少会让你的流动有些不安或不甘。所以我想知道的王阳明，不必是我在画像中见到的那个高冠修眉、丰额异骨的圣者，而是我能走近的、我自己心目中的王阳明。我希望在我想象的世界里，他是个敦厚慈善的长者，捋着须髯朝我微笑，面前案上的清茶和线装书清香扑鼻。

我决定按自己的方式走近王阳明，从我身边的一条与阳明先生有着千丝万缕联系的河流开始，那条河就是沅江。

沅江，发源于贵州省都匀市苗岭山脉斗篷山，全长一千零三十三公里，是湖南省的第二大河流。五百一十三年前（正德元年），王阳明因御史戴铣案触怒刘瑾，被杖四十，入狱，继而远谪贵州龙场驿。明代，进入大西南有两条重要的古道。一条是广为人知的滇川藏古道，生发于民间，以易茶为主要目的，以马为运输工具，故称"茶马古道"。另一条则是滇楚古道，生发于官方，东起湖南沅陵，西至云南昆明，途经辰州、锦屏、镇远、黄平、贵阳、普安。滇楚古道在文献中也称为湖广入滇"东路"，明代以后又常冠以"一线路"之称。王阳明便是选择这条路线沿沅江，经这条古道入黔的，三年后，当他结束贬黜，又是沿这条路线顺沅江而下，再历洞庭和湘水前往江西庐陵的。

1507年初春，王阳明由江西入湖南，过醴陵，到长沙。他知道真正的流放即将从沅湘之间开始，那里是屈原、贾谊、李白、王昌龄、刘禹锡诸多前贤的漂泊之地。他的忧思在湘水的风中，消融掉了最后一丝早春的温暖。"醴陵西来涉湘水，信宿江城沮风雨。不独病齿畏风湿，泥潦侵途绝行旅。"（《游岳麓书事》）数月前被杖击的屁股似乎还在隐隐作痛，在岳麓书院短暂的停留，拜谒偶像理学泰斗朱熹和张栻获得的那些欣慰，还远远不能抵消他对未知行旅的惶然与落寞，五首《去妇叹》道尽了心中的酸涩。明月江风洞庭水，孤鸿落叶一扁舟。那只装满失意和疲惫的木船，载着王阳明一路漂泊向西，沿湘水，到湘阴，在岳阳楼的注视下一头扎入洞庭湖。他将从这里上溯沅江，沿滇楚古道抵达流放他的那块蛮荒之地，而他与沅江最初的邂逅和不解之缘，差不多就开始于洞庭湖边这个名叫坡头的地方。

坡头是沅江注入洞庭湖分界处，这个分界只是地图上的一条虚线。现实中，沅江尾闾与大湖却没有明确的界线。这里是真正的江湖，湖即是江，江也是湖，江和湖就像两个紧密交融的生命体，血脉相连，不分彼此，一同构成了天地之间那无边的浩渺与苍茫……

五百一十三年后初春的某一天，我站在坡头堤岸上，空气中夹杂着湖腥和藜蒿、岸芷的气味。大湖的风把我黑白杂糅的头发吹得如堤岸边纷乱的芦苇，一些小鸟停在芦苇之上摇晃着。我很惊讶那些纤柔的芦苇，居然承得起天空和鸟的重量，天地间，总有一些我们无法理解的事物以其寻常的方式存在着。在浑无际涯的湖面上，一只孤舟从低旷、浩渺的天心湖荡过坡头，高冠嵯峨、衣带飘逸的王阳明直直地站在船头，孑然眺望着天那边陌生的沅江。江湖之上，一只大鸟沿着他目光远眺的方向飞去，翅膀和水的尽头便是云贵高原逶迤的群山……当然，这只是我的想象，我只能以这种方式站在坡头，虔诚地迎接数百年前的王阳明。

那一年，王阳明三十五岁，年轻，完全没有后世画像中时常看到的那种长者的肃然和圣人般的庄严。

在进入沅江之前，王阳明经历了一场惊心动魄的湖上风暴。那天，大泽之中黑月惊涛、暴雨迅雷，云雾溟溟、涯涘渺然，这一切似乎预示了他此去龙场的困顿与凶险。王阳明心有余悸，把这些记录在《天心湖阻泊既济书事》诗中，并冷静地把此行的未知与凶险告诉了他的随从，一行人顿时生出悲壮。好在在这条河上，他也并不算太孤单。地处五溪蛮地的沅江，从前还流放过屈原、郦道元、王昌龄、刘禹锡、黄庭坚等诸多大师，他们深刻的足迹和不绝的咏叹还是可以稍稍安慰一下他当前的失意。他感同身受地还原着命运的某种轮回,在猿猱凄清的啼声和江湖夜雨的萧瑟中与那些至今还在江上漂泊的灵魂为伍,在晚舟如豆的灯火下隔空对视,或作一夜长谈。只不过,这一次王阳明要比这些迁客骚人走得更远。"江草远连云梦泽,楚云长断九嶷山"(《桃源东禅寺》),前方不可预知的命运跟接下来艰难的旅程一样不可捉摸,他要像一条受伤的鱼一样在自己不熟悉的河流里,逆行千里,抵达沅江的源头。

旧滇楚古道的起点是沅陵,是我现今居住的城市,因沅水而得名。传说水边的武陵山上埋葬着蚩尤的头颅,酉水的汇入使这里江面开阔,江水丰沛。北岸的虎溪山有一座建于唐代的古寺——龙兴讲寺,王阳明曾寄居这里。寺中立有一尊阳明先生的雕像。站在虎溪山落日的余晖里,透过寺庙的微翘的飞檐,把目光折向西南,群峰绰隐的那边,就是"远客日怜风土异,空山惟见瘴云浮"的五溪蛮地和古夜郎国了。

王阳明的雕像被安放在古寺高地的一片茂盛的竹林旁,神态安详,就是有些苍老,一副圣人的模样。古寺中无尼无僧,也没有佛像(据说原来是有的),空空荡荡的,王阳明成了这里唯一的主人。雕像底座上刻的是王阳明的名字和写于寺中的诗《辰州虎溪龙兴寺闻杨名父将到留韵壁间》,很多字已经有些模糊。所以,大多数来这儿的人也不知道这老头是谁,偶尔,顽劣的孩子还会爬上去摸他坚硬的胡须。五百多年前,王阳明就在他眼前这条流放过屈原的江上写下《吊屈平赋》:"逝远去兮无穷,怀故都兮蜷局……累不见兮涕泗,世愈隘兮孰知我忧!"吟罢,王阳明黯然登舟,开始了滇楚古道到龙场的旅程。宋代诗人方蒙的一首诗:"昼出阳关已断肠,那堪真别更凄凉。痴人刻水方求剑,一息舟行过夜郎",正应了他此时的仓皇。

发端于云贵高原的沅江,无疑是王阳明人生中最重要的一条河流,我认为这也是促使王阳明哲学思想发生重大转变的一条河流。从沅江的河口到上游的黔东南的舞阳河,一千多里水路,正如屈原在《九章》中所描述的那样，"深林杳以冥冥兮，猨狖之所居；山峻高以蔽日兮，下幽晦以多雨"。曲折西向，山渐峭，滩渐险，舟困人疲，远谪龙场仅在沅江上就要耗费三个多月时间。我无法想象这一旅程的艰难，但还是可以从王阳明在此期间写的诗中，窥见他的内心世界儒、释、道人格的纠结与挣扎。漂泊在千里沅江上，看着闲云卷舒、江鸟渡滩，王阳明备感身心双困的疲惫；羁留驿站，更夜听雨，王阳明清晰地触摸自己无奈的孤独和绝望；借宿山寺，独对青灯，王阳明在空寂中品悟着佛法"戒能生定，定能生慧"的要义……

很小的时候王阳明就要做圣人，所谓"读书做圣人，方为人生第一等事"。我想他所理解的"圣人"不过常人眼里的"立言、立德、立功"，学以致用和出将入相、兼济天下。这跟一个乡下穷孩子一心想做个"有钱人"吃香喝辣也差不了多少，谁还能没个理想呢？王阳明是"官二代"，自然希望在仕途上做一番事业。可正德丙寅年的那顿乱棍，打烂了他的屁股，也几乎打碎了他的圣人梦。既然打烂的皮肉会流血，也证明王阳明还是个凡胎肉身。比之其他文字，我更喜欢读王阳明的诗。康熙年间平定"三藩"的功臣李光地，对王阳明的"心学"颇不待见，却也赞誉王阳明的诗"信手写来，便有唐人风韵"。他的诗能让我们看到一个更加真实的、血肉饱满的王阳明。

从文化角度来说，能流放到沅水流域，也不是一件很坏的事。忧愤出诗人，从屈原开始，这块传统的流放地还真不缺少诗和诗人，诗中也不缺少像"洛阳亲友如相问，一片冰心在玉壶"这样的佳句。写诗大约也是流放路上最能自慰和消解无聊的一件事，王阳明也不例外。在到达龙场前，王阳明在沅江上留下的诗大约有三十篇，几乎完整地记录他的行程和心迹。"委身奉箕帚，中道成弃捐。苍蝇间白璧，君心亦何愆！"（《弃妇叹》）在流放之初，王阳明自比弃妇，可见他有多沮丧和失落。这也是所有同命运者相同的屈原式的自怨自艾。中国古代的知识分子往往徘徊在儒、释、道的交叉路口，要去哪里，能去哪里，很难自己去决定。这就不难理解他们早上可能还是天下大儒，没准晚上就成了被抛弃的黄脸婆。既然不能济世，哀怨之后还要活下去，老子、庄子和释迦牟尼就成了很自然的选择。或为苏东坡的旷达，或作李太白的狂放，再不行那就找个有山有水的僻静南山之地，结个草庐、筑个篱笆，种点菊花做悠然的陶公。在我看来，此时的王阳明身上除去李白的狂放不羁，道家和儒家人格是他心内自然生出的两条河流，这一次，他没办法做一只同时穿越两条河流的鸟。失意之际的王阳明在诗中叹道："道意萧疏惭岁月，归心迢递忆乡园。年来身迹如漂梗，自笑迂痴欲手援。"（《阁中坐雨》）又生出"问津久已惭沮溺，归向东皋学耦耕"（《雾夜》）和"却忆鹿门栖隐地，仗藜壶榼饷东皋"（《沅江夜泊》）的归隐之心，间或还有"却幸此身如野鹤，人间随地可淹留"（《沅水驿》）那种苏东坡式的旷达。但这些只是他人生无奈选择中的一种状态，或许他做圣人的心依然执着，可茫茫四顾，在颠沛流离的流浪中，那颗内圣外王的心又将到哪里去安身呢？在王阳明之前，还没有人能从那个三岔路口完美突围，即使苏东坡也不例外。

其实，在汇入洞庭以前，沅江也是一直在突围的。在黔东南陡峭幽深的峡谷里，缭绕的云雾、岩石间渗出水珠，汇集成无数涓涓细流和大大小小的支流，从云贵高原逶迤的群山峻岭中蜿蜒东流，始趋盈满，终成浩荡之水。在那个近乎神话般的"悟道"之前，王阳明是从沅江这条河流抵达龙场的。人生的一次低谷，让这条曾经邂逅于郦道元《水经注》文字中的河流，真实地奔流在眼前。上古尧舜时期隐于武陵的高士善卷、那些忧愤的流放在湘沅之间的诗人，还有沅江边的陶渊明笔下的桃花源、马援将军马革裹尸的壶头山。我相信三年后，如果他真是在龙场悟出了什么，一定是从这条河流获得了某些解读人生的密码，并通过这条河流为三年后"龙场悟道"开启了一扇通往智慧与觉悟的大门。

曾经有一个愿望，约二三好友，寻一条船，沿沅江上行，从滇楚古道取道贵州修文。这个想法终因太过浪漫且操作性复杂而被放弃，当然，最后我还是一个人到了修文。

怀化，是沅江支流舞水旁的一座城市，王阳明就是从这里经芷江、新晃进入当时的兴隆卫，到达贵州境内的，如今从这里去贵州已经有一条高速铁路。我花了一百七十一元钱买了一张去贵阳的票，上车，放好行李，冲了杯都匀毛尖，喝着茶，车窗外被苍翠掩映的喀斯特地貌在眼前匆匆闪过，还没来得及酝酿情绪和打个盹儿，贵阳就到了。虽然是第一次来贵阳，但我还是无心逗留，从一帮殷勤的拉住宿客的妇女中脱身后，便直接上了去修文的大巴，一个小时后又到了龙场镇。如此，三个小时不到我便走完了王阳明当年两个月的路程。

在修文，我看到的龙场是一个熙熙攘攘的小镇，与阳明有关的遗迹都扩建在一个宏大的"中国阳明文化园"。园中的广场上伫立着一尊阳明先生的雕像和一尊王阳明与弟子们的群像，神态庄严沧桑、眼神透着忧患。创作者大约认为非老不足以称圣吧，所以我们见到的古代先贤莫不老态龙钟，要知道王阳明离开龙场时也不过三十八岁。文化园里能称得上阳明遗迹的，是王阳明居住的被他称为"阳明小洞天"的山洞和附近那几棵相传是他亲手所植的"文成柏"。广场上立着八根大方石柱，分别写着"浙中王门""南中王门""北方王门""泰州学案""黔中王门""江右王门""楚中王门""粤闽王门"，门前牌匾赫然书着四个大字"知行合一"。一切都表明，我沿沅江一路追寻的那个流放的王阳明，已经在这里成了圣人，我除了膜拜，还能再一次像洞庭湖口那样的走近吗？我不敢肯定。眼前的龙场已非当年的龙场，当年的那个历尽磨难的王阳明又在哪里呢？"阳明小洞天"里游客有些吵闹，我不堪其扰，一个人独自坐在一个写有"培养元气"的亭子里望着龙场的天，突然有些情绪低落。

龙场驿是贵州明代西南彝族女政治家奢香夫人为沟通滇、黔、湘于600年在贵州境内建立的九个驿站之首。位于黔西北的崇山丛棘之中，蛇虺魍魉，蛊毒瘴疠，加之语言不通，生存环境极其恶劣。我要找的那个王阳明一路颠沛，终于到了他的流放地。面对边鄙的荒蛮和未来的凶险王阳明想必是有足够心理准备的，虽然眼前这个所谓的驿站只是几间破草房加一个老驿卒，其荒凉和破败已远远超出了他的想象。但我相信，数月羁旅，他的沮丧、失意、忧思在山重水复的磨砺和思考中也趋于平静，内心深处"天降大任于斯人"的追求早在幼时就已渗入骨髓，此前曾经笃志的释、老之学此时又能恰到好处地维持他内心的恬淡。对之前家境优越、仕途通达的"官二代"王阳明说来说，没有毙命于廷杖之下已是幸运，向死而生，活着才是当下的圣人之道。

王阳明搭了个茅草棚，开始了他在龙城的谪居生涯。他颇为自得，赋诗道："草庵不及肩，旅倦体方适。开棘自成篱，土阶漫无级。迎风亦萧疏，漏雨易补缉。灵濑响朝湍，深林凝暮色。群僚环聚讯，语庞意颇质。鹿豕且同游，兹类犹人属。污樽映瓦豆，尽醉不知夕。缅怀黄唐化，略称茅茨迹。"（《初至龙场无所止结草庵居之》）不久，王阳明又在龙场东北的"龙岗山"上发现一个山洞，颇有天然之趣，"营饮就岩窦，放榻依石垒。穹窒旋薰塞，夷坎仍洒扫"，稍加收拾后王阳明就搬去居住，过起"穴居生活"，并得意地谓之"阳明小洞天"，为之赋诗《始得东洞遂改为阳明小洞天》，野趣自然之乐跃然纸上。贬居生存环境恶劣的龙场，王阳明在洞庭和沅江漂泊时的那种消沉、忧郁、压抑、孤愤，竟然烟消云散了，取而代之的是一种身心的自由与超脱，他就像是经历一场疾风暴雨，风雨之后，闲云从容，山色空蒙。

在最艰难的时候，我们看到的是一个亲切、自然、豁达而坚忍的王阳明，他走在龙场的崎岖的山道上，背着一大捆柴火，回到他简陋的茅屋，生火、烧水、做饭，山风让他灶前青烟迷乱。清早，他负着禾耜踏着恶蛇毒虫出没的荒径，开荒种田。"谪居履在陈，从者有愠见。山荒聊可田，钱镈还易办。夷俗多火耕，仿习亦颇便。及兹春未深，数亩犹足佃。岂徒实口腹，且以理荒宴。遗穗及鸟雀，贫寡发余羡。出耒在明晨，山寒易霜霰。"这种绝境里的"晨兴理荒秽"虽然没有了陶渊明式的悠闲，但王阳明心态依然安详，像山月当空，清澈而澄静，好像天下万物和人生从来没有这般的美妙。

这绝不是一种偶然，它预示着一次蜕变，一次涅槃，一次大彻大悟即将来到。

王阳明的心从来没有停止过飞翔，在龙场，他有足够的时间梳理自己的思考。远离了官场内斗，看到黔黎苍生的疾苦，追寻历代儒家之道，回首自己"格物致知"的困惑。他与当地苗蛮土人相守如亲，与慕名而来，向他求学的年轻人席坐论道。龙场的夜，寂然而幽冥，不断传来野兽凄厉的啸声，王阳明在黑暗中意静洪荒，端居澄默，参悟着古今之理、世道人心、功名利禄、苦厄疾难和生死之念。那个从小立志做圣人的王阳明，那个曾七天七夜不吃不喝"格竹子"的王阳明，那个曾在儒、释、道三家之间反复徘徊的王阳明，那个为论道而忘记新婚的王阳明，那个被廷杖打得皮开肉绽血肉横飞的王阳明，那个在沅江上漂泊无助的王阳明，终于为自己的心打开了一扇大门，原来"圣人之道，吾性自足，向之求理于事物者误也！"

这是一扇向死而生的门，这是一扇历尽磨难、幻灭、恐惧、无奈，于黑暗中洞开的门，像一道闪电刺破亘古沉重，像一个惊雷震醒了万古空寂。那是无数行者苦苦寻找的智慧之门，钥匙竟藏在自己内心深处。原来，他所有的颠沛、所有的苦难、所有的混沌、所有的磨砺都是在引导他走向那扇大门：光明在前，月霁风清，一个如婴儿般通透纯净的王阳明诞生了！

在后世人的眼中，"龙场悟道"是很有传奇小说的色彩的，仿佛王阳明一夜顿悟。在一棵树下冥思、在一个山洞里面壁、在石椁里苦苦修行，一念之间，便大彻大悟。这样的故事被渲染成传奇和神话，更多是信众造圣的结果，如释迦牟尼和达摩祖师一般，王阳明也不例外。龙场之行的那个晚上，在"阳明文化园"旁的小酒馆，老板向我推荐一种当地的米酒，言之凿凿地说是"阳明古方酒"。明知是瞎说，还是喝了几杯，味道一般，很上头。我问老板王阳明到底是个什么样的人，他操作西南官话一脸崇拜地说："那是条狠角色呢。"

王阳明的确是条"狠角色"，他从小就想做圣人，如果是真的，这念头的确让他走了很多弯路。因为在小孩眼里，做圣人是一件很无聊的事情，孩子的心是通透的，纤尘不染，他们身上那些美、善、和谐都与生俱来，所以他们的世界才会那么阳光、安静，这大约就是所谓"赤子之心"吧。比如，突然邂逅一头猛虎，大人会恐惧万分，而小孩子则充满欣喜。王阳明说"人须在世上磨，方能立得住，方能静也定，动亦定"，可见"大道至简"，能在苦难中回归自己"赤子之心"寻得从容和安静，大概就可以称之为圣吧。此时此刻王阳明才明白：世上哪有什么圣贤，只有心中装着万物天理的人啊！在痛苦的"格物"路上徘徊了二十年之后，王阳明终于找到了答案，这个答案原来一直就在他身边，如此明了、如此简单。在一片神化、圣化王阳明的氛围里，我倒觉得在龙场，越到后期，越是接近圣人之道，王阳明反而越像一个真实普通的人，他的心变得宽厚而柔软。

　　正德四年（1509）秋天，一个阴雨昏沉的日子，一位从京城到贵州赴职的吏目，携一子一仆路过龙场，因旅途劳顿、不堪瘴瘟，先后死于蜈蚣坡下。吏目一行的惨死，触碰到了王阳明"同是天涯沦落人"的敏感神经。他悲悯万分，含泪掩埋了死者，长歌当哭，写下了凄婉的《瘗旅文》："呜呼伤哉！繄何人？繄何人？吾龙场驿丞余姚王守仁也。吾与尔皆中土之产，吾不知尔郡邑，尔乌为乎来为兹山之鬼乎？古者重去其乡，游宦不逾千里。吾以窜逐而来此，宜也。尔亦何辜乎？"这种伤感在王阳明谪居龙场的日子里是绝无仅有的！这是我看到的最率性、最哀伤的王阳明，是周身散发着人性光芒、真实的王阳明。可能有人觉得这应该是他初到龙场尚未"悟道"时的凡夫之态，而事实是，在这个故事发生后的两个月之后，王阳明便结束了谪贬，踏上了前往庐陵的旅程。三年的贬谪生涯结束，一旦离开，归心和别意又化作王阳明的百转柔肠。

　　正德四年除夕，在沅水上游的镇远，空气中弥漫着节日的祥和，舞阳河上少了许多船来船往。在有些冷清的驿馆里，王阳明思念故人，写下了《镇远旅邸书札》。"别时不胜凄惘，梦寐中尚在西麓，醒来却在百里外也。

相见末期,努力进修,以俟后会。即日已抵镇远,须臾舟行矣,相去益远,言之惨然……"在这封书札里除了"凄恻""梦寐""惨然"的愁绪,王阳明还仔细交代了一些日常生活的琐事,诸如锡、碟、碗、盐、酱、梨木板和如谁患病、谁甚可怜可悯、应该如何给予方便、调理将息等等。这还是那个在龙场悟道的圣人王阳明吗?分明是一个在孤旅中多愁善感、有些唠唠叨叨的、有血有肉的邻家老头。他离我们是那样近,就如我们身边熟悉的、亲切而敦厚的长者,完全没有所谓圣人的光圈和格调,这就是我要寻找的那个圣者:一个真实的王阳明,即使面对后世的神化与造圣,他也一定心如止水,拈须一笑。

王阳明又回到了沅江上,这是他第二次面对这条河流。三年前,突兀而至的厄运让他结识了这条曲折的河流。他从浩渺宽广的洞庭湖,蜿蜒千里,一路追踪到它的源头。他终于明白,原来所有的江河湖海,都发端于那些细小的涓流,点滴汇聚,沛然汪洋,那是因为每一滴水都隐藏着一个江河湖海的本心。读懂河流的智慧,王阳明知道那些失意、那些困惑、那些磨难、那些苦难的历程,都是为了让自己抵达自己的内心。从心出发,他找到了自己,也就找到了世界。那个被后人渲染得神奇玄幻的"顿悟",不过是王阳明最后的抵达。

从云贵高原沅江的源头顺流而下,王阳明再度体验到是沅江东去带给他的,不断的豁然开朗、不断的百折不挠、不断的丰盈和宽广。他没有"轻舟已过万重山"的豪迈,没有"白日放歌须纵酒,青春作伴好还乡"的欣喜,更没有"逝者如斯"的感伤。"年来夷险浑忘却,始觉羊肠路亦平。"此刻穿行于山水之间的王阳明不悲不喜,云淡风轻,从容而安详。就像他在坡头遇见的那只大鸟,在江天之间获得了任意翻飞的自由!

江天云鸟自来去!王阳明又回来了。此心光明,夫复何求?在他的面前,云梦大泽浩浩汤汤。

民间的情感

◎ 刘仁前

煮干丝

写下这样的题目,似乎有点儿不合时宜。为何也?现在作这类文章,几乎无一例外,在前面都要加一个"大"字。这"大煮干丝"似乎才够分量,够气派。可,这与我的喜好,与我的出发点,皆相左。窃以为,煮干丝,才是事物本来之面貌。"大",无疑带有个人感情色彩。而有些"大"则显得别有用心,甚至居心叵测。经过"文革"十年者,大多有此体会。

煮干丝,在清乾隆年间有个颇雅的名号,"九丝汤"。顾名思义,就是九种食材切成丝,做成的汤。哪九种食材?火腿、竹笋、口蘑、木耳、银鱼、紫菜、蛋皮、鸡肉,这八种食材切成"八丝",再加一丝:干丝。这不正好"九丝"也。也不绝对,讲究一些的,也有加海参丝,抑或燕窝丝的。估计寻常百姓,没有如此讲究的。海参、燕窝这类富贵之物,多为达官贵人、巨商富贾所青睐,普通百姓无福消受矣。

提及煮干丝,不论你承不承认,服不服气,当首推"扬州煮干丝"。扬州煮干丝,与镇江肴肉一样盛名天下。有晚清词人黄鼎铭的一首《望江南》词为证:

扬州好,

茶社客堪邀。

加料干丝堆细缕,

熟铜烟袋卧长苗，

烧酒水晶肴。

词中虽没点明，但写到了扬州干丝和镇江肴肉。

而前文所言"九丝汤"，正是乾隆皇帝南巡到扬州时，地方官员用来宠媚皇上的一道菜品。如今早已进入寻常百姓的餐桌，为黎民百姓所享用矣。只不过，现在的煮干丝，不再繁至九丝，多以干丝、鸡丝、火腿丝，加鸡汤煨煮，讲究的再添加木耳、竹笋、青菜头之类配料。不论配料多寡，其主角仍然是干丝。因而，厨师在操作这道菜品时，对干丝的切制，是极为考究的。

有美食家之誉的汪曾祺先生曾专门为"干丝"著文，介绍说——

一种特制的豆腐干，较大而方，用薄刃快刀片成薄片，再切为细丝，这便是干丝。讲究一块豆腐干要片十六片，切丝细如马尾，一根不断。

汪先生寥寥数语将干丝切制之要领交代清楚，这当中点出了干丝原料之重要，"一种特制的豆腐干"。这是大有讲究的。普通豆腐干，质地偏松，密度不够。切丝时，因含水量偏高，难出精丝，再加之偶有气孔，会导致丝断。如此，普通豆腐干便不可取也，唯有"特制"。这种特制豆腐干，多用本地黄豆，经磨浆、点卤、压制等多道工序加工而成。因知道为制作干丝之专用，较普通豆腐干，压制要紧，密度要高，韧性要好。

接下来才能谈"切功"。用刀讲究的师傅，都有两把刀，一大一小，一厚一薄。大刀在两处派上用场，一是削平豆腐干的边皮，二是片好豆腐干，最后切丝。小刀，即汪老文中的"薄刃快刀"，专用于片出薄片。有种说法"薄如纸，细如丝"，不免夸张，但薄到用火柴点着，这实在令人叹服。有种龙须面,丝细可燃。那还好说,面食可燃性是有的。然这豆制品,加工之后可燃,实难。然对自身要求高的厨师,确实做到了这一点。这样用刀精的师傅,片豆腐干时,其刀在手中欢快地行走,动作迅疾,层层翻飞,不作丝毫停顿。瞬间换上大刀,只听得案板"笃笃笃"响个不停,不见刀的移动。不一会儿,一方"大而方"的豆腐干,变成了一堆豆腐丝,呈现在案板之上。细嗅一下,干丝中还飘浮着一缕淡淡的豆香呢。这里有个细节,汪老文中言及,"一块豆腐干要片十六片",应该说很不易也。然,这十六片,尚未达到我们地方上出台的干丝制作相关标准呢!在我们地方上,若标以"××干丝"之名,一块豆腐干则须片出二十片,比汪老所说的十六片多出了"四片"。这样看来,二十片倒成了基本要求。在我们这些外行看来,"难于上青天"的事情,到了"业精于勤"的师傅们手中,则易如反掌也。事实还正是如此,因为更精到的厨师,可片出三十六片,那一块豆腐干,被他把玩于股掌之中,真的是游刃有余矣。

至此,到了煮干丝"煮"的这道工序。煮,讲究用高汤。多半用鸡汤,且为去油后的头道清汤。如今养殖业发展颇快,规模化养殖,颗粒饲料喂养,这样养殖出来的鸡终不及当地散养的土鸡。汪曾祺先生在谈及煮干丝的"汤"时这样说,"煮干丝则不妨浓厚。但也不能搁螃蟹、蛤蜊、海蛎子、蛏,那样就是喧宾夺主,吃不出干丝的味了"。这是很有见地的行家之言。这与高汤的要求是吻合的,但汪老也给出了高汤的底线,并不是所有起鲜的东西都能入汤。如若弄得连一点儿干丝味都没有了,那还能叫煮干丝吗?有朋友说,因这煮干丝需要"大汤"煮制,故而称作"大煮干丝"。这说法,显然是走的老相声艺术家马三立的路子:"逗你玩。"

汪文在最后又强调了一次,"煮干丝不厌浓厚"。足见汪先生对"汤"的重视。然,汪先生没有讲,"煮干丝"为什么"不厌浓厚"。其实,这跟干丝是豆制品有关。这豆制品自身味薄得很,且易吸油脂,不惧油腻,汤汁浓厚则味高,汤汁稀薄则味寡。

与煮干丝同出一门的，还有一道烫干丝。

如果煮干丝可以看作干丝的豪华版、升级版，那么这烫干丝，似乎可以视为简装版、基本版。我这样说，并不等于这烫干丝，没有一点儿技术含量。非也。

顾名思义，烫干丝，烫干丝，第一讲究，就是个"烫"字。虽然说，无论煮干丝，还是烫干丝，都要"烫"过三次，但两者还是有差别的。烫干丝，在"提碱"过后要"收水"，否则干丝吃着会有水腥气。有水腥气，食用者的味觉便被一下子破坏掉了。原有的"五味"荡然无存也。

这在煮干丝，矛盾就不会如此尖锐。毕竟煮干丝最后一道是高汤煮制，收水自然没有烫干丝来得重要。两者一样重要的是提碱，均讲究时间控制，以干丝呈软滑之状为佳，时间短不得，也长不得。

而收水，对烫干丝来说，是在提碱之后，装盘之前。滗去碱水的干丝，最后一道"烫"在老师傅那里，讲究的是一气呵成。老师傅一手执开水壶，一手给加入生姜丝的干丝收水，那滚水透过老师傅的手指，冲烫干丝，老师傅边烫边收，最终将这盘烫干丝收成一个馒头状。

这时，烫干丝另一讲究便来了，那就是"卤汁"。这卤汁，看上去色泽有如老抽，呈酱红色。如果你真的以为是老抽，那就错也。这卤汁，是选用几种品牌的酱油，加入香叶、桂皮、八角、胡萝卜、芹菜、香菇等原料用小火熬制而成。烫干丝在烫、收完成之后，临上餐桌之前，最后一道工序，便是撒上芫荽、海米、花生米、肴肉丝之类配料，浇上热乎、黏稠、香甜的卤汁。

细心的师傅会将这份烫干丝置于洁白的瓷具之中，送给客人品尝之前，配上几丝红椒、几丝绿蒜，和之前嫩黄的生姜丝、乳白的干丝、酱红的卤汁，构成五色，与烫干丝所蕴藏的咸、甜、鲜、香、辣五味相呼应。

如此一盘烫干丝送到你面前，你说，忍心拒绝吗？

十八洞的树

◎ 石绍河

初夏的一天,党支部组织党员到湘西十八洞村开展主题党日活动。我已是第二次去,却依然按捺不住心向往之的激动,早早赶到单位,生怕迟到落下。

天下着细雨,车沿着张花高速公路奔驰。一路山色碧翠,禾苗新绿,枇杷油黄,飞瀑鸣涧,云雾缥缈,美不胜收。大家兴致很高,欢歌笑语不断。

车行两个半小时,我们来到了十八洞村的梨子寨,这是一个普通平凡但令人心生温暖的苗家小寨。原汁原味的木板房,笑靥如花的乡亲们,此起彼伏的苗山歌,铿锵激越的苗鼓舞,人来人往的石板路,饭菜飘香的农家乐,无不印证着精准扶贫的成就和辉煌。2013 年 11 月 3 日,习近平总书记到十八洞村访贫问苦,走访看望的就是梨子寨的苗族乡亲。他当年深入几家苗民家中细细探查之后,就在施成富家的晒谷场上一把普通的木椅上坐下来,背靠莽莽苍苍的青山,与乡村干部、苗家乡亲围坐在一起寒暄座谈。在这里,习近平总书记首次提出"精准扶贫"的理念。人民领袖、党的舵手就是在这天地相接、如诗如画的地方,与他心心念念的人民一道,擘画中国脱贫攻坚的蓝图。青山为屏,大地做证,从此,中国的脱贫攻坚事业走出了一条全新的道路,十八洞村成为中国精准扶贫的示范样本。

后来,有一位作家描述习近平总书记在这里与乡亲们座谈的情景时,说是坐在一棵高耸入云、有着三百多年树龄的梨树下。我第一次来到这个晒谷场上,周围没有看到梨树,只有三棵挺拔笔直的枫树和一丛青葱嫩绿的翠竹。这次来，晒谷场已改名精准坪广场，场中立了一块大石碑。我在广场上徘徊，看到的依然还是那三棵枫树和一丛翠竹。我心里纳闷：这寨子叫梨子寨，作家说有一棵三百多年树龄的梨树，我却没有看到梨树，难道这是空穴来风？我沿着广场边的青石小道向一个小山包走去，绕过小山包往前走几步，忽然发现一棵高耸入云、枝繁叶茂的梨树站在那里。梨子寨的由来，也许缘于这棵梨树。作家也没有虚构，只是在笔下把它稍微挪动了位置。仰头看，能见枝叶间挂着数不清的青青果实。春天，梨花盛开，满树洁白的梨花芬芳四溢，花瓣飘落似漫天飞雪，惹人喜爱又怜爱。十八洞村日新月异的扶贫故事，如这朵朵梨花青青果实，讲不完，听不厌，看不够，数不清。

我沿着新铺的柏油路漫步，看见路边排列着无数叫不上名字的大树，忽然来了兴致，便仔细去看挂在树身上的标志牌。有一种树叫紫弹树，我第一次知道这树的名字，误以为是紫檀树。当即用手机百度一下，原来是不同的树。紫弹树是榆科朴属植物，落叶乔木，常常长在山坡上溪沟边，或者杂木林中。十八洞村的环境正适合它生长。路边还有一棵光皮梾木，树干挺拔、树皮斑驳。它是一种多用途油料树种，有人说它"长油生金"。而我看到它更多的是作为砧木，嫁接其他植物后成为行道树和庭荫树。一棵大可合抱，叶似香椿的树，身上缠满常青藤，这树叫黄连木。它树冠浑圆，枝繁叶秀，早春嫩叶呈红色，秋天经霜叶则深红或橙黄，观赏价值极高。黄连木一名楷树，自古是尊师重教的象征。黄连木的花语寓意"大器晚成"。相传孔子去世后，其弟子子贡在墓旁"结庐"守墓六年，又把从卫国移来的楷木苗植于墓前。《淮南子·草木训》说："楷木生孔子冢上，其干枝疏而不屈，以质得其直也。"后来人们把楷木和模木合称为楷模。一棵女贞，高达十余米。我暗暗吃惊，过去只见过作为街道、庭院绿篱的矮小女贞。"女贞之木，一名冬青。负霜葱翠，振柯凌风。故清士钦其质，而贞女慕其名。"李时珍讲得明白："此木凌冬青翠，有贞守之操，故以贞女状之。"女贞的花语就是永远不变的爱。

十八洞村到处可见高大伟岸的枫树。枫叶手掌般大小,叶柄细长,轻风起时,摇曳不定,奏出"哗啦哗啦"的韵律。"枫树"就是"风树"。枫树果成熟后开裂为有翅的两半果,乍看之下,极似栖息在树上的无数蝴蝶,有人称其"蝶仔花"。枫树最美的时候在深秋,一树树一山山一岭岭火红的枫叶,就是上帝在十八洞村恣意泼洒的油彩,重彩盛装,次第铺开。杜牧的"远上寒山石径斜,白云生处有人家。停车坐爱枫林晚,霜叶红于二月花",几乎就是十八洞村的私人定制。

十八洞人深深爱着这些与他们朝夕相伴的树。村里的规矩就是"敬重天地,孝敬父母,尊重生灵……不要放火烧森林,不能拿刀刮树皮……"这些不仅是十八洞人安身立命的行为准则,也是处理人与人、人与自然关系的基本要求,更是体现自身涵养的思维底线,蕴含着质朴而深刻的文化底蕴。这种规矩意识是深入骨髓和血脉的。苗绣暗色底布上绣着日月星辰、虫鱼鸟兽、花草树木,穿在身上,戴在头上,记在心上。这是十八洞人与自然和谐共处的最好例证。

走着看着,看着想着。我想起了2017年第十三届中国文博会大湘西非遗馆内,八十岁的工艺美术大师龙正贤展示了一棵用鹦鹉螺化石制作的"摇钱树"。他自豪地介绍:"我来自十八洞村,这棵树,是来自十八洞村的精准扶贫树。"他相信精美的石头会唱歌。

的确,十八洞村的树都是摇钱树。漫山的五倍子、野樱花、黄连木、四照花,都是上天赐予的天然蜜源,十八洞村便有了远近闻名的"金兰蜜"。荒山坡地种上了黄桃树,四千多棵桃树被远方客人认领,金灿灿的黄桃声名远播。猕猴桃在我的家乡竹溪被称作杨桃树。十八洞村在湖光山色的紫霞湖边一块平地上,栽下千余亩猕猴桃树,村民变股民,2019年人均分红一千五百元。面对绿水青山,十八洞村旅游公司副总经理施进兰掩饰不住喜悦说:"鸟儿回来了,鱼儿回来了,虫儿回来了,出外打工的人儿回来了。"

人是行走的树，树是扎根的人。树就是人，人即是树，和谐天成，这就是自然。人与农田、人与动植物、人与溪流山丘等，都是这种状态和这种关系，充满了诗意。诗意的栖居是多么令人向往和美好的事情。

十八洞村的树就是不一般。

悦 读

◎ 周晓枫

一

我怀疑，对写作者来说，书店是世界上最令他意乱情迷又垂头丧气的地方。

书店折叠时空。从远古天地的洪荒，到未来宇宙的神秘。从热烈的赤道，到旷寒的极地。从最小的物质单位夸克，到最大的生命个体鲸鱼。从人的情感，到神的法则。从零点一秒，到一千零一夜，再到亿万斯年。每本书都是一道打开的幻门，我们的身体无法栖居其间，但心思畅游，我们得以体验魔术般的奇迹与奇迹般的自由。这才是立即兑现的穿越，是妙趣横生的 Cosplay（角色扮演），我们可以英雄驰骋疆场，可以神仙逍遥江湖，甚至可以体验花的一生、兽的一生、矿物质的一生。何须羡慕孙悟空七十二变？我们可以七百二十变、七千二百变、七万二千变……经历秘密而丰富、从有限向无限的演变。通过阅读，我们得以进入万花筒的魔法世界。身体像最缓慢的植物一样安静，头脑像最狂野的动物一样奔行。我们就这样，用文字抵达理解意义的远方。

逛书店，让我心花怒放；逛着逛着，又自惭形秽。翻翻别人的作品，写得真好。千军万马，排山倒海。炼丹一样炼字，每个字都包浆了，光泽养润。文风蕴藉，偶有滞涩之处，亦存枯笔之妙。好诗！让人狂喜、沉默、肝肠寸断，好诗人简直就是活着的日常的神明。出色的画面还原感，使鱼的鳞彩、鸟的羽光几乎目力可视，写海浪，让我的脚尖几乎触到卷挟着泡沫和散沙的浪涌。他们的想象无往不至,他们的语言如同魔咒。仰望那么多大师,惊叹那么多天才……我鸡立鹤群、难望项背,自己就像个对比之下的笑话。我会由此怀疑自己写作的意义和价值,并被席卷而来的虚无感淹没。

写作者爱恨交织,恰恰是书店的魅力所在。

峰峦如聚、波涛如怒,高山大海难道不是因为既美又令人恐惧,才堪称伟大?书山有径,学海无涯——书店是桃花源,也是一条始终敞开的勇气之路。

二

阅读是一种头脑的健身运动,它和体育锻炼一样,有人天生喜欢,有人在开始阶段需要外力或自我压迫,才能逐渐养成习惯,然后才能变习惯为爱好。

了解知识和技能的方式,有些是由外向内的强行的观念灌输;主动阅读是由内向外的,出自爱好者心甘情愿的选择——所以有些教育的面目是严厉的,甚至狰狞,它包括难度和惩罚;而阅读往往伴随享受,以及由认同感带来的私密的快乐。

如果说学习说话,是寻找与世界交流的方式,那么掌握阅读,就是找到与内心交流的方式。看不清世界的时候,我们会在视力不佳的沮丧里;而看不清自己,不是同样沦入盲人般的命运吗?本雅明说:“幸福,就是不受惊扰地进入自己的内心深处。”他所描述的状态和阅读非常相似。阅读教育,意味学习一种获取幸福的日常方式。

何况,有些技能掌握起来是暂时的,且容易过时。比如我的邻居年轻时勤学苦练,成了非常有名的珠算大王,后来算盘不再被使用,他的技能也随之陪葬,包括为此消耗的大量时间和精力。阅读不一样,无论什么年龄和行业,它是永远不会丧失功用的法宝。

所以,从小养成阅读习惯,是父母在孩子一生中给予的最为重要的礼物。阅读不仅培养气质，还培养观察力和耐心，可以巩固记忆，增加见识，丰富情感。学习理解自己、他人和世界，学习接受孤独如同接受安慰，学习想象和创造并使之成为奇迹……阅读，使孩子获得终生信赖的朋友和始终陪伴的家人。

三

孩子需要童话，正如成人需要梦想——梦想并非奢侈品，而是必需品。

一个逛书店的妈妈跟我交流："孩子喜欢读童话，可他问那个世界是不是真的，我不知道怎么回答，怕孩子伤心。"

所谓真实的世界，有些看得到，有些是看不到的。比如一个孩子想画画，虽然他不说出来没人知道，但这依然是一个真实的想法，你不能说它不存在。写作，就是在描述头脑中存在的真实世界。如果我们只承认可以在现实中呈现的部分，否认在现实中不可呈现的部分，等于把所有人都认定为植物人，认定他们不存在肉体之外的精神世界。

童话，是每个人小时候接触最多、长大以后几乎不再涉及的文体。当一个人不再相信会说话的植物和会做游戏的动物，童话的魔力似乎就解除了。然而，原初的天真和大胆的想象藏在童话里，它们对儿童的启迪与教育，重要到难以替代。帕乌斯托夫斯基在《金蔷薇》中说："诗意地理解生活，理解我们周围的一切，是我们从童年时代得到的最可贵的礼物。要是一个人在成年之后的漫长岁月中，没有丢失这件礼物，那么他就是个作家。"

童话看似无用，因为充满天真烂漫的想象。然而，一个人如果始终只接受现实中可以看得见和有用的部分，他容易急功近利；当浪漫主义和理想主义色彩在一个人的内心消失殆尽，他的灵魂也会被侵蚀得千疮百孔，甚至对现实中的美也视若无睹……就像离书太近，眼睛紧紧贴在纸页上，是什么字也看不到的。诗人说："那些让我放弃梦想的人，就像让我用一条腿来走路。"梦想是对现实有效的支撑，毫无梦想的现实会失去基础的平衡；如果没有候鸟般的志存高远，我们容易匍匐在地，或者混迹泥潭。

读童话的孩子不必失望。每个文字都是一颗安静却从未死去的种粒，童话般，酝酿着汹涌的花期。并未欺骗，只要耐心等待和灌溉，奇迹会像春天一样如期而至。

四

有的中年朋友抱怨，自己读书少。年少不懂事，或由于家庭条件所限，总之，蹉跎了岁月；等到想读书了，事情多，体力和记性都下降得厉害，读了也像没读，了无痕迹。

"一日之计在于晨，一年之计在于春。"我们当初听来，只是过耳而不入心的一句告诫，没有以此类推，明白"一生之计在年少"。

什么季节做什么事情，年少就得读书和学习，就得勤恳播种。每个孩子都难免浪费时间，浪费时间的确很爽，但若想与众不同，需提前付出，唯此自己遭受的罪与苦才有回报。假设你给自己的心理暗示是：我还小，我再长长身体，以后再播种，可不可以？当然，小孩子觉醒得晚。然而，等到年纪大了再醒悟，相当于秋天才开始播种，付出的劳动强度更大。因为天冷了，土地冻了。秋天播种的庄稼也有成活机会，不过收成，只有春天播种人的十分之一，甚至更少。每个人都要为自己的选择埋单——因为曾经纵容自己，就得坦然接受这样的命运和结果。

中年人的未来和过去一样长。每个今天，相对于晚年来说都算年少，何况，与那些长寿动物相比，人类中的老人也是孩子。所以，读书这种事，读了总比没读好。就像中老年人的营养吸收能力差了，新陈代谢慢了，可饭，多少总是要吃的。

无论何时开始，只要沉浸在阅读里，我们就被赋予不同。正如司汤达描述的:"在萨尔茨堡的盐矿,人们将一根冬日脱叶的树枝扔进盐矿荒凉的底层;两三个月之后,再将它捡出来,树枝上布满了闪闪发光的结晶;跟山雀爪子一般大小的最细小的嫩枝,被数不清的钻石点缀得光彩夺目,熠熠发光;原来的树枝已辨认不出来了。"无论老枝或者幼枝,只要怀有耐心,知识会慢慢装饰,把你变为更加闪耀的自己。

五

好吧,我承认,自己正是那个令人遗憾的迟悟者。我读书缺乏体系,盲区甚多,尤其中国文化传统这块,基本空白。就像我不懂笔墨纸砚,书法上连基础的判断力都没有,写不出一个漂亮的签名。我对诺贝尔文学奖、布克文学奖、普利策文学奖、龚古尔文学奖等获奖书籍,有着稍后但约等于同步的追踪,在阅读视野上似乎是全球化的,但对中国文化的了解,却无知得令人尴尬。

反之,我有个写小说的朋友,基本不读翻译文学。有一天,他把他认为值得效仿的榜样文字发来,我很惊讶于我们之间的审美偏差。因为在我看来,他津津乐道的,不过是卖弄聪明的蠢话。之所以只看现在文学杂志上发表的作品,是因为,他想照猫画虎,追求速效的发表。然而,他不知道这条所谓的捷径上,挤掉了多少失意者。杂志上的作家,阅读背景往往更为深厚,他们跟从优秀翻译的导读,照虎画猫;而你想照着猫,乃至是一只健康状况堪忧的病猫,画出一只威风凛凛的虎,恐怕是一条万难的路。

不懂外语的人,假设从不阅读翻译文学作品,就无法形成经纬更广的审美参考。某些自称师承中国章回小说传统的作家,文风虽稳健,但结构上没有时空的压缩和抻拉,文字也缺乏弹性和韧度,由于较少享受从白话文运动至今翻译文学的累积成果,缺乏世界文学的整个参照,他们缺乏现代性,缺乏超越限定的那种智慧。毕竟,我们自己的小说写作传统时间不算太长,叙事经验也不算丰富。

我想，或许不必纠结于是否必须吃本地粮食才能获得健康，不必纠结于读翻译文学过多是否构成对母语的背叛。用汉语翻译出来，就是母语的组成部分，无论你吃的是牛羊还是鱼虾，长成的，都是自己的肉。我们今天吃玉米，吃西红柿，吃土豆，吃辣椒，从来不觉得它们原本属于异域，就像它们天生就栽植在中国的土壤上，天然地，被我们的肠胃所接纳。说来，白话文就是文言文的一种翻译方式。其实，无论是鲁迅，还是何其芳、陆蠡，这些现代文学作家，他们在起点上难道不是受到世界文学和翻译文学的滋养？他们中有许多，本身就是翻译家。翻译文学，不仅是汉语重要的组成部分，而且扩充了汉语表达的边界，使之更为丰富。

　　当然，正是由于我自身的文化缺陷，我愈加体会出地域、故乡、传统、民族等，对于写作的重要意义。越是在趋同的文化环境、同质化的写作风格里，找到那一点点不同，就变得越发重要。那一点点不同看似微弱，但人与猩猩的基因之别，也不过是百分之一二。风格独特的作家，秘密而迥异的生物学配方，可能来自个人与众不同的隐秘经历，也可能来自对自己传统文化的细腻体会。乡愁和民族传统不简单体现于表面的地理意义的差别，而是被作家蓄意保留的心理时差。

　　博尔赫斯曾经写到两个做梦者的故事。一个开罗人家产荡尽，只剩父亲遗留下的房子，他梦见，有人告诉他，他的财富在波斯的伊斯法罕。他醒来以后就出发了，长途跋涉，历经艰险，到达后却被当地巡逻队队长鞭打。当巡逻队队长得知寻梦者的目的时不禁大笑，说自己接连三次梦见开罗的一座房子，喷泉下埋着财宝，但自己从不理会这些荒诞的梦兆。开罗人返回，他知道队长梦中所述正是自己的家，于是在喷泉下挖出了财富。由此可见，即使藏宝之地就在自己的家园，但旅程也是如此必要，唯此我们才更能清晰地认识自身和家园的价值，才能如候鸟般获得返程中的重生。

　　所以，世界辽阔，开卷有益。

六

每当在书籍里发现心仪之选，我深怀感激。因为一个好作家写一本好书，他所需要消耗的，是漫长的时间、巨大的精力和剧烈的情感。而我花费微薄的钱款，就将这一切据为己有。没有比这更划算的经济公式了。每次进书店，我就像一条幼鲨进入五光十色的大海……贪婪游弋，身体渴求更多的营养。

我在书架上搜寻篇目，线索可能来自对作者的既往阅读经验、寥寥数语里暗示的品质，或者仅仅依靠封面装帧引发的直觉，挑到心仪之选。

麦尔维尔说："可悲，有人宁可取悦世人，却不愿令人闻风丧胆。"除了恐怖小说，我喜欢如遭重击的文字，远胜于抚慰的文字。体裁和篇幅倒是不限，因为各有妙处。就像朱诺·迪亚斯诡辩诚恳的理解："这就是短篇小说的巨大魅力——你可以写出完美的作品。长篇小说则恰恰相反——它的魅力在于你永远无法写到完美。"

文学不是数学，不存在依据什么公式找到的标准答案。文学妙就妙在，存在读解的多义性，一千个读者有一千个哈姆雷特，而且无法被法官式地宣判对错。同一个作家，同一部作品，有人迷恋得要命，有人痛恨得要死——就像有人嗜辣吃川菜，有人喜欢清淡偏爱淮扬菜。没关系，不合口味的就放下，随时可以结束一段相互折磨的关系。

我读过有些几乎不容置疑的经典作品，它们的声誉就像化石那么结实、那么旷日持久、那么不容修改，是教科书上那种与日同辉的典范……可我真的无感啊，没觉得不好，就像没觉得怎么好。以下的书名，都在我的无感之列里：《傲慢与偏见》《了不起的盖茨比》《大师与玛格丽特》《麦田守望者》……在引起非议和公愤之前，我应该及时制止自己继续列举篇目，以免给自己增加受到攻击的口实和罪行。

到底，什么是必读书呢？焦虑的家长和焦灼的读者，都唯恐自己错失最重要的内容。学术研究当然必须脚踏实地，循序渐进；至于享乐式的阅读,我倒觉得不必那么严苛。我看必读书只有字典,其他的没有传说中那么重要。在浩瀚海洋里,吃这条鱼也行,吃那条鱼也行,不至于没吃上某一条具体的鱼就导致肌体的营养不良。需要做的,只是提高捕鱼的技巧,以及强健自己消化的肠胃。

七

不仅挑什么书众口难调,在什么地点、什么天气、什么心境下读书,爱书人的表现也大相径庭。有人喜欢下雨天,有人喜欢在度假的小屋,还有人每时每刻,手不释卷。

有人坚持睡前阅读的习惯,无论悬念多么紧张、情节多么陡峭,放下书,在枕头上翻转一下身体,就翻滚着跌入黑睡眠的深渊。我不行。晚饭后的时间,我主要是用来浪费的。

有人能边洗澡边看书,当然不是淋浴。我不行。不是怕浸湿书页,而是泡在浴缸里的我就像头肥臃的海象,这让我无法保持良好的阅读情绪。

对我来说,最理想的阅读环境,远在众人之上:飞行途中。在低噪中,在陌生人之间,在脱离地平线像脱离自己生活经纬的高空,真是完美的沉浸式体验……让一本好书,勾魂摄魄。我甚至爱屋及乌,在候机厅里也兴致勃勃,从来不因延误而扫兴;在其他乘客的抱怨声中,我欢乐如遇节日。取消航班就取消航班,我住在临近机场的宾馆读书,大快朵颐,乐不思蜀。当然,前提是有足够的书。有人盯着机场的通告牌或飞机前方座椅靠背的搁板,能够长达数小时。我不行。假设手边没有储备,或是飞机下降之前我就读完结尾,不仅令我沮丧,简直就是一种打击。

"如果去荒岛只允许带一本书,你的选择是什么?"提出这种假设的人真是残忍。我永远会受到这个问题的胁迫,几乎立即感到饥饿般的恐慌和屈服。这就像是被问:"你的人生所愿保留的最后一样东西是什么?"看起来只是在追问什么最重要,其实呢,残忍在于你能放弃什么。健康?智慧?

情感？不，我根本不敢假设这种取舍。

有了电子书这个法宝，终于，我们可以从威胁中解脱出来，万一荒岛上没有网络和电源怎么办？太可怕了，相当于整个世界都是一块黑屏。

八

荒岛上的写作者，可以创作，由此撑过一段无书可读的难熬日子——他依靠的，是平时的阅读储备，像挨饿的北极熊依靠自己皮层下的脂肪。这时候，写作的优势就显现出来了。

不仅非常时期，平凡日子也能显现出写作之妙。写作耗材不多，就是费点电，电脑算是耗电最低的电器了；何况停电的时候也可以工作，一张纸片一个铅笔头，利用有限的文字完成近乎无限的千变万化。当然艺术创作的基础材料都是有限的，像绘画里的三原色、音乐里的七个音符——不过，颜料和乐器，可比纸笔贵多啦。

看起来，写作这个工作太好了。读小说是工作，看电影是工作，躺着发呆竟然也是工作……人间怎么有这种神仙日子？其实呢，作家常常置身炼狱，独自为人物和情节所煎熬，备受折磨、痛苦不堪，但作家难以获得他人的拯救，即使有了同情的眼泪也杯水车薪，无法为他扑灭烧灼的火焰。

写作是一种用文字做梦的能力，是在既现实又非现实的魔幻世界里穿越。写作者需要阅读，因为阅读可以提供显著的帮助，并成为重要和必要的部分。没有阅读支撑的写作，相当于打电子游戏的过程中赤手空拳；没有装备的支援，一般打不了多远。

尽管随时面临着考验，尽管途中有各种摩擦力的阻碍，我庆幸自己始终没有放弃始自年少的文学梦。我根本不能停止热爱的习性，除了理想的初始之力强大，还因为一直有阅读的磁力牵引。那些最好的作家能够在毁灭中重塑你，每当想到他们神明一般的名字，我感激不尽。

数年的职业生涯，我依然在自称"作家"的时候感到一丝羞赧，这个称号对我来说,保持着可望不可即的近乎失真的神圣。对至爱的作家,我愿保持神秘的想象,我以为他们吐气如兰,说出的每个字都是音符,每段话都是旋律……哦,我并不想见到他们,因为我觉得自己的呼吸会污染空气。

九

见识见识,先有眼睛里的"见",才能有内心的"识",否则不过纸上谈兵;阅历阅历,先从书本上读,再去经历和了解,否则也是走马观花——两个词语,在这里是可以互换的。见与识,阅与历,需要同时精进,写作者才能打通任督二脉,拥有眼界与胸怀、绝技与神功。

假设没有经历的体验,没有阅读的了解,当我面对任何题材的时候,写起来都会犹疑。所谓的"笔触"——要让作为工具的笔,有动词化的接触和碰撞;同时,要让笔端具有神经元般的感知细胞。需要不断克服自己与他人的间距。写作涉及万事万物,是一种用文字来完成拟态的技术。如果不去观察和研读,就以为能够以自身认识覆盖他者经验,这是作家最应该警惕的傲慢——它会让我们在自以为是中误入歧途,无法完成情感的渗透与交流,最终停滞在一己之狭隘里一无所获。

在将近三十年的写作训练中,我得出经验:那最不像捷径的道路,才是真正的捷径;而看似是捷径的,不过是陷阱的另一种包装。深入生活,并非是写作的套话,恰恰是写作的真谛;潜心阅读,也是磨刀不误砍柴工,工具带来的高效胜过徒手的劳作。无论身体力行的行千里路,还是手不释卷的读万卷书,我们去靠近与了解……素材和灵感,都在体验和阅读的途中。

写作是独自面对困境,是永无尽头的远方,什么外在的条件都未必能给你提供真正的保障。每个作品,都是向茫茫书海掷出一只渺小的漂流瓶,不知它会被什么样的眼睛所发现,什么样的手所捡拾。然而,一个人用自己最大的诚意、勇气和能力去写,他就是在创造他个人的写作的最好的时代;即使身处困境,只要握牢手中这支笔,他就拥有破冰的镐、自救的绳索。

　　每个写作者就这样燃烧自己,像《安徒生童话》里那个卖火柴的小女孩,用词语的火柴,用头脑里的想象,去擦出一道道光亮,用以抵抗黑暗、寒冷和死亡。所以,当写作者置身书籍,他将被周围和自身的光所照耀,并因灵魂的趋光性而生长。

矿山的风花雪月

◎ 秦湄毚

雪在烧

孩子考上大学,对一个乡村的家庭来说,是一件幸事;孩子考上大学,对一个乡村家庭来说,似乎又是一件特别难过的事——要读书,那笔高额的学费,对父母来说,就像是麻烦的线团拉开了头。

陈老三早年丧妻,多年未娶,不是不娶,是家贫如洗又拉扯着俩孩子的他,鲜有人问津,偶然有个媒茬,人家掂量掂量又不愿嫁,一来二去,陈老三说,他不打算"续编"了,一心一意供养一双儿女。两个孩子很是争气,成绩一个比一个好。

陈老三是一个有心的人,儿女在同一年考上大学,学费却并没有难住他,除了乡里县里象征性地送来那些"心意",他没跟人借款,就筹齐了两个孩子第一学年的学费。不善言语的儿子却很质疑:"爹,你没有做啥违法的事吧?"陈老三红了脸:"你爹是那人吗?为了你和小妹的前程,爹就是死,也不能犯罪!"女儿很乖巧,小松鼠一样跳起来,护住老父亲那口怒气,冲哥哥甩手:"一边去,一边去,没见爹省吃俭用,成年不着家地在外打工,还攒不齐咱们的学费吗?!"陈老三被女儿逗笑了,他摸摸苍硬的胡楂,欣慰地说:"还是闺女懂得爹的心啊,爹是很早就开始为你们准备学费喽,你哥个臭小子哪有闺女的细心哦!"

"可是,爹——"儿子大顺还想张口问什么,却终于咽回肚子里。

一个爹领着俩孩子开心地忙碌着,准备大学开始的新生活。爹爹破天荒地在家陪伴兄妹俩一个月，一个月里，爷三个一起走街串巷地卖冰棍去，两个准大学生娃娃一个爹，走到哪里都是风景，乡里镇上的老少爷们儿都要跟他们唠一阵夸一番，然后纷纷购买几根冰棒捧捧场，还说："是要沾沾你家的喜气！"陈老三越发自豪不已。

　　只是走到县城西边的小屯镇的时候，老爹说什么也不让孩子们往那边去"考察"："不去了不去了，那边太远，煤灰多，脏得很！"可两个孩子说了："考察乡村生活要全面，能走到的地方尽量都要去！"陈老三拗不过，就跟在后面。

　　往西走，风一吹，满街的煤尘飞满天。

　　"下雪了！"妹妹叫。哥哥嗔怪妹妹："哪是雪？是煤灰。"

　　"就是雪，是黑雪！"妹妹淘气地跟哥哥饶舌。

　　地上、空中，飘飘忽忽全是黑色的煤尘，这里的人们脸上也是灰蒙蒙的一层，只在张口的时候，看到有些人的牙齿那么白那么白，有些不合时宜的白！

　　哥哥是男孩子似乎见多识广一些，他给妹妹说："这里到处都是小煤窑，是咱们县城的金库。"哥哥还说，他班上小牛的爹在这里上工两年得了矽肺病，前一阵子还开胸验肺了，才得到小煤窑主的赔偿："不过，他爹现在成报废的人了，快不行了……"哥哥很无奈地讲给妹妹听。妹妹却天真地问哥哥："小牛家得到多少赔偿金啊？""十万。"哥哥说。"天啊，这么多！"妹妹惊喜地叫。哥哥斜视了妹妹一眼，狠狠地说："那是命换的，多个屁！"哥哥冲着妹妹喊了句脏话。妹妹一下子哑了，她不再吭声。这时，有人指着他们的冰棍桶问："是卖冰棒吧，来一根！"妹妹于是指着上面的字说："当然是，要几根？"哥哥赶紧地给人拿冰棒，妹妹收了钱。回头找他们的爹，发现爹落在后面，好像刚才跟什么人还说话来着。

　　"爹，快点，你干吗呢？"爹应着，跟上他们。哥哥盯着爹的眼睛问："爹，你在这儿还认识人吗？你刚才跟人家说什么呢？"爹爹嗫嚅地答："没，没，我问路哩——怕咱们天黑摸不回家……""爹,是真话吗?"儿子跟着问他。
"那还假?走吧,顺着这条路往回走,离咱家近。"

不由分说,陈老三"抢"过儿子手上的冰棍桶:"走,该回了,你表叔说
是今天来家看看你们哩!"

暮色里,两个孩子跟着陈老三拐进窄小的田间小径,两边全是庄稼
地,青油油的庄稼,淹没了三个人的身影,许是累了,小妹没再吭声,只跟
着哥哥脚步走;哥哥跟着爹爹往前走,他不时地回头打量身后走过来的弯
曲小路……他们一口气走回家,果然表叔已经等在门口了,说是最近忙,
才抽空过来,明天孩子们都上路哩,给孩子们送一些生活用品。

第二天,兄妹两个一起上路,爹爹送他们到县城,千叮咛万嘱咐,说是
自己打工请假已经到期了,不能送他们,每个人都照顾好自己,都好好学
习,没钱了就给爹打信来……

小妹一个劲点头,说:"爹,你放心,我会好好努力!"安放好自己的东
西,她冲爹和哥哥说,"去找哥哥坐的车吧,也要开了!"

大顺低着头,他说:"爹,你也照顾好自己,我到学校就报名勤工俭学,
我要自立,不能总花家里的钱。"上车放好东西,他又下来,压低声音用力
给爹说,"爹,你最近夜里有时候咳嗽,你不要太辛苦地打工!!!"陈老三望
着坐上汽车各奔东西的两个孩子,轻轻舒口气,放松地咳了几下,转身走
进蜿蜒在庄稼地里的田间小路……

"——这可是一条最近的路——"他走着想着:"孩子们啊,哪知道锅
是铁打的呀,爹这个年纪,到哪里打工能挣到一个月三千多元呢……"

不觉里,陈老三已换了衣服,来到斜井口,升井的工友看见他:"老三
啊,又回来了?""噢。噢——"他答应着,仔细辨认跟他说话的是谁,除了牙
是白的,眼睛一轮是白的,上来的十几个工友都是一个模样,陈老三知道
自己也是这样,他冲疲惫的那些跟他答话的声音说:"孩子们上学去了,我
没事做,就想回来挖煤!""别说瞎话了老三,这活儿谁有一点门路,也不愿

意来干。"

坐上"猴车",陈老三跟同班的工友下到地下八百米深处,中间吃饭的时候,他听说"开胸验肺的那老牛,已经走了",大家沉默了一会儿,有人发现年轻的小邓,在一边哭泣:"我才二十岁,我想多活——"所有的声音都止住了。"哭!哭顶屁用!"最年长的老孙头叫唤,"谁不叫你活了!有能耐别来下窑!"小邓不再哭泣。谁都知道,小邓的娘得了癌,爹瘫痪三年了,他还有一个智力障碍的姐姐,那些活口全指望他挣的这俩银子……

"要发工资啦!"有人在沉默的时候,纵声大喊,如锣一般砸响黑暗里的每副耳膜和胸腔。"——还有两天。"这样的"补充"如锣鼓的尾音,"调戏"了那些正在撅着屁股撩煤的黑影,他们听得狂笑起来——随后又有人开始习惯地说起黄段子,巷道里又笑语连连的了。

陈老三越咳越厉害了,他知道他是怎么回事。但是,他依然认为"划算":搭上自己,供出俩大学生,就像一块黑色煤球,烧掉自己,照亮孩子们的人生,划算;五十岁的人了,一个月还能挣几千块,这活儿上哪儿找去,划算;得了矽肺,获赔十万,那该是多少钱啊?划算,划算!

寒假来了,他不让孩子们回来,说是利用假期好好学习,爹想你们,你们想爹,就写信,就打电话——等你们毕业,日子过好了,在一起的时候,长远着哩!

雪花飘,不停地飘。

一直放心不下的大顺,叫上小妹,两人一同沿着庄稼地里那条被爹称作"最近"的路,弯弯曲曲地行走,时不时会滑一跤。

雪在飘,他们找到了尽头——那漫山遍野的白雪花,落在地上,变作黑雪花,堆积如山的黑雪花哟,是他们的爹,为他们追求的幸福。

——漫天黑雪,燃烧起来,在两兄妹的眼里、心上。

——黑雪花,似海洋,却怎么也藏不下,羸弱的爹爹,爱儿女的那一颗心……

寻 茶

◎ 周华诚

  早上八点多钟,我们穿过一场春雨去茶山。我请了问清兄带路。问清是开化本地媒体人,踏遍当地山山水水,自然也知道哪里出好茶。我们去的是苏庄——很远,从县城出发,还要一个多小时——县志记载,崇仁四年"进贡芽茶四斤",就产自苏庄。

  这一路上,春和景明,油菜花在路的两旁盛开,春雨给远山披上层纱,云雾仿佛就停栖在半山腰上。白色的梨花在河边开放,衬在远处黛黑色的鱼鳞瓦的屋顶。我喜欢在这样的天气去远行,何况是去茶园呢,又何况是去钱江源国家公园境内的茶园呢。苏庄这个地方,几为浙江的最西面,再走几步,就是江西的婺源了。此地山高林密,终年云雾缭绕,又是国家公园境内,有云豹、黄麂、黑熊以及白颈长尾雉等珍稀动物出没,自然是有着天然条件可以出好茶的地方。想想看,敏捷的黄麂在溪边饮水毕,奋起四蹄,轻盈地掠过茶园;长尾巴的鸟,也骄傲地从茶园上空飞过;那云雾,长久地停栖在茶园的上空。这样的地方,茶,一片树叶,穿越漫长的冬天,悠然缓慢地从枝头萌发,是不是必然携带着山林草木的气息,携带着云朵幽兰的气息?

  山重水复之中,我们到达蕉川,一个宁静的小村庄。茶农老丁,进城卖茶,此刻仍未归家呢。四面大山环绕小村,山上都是茶园。进山路上,我看到茶园中三三两两,都是采茶的人,说笑声从很远的地方传来。茶山之下的田畴,则多种着油菜,漫山遍野的黄色如此明亮。这个时节,正是春茶采摘的旺季,村中妇人,大多上山采茶去了。

我们便也去爬山,山颇有些陡的。问清兄说,高山上的茶,比半坡的茶好些,而半坡茶又比平地的茶好些。千米以上的高山,茶芽出得晚,芽头又少,山上仙气逼人,茶是春山的妙物。那么,到底是山上的茶,还是坡上的茶,还是地上的茶,你只管放心——那些经验老到的人,一喝,就能喝出来。

老丁的妻子汪美仙,每天上午也是上山采茶。然采茶最厉害的,是邻县婺源的那批采茶女,在村里一住就是一个多月,天天住在大礼堂,睡在地上的大通铺。她们手脚麻利,一天能采五六斤茶青。

采明前茶,要求一芽一叶,这是十分严格的。看采茶女采茶,简直要眼花缭乱,她们两手上下翻飞,在茶叶的嫩尖上跳跃与舞动。那两只手,各管各的,仿佛是那高明的钢琴演奏家,在茶叶尖上弹奏着无声的奏鸣曲。果然,有一些鸟鸣从林间传来。子规鸟的鸣叫,春山上能一阵一阵地听到,刚好我前一天翻读《枕草子》,见书中提到“子规的叫声,更是说不出的好了”。而就在这样“说不出的好”的鸟鸣声中,采茶女们辛勤劳动着,从早到晚,要忙上整整一天。

山上茶园里,那一行行茶树,是老丁亲手植下的,已有十多年。福鼎老品种,用它的芽叶制成的开化龙顶茶,能卖出好价钱。这个品种的茶叶颗粒饱满,茶青修长敦实,是茶农们的最爱。这样的茶青在整个收茶季节里约占七成,这也是高品质龙顶茶的保证。有的芽头,茶树品种是另一种,芽头又粗又壮,外行人一看很好,而懂行人却是不要的。

近午时分,老丁终于从县城回来了。老丁每天清晨,天不亮时,就要带着新炒制的茶叶进城去卖,卖完了再赶回家。清明前这段时间,茶叶是一天一个价,茶青当然也是如此。老丁的茶叶好卖,他有一手炒茶的绝技。说起来也奇怪,老丁作为真正的老农民,从前是开拖拉机的,二十年前才转行种茶和做茶,然而一做茶,就做出名气来了。人都说他炒的茶好“到位”。

开化的龙顶茶,有三种香,你泡一杯茶,喝喝看,闻闻看。他们那些买茶的老茶客,都候在路边,手上一杯茶,一喝,就喝出味道来了。

开化龙顶,有三种香——兰花香最妙,板栗香次之,玉米香又次之。而这茶的香气,与炒茶的手艺密不可分。譬如说兰花香,首先是茶青要好,炒制手艺更要精微。精微在于,控制炒制时手的力度、火候的把握。兰花香气的出与不出,就在微妙的一瞬间,过几秒钟,茶叶就老了,说不定就焦了。嫩几秒钟,火候不到,香气也出不来。用那些老茶客的术语说:"一个是杀青要到位,一个是香气要到位。"

说到底,制茶,靠的是一种悟性。或者说,要看是不是跟茶有缘。那么,老丁是与茶有缘的。当年他改行制茶之后,自己扦插繁殖茶树苗。挑老嫩刚好的茶树枝条,一叶一节,剪断之后插入土中,布上薄膜,扦插成活率可达九成多。而有的人学他的样,也搞扦插,居然成活率不到二三成。

再说老丁炒茶手艺到底怎么样,他自己说了没用,得听老茶客的——每天清晨,老丁背着自己做的茶去市场售卖,他和大家一起把袋子歇在地上,就等着人来问货。有的人伸手抓一把,看一看,再送到鼻子底下闻一闻,连一杯茶都不用泡,就说这些茶叶都要了。老丁的茶叶,不仅每天很快卖完,而且价格都要比别人贵上十元二十元钱。

茶叶市场是很有意思的,每天只在清晨热闹一些,到了八点钟,人群就都散去了。买的和卖的,到了这时都已成交。那种激烈、那种争抢、那种焦灼、那种激动人心,此时都烟消云散。天亮,人散,买到好茶叶的人开心,脸上抑不住的笑意。没买到好茶叶的人,就一脸懊恼。卖茶叶的人,高卖了十元二十元,也开心得不得了。

待到人群散去,再要找到对方就难了。有一年,春天都快过完了,有位外省茶商,转了十八道弯的山路,找到小村庄的老丁家来。一见面就说,你就是老丁?我可把你找到了。原来人家,曾经喝过一次老丁的茶,后来四处打听,用了一两个月才找到了。老丁说,你找我没有用啊,你看春天都快过完了，今年的春茶，都卖完了。

对方说，没事，没事，找到就好，明年春天，我找你买茶呢。事情总是这样的——要看缘分。

那天中午，我们就在老丁家吃饭。老丁喝了半碗烧酒。问清兄也陪老丁喝了半碗烧酒。一桌子的山里菜，是老丁妻子做的。山里人的口味，略有点咸，但是香啊，咸鱼、咸肉，都香。我吃了两碗饭。

老丁每天都喝这么半碗烧酒。喝了酒，干活才有劲。老丁端酒碗的时候，我看他手掌上记着数字，便让他摊开给我看：20、20、21。

黑色的笔迹，嵌进了掌心的纹路里——每天都会有几个数字记在他的掌上。掌纹有点粗糙，甚至有些微皲裂。如果我是个看手相的人，说不定能从中看出几场老丁人生的转折。然而我一看这手掌，说，嗯，不错呀——今天卖了这么多茶叶啊。

是的，这天早上，老丁卖了 61 斤茶。

老丁最近辛苦啊。每天晚上炒茶，要到凌晨一两点钟。睡两三个小时，便要起床去卖茶了。回到家中，吃过中饭补个觉，到了下午三点多，又要出门去收茶青。当然，不用跑远，只在附近的村庄。一手交钱，一手交货，采茶女们自己称重，老丁则根据茶工报的重量算钱，邻里之间，互相信任。老丁收茶青，价格算是开得高的。当天最好的茶青，卖到 45 元一斤。一个多小时后，老丁便能收获 200 多斤茶青。

茶青收回，先是摊青，到了晚上再炒茶。量越多，人越累。

曾经是拖拉机手的老丁，这二十年间转行做茶，承包茶山、买茶机、炒茶叶，攒了些钱，把家中老屋变成了炒茶房，又在旁边盖起三层的小洋楼。

趁着晚饭时间还没到，老丁抓紧时间靠在椅子上打了个盹。老丁家门前，有一条清溪，溪水潺潺，一直向山外流去。这便是钱塘江真正的上游。我想到一句话，"茶生一处，天地一方"，大概，可以算作是蕉川这个小村庄的写照吧。

告别了老丁,我又往更深的山里去,行了四五公里的样子。盘山公路一直绕啊绕,从茶山上绕过去,茶树层层叠叠,那绿意也是层层叠叠,黄昏之中,依然有零星的茶农在那山头上采茶。头一天下过雨,瀑布挂在山边上,桃花开在屋角。小村庄安静极了,只有水声与鸟声,从山谷里传来。

　　山花落尽人不见,白云堆里一声钟。我想,许多城市人喝着一杯绿茶的时候,大概想不到,在蕉川这样一个小山村,一叶绿茶,最初是从这里出发的吧。

聆听鸟语

◎ 赵丰

　　远古,鸟破天荒地叫了。科学研究认为,地球上最早的鸟,出现于晚侏罗纪,距今一亿五千万年左右。1861 年,考古学家在德国南部发现了第一个始祖鸟化石,将它命名为始祖鸟。在我的意识里,这个世界最早的动物声不是恐龙的,也不是猿猴的,而是始祖鸟的。是它,唤醒了大自然的沉寂。最初,山川、河流、森林、海洋都哑巴似的无声无息。某日清晨,一只始祖鸟突发臆想,张开喉咙"啊"了一声,于是声音诞生了。

　　打开《诗经》,我聆听到了那么多的鸟语。《诗经》三百零五篇,七十六处写到鸟,合并重复的鸟类,整部《诗经》提到的鸟儿有三十三种。在那些泛黄的纸页上,我听到了相伴在河中小洲的雎鸠在"关关"和鸣,听到了黄鸟(黄鹂)在灌木丛中的"其鸣喈喈",听到了燕子目睹亲人别离时的"泣涕如雨",听到了雉(野鸡)飞向远方的"下上其音",听到了鸿雁在空中翩翩飞翔的"哀鸣嗷嗷",听到了沼泽深处的鹤在惊天长鸣:"鹤鸣九皋,声闻于天"……这些鸟语,将三千年前的华夏之野装点得灵动迷人。

　　这个世界,到处都有鸟的影踪。英国作家爱德华·格雷以"乡村人"的身份步入鸟的世界,对众多鸟类的生活习性进行了细致入微的观察,用极富文采的文字写出了《鸟的魅力》,以梦幻般的手法记录了数以百计的鸟鸣,向我们展现出鸟类无与伦比的天赋。

　　听懂鸟语,是人类认识自然、解密自然的一把钥匙。春秋时期鲁国的公冶长是孔子的弟子,其识鸟语的故事最早见于南朝皇侃著的《论语义疏》。从卫国回鲁国的边境上，公冶长看见一群鸟儿争相呼叫着飞向一条河，走不多远，又见一位老妪在那儿痛哭，于是问她为何而哭，她回答儿子前天出门至今未回。公冶长说，我从鸟的叫声里听出它们在啄食死人的肉体，你去那儿看看吧，恐怕就是你的儿子。老妪去到河边，发现果然是儿子的尸体。老妪报案，村官认为公冶长是凶手，将他关进狱中。狱中第六十日，公冶长看见群雀伏在狱栅上惊叫，便对看守说："雀鸣啧啧，白莲水边有车翻，覆黍粟，牡牛折角，收敛不尽，相呼往啄。"狱长派人验看，果如其言，于是释放了公冶长。

雀有数种，公冶长目中所见之伏在狱栅上的雀，当是黄雀。

这是现存公冶长识鸟语故事的最早版本。皇侃在书中言，此故事出于《论释》。此书已不可考，可能是以传说故事解读《论语》的杂书。

两晋南北朝往后，公冶长识鸟语的故事只是口耳相传，罕有文字记载，但是关于他识鸟语一事已脱离了传说的囚囿，被许多唐代诗人充当历史典故，如李白之《空城雀》，白居易之《鸟雀赠答诗序》。到了明清，公冶长识鸟语的传说抛开了《论语》的叙述倾向，增加了平民视角和民间意义，体现了一种叙述者与倾听者的民间狂欢，如《青州府志》转引的清代陈梦雷《古今图书集成·禽虫典·雀部》之"雀部外编"。

从鸟的叫声里，可以感知到人性的美。

麻雀是鸟类里的平民。它的身上，带有一种泥土的气息。落叶色的羽毛下，是毫不起眼的躯体，先天就注定了鸟类中的"平民"身份，无法为自己赢得美誉。也许正因为如此，它在关注着普通人的生活。或喜或忧，都是百姓的情感。它"叽叽"的短促叫声，好像在吐着"饥"音，总想找东西填饱肚子。现在，一想起童年时的饥饿感受，我便替麻雀们忧伤。

有时，麻雀的发声听起来是"喳喳"。我注意到，一旦一只麻雀发现了食物，便发出"喳喳"之音，招呼同伴一起来吃。于是，这"喳喳"与"叽叽"就有着细微的区别。与同伴分享而非独食，这是人性美。

经常听到有人在问，人性的美究竟表现在哪里？

无私、关爱，它离不开这些词语。

祖母是一位瘦小的妇人，对麻雀有着一种特殊的情感。每次碾过谷，她会在老屋的窗台上为麻雀撒上一些。窗台面积窄小，麻雀们便利用了紧挨窗边的一棵拐枣树。一只麻雀衔走一粒粮食，会马上返回树枝上。数十只麻雀，就这样不知疲倦地在树枝与窗台之间穿梭着，形成一场褐色的疾雨。

二十世纪中期，一场消灭麻雀的运动铺天盖地而来。可是，祖母却舍不得捣毁屋檐下麻雀的窝。麻雀懂得感恩，对关爱过它的人，会表现出一种亲近。有时，祖母闭目在拐枣树下小憩，就有麻雀落在祖母的肩膀上。它们目光安详、柔和，仿佛在感应祖母的心跳。

祖母是在屋檐下去世的。那年她七十三岁。"七十三，八十四，阎王爷叫你商量事。"这是乡下的民谣。吃过午饭，祖母坐在门口的凳子上打盹儿，忽然就栽倒在房檐台上。那会儿，父亲不在家，母亲在屋后喂猪，与祖母朝夕相处的麻雀惊叫着在母亲的头上盘绕，仿佛向母亲报丧。它那一刻的叫声，节奏更加短促，而且接连发出一长串，声调里饱含无比的悲戚。那样的感觉，是母亲后来意识到的。她在向我诉说时，目光里有许多的迷惘。

在鸟的世界里，我不知道是否还有比麻雀更通人性的鸟。

祖父曾经从两只大雁的身上感知过鸟的人性美，并催发了他的人性觉醒。一个傍晚，祖父在秦岭化羊峪那面山坡种谷时，捡到了一只受伤的大雁，带回家用绳子拴在窗前，打算第二天在锅里煮了吃。那天夜里，又飞来了一只雁，两只雁依偎着，叽叽咕咕说了一夜的话，像是在安慰，像是在说爱。两只雁凄婉缠绵的声音，让祖父动了恻隐之心。清晨，祖父发现两只雁脖子缠绕在一起，绞死了。祖父的心灵被深深震撼了，于是打消了罪恶的念头，在种谷的那面山坡上挖了一个坑，将两只雁合葬了。从此，祖父不让我伤害任何一只鸟。年幼时，我曾跟着同伴们一起用弹弓射杀树上的麻雀,祖父非常生气,好多日子都不再用那双布满老茧的手抚摸我。

是祖父,唤醒了我的爱鸟之心。

一种鸟,它的叫声具备着关照人间疾苦的意义,我如何不感动?

我常常攀登近在咫尺的秦岭,说白了,是为了聆听鸟语。从地理和气候的概念区分,秦岭是中国南北的分水岭,适宜不同环境要求的鸟在其中生存,种类有 17 目 52 科 399 种,约占中国鸟类总种数的 34%。

秦岭有种体形非常小的鸟,名为观音雀(鹀鸪),红嘴,身上少说有五六种色彩,叫声细小:"啊呜——啊咕——"我只有格外细致地倾听,才能捕捉到它那优美的音调,稍不留意,它就会从我的耳边划过。春暖花开,晨曦照耀,它们飞落在高高的岩石上或树枝上,一鸟高唱,群鸟响应,此起彼落,遍及山野,带来了春天的勃勃生机。雄性的观音雀十分擅斗,为了保护自己的巢区,两鸟相斗时,一方叫着:"啊呜——啊咕——我欠打——我欠打——"另一方则回应:"啊呜——啊咕——我叨叨——我叨叨——"

有时,我会近距离聆听观音雀的叫声。它们观察了我好一会儿,大约觉得我对它们没有恶意,为了能够让我更清晰地听到它们的叫声,便从树上、草丛中或者岩石上跳跃着靠近我,我看见了它们鸣叫时尖细嘴巴的一张一合。凝神倾听,它们的叫声如同佛语禅声,在一条小溪布满鹅卵石的溪道上缓缓流淌,最终化为一缕缕瀑布飞流而下。

一种俗名白头翁、学名白头鹎的袖珍鸟,体长只有 17~22 厘米,额至头顶黑色,黑嘴,两眼上方至后枕白色,形成极为醒目的白色枕环,腹白色具黄绿色纵纹。它吃树身上的害虫,是保护秦岭林木的益鸟。它的双音节叫声为"句饿——句饿——"那夏雨般清爽的韵律,似乎触手可及。

戴胜像一个人的名字,然而却是秦岭的一种珍稀鸟。它的头顶仿佛花冠,嘴形细长,身体由淡棕栗色、棕褐色、红褐色、黑褐色、棕白色、铅紫色、铅黑色、白色带斑等多种色彩组成。我是在秦岭深处的菜籽坪见到它的,飞行时两翅缓慢扇动,一起一伏地波浪式前进。停歇或落地时,羽冠张开,形如一把扇。鸣叫时,它冠羽耸起,旋又伏下,随着叫声,羽冠一起一伏,喉颈部伸长而鼓起。它发出"扑扑——勃勃——"粗壮低沉的声音,但听起来舒适温暖,犹如夜间光芒闪烁的琥珀一般。

夜色渐起,秦岭安静下来:溪流、草木、岩石,只有夜风。此刻,是山中大鸟鸣唱的天下,譬如鹰,翅膀扑棱棱飞过树丛,或"嗷嗷——"或"咿呀——"叫着,令我揪心。当它飞至悬崖之顶时,会发出"嗥——嘎——"的狂叫,响亮、尖厉、辽远,苍凉之声冲入九霄,划破夜空的寂静。

鹰被称为苍鹰。苍为六弦之首,为极高的弦首,有无限的可能性与定义,与天地万物组合成高远之象:苍天、苍云、苍海、苍浪、苍风、苍生、苍老、苍凉、苍音……它的叫声,隐含着超凡脱俗的气质与孤独的勇气,凝聚着某种远远超拔于现实背景之上的英雄主义。在鸟类中,唯有鹰可以用"苍"冠名。在先民部落里,鹰是一种图腾的形象,至今,印第安人仍传唱着有关于鹰的优美古歌。

长空战栗,山谷震荡,余韵悠长。唯有鹰的叫声,才可以达到如此的境界。

数百种鸟鸣,将秦岭构造成一个禅意的美妙场境。

鸟语,你只有从中感受出禅意,才可以称得上智者。

宋代诗人李流谦《遣兴七首》中的"鸟语度溪风"是禅意,同为宋人的徐寿仁在《题昼寂轩》诗中的"鸟语惹花阴"也是禅意。明人苏濬借用徐寿仁的这句,在《鸡鸣偶记》中直抒胸怀:"风光月霁,是吾心太虚真境;鸟语花阴,是吾心无尽生意。"唐大历年间曾任杭州司马的李端晚年辞官隐居湖南衡山,在大自然的鸟声中静享生命的禅意:"坐竹人声绝,横琴鸟语稀。"唐诗人方干举进士不第,便隐居镜湖中,湖北有茅斋,湖西有松岛,每风清月明,携稚子邻叟乘小船往返于书斋与松岛之间,弹古琴,听鸟语,吟出一首《重寄金山寺僧》,其中那句"鸟语答幽禅",是谛听鸟语时的神来之笔。

倚栏听鸟语。这是南宋诗人陈必复《领客游闻人氏省庵园》诗里的佳句。一扇雕花的窗，窗里有阑珊的花木，一盏镂空的灯笼，一条卵石小道，一面涟漪小湖，一缕兰花清香，一丛碧绿苔藓，这些美妙的背景并没有打动诗人，他只是身子歪斜在雕花镂空的栏杆上，沉浸在鸟语中。"鸟儿在唤醒我的禅心吗？"他这样想着。

夏日的正午，我在家乡涝河的出山口看到了一群野鸡，它们疾速地飞过，投射下来一片片清凉的暗影，这些细碎的斑点在山坡上滚动。凝神间，我听见了它们相互呼唤时清脆的声音，时而"柯——哆——啰"，时而"咯——克——咯"，突然受惊时，则爆发出一系列尖锐的"咯咯——"声。它变化多端的鸣声，如花腔的情歌、押韵的诗诵、冲锋的号角、山水的咏叹，如此打动我的心弦。

野鸡名字不雅，却是古老的鸟，学名为雉。谁也无法探究到任何一种鸟的历史，尽管这样，野鸡的生命无疑是古老的。魏晋时曹丕的《善哉行·其一》诗里就有它的影踪："野雉群雊，猿猴相追。"能与猿猴在一个天下共同生活的鸟，它的岁月该有多么漫长呢？

父亲在晚年，大多时间是坐在我家院子里的那棵葡萄架下闭目养神。葡萄架上小鸟鸣啼，更高的上空大鸟欢叫。他并不睁眼，而是用心体验和享受各种鸟的叫声，布满皱褶的脸绽露出幸福的微笑。一旦鸟声消失了，他会怅然若失地睁开眼，一只手掌搭在额头向高处仰望。我知道，他在寻找鸟儿的踪迹。

父亲不晓得南宋诗人曾几，没有读过《闻禽声有感》里的这句"坐闻幽鸟语"，但他拥有了那般的精神境界。

用心灵与鸟语对接，这是何等美好的生命状态。

我想表白的是，当一个人不再以生活享受为幸福的标准，不再以金钱、权力、地位、美色作为衡量生命的价值取向，而是痴心于某种大自然的物象时，他的生命才会呈现出别样的风景。

聆听鸟语,就在其中。

我能否如春秋时的公冶长一样听懂鸟语呢? 能否像爱德华·格雷和父亲一样,与那些用心灵聆听鸟语的古人一样,坚守住执着的信念,让鸟语陪伴自己的生命与灵魂呢?

唯有天知地知。

天留下了敦煌

◎ 陆春祥

著名敦煌学家姜亮夫先生曾言，整个中国文化都在敦煌卷子中表现出来。

有一件极少人关注的卷子——敦煌日历，它由西亚的波斯星期制引入，一星期七天，都有不同的叫法：蜜（周日）、莫（周一）、云汉（周二）、嘀（周三）、温没斯（周四）、那颉（周五）、鸡缓（周六）。

己亥八月初五，我在云汉这一日的深夜十点二十分，从杭州飞抵沙州。

敦而煌之

犬戎最擅长的是骑猎，打一枪换一个地方，抢了东西就跑，人人能战。自周朝开始，犬戎就一直让周人头疼，古公亶父率领他的族人迁到西岐，一个重要原因就是避开犬戎的骚扰。秦人先辈能封诸侯，也是因为攻打犬戎有功。

这犬戎指的就是匈奴人。

但匈奴人也有强大的对手。战国时期，河西走廊的主体民族是月氏人，他们赶跑了乌孙人，这支游牧部落，以敦煌和祁连山为中心，向东或向西，自由而惬意地往来于水草丰盛的广阔草原之间。月氏人日益强大，连匈奴人也不得不将首领的儿子送去当人质，以求安宁。

然而，骨子里强悍的匈奴人，并不会久居他人之下，一有机会，他们就迅速崛起。秦汉之际,冒顿单于乘着战乱不断,攻城略地,一路横扫,他们不仅赶跑了月氏人,更吞并了西域地区的一些小国,一时间,整个中国北方,都成了匈奴人的天下。

而此时,汉朝初立,根本没有力量反击,只好用女人和钱物换取和平。

刘彻从小就有远大的志向,公元前140年,他继位后,立即从战略和战术上开始谋划反击匈奴。这个战略就是派遣张骞西行。公元前138年,张骞第一次西行,刘彻交给他的任务主要是,到西方去联络月氏人,请他们返回家乡,正面对抗匈奴人,好聪明的一招,以夷制夷。而张骞此行胜利归来,顺便带回来另外两个大喜悦:全面探测到了西域各国包括匈奴人的政治、经济、军事等国家实力,这为后面霍去病夺取河西走廊打下了坚实的基础;打通了中原与西域各国的丝绸之路,开启了中西文化交流的新里程。而张骞西行,敦煌是起点。

这一段精彩的历史演绎,使得刘彻的帝王形象更加鲜明,也铸就了霍去病的英名。公元前121年的春和夏,霍大将军两次率汉朝大军越过祁连山,正面攻击河西走廊的匈奴人,战争的结果是,匈奴浑邪王率四万余部下投降。从此,河西地区归入汉朝版图。就如跑马圈地一样,马蹄踏及的地方,必须插上红旗,当年,刘彻就在河西地区设置了武威和酒泉二郡,敦煌属酒泉郡。十年后,再从原来的两郡分设出张掖、敦煌二郡,敦煌升格,下辖敦煌、龙勒等六县。为更进一步筑起坚固的防御体系,汉朝将长城一直修到敦煌郡的西面,并设立阳关和玉门关两个关门,《汉书·西域传》开篇就载"列四郡,据两关",敦煌从此名震天下。

此后许多年的时光里,这个塔克拉玛干沙漠东端的沙漠绿洲,沙州、瓜州、瓜州、沙州,名称一直变来变去,改名的原因,是管理权限的更替,A管辖,B统治,C占据,这是个重要门户,谁都要抢。至隋大业二年,复为敦煌。

东汉的应劭在《汉书》中注释"敦煌"二字时这样说:"敦,大也。煌,盛也。"这一个"敦",真的好大呀,一直连着广阔的西域。

1900 年 6 月 22 日,这一天正是夏至日,莫高窟的太阳,经过一天的肆虐,已经无力向西退下,傍晚一阵劲风吹来,桦树叶子簌簌而动。五十岁的小个子王圆箓,这些天来心情不错,他最近募捐到了一笔钱,使得洞口甬道沙土清理进度加快了不少,16 号窟前的沙土基本没有了,而且,就在今天傍晚,一个杨姓伙计向他汇报,说是甬道北壁的壁画后面,可能有洞,洞中之洞,想起来就神秘。

这王圆箓,湖北麻城人,大约 1850 年出生,在酒泉的巡防军中当过兵,退伍后,他就在酒泉出家做了道士。王道士后来云游到莫高窟,一看这里洞窟相连,里面佛像众多,但好多都断腿缺胳膊,他就住了下来,尽管他不甚明白道和佛有什么大的区别,可他有神就信,觉得有责任,要修理好那些残像,会积德,会加持功力。王道士以后的所有日子,就是四处化缘,然后不断修补,并将一些佛殿改造成道教的灵宫。

耐心等到半夜,四周寂静,王道士和那个姓杨的伙计举着灯,来到 16 号窟北壁前。王的心里有点小紧张,不知道里面会发现什么,但他心里一直有所期待。几锄下去,里面就露出了空洞,有一小门,高不足容一人,用泥块封着,他们小心挖掉泥块,一丈余大小的洞就出现在他们面前,白布包无数,堆塞得极整齐,每一白布包裹着十卷经,还有许多的佛像则平铺于白布包的下面。这自然就是举世闻名的莫高窟藏经洞了,而王道士王圆箓也随之出名。不知道当时王道士的心情如何,但有一点我可以肯定,王道士发现这个洞的心情,一定没有斯坦因和伯希和那样的狂喜,因为他还不清楚敦煌经卷的重大价值。

2011 年 8 月、2019 年 9 月,我两次站在 16 号窟藏经洞前,努力地将头伸进洞里看,想看得仔细一点,可什么也没有看到,唯见人头攒动的游客,人也一直被人挤着推着。王道士怎么也不会想到,一百多年前那个寂静的夜晚,会制造出如今的日日人头攒动。

九色鹿

莫高学堂二楼,我们上体验课。我的座位前,是一块用线条勾勒出的九色鹿泥板,我们的任务是给这块板上色成画,老师强调,没有框框,靠你自己的理解,她还给我们演示了不少幼儿海阔天空的画作,鼓励我们超越。

敦煌壁画层面结构分四层,支撑体是沙砾岩,地仗层由泥壁构成,底色层为熟石灰和石膏,颜料层则用矿物颜料,我面前这泥板,有三层,完全依照莫高窟壁画所需材料制作而成。我们绘画,是完成第四层,就如同数千年前莫高窟中那些画工在洞壁上作画一样,只是,我们端坐着,舒适惬意,他们只能站着、蹲着弓着腰脸朝洞壁艰难绘画。

眼前看着画,我的思绪却一直在讲解员讲的九色鹿故事中飞扬。

莫高窟第 257 窟,北朝时期的画,讲解员仔细说着九色鹿拯救溺人的佛经故事。这一组画,由敦煌研究院的第二任院长段文杰先生临摹,原作比较小,隐在弥勒佛的左下角墙角边,不容易被发现。这个故事,生动曲折,是一则极好的寓言,一点也不亚于格林童话或者安徒生童话,我想,段先生选择描摹的,一定有重要价值。

一人溺于水(我们称其为"溺人"吧),几没于顶,他在极力挣扎呼救,九色鹿闻声而至,迅速跳进水中,驮起了"溺人"。"溺人"跪地感谢,表示愿意做鹿的奴仆,终身服侍它。鹿说:不用感谢,你只需要做一件事,千万不能泄露我的住处!"溺人"发誓:我若泄露,全身长疮而死!故事接着朝另一个方向发展。"溺人"所在国的王后,夜晚做了一个梦,她梦见一只漂亮的鹿,身上的毛有九种颜色,双角如银。次日,王后即向国王提出,要求他派人去捕鹿,用鹿皮做衣裙。国王随即发布告,称有捕得九色鹿者,愿将国家财产的一半作为赏赐。"溺人"一看告示,立即见利忘义,向国王告密,国王带人进山捕鹿时,九色鹿毫无知觉,它正在高山上睡大觉呢。鹿的好友鸟鸦向它发出长长的警报,试图唤醒它,但当九色鹿从蒙眬中醒来,已经被国王和部队紧紧包围了。面对告密的"溺人",九色鹿向国王控告了"溺人"不讲信义、贪图富贵、出卖救命恩人的罪行。国王是个明白人,下令放鹿归山,并告示全国不准捕猎九色鹿。而此时,那无良"溺人",疮满全身,倒地而亡。

"溺人"之死是报应吗?是的,这报应说白了就是人类都要遵守的一种道德规范,是一种奖惩,还是一种规律,告诫人们不要随意去打破。

其实,在莫高窟,壁画上的故事多得如天上的星星,正是那些高水平的壁画,才将故事一次又一次生动演绎。讲解员提高了声音,提醒我们注意故事的六个场面,特别是"溺人"告密,堪称精彩绝伦。中国式的宫殿中,国王端坐着,他的衣着却是西域装扮,王后呢,又是龟兹国的衣物打扮,看到没?她右臂侧身依偎着国王,但又转过头来看着告密的"溺人",王后食指跷起,似乎在下意识地叩击,一下又一下,再细看,王后的长裙下面,有一只光脚露出,脚指头也在晃动呢,总之,王后极尽撒娇姿态,内心活动跃然于壁画上,她就是千方百计想得到九色鹿的皮。

而这九色鹿,正是释迦牟尼的前生。

我怀着极度的虔诚,将九色鹿勾画好,白色的鹿身,就让它白色吧,我喜欢洁白,干净简洁,头、角、嘴、脚上的花纹,我用了九种颜色画出了心中的九色鹿,我知道,这只拯救"溺人"的鹿,是一个象征,其实整个故事都是一个极好的比喻,做人要救人困苦,做人也要讲诚信,见利忘义,最终的结果是自食恶果,这和儒家倡导的仁义,没有什么区别,都是一种救世哲学,都是一种修养准则。自北魏至今的一千六百五十二年时光里,莫高窟四百九十二个洞窟中留下了两千四百一十五尊佛像和四万五千平方米的壁画,壁画内容无所不包,中国文化、古希腊文化、伊斯兰文化、印度文化,它们完美交汇,灿若星辰,它们是人类共同的文明。

数千年前的这个荒漠绝谷,我仿佛看见了九色鹿在窟前的那片绿洲中悠闲地吃草,流水潺潺,林木葱郁,鹿在桦树林中的小溪中沐浴,前有长河,波映重阁,天留下了日月,佛也留下了经。

九色鹿的身体里有敦煌,有莫高窟,我将九色鹿小心翼翼地装进硬纸盒,带回了杭州。

胡旋舞

莫高窟壁画的博大精深,无法一一写尽,我只关注喜欢的。

我的目光始终在汉唐的壁画上留恋,各色人等,来来往往,眼花缭乱,似乎又幻化成长安街上那挤挤挨挨的人群。

汉唐的长安,开放包容,胡风劲吹,西域文化深入人心。汉灵帝好胡服,挂胡帐,睡胡床,吃胡饭,弹胡箜篌,吹胡笛,跳胡舞,京城贵戚,上下竞仿之。有资料说,唐贞观四年,单是在长安的突厥人就有八万人之巨。唐开元天宝之际,唐玄宗沉溺于声色犬马,乐不思政,整个长安几乎就是一座娱乐不夜城。诗人王建的《凉州行》云:"城头山鸡鸣角角,洛阳家家学胡乐。"这样的情景,真是让人感觉世界成大同。"玄宗尝伺察诸王。宁王常夏中挥汗挽鼓,所读书乃龟兹乐谱也。上知之喜曰:'天子兄弟当极醉乐耳。'"这是唐朝笔记大家段成式的《酉阳杂俎》前集卷十二中的记载,玄宗看他的兄弟这样沉浸于玩乐中,高兴坏了,没有人惦记他的皇位,多让人放心的事情啊。唐玄宗喜欢打羯鼓,宁王的长子,汝南王唐琎,又名花奴,他和唐玄宗一样,都打得一手好羯鼓,那我猜,这里的宁王,练的也极有可能是羯鼓。

弹琵琶,吹横笛,打羯鼓,唱春莺,舞胡旋。这大概就是唐代的文化日常。鲁迅曾说:唐人大有胡气。我觉得,这应该是极高的赞扬,唐代文化兼收并蓄,玄奘西去,遣唐使东来,都是对西域文化和外国文化的大胆吸收和交融。

唐代,敦煌舞乐也进入鼎盛时代。我走进第 220 窟,细看唐代壁画《药师变》,这上面的燃灯舞,是唐代壁画中最大的乐舞场面。二组乐队,共二十八人,其中二十六人演奏乐器,二人唱歌。乐队的前面,有两棵灯树,每树四层重叠灯轮,各有天女燃灯。舞台中间还有一座高大的灯楼,灯光明亮,一片灯海。不过,这些似乎全都是背景,在辉煌的灯火中,有两对舞者,各自站在小圆毯子上,起劲旋转,注意噢,他们或她们,始终不离那小毯子,但舞蹈幅度巨大,或张臂回旋,或纵横踢踏,旋转如风,这就是著名的胡旋舞,出自中亚,流行于西域,初唐传入长安,唐玄宗深好此舞,杨贵妃、安禄山都跳得很好。

这胡旋舞有多流行,看看当时的记载就知道一二了。

白居易的新乐府诗有《胡旋女》,这样描写:

胡旋女,胡旋女,心应弦,手应鼓。弦鼓一声双袖举,回雪飘飘转蓬舞,左旋右转不知疲,千匝万周无已时。人间物类无可比,奔车轮缓旋风迟。

白诗的描写,让我立即想起广场舞,每天走路到运河广场上,就会看到那些跳广场舞的大伯大妈,音乐响起,脚底痒痒,随时随地跳,不知疲倦地跳,跳得大汗淋漓,跳到地老天荒。

我在多个场合看到过胡旋舞。

戊戌年十月,宁夏博物馆,我看到了两扇石刻胡旋舞的墓门,全国仅此一件。门呈长方形状,上下有圆柱状榫,两门闭合处各有一孔,石门正中的“胡旋舞”雕刻画,它是唐代音乐舞蹈巅峰状态的又一明证。

丁酉年五月,河南省博物院,我看到了一个黄釉瓷扁壶,北齐年间的。壶身两侧,画的是宴会中的乐舞场景,歌舞者皆高鼻深目之西域人士,窄袖长衫,宽腰软靴,有吹横笛的,有弹琵琶的,还有一人高举双手打着节拍,中间的主角,跳的就是胡旋舞。美酒喝起来,音乐响起来,这应该是一个很欢快的歌舞会。

看莫高窟壁画时，我时常被壁画上的歌舞场景吸引，飞天和反弹琵琶，已是敦煌的象征之一。敦煌市区的城标，就是反弹琵琶女的形象。在第231窟晚唐壁画的修复现场，毕业于兰州交大工作五年的敦煌研究院的小侯对我说，莫高窟的壁画上，出现过五十一种乐器种类，共画有四千五百多件乐器，众人听了都惊叹不已。

为什么要画这么多的歌舞场景和乐器呢？我的一个简单理解就是，表达美好的生活和理想，而在这个国际化的城市敦煌，美好的生活，是由各种不同肤色的人带来和创造的，这是人类的共同理想。

极乐世界是理想社会，在壁画中，理想社会还可以和我们的农耕景象和谐结合。莫高窟第296、148、205、61、55等窟中，共有八十多幅农耕画面，"一种七收"，种一次，收七次，这当然是人人向往了。

有吃有喝，唱唱跳跳，晴耕雨读，虽然敦煌极少降雨，但人们依旧快乐，因为洞窟中那些塑像会带给他们坚定的信仰。

伤心史

敦煌藏经洞陈列馆，一块长条大石上，凿刻着陈寅恪的一句话：敦煌者我国学术之伤心史也。粗壮的刻痕深嵌进石头的身体，它也同样触痛着国人的心。

不过，今日再一味谴责王道士、斯坦因、伯希和们，那些散落在国外的敦煌经卷也终究回不了敦煌，不如谨记两点，铭记陈寅恪的伤心，将敦煌保护研究好。

敦煌研究院院史陈列馆，敦煌儿女七十年保护敦煌的艰辛历程让人动容。

我走进张大千在敦煌时居住了两年多的旧居。这是一间不大的土坯房，进门稍大一间是客厅，北墙有一个土炕，那是大师的卧室，北墙上残留有一幅《墨竹图》，已漫漶模糊大师的真迹。1941年，张大千带着家眷门人子侄，从四川长途跋涉到这大漠深处。他为洞窟仔细编号，每天临摹壁画，从南北朝至唐五代，他都视如宝贝。

张大千临摹壁画，意义巨大，陈寅恪如此评价：

> 自敦煌宝藏发现以来，吾国人研究此历劫仅存之国宝者，止局于文籍之考证，至艺术方面，则犹有待。大千先生临摹北朝唐五代之壁画，介绍于世人，使得窥此国宝之一斑，其成绩固已超出以前研究之范围，何况其天才独具，虽是临摹之本，兼有创造之功，实能于吾民族艺术上别创一新境界，其为敦煌学领域不朽之盛事，更无论矣。

我的杭州老乡常书鸿，自1935年秋的一天，在塞纳河畔的一个旧书摊上偶然发现了伯希和的《敦煌石窟图录》后，内心的震撼就无法言语，保护敦煌壁画的决心也由此萌生。常书鸿1943年3月到达敦煌后，就将他的一生和莫高窟紧紧融汇在了一起，直至他生命的终结。

常书鸿的办公室，目测不足十平方米，除了一张老式的写字台、一个简陋的书架，还有就是比别人多了几个画架，那是他的重要工作，他每天虽有处理不完的事情，但他更要关注那些洞窟里的壁画。

写常书鸿事迹的文字太多了，仅录一段他旧居墙上《九十春秋·敦煌五十年》的话，这足可表明他五十年保护敦煌的心志：

> 我想，萨埵太子可以舍身饲虎，我为什么不能舍弃一切侍奉艺术、侍奉这座伟大的艺术宝库？在这兵荒马乱的动荡年代里，它是多么脆弱，多么需要保护，需要终生为它效力的人啊！

张大千回川后，在重庆中央图书馆举办了"敦煌壁画展"，一时轰动。

据当时的媒体报道,展览门票高达五十元一张,但售票处常常排起长龙,有时购票队伍竟达一里多长。在国立艺专求学的青年学生段文杰,第一天去看展,没买到票,第二天一大早才得以如愿。段文杰自己坦承,他就是看了那次画展后才被吸引到敦煌去的。

我去敦煌前,专门读了段文杰的《佛在敦煌》,通俗而专业,有不少新观点,他是敦煌研究院的第二任院长,我在字里行间寻找并感悟着他在研究和保护莫高窟壁画上的心路历程。段的心志可以用《敦煌之梦》中的一句话表达:不怕风沙扬起,不惧遍地荆棘,秉烛前行在文明的宝库里。

那些发黄的手稿,工工整整,规规矩矩,那是学者的一丝不苟,那也是他们和壁画和洞窟交流的毕生心血,他们是保护者,他们也是传承者。

前院耸立着两棵古榆树,已经两百四十多年,树冠参天,树皮,极为粗糙,树纹,纵深达四五厘米之深,这饱经风霜的榆树,忍受着大漠风沙的摧折,却越来越坚强和挺拔。这是一个极好的隐喻,这不就是千年敦煌吗?这不就是保护国宝的敦煌儿女们吗?!

有一个小遗憾,我回杭州的第二天晚上,上海沪剧院的一台大戏《敦煌女儿》,在敦煌大剧院献演,它以敦煌研究院名誉院长樊锦诗为主要原型,兼及敦煌保护者的所有群体。杭州女儿樊锦诗和演员们座谈时说,她到敦煌的第一夜就住在了王道士发现藏经洞旁的破庙里,睡土炕,喝雨水,不过,第259窟那禅定佛陀"蒙娜丽莎般的微笑",让她铭记了一辈子,只是,达·芬奇创作那传世名作时,禅定佛陀已经在莫高窟笑了一千年。这笑容,就是让她在敦煌待一辈子的理由。

伤心史终成宝藏地,世界的敦煌,人类的敦煌。

党河的早晨

鸡缓日的早晨,这一天的命名中有"鸡",我却没有听到鸡叫,"鸡缓",是鸡叫了五天辛苦,歇一天再叫吗?假如是,这样安排也太人性化了。阳光已经初照，空气中弥漫着别样的清新，要离开敦煌了，我必须去党河岸边走走，敦煌的水和草，我都特别喜欢。

党河，又称党金郭勒，是疏勒河的支流，敦煌的母亲河，河水主要靠冰川冰雪融化、泉水和降水，它是沙漠人的生命河。

岸东边的石堰墙上，绘有上百米长的敦煌壁画，壁画自然比莫高窟粗糙很多，但不妨碍人们对敦煌壁画的理解，在晴空下，这些壁画反而更一目了然，那些佛像日日对着来往的行人，不断地诉说着敦煌以及和敦煌有关的故事。

还有经典，也是长长的篇幅，从老耽到孔子到庄周，从《论语》到《老子》再到《庄子》，中国文化的精华散发出浓浓的经典气息，它们是中国人的精神支柱，和天地相辉映，千百年来都闪耀着动人的光芒。

党河中央，满河的清波，水静波平，要知道，这里是敦煌，假如在别处，在我们水网密布的江南，这样的水面，一点也不稀奇，而在这茫茫大漠中，水贵如油，这一河水，就特别让人兴奋，就如同看自己的孩子经过数年的奋斗，终于考取了一所好学校一样兴奋和自豪。

党河的远处就是鸣沙山，沙峰高高低低，错落间杂，在阳光下泛着黄色的光，那里不可能有湿润，那里终年阳光普照，那里一有雨水，立即会被榨干吸净，敦煌的年降雨量只有二三十厘米，江南地区一个小时就下足了。或许，也正是这样的干燥，才让莫高窟成了千年珍宝，然而，任何人都知道动植物和水的关系，看着眼前这一河水，真是让人感慨万千。

沙漠里其实是有不少河流的，吐鲁番沙漠深处，葡萄特别甜，原因就是喝了地下千百年的雪水。猫腰走进地下暗河参观，雪水透出逼人的寒气，你会感叹大自然的慷慨和吝啬同时存在，有时真的不可思议。我不知道敦煌的沙漠下面有没有地下暗河，如果有，这一河的水也是珍贵无比。

党河岸边，早锻炼的人群三三两两，看他们的神态和，听他们的语气，大多数应该是在敦煌本地居住，皮肤深红透色，脸上淌着笑容。数千年的民族融合,你已难辨他们是谁谁的后代,他们的普通话,咬文嚼字,听了都挺舒服。

党河中央有一排长长的石磴,一块一块不大,但完全可以踏得稳健,我一步一步踩过去,我要到对岸去感受党河,那里有一个公园,我猜那些桂花树,应该有香味了,前几天我在运河边走运,那里的桂花味已经沁入鼻腔,醉醉的感觉。果然,那几株大的桂花树下,有几位老人在闲聊,我对敦煌的好奇,不知道是不是来源于写作的冲动,总之,我加入了他们的闲聊,哪怕几分钟也好,他们谈儿女家常,谈油盐酱醋,他们也谈丝绸之路,从他们的话题中听得出小城的闲适,也听得出这里并不偏僻。

前天从阳关回敦煌的途中,我特地观察了路边的疏勒河,基本不见河水,是的,要在沙漠和戈壁的河流中看见水,真是太难得了。在敦煌的日子,我洗手洗浴的速度都非常快,我想许多人也和我一样,无须提醒的自觉,只是缘于一种为他人着想的善良。

面对敦煌的博大而古老,自己时时显得浅陋和惶恐,唯有用身体去感觉,用灵魂去感悟,方得些许安宁,一切的一切,皆因为上苍留下的这一个厚重的名词。

千年河山，风卷云未散
——神木杨家城纪行

◎ 马语

一

登临杨家城，风正大，荒草在风中起伏翻滚。

日暮时分，古城的头顶，浮云连片。

站在古麟州城"打井畔"的危崖边举目西望，在滔滔的窟野河西，一轮血红的落日正悬挂于无边大漠之上。转身之际，万里长城从西南逶迤而来，横穿古城遗址，而后向东北蜿蜒而去。长城内丘陵如涛，长城外沙海连绵，一望无际。这是否是当年范仲淹在此看到过的重峦叠嶂、大漠孤烟与羌山落日？这翻卷、涌动的还是不是当年的浮云与长风？

这是春初的日子，行走在古城遍布残砖碎瓦的基址上，眼前是枯黑的、文彦博曾写过的"白草"，这位北宋政治家曾作《忆红楼》诗云："曾见兵锋逾白草，偶题诗句在红楼。"然而我却感觉到脚下"五原"有什么在潜滋暗长。在杨家城遗址的东南一角，一棵古柏分五杈而长，状若手掌，枝叶荫翳如盖。树下石碑上书："杨业手植柏"。相传杨业离开故里赴中原征战时亲手植了这棵树，以寓"根留麟州，树在人安"。

昔人已去，此地空余参天古柏，立于这千年河山之上，在晨光夕照中用它的苍劲绿意书写着不朽青史。

二

杨家将妇孺皆知，举世闻名。

他们的故里在哪里呢？在古麟州，今神木。

司马光的《资治通鉴》、欧阳修的《供备库副使杨君墓志铭》、曾巩的《隆平集》都有明确记载。夏征农先生主编的新版《辞海》里，与杨家将有关的词语至少达 11 条，并反复指明：杨业"世为麟州（治今陕西神木北）土豪"。在这几年间，陕西省考古研究院对麟州古城遗址进行了新的调查与勘探，采集文物标本 132 件，发现各类遗迹 95 处，逐步搞清了威震边关的"杨家将"驻军古城址的轮廓：麟州城位于神木城北十余公里的杨家城山上，西濒窟野河，北邻草地沟，东连官地峁，南接麻堰沟，依山势修筑，呈现出不规则的长条形，东西长 1.4 公里，南北宽 0.8 公里，面积约 1.12 平方公里。城周长约 5.4 公里，分为东城、西城和紫锦城，形成三个既互相联系，又相对独立的小城。城址除修筑的城墙外，大多临着一二百米的天然悬崖、沟壑和窟野河。

2007 年深秋季节，首届中国杨家将历史文化研讨会（简称"杨研会"）在神木举行，五十多位来自全国高等院校、科研院所的知名专家学者，对杨业的籍贯问题展开了热烈研讨，结论几乎没有争议："杨业是麟州新秦人（今陕西神木）。陕西神木是杨家将故里，是杨家将文化的源头。"陕西师范大学教授李裕民长期研究杨家将历史文化，新近又写就《杨业籍贯神木新证》，就此提出更新的论断。最近，宋史学者何冠环博士告诉我，又发现两份杨畋夫妻墓志的拓本，并寄给我拓片的复印件。墓志出土于河南洛阳，这是极其重要的发现。

第一件：皇祐三年（1051）杨畋亲自为亡妻陶氏写的墓志铭。墓志第一行六个字："亡妻陶氏墓铭"。第二行五个字："新秦杨畋撰"。杨畋是杨家人，他写墓志的这一年距杨业去世 65 年，仍自称其籍贯为"新秦"（今神木），可证明神木是杨业出生地和杨氏后人的居住地。这也是目前所见有关杨家将故里为"新秦"最早、最可信的证据。

第二件：嘉祐七年（1062），王陶为杨畋写的墓志铭。第五行内容为：

"公讳畋,字乐道,姓杨氏,其先麟州新秦人。伯曾祖云州观察史业,曾祖保静军节度使重勋,伯祖莫州防御使延昭。忠勇功烈,著在国史。"王陶(1020—1080)《宋史》卷 329 有传,他当过翰林学士,是北宋有名的文人。墓志明确说杨畋"其先麟州新秦人"。他的伯曾祖是杨业,曾祖是杨重勋,伯祖是杨延昭,一个"先"字表明杨畋、杨业、杨重勋、杨延昭都是麟州新秦人。

三

从考古资料里,我还翻到了一座"小杨城",它位于今天神木县南部山区沙峁镇菜园沟村的山头上,是杨业的父亲杨信成为地方豪强之前的老家。杨家儿男从这"僻壤"走出,经历"初微",逐步发展到"以战射为俗",后来雄起于"番汉杂居"的麟州,自己担任了刺史(见《资治通鉴》)。

到了宋代,北朝和西夏对立,麟州更成为兵家必争之地,一直战事不断,北宋朝廷曾想放弃这片地区。重臣欧阳修上奏章曰:"其城堡坚定,地形高峻,乃天设之险,可守而不可攻。"并认为如果放弃则会丧失更多的土地,不如选一个当地土豪让他自己守卫。可见当时的麟州处于对抗西夏的最前线。在杨信、杨重勋、杨光三代镇守麟州,保境安民的时候,青年时期离开麟州的杨信的儿子杨业、孙子杨延昭也在抗辽前线英勇杀敌,为杨家将赢得"忠勇无敌"的称号。

我的故乡就在"小杨城"下不远的山坡上。上小学时,六福的爹在外面当干部,给他家买回来一台 14 英寸黑白电视机,那年夏天电视里正演连续剧《杨家将》,我们一村的孩子每天早早从山里放羊打草回来,坐在六福家的石板院子里,紧张地盯着黑白屏幕上那厮杀中的故事。谁都不许出一声,生怕被六福他爷给赶出去,那是记忆中最好看的电视剧。

杨家城及杨家将的历史,正如电视剧里的画面。宋朝初年,北方大地群马飞奔,"杨"字战旗在千里边关线上猎猎招展。太平兴国五年(980),杨

236

业归降北宋的第二年,契丹辽景宗耶律贤率十万大军南犯雁门关,而杨业手下仅数千骑兵,总共一两万人马。

这仗,怎么打呢?

不能力战就智取。杨业率数百精锐骑兵,由小径绕至雁门北口到达契丹背后,南向与潘美的部队合击大败辽军,杀死辽朝的驸马侍中萧多李,俘虏辽朝的大将李重海。

雁门关大捷之后,号称"杨无敌"的杨业威名远播,成为杨家将的第一号领军人物,骁勇善战,让辽军胆战心惊。只要一看到杨业的旗帜,辽军便落荒而逃。两年以后,契丹再次派兵三万进攻雁门关,杨业与潘美再次击破来犯的辽军,杀敌三千,乘胜追击至辽国境内,破垒三十六,俘敌万人,牛马五万。

杨业屡立大功,受到宋太宗皇帝的青睐与朝廷的奖赏,也引起某些人的妒忌。《续资治通鉴长编》载:"主将戍边者多嫉之,或潜上谤书,斥言其短。"这个"主将"很可能指潘美。宋太宗在这件事上很有心机,"上皆不问,封其书付业"——他看都不看,把信原封不动地转给杨业,一方面表示对杨业的信任;另一方面是暗示杨业,你的一举一动我都了如指掌。这也预示了杨业日后命丧陈家谷的命运。

小时候在"小杨城"山下菜园沟看庙会戏,看到杨业是撞李陵碑而死,几乎记不起那壮烈、苍凉的一幕,但戏的结局清楚地记得。史书中这样写:宋太宗对夺回燕云十六州念念不忘,便在雍熙三年(986)发动北伐。他派三路大军进攻辽军,潘美和杨业这一路连克云、应、寰、朔四州。而曹彬率领的东路军败绩,宋太宗下令全军撤回,并要潘杨二人将四州的百姓护送出境。撤军之际,监军王侁激杨业出战。杨业只得率部与敌军交锋,契丹边打边退,想引宋军入埋伏圈。杨业虽知是计却不能后退,此战结束时,契丹已将宋军团团围住。杨业寡不敌众,拼命突围,从日中打到日暮,终于退到陈家谷口,却发现连半个接应的宋兵都没有。原来两军开战之后,王侁派人登高瞭望，看不到契丹军队，便以为杨业得胜。潘美等人为了争战功率先带领部队离开了，进军二十里后听说杨业战败，竟然下令全军撤回了代州。杨业见大势已去，抚胸大哭，对士兵们说："你们各有父母妻子，与我一起战死不值得，可以突围去报告天子。"而他手下无一人撤离，都发誓要和将军一起，以死报国。

杨业和他的儿子杨延玉一起战败，他被契丹大将耶律奚射中马匹坠马被俘。辽将耶律斜轸劝他投降，杨业叹息说："皇上对我恩重如山，委以抗敌守边的重任。没想到今日反被奸臣迫害，逼令赴死，致使王师败绩。我今天被俘虏，还有什么脸面活着呢？"他绝食三天，含恨而死。

杨家将的故里麟州，也历经战乱烽火。

北宋庆历初年，西夏李元昊率众数万，围城日久，导致麟州城里二万军民缺水，甚至到了"黄金一两，易水一杯"的地步。守城将领率人在城西屈野河（今窟野河）边高崖的顶上，不舍昼夜地凿了两口深达河底的井。现在井虽然淤积了，但井口的凿痕仍然清晰。

杨将军祠建在古城遗址高陡的山头上，这里风更凛冽，能望见远处群山岭上飞过的寒鸦，一山鸟飞绝。从上百级青石台阶拾级而上来到杨将军祠前，见祠堂内有正殿三间，两厢六楹，是座四合方院格局。正殿门上刻有"铁马金戈志在燕云万里驱驰号无敌，伟业丰功肇于麟府千秋忠烈誉满门"的长联。里面塑有杨信及他的儿子杨业、杨重勋的金身塑像，两边的墙壁绘有二十四幅杨家将事迹图，东西厢房分别刻有诗词书法和典籍中的史料。宋哲宗绍圣五年（1098），一位叫冯惟寅的文人撰写了将军庙碑文："郡东北隅，旧有神庙，渺不知何年建。但有小碑，略言其神迹云：康定中，西人背和，且犯吾境，此现神物若指挥益兵状，西人大恐，黎明遁去。不纪建造月日，至今号为'将军山'，是其事也。"证实杨家城当时饱经战乱。

《资治通鉴》里记述，唐德宗贞元年间，麟州两次被吐蕃攻陷，州城刺史郭子仪之孙郭锋殉职，麟州同时遭受"夷其城郭"的破坏（卷232、卷

236）。进入宋朝后,麟州更无宁日。从宋太祖建隆二年(961)北汉入侵麟州,到宋仁宗嘉祐二年(1057)北宋和西夏交战,在近一个世纪的时间内,麟州四野烽烟不熄。

随着北宋的灭亡,麟州城连续多次陷落。

靖康元年(1126),辽被金灭,辽故将小鞠录攻破建宁寨,接着攻陷麟州,对麟州的杨氏户族,特别对杨家的祖庙坟茔毁迹砸碑,挖墓抛尸。宋建炎二年(1128),金人首次攻占麟州,统治麟州二十年之久。金熙宗皇统八年(1148),麟州城首次被西夏人攻破。大定十八年(1178),西夏人再次夺占了麟州。这期间有着怎样的杀戮与毁灭?

从考古工作者的资料里,我找到这样一些记述:"遗址上钱币遍撒,到处都有烧焦的建材木头。""尸骨在烧焦的灰烬下,横竖交叉,且有断头、断臂的白骨……"可以推想,如果当时城里的居民有时间搬迁,估计他们连盆瓦都不舍,更不要说把钱币丢弃了。不遭遇战火,他们怎么会把死人乱埋于房院之中?

公元 1227 年,西夏亡于蒙古,立国一百九十年而告终。西夏灭亡后,夏州与麟州突然消失, 再也没有出现在历史的版图上。只有杨家将的名字,在民间流传下来。

四

保境安邦,尽忠报国。杨家将的传说与故事,遍布民间。它的源头在哪里? 在杨家将的故乡:古麟州,今神木。

正是这种文化的熏陶滋养,这片土地上才代有将才续写新篇。这里自宋代以后又出现了十几门武将世家:明代的张氏家族,以张锐(宣府参将)领头,其长子张坚做过大同镇总兵,张坚的长子张泗由世职任参将,五子张刚由世职任榆林卫指挥。张刚之子张斌,任高家堡参将,阵亡后赠都督,张斌之子做过三屯营副总兵……几代人共出了二十多位总兵、将才。在清道光年间,神木人武凤来、秦钟英连续两科武状元,赢得了"神木弓马甲天下"的美誉。

二十世纪三十年代,这里建立了红色革命根据地——神府苏区,从菜园沟山头上的王家庄开始,从几个人的特务队发展到两千人的独立师,成为创建根据地时的利剑和保卫红色政权的盾牌。这支英雄的部队最终汇入中国人民解放军,在抗日战争、解放战争中南征北战,屡建奇功,至今是一支铁甲劲旅。

"杨氏初微在河西"(见欧阳修词,指杨家将是在黄河以西麟州一带崛起)。笔者曾数次来到经过考据的菜园沟山头上的"小杨城",那里是黄河西岸的山坡沟洼,村里村外到处都是成片成片的红枣林。严重的干旱使得山区的农田一片焦荒,大地赤贫千里,荒山秃梁寸草不生。唯有枣树这"铁秆庄稼"依然枝繁叶茂,绿透了村庄和山野,在婆娑虬曲的枝条上和万千绿叶间,缀满了青里泛红的灿灿果实;枣子染红了山水,把枝条压得趴在地上,有的已折断了。枣树不卑不亢,不择地势;浑身是宝,坚硬无比。你只能由衷地惊叹这生命的奇观。也许是历史的巧合,这里是杨家"初微"之地,也是"红三团"诞生的地方,眼前这枣树、柠条就是杨家将儿郎和由放羊娃成开国将军的王兆相的生命写照,是世代生活在此的神木人的写照!不夸张地说,神府地面几乎每家都为革命做出贡献,每个村庄都有英雄烈士。

从杨家城下来,踏上神木南乡,如涛群山与黄河一起奔流。辽远的大地之上,遍布着红色景点。贾家沟村的龙王庙上建起了"红源厅",这里诞生了神府第一个农村党支部;马镇葛富村 120 师 358 旅的后勤基地旧址上建造了"抗日纪念馆";天台山上建造了"刘志丹东渡纪念馆",这里曾是红28 军渡河东征的指挥部;沙峁镇王家庄曾是神府革命根据地的活动中心,"红三团"诞生在此,矗立着"永远的旗帜"的纪念碑。

神木历史曾演绎过无数辉煌篇章,现在因成为中国西部煤都而举世瞩目。

从二十世纪八十年代起,神府煤田便大规模地勘探开发,北部的大柳塔成为金三角。几乎是在一夜间,天南地北操着各种口音的人都来到了这里,进工棚,下矿井,神木成为榆林大开发的前沿阵地。窟野河边,一个瘦小的神木县,小巷子只能通过拉炭驴车,钟楼是整个县城的地标。县城街道南起油库路,北至新华书店,一条街道不足600米长。短短数十年,这里便新村连片,高楼成林,长街几十里。

转战陕北时毛泽东主席曾说过,将来革命成功了,一定要让陕北人民过上好日子。也许老天有眼,让神木变成了西部煤都,成为西煤东运、西电东送的重要源头,成了一块世人皆羡慕的富庶之地。抬头望向群山间,每隔几分钟就有一列运煤列车开出。不论是革命的年代还是建设的年代,神府地区始终在为祖国无私地奉献着。

五

大煤田,总有一天会被挖完。疯狂采挖,污染环境,破坏生态,祸及子孙。"富了口袋,穷了脑袋,害了后代"的悲剧已经开始上演,从这座现代煤都街头走过的有识之士眼里闪现着忧郁之光。多年运筹,其时已至,其势已成,神木市委、市政府领导班子高瞻远瞩——他们把目光投向杨家城。成立杨家城保护建设领导小组和指挥部,由我的文友张凌云担任总指挥。三十多年在神木大半块乡镇土地上为民奔忙,日夜辛劳,又酷爱读写的张凌云兄,反复向我描述着杨家城未来的胜景!其实杨家城遗址公园已被描绘成图纸,正在破土。将建成全国著名文化旅游目的地,成为中国西部历史文化又一道炫目的风景线。遗址公园区东起泥河村东山,西至窟野河,南起石墼则,北至草垛山,总占地约二十平方公里,比旧神木县城大好几倍。

未来重登杨家城时,将是一幅有着何等震撼力的边地图景:

一座用夯土工艺修建,巍峨壮观的仿宋风格忠武门,屹立在入口处;城门上旌旗猎猎、战鼓擂动,城下兵将环列。以杨家将小说和千百年来民间传诵的故事为背景的杨家将人物石雕英雄广场,上千尊杨家将人物石雕群栩栩如生地展现着杨家将雄踞边关的浩大场面,讲述着英雄们戍边的故事……武有杨家将演武练兵沙场,文有范仲淹、文彦博一代文豪们当年登高远眺和作词赋的"红楼"。

远远可以看到"烽火连天"。建设者计划在法律允许的范围内恢复已呈垮塌之状的长城烽火墩台,二十多座烽火台将在特定的时间里施放环保型烟火,白天狼烟四起,夜晚烽火连天,重现"长烟落日孤城闭"。

杨业是古代最著名的神木人,神木人都应以这位宋朝老乡做自己的榜样!将杨家将的故事雕凿成文化符号,为中国建一座爱国教育基地,弘扬杨家将忠勇爱国精神,也是杨氏后裔寻根祭祖的朝拜地。

慢下来的时光（节选）

◎ 林纾英

与一匹马一面缘

5月16日，孔府和孔庙都游完了的时候天色还早，父亲问："还剩下孔林了，要不要去看看？"我说不去了。

对于孔林我有些忌讳，毕竟是孔子及其家族墓地，其后一些想法我不想跟父亲解释。父亲跟我都是共产党员，共产党员不讲迷信，不讲，只是不讲出来。如果我把心里的想法讲出来，父亲肯定会不以为然，只是我不讲，只是父亲不坚持。即便坚持，我也不会带他们去，不管怎么说那里总不是一处可以令人开心起兴的地方。

我没有解释，父亲也不再问。

孔庙大门西侧墙根处停着几辆带顶箱的马车，中间一匹枣红马向我侧过了头，似乎是在看我一样。这匹马看起来要比其他几匹马年轻，浑身上下毛色鲜亮而熨帖，一绺剪得齐整、乌亮漆黑的马鬃盖过前额顺垂下来，几乎就要遮住一双漆黑晶亮的眼睛，它有着漆黑的鼻孔漆黑的唇，膝盖以下也一色漆黑。它无疑是一匹年轻而漂亮的马，让我的心柔软起来。我伸出手去摸了摸它前额松散的鬃毛，又轻拍了它窄而长的脸。我拍脸的时候它把头低了下来，似乎是怕我个子矮够不着，带着长而浓密睫毛的眼睑也垂了下来，看起来那么温顺，像一个害羞的小姑娘。

我是一个有轻微洁癖的人，在一些社交场合我甚至不愿意顾全礼仪，尽量避开与人握手及肢体的接触。见到那匹马的时候我把这些全都忘了，我是那么的喜爱它,喜形于色,以至于用脸去贴了贴它看起来油光水滑实际上毛刺刺的脸。

想来那应该是一种心的贴近,就像我家两只可爱的猫。两个小家伙拉尿完后总不忘用爪子扒拉猫砂做些猫盖屎的动作,爪子常就会沾上臭烘烘的味道。我是典型猴亲乖乖的人,咪咪和小不点的乖巧和温顺常常挠痒着我的心,总想抱它们,握它们小小的爪子,从来就没去想它们身上有时候还带有屎尿味,即便闻到了也不嫌。我家里还养了一条泰迪犬,它算是极聪明极乖的一条狗,我却无论如何都亲不起来,甚至连摸一下它头的兴致都没有。

人与人讲缘分,人与动物也得讲缘分,有缘自然亲和近,无缘是强求不来的。

所有旅游场所都有职业摄影人,圣人之地也不例外,圣人之地也生烟火中人。一个中年妇女递给我一张放大了的照片,不得不承认她的摄影或是后期制作技术的确很好,照片中的我看起来比任何时候都要漂亮,都光彩照人,而且我和马迷情的瞬间都被她及时抢拍到了。最可笑,也最令人惊诧的是,在衣着打扮上我与那匹马似乎穿了情侣装:黑色头发,黑的墨镜,枣红的中式上衣,黑色香云纱的裤子……

我指给母亲看时母亲笑得几乎就喘不过气来,父亲和我也都乐不可支。

这样巧合的效果是摄影女人没有想到的,她也随我们笑起来。“喜欢就留下吧,这么大一张只要一百块钱。”照片是打印件,本钱至多值十元钱,女人的做法无疑是行情感绑架之实。

我接过了照片,没有与她计较价格。因为喜欢,也只因为喜欢,还因为这是我与枣红马尘世中第一面的缘,也注定是最后一面的缘。

一段人生，一段旅程

大学时吕坤香在一区队我在二区队，整个侦查系只有九名女生，全集中在一个宿舍，吃和住日日都在一起。我和吕坤香，还有个临沂的张清华，我们三个属于家庭条件较好，且能喝点酒的女生。周末时，其他女生去别校找老乡聚同学，宿舍里只剩我们三人时，我们就用饭盒从食堂盛回几个菜，之后去街角小卖部买几瓶趵突泉啤酒。我们就坐在马扎上，菜和酒放在拼凑在一起的两个小方凳上，没有酒杯，我们学着男生的样子，一人抱起一瓶酒咕咚咕咚一口气就喝下半瓶，长长一串酒嗝儿后，三人你瞅瞅我我瞅瞅你，而后相视大笑，自我解嘲，说是一群疯女生，而后继续喝完剩下的酒，而后挽着手打着酒嗝儿去斜对面电影院看电影。我们在电影院里喝酸奶、嗑瓜子、吃爆米花，吐着酒气，看着电影打着瞌睡。

那是一段很令人怀念的日子，二十几年前的那些日子是那么的慢，那么的美，只是回不去了。

毕业后，坤香跟我们的袁刚同学结了婚，回原籍做了济宁特警大队大队长，清华随我们李伟同学去青岛结了婚，做了看守所所长。她俩婚姻事业都做得有声有色，唯有我，两袖清风伴明月，一间陋室透书香。

几年前去青岛坐飞机时见过清华一次，坤香毕业后则一直无缘再见。

出父母房间后我给坤香打电话，简单讲了腿被玻璃割伤的事，告诉她当日不方便开车去济宁见她了。坤香便带着大帮同学还有几个家属轰轰隆隆来曲阜看我并请我吃饭，得知第二天我要带伤开车去日照，说什么她都不放心，硬是打电话给安排了司机要连人带车送我过去。

司机第二天一早就赶到了，送父母坐上高铁我俩便往日照赶去。约莫快到日照时我打开手机去看日照散文季活动日程表，见《大众日报》的《小逢观星》栏目主持人逢春阶老师也在参加活动人员名单内，就给他发了微信："胖兄，又要见面了。"几乎同时我接到了他的消息："林妹妹，刚看到你也参加日照的活动，太高兴又见到你了。"看来他好像也是刚得空去看日程表。正琢磨着回他什么，司机说话了："姐，前方是日照服务区，我想下去抽支烟，烟瘾大，忍不住了。"

伤口已经不疼了，行动也丝毫不受影响，司机下车找地方抽烟去了，我则溜达着去超市买了即饮咖啡。

一瓶咖啡慢悠悠喝完了，出来时司机依然没有回来，不知他哪里抽烟去了。傍午时，太阳升到了头顶，车是黑色商务型轿车，极吸热，车内的温度不一会儿就升了上来，司机依然不见影子。

车里热得坐不住，我打开车门想要下车透透风，一条腿还没落地，就见边上一辆商务面包车的车门滑开了，从车上下来的竟然是几分钟前还在微信里说话的那位热衷"观星"的"小逢"，他正躬身从面包车里出来，四目相对时我俩都愣住了。

因为他姓逢，而且人也胖，我一向依韵称他胖兄，他也一向不介意。与胖兄同行的是日照宣传部副部长，介绍认识之后，我便同他开起了玩笑："看来还是胖兄级别高，连部长都要亲往接驾呀。"胖兄赶忙一本正经解释，很谦逊地说："不是的不是的，我与部长只不过恰巧同在淄博宾馆开会，只不过是巧合，巧合。"

看来巧合的不仅仅是我和他，还有他和日照的宣传部部长。胖兄也真是吉人天相，顺风顺水的好事全都被他恰巧给碰到了。离上次见他时间差不多过去四五年了，那时我的工作和生活都不似现今这样无头无绪，尽管也忙一些，却忙而有序，也还能够在忙乱中抽出时间参加一些文学活动，活动中见过胖兄几次，后期还找他帮忙在他的报纸上发过单位宣传稿，也算是老朋友了。

胖兄个性活络且不拘小节，像生怕我丢下他，问也不问就从部长车后备厢里拖出行李转身放我车里，回身时才想起礼数，对部长说："不好意思，我跟林老师是老朋友，我坐林老师车说说话，你头里走，我们跟着。"

我悄然一乐，人说秀色可餐果然不假，尽管我已人老珠黄，总归比部长要好看很多。那位部长人也挺随和,对胖兄的作为并不介意,只哈哈一笑:"老逢你这是卸了磨杀驴吃,典型重色轻友嘛。"

慢下来的一段时光

东夷小镇看起来就像困在水中的一座小岛,一面连着大海,其他的都是河,如同古时候的护城河。河水不宽,三五米、七八米的样子,由几座小的拱桥与外界连接起来。小镇里人的交通要靠两条腿,机动车都被设在桥头的道闸给挡在小镇之外,泊进周边免费的大型停车场里。

小镇摒弃了机械化大生产的规模与效率,人凭两条腿走路,靠两只手操作,以极简主义的生活方式,让身心逃离浮躁,回归质朴与原始,回归绿色低碳、慢的生活。

诗人木心有一首诗,《从前慢》:

长街黑暗无人
卖豆浆的小店冒着热气
从前的日子变得慢
车马邮件都慢
一生只够爱一个人

从前慢,慢而有序,而幸福,而快乐。而今快,什么都快,高速路、高铁快,快递、快餐快,速读、速录、速记快。甚至连婚姻都快,快到可以闪婚,可以闪离。人的一切都快了,唯有心不能够快乐。在长江后浪推前浪,一不小心就会被大潮拍到沙滩上的高速率时代,每个人都在忙着实现自己的人生价值,像高速运转机器上的一颗螺丝,必须咬紧大气候大环境,必须与整体同步,不能也不敢有稍微的松动脱节。慢下来,能够慢下来,褪去浮沉,回归自然,回归人性本真,去过"采菊东篱下,悠然见南山",享受"依依墟里烟"里的生活会有多么的惬意,又是多么难得。

东夷小镇的日子是慢的。只需要走进去,走进去便走入了那样的慢生活。日子慢了,扰心的事停下了,人可以在街上慢慢走,浅浅地交流,迎面过来,可以一个眼神、一个微笑,也可以视而不见。找一处饮品店,点一杯咖啡,或一杯清茶,什么也不用想,什么也不问,你只需要慢品慢饮,慢慢坐着痴痴发呆,看疏影横斜,任时光流逝日落黄昏。

这是一份意境。

手工作坊里,工匠抡着铁锤木槌小棒槌不紧不慢地敲打着小镇的每一个白天和黑夜。身着汉服短短打手执笤帚的男人在慢悠悠周而复始地推着扫着古老的石碾、石磨……手工的劳作带给人的愉悦与财富在这里比机械化工业大生产来得更便捷,更直接和高效。

青石板的小街,幽静昏黄的古巷,夜里廊檐下迷离的宫灯,仿民国时期的灯杆和街灯,古香,古色,古韵。这便是东夷小镇。静态稳定的秩序,化繁为简的生活,这是难能可贵的。

小镇的风韵也在建筑风格,无论楼体布局规划,还是平面及空间处理,还是雕刻艺术,大量地借鉴了徽派建筑元素,却又不拘泥,所有的运用都圆润自然。古意盎然的青石板街,青砖黛瓦的别墅式小楼,飞檐翘角的门楼,以南北纵轴对称布置和封闭独立的四合院,四合院围出的"天井",包括灯光、绿植,包括人的淡然怡然,所有都不求高大上,呈现出与世无争、素雅静宁的姿态和心态。

我和子君爱极了这方世外桃源般的小镇,同来的所有作家也都爱极了小镇。白天和黑夜,我们在光洁的青石板路上随意地荡来走去,随意地踱进一处店铺,随便同店家说一两句什么,不买,也可以择一处空位置坐下来,坦然地品尝店家慷慨奉上的一点儿小吃,或一杯地道的日照绿茶,坦然收获一份小镇的热情。

总归多情

子君与我住一处上下两层复式的房间,她在楼上,我在楼下。楼上的房间没有阳台。夜里,她就趴在我房间那个大的开放式阳台雕花的木栏上向下面望,她趴在那里很久,像睡着了一般,一点儿声音都没有。

子君只喝了一点点的酒,她全身上下朦胧着的一点儿酒意,恰到好处糅进了小镇夜色的旖旎中,令人心说不出的柔软细腻起来。

晚上几个同学过来请客,我拉着子君去了。子君不是会喝酒的人,也向来不喝,却被我几个同学软磨硬泡软硬兼施给劝着喝了一些,酒后的她只是一个人轻笑,醉眼迷离地,神韵举止露出醉西施般的柔婉和可爱。同学散去后,我便扯着子君的手溜达着回客栈。

圆月夜,得驿客栈楼内的天井里没有饮茶赏花人,四方回廊里亦静悄悄,不见一个人的影子。怕弄出声响,我和子君踮起脚尖小心地在木质楼道内走路。子君忽然松开了手,倒退几步,像猫一样轻捷地贴着廊柱站下,她竖起食指冲我做了个噤声的姿势,另一只手伸向左前方示意我去看什么。顺她所指我看到一高挑女子,认出是同来参加活动的一个作家,她踮着脚轻轻一闪便进了一个房间,身后的门随之关上了。

我轻轻地笑了,子君也笑了。

所有的语言都是多余的。现世安稳,岁月静好。这样旖旎的小镇旖旎的夜,若不发生一点儿什么,比如激情,比如爱情,多多少少会存些遗憾的。能够在小镇遇一人白首或结短暂同心,原是极美好和难忘的一件事。

回到房间,我在手机记事本里写下这样一段话:"小镇的确是可以忘情的,所有的芜杂都会被涤清,连人心幽暗都会被照亮,剩下的只是美好。所有的一切,所有的两情相悦都是美好,所有的人都应该祝福和被祝福。"

彼时,子君正穿开襟系腰长睡衣,弓身趴在楼栏杆上一声不响地向下看着。我拉开滑门去看她,子君回过身来拉我走向阳台边,手指着楼下给我看:"你看看,你看看,多好啊。"

彼时我也穿了如同子君的长款睡衣。站子君身侧,闻着海淡淡的气息,吹着海淡淡咸湿的风,被酒烧热了的双颊如同落下沁凉的雨丝,整个人都惬意振奋起来。

5月19日,恰逢农历的十五,白天熙攘喧哗的小镇静了下来。彼时,一盘浑圆杏黄色的月亮正在空中,幽幽的,将东夷小镇照得比以往更清幽、婉约和美好。一座座仿古小楼飞檐翘角的门楼下俱各挂着或红或白或明黄或六角的宫灯,影影绰绰照出三两夜行的人。对面二层楼前廊扶栏上披挂着宽幅的大红绸布,四只大红灯笼垂在廊厦下,透出洞房花烛或金榜题名的洋洋喜气。楼下酒馆门楣上横着挑出一杆微微拂动着的杏黄色酒旗,一骑在门槛上穿素色酒保服戴同色头巾帽的男人正拱手送出客人。

"蚝门盛宴"白色的幌子大而醒目,几乎有半层楼那么高,从名字上看即与"蚝"有关,与蚝以外的海鲜有关。"蚝门"外,一张长方木桌上蒙眬见着几个盘子,盘子里东西是看不真切的,一对中年男女隔着桌子相对而坐,面目不清,大致看,是一对举止优雅、动作轻缓亲和的人,久看下来倒不似夫妻间那种随和与熟络。这是费猜测的。

却又何必去猜得清楚,想得明白?你只需要领会他们之间传递和流淌出、能够感染你的幽美和静美就好了。

只要雾里看花就好了,或许遮了一层薄纱的人生才更具美感吧……

灯笼和油纸伞

子君问我:"你心里有什么样的感觉?"

什么样的感觉?我说我不知道。就像爱情。我知道爱情总是说不清楚的,或许说得清楚就算不得真正爱情。我对子君说:"我不知道。"子君也说不知道,然后她抓起了我的手:"下去走走吧,我喝酒喝得脸有些烧。"我本来准备哪儿也不去,却在被子君拉去阳台边看下去的时候看出了兴头。

彼时青石板的街道上人不多,灯笼多。每一处门头都挂着,上空也吊着。钢丝绳从路两端楼顶一排排地牵出来,密密麻麻地吊着红色的黄色的白色的灯笼,人走在灯笼迷离的光下,恍然便生出错觉,有如进了大宅门。

　　如果说灯笼为东夷小镇布下了一场光的局,油纸伞则是迷彩的阵。小街上空也吊着油纸伞,五颜六色,一去几十米上百米几百米,连天蔽日。特别是白天,白天我走过拱桥进入小镇时从油纸伞下走过,那时的天空很蓝,仰头去看,打上了太阳光的油纸伞很像是蓝天下盛放着的一朵朵太阳花,却又比太阳花开得更美艳、生动。

　　油纸伞在很多时候被赋予一些意象,该与江南的杏花微雨天有关,还与戴望舒的"雨巷",与西湖的断桥,与趿拉木屐穿着和服的日本女人有关。

　　在小镇,它只与婉约,与柔美和风情有关。

遍地花香

◎ 石钟山

　　二十世纪八十年代初,我参军到边防某雷达团,后又到雷达站工作了一年。我工作的雷达站地处北部边陲,听老兵说,雷达站离边境线只有几十里,记得从团部到雷达站时,老兵开了两天的车,起早贪黑地,才把我和满车的供给送到雷达站。

　　我们这个雷达站肩负着战备任务,有五六十号人,算是一个大站了。因地处偏远,周围几十里杳无人烟,平时我们休息时也没什么好去处。不知是哪个老兵在离雷达站十几里路的地方发现了一条山沟,说是山其实就是草原上的土坡形成的褶皱。每年的七八月份这里都开满了黄花,金灿灿的一地,扯地连天的样子。这些黄花簇拥着,在不经意的风中摇摆着,发出阵阵袭人的香气。从那时开始,每到七八月份这条黄花沟便成了我们唯一的去处。从雷达站出来向东走上一个多小时,便是那条令人神往的黄花沟了。后来有人说,这些黄花可以做成黄花菜,城里的饭店一份加些肉片的黄花菜价格不菲。有好事者采了一些回来,交给炊事员去料理,不知是炊事员水平差,还是大锅菜不好炒,做出来的黄花菜味道的确不怎么样。但这时已有老兵探亲把黄花菜带回家里,品尝过,据说和饭店的味道并无二致。

　　也就是从那以后,有假期的老兵再去黄花沟时,便多了项采摘黄花菜的任务,士兵们相互帮忙,很快便摘了可观的一片。采好的花并不马上带走,而是摊在草地上,待一周后这些花干了,才小心地收起,仔细地留存起来。下第一场雪之后，便有老兵陆续回家休假，带着那些已经干掉的黄花，不久之后，老兵们又会带着黄花菜的故事回来。然后我们望着漫天的飞雪，等待着来年的春暖花开，还有那个关于黄花的美丽传说。

看黄花、采黄花一年只有一个季节，更多的时候，我们最好的陪伴是连队订的两份报纸，一份《人民日报》，还有一份《解放军报》。《人民日报》全连只有一份，放在连部办公室里，用书报夹装订起来。《解放军报》订到班，我们宿舍就有一份。因为我们雷达站地处偏远，交通不便，这些报纸和我们的信件都是团部运送给养车捎来的，大约一个月来一次。我们看到的报纸，也大抵是一个月前的了。读报纸时，明知是一个月前的，但对我们来说仍然是新闻，报纸上的人和事似乎就发生在昨天。我们班七八个人，一份《解放军报》不知在我们手里要传递多少回，也不知看了多少遍，原本坚挺的纸张已经变皱发黄，再也发不出纸的声音了，在这一个月时间里，这份报纸仍然是我们最好的了解外面世界的一个窗口。读着报纸上那些文章，感觉我们这里冷清孤寂，仿佛是被世界遗忘的一个角落。我们经常站在某处望着远方发呆，有时也讨论着《解放军报》所反映的热火朝天的军营生活。

直到一个月后，又有送给养的车来，我们已有了新的报纸，清脆的纸张声音在我们宿舍里传阅，就像一首美妙动听的歌。有报纸相伴的日子，兵们的梦都是繁华的。记得有个新兵姓黄，正在学习新闻写作，所有的旧报纸都被他收集了，厚厚的一沓放在床下，珍宝一样地呵护着。有一天，一个老兵吸自卷的烟，卷烟纸没了，便顺手撕下报纸的一角卷烟吸了，被黄新兵发现了，两人大吵起来。我们第一次看见黄新兵发那么大的火，脸红脖子粗的，差点哭出来，后来又跑到连部告了老兵一状。在晚点名时，指导员站在队列前又重申了一次报纸的重要性，还不点名地批评了那个不爱惜报纸的老兵。弄得老兵很没面子，磨叨了好一阵子。

黄新兵果然在写作上有了起色，他写了许多关于雷达站的新闻和生活趣事,陆续发表在兵种报上。他后来被调到团部当通信兵,再后来又考上军校,毕业后又成了名新闻干事,这一切都是后话了。

后来我又经历了许多大小单位,从基层到机关,每天总会有《解放军报》相伴,报纸都是当天出版的,散发着油墨气息,但我总想起在雷达站的那些日夜。一份报纸在兵们手里传来传去的情景,还有那个姓黄的新兵,在夜半时分,把一张报纸放到被窝里,打着手电研究学习的情形。

又是许多年过去了,再想读《解放军报》时,打开手机,点开《解放军报》客户端,报纸上的内容随时随地都能映入我们的眼帘。不知为什么,我还会想起若干年前的雷达站,孤独的时候站在某一处,眺望着远方,想象着报纸反映出的火热军营,还有那漫山遍野的黄花,阵阵沁人心脾的花香便伴随左右了。

刀具志

◎ 刘星元

剔骨刀

　　见证过剔骨刀刀锋的人，再遇见余下的光芒，都不值得一提了。一把剔骨刀握在手中，连神鬼都会心惊胆战、毛骨悚然。

　　紧握剔骨刀的人，是我们乡最好的屠夫。我从未见过他杀猪宰羊的风姿，但削骨剜肉的本事，却天天在肉案上上演。屠夫低矮黑壮的妻子将一扇巨大的猪身摆放在案上，用那时候我还不能领会的温顺的目光，抚摸着她更为黑壮的丈夫。她的丈夫正靠在肉案斜后方的老榆树上，闭着眼抽烟，烟头一明一灭，众人的目光也跟随着一明一灭。面对围在四周等待买肉的人，屠夫的妻子一点儿都不着急，就任他们那样等着。多少年了，她已经习惯了他们的等待，也习惯了自己的等待。她极愿意众人在等待中将她的丈夫拱成明月。

　　屠夫掐灭了手中的烟，站了起来。等待的人从等待中醒来，目光随着屠夫的脚步，极速转移到肉案之上。屠夫顺手抄过案架下的剔骨刀，提着气将刀锋指向骨和肉，骨肉逢光立散，散落如泥。这时候，我们所谓的骨肉相连、密不可分之词，俨然成了一种悖论。

　　一根根被剔骨刀洗净，比白瓷还要白的骨骼，像从水中抽出来，洁净光滑。每抽一根出来，我们的脊背就跟着一紧，再接着一松。似乎那被剔出的骨骼，不是来自案上的猪羊，而是案前的我们。每当此时，我们对屠夫就有了敬服和畏怕：我们既沉迷于他精彩绝伦的技艺，又害怕他忽然将刀尖指向我们。每一个站在四周的人都如一尊雕像，但每一尊雕像的身体里都有两百零六根骨头在碰撞，它们因恐惧而尖叫。

你永远都分不清这个时候的屠夫是魔鬼还是神灵。作为魔鬼，他具有神灵的本事；作为神灵，他拥有魔鬼的面目。他剔骨削肉之时，像是在进行一种神秘肃穆的宗教仪式，而他就是祭师，并且是独一无二的祭师、绝无仅有的祭师。只有等到他将最后一根骨头抽出来，呼出憋在肺里的一股气，他才恢复到平常人。屠夫用挂在案头边腥气逼人的旧抹布抹了抹剔骨刀，重又将刀放置到案下，用泛着油光的手举起妻子准备好的水杯，一饮而尽，然后踱步走到老槐树下，靠住，闭上眼养神。

那时我虽然尚在年少，但已偷偷摸摸席卷了数十部英雄气短、儿女情长的武侠小说。而在现实生活里，我唯一倾心佩服的"英雄"，便是屠夫。每次剔骨已毕，我总感觉那屠夫就是一位刀法精湛、武艺高强的刀客，在一场独对数十位武林高手的恶战中，笑到了最后。事毕之后，他笑着舔了舔刀锋上沾染的血迹，收刀入鞘，隐藏到江湖之外。

屠夫闭目良久，众人这才回过神来，一拥而上，用手指点着想要购买的猪羊的部位。余下的事情，就是屠夫妻子的了。她气力很足，板刀砍在枣木肉案上，震得地面嗡嗡响。屠夫听着刀板相交、众人嘈杂的喧哗声，竟然渐渐睡着了。

你知道，我们这种小地方，日子是波澜不惊的，一个人乏善可陈的一生，在还未降生之前往往就已命中注定。一旦有点儿超出命中注定之外的风吹草动，全乡都会被惊动起来。

我在本乡就读的那些年，发生的最大的事情，就是屠夫儿子的走失了。

屠夫的儿子叫小扣，之所以叫这个名字，据说是因为屠夫的妻子生他前肚胀难耐，屠夫就把妻子穿的每一件上衣最下方的那枚扣子揪掉了。揪掉扣子的衣服穿起来，果然宽松了许多。屠夫妻子于是说，就给孩子起名叫小扣吧，他在我肚子里的位置，恰好是肚皮外揪掉扣子的位置。乡人们后来都说，坏就坏在这名字上，孩子以揪掉的扣子为名，孩子就是扣子，扣子掉了，孩子怎么能不丢呢。我乡信奉鬼神之谈，一个人这么说，其他人听着有道理，也就这么传下来了。从此之后，乡人为孩子起名都格外小心，生怕名字里有冲，改变了孩子的命运。当然，怕改变的只是不好的命运。

小扣是我的小学同班同学。到了初中，我们同校，只是不同班。他走失的事情，我是从他班同学口中得知的，那时候，这件事早已在我乡闹得沸沸扬扬。在关于小扣走失的传言中有两个版本，一个说小扣被前些日子来到我乡收购古旧器物的文物贩子带走了，文物贩子只是个名头，他实际是买卖人体器官的恶人，他盯上了一个人放学回家的小扣，用迷药将他迷倒，带到某个地方杀害了，然后取走了他的器官。那时候，买卖人体器官的传闻颇多，恰好又遇到小扣失踪这件事，传言听起来合情合理。无论相信还是不信，那段时间，各家的确都把孩子看得极紧。另一个传言是，情窦初开的小扣爱上了前几天来此，在庙会上表演杂技的那群女孩中的一个，他生性木讷，不善表达，未承想却一声不响地跟着漂泊不定的杂技团走了。

这两个传言我都不信。但至于小扣究竟是怎么走失的，我却没有更好的答案。谁都知道，此刻无论什么传言都不重要了，重要的是，屠夫的儿子小扣，他确实是走失了，像一朵云、一阵风、一粒尘一样，走失得无声无息，无影无踪。

屠夫和他的妻子关了肉铺，开始走上寻找儿子的路途。他们出去寻找，一找就是几个月，只要听到一丁点儿捕风捉影的消息，就像抓住了最后的救命稻草，立马就动身出发。找儿子成了他们余生最重要的事情，也是唯一的事情。没有人知道他们去过哪里，但每一次回来，人就瘦了一大圈，原本黑壮的身体，就只剩下黑了。我还记得有一年春天的黄昏，本地的油菜花开得满地金黄，屠夫背着妻子从远处走来，他们背后的金黄色幕布不动声色地看着他们，我站在屋顶上也不动声色地看着他们。虽然很残忍,但我还是不得不说,那是我至此为止看到的最美的景象。两个如蝼蚁一般渺小的人,陷在无边无际的油菜花里,就算走起来、跑起来、飞起来也丝毫不能被人发现,真像一幅静止的风景画。

屠夫的妻子已经奄奄一息。屠夫穿过三三两两的人,穿过那些悲悯的目光,依然像神一样向前走去。这尊神的脸上蒙着一层努力掩饰却依然未能克制住的悲伤,仿佛他每走一步,都是末日。还未走到家门口,他妻子的手就从他的脖颈间滑了下来,像那把剔骨刀,在他的骨骼与血肉之间,轻描淡写地擦过。他因骨肉分离的疼痛,先是小声悲泣,继而又忍不住号啕痛哭。

屠夫将妻子埋在油菜花的根下,就像我们这里所有的人一样,怎么来就怎么回。妻子终于回家了,而他还将继续离家。越远越好,多少年了,他能感受到的儿子的气息越来越弱,他猜想儿子必然离我们这个地方的距离越来越远了,而他只有走得越远,才能捕捉到儿子的一丝气息。

屠夫已经收拾好了。其实也没有什么可收拾的,他早已经把肉铺卖给了别人,而那几间曾是我们这儿最豪华的屋子,已经如老式贵族一般没落了,没有了亲人,哪儿还有家呢?他现在是孤家寡人,孑然一身。他把妻子的镶框照片藏在包里,再把儿子的照片背在背上,走了。对他而言,这样反而才是最好的生活:一家三口,在他一个人的身上,以不断寻找的方式团聚。

再回来时,他的头发已乱如鸟窝,黑已经钻进了皱纹里,衣裳也已经破旧不堪,我们都没有认出他,以为是乞讨的南方乞丐。直到他走向早已收割的油菜花地里,走到妻子的坟前。他的儿子小扣依然没有回来,但他的背包上却坠了那么多条宗教里的念珠。从这些念珠上,我们能猜度到他更多的经历。

在寻找的路途中,他一定是在偶然间听到了古寺的钟声,遇见了殿里端坐的神佛菩萨。他向着古寺,向着佛祖,向着经文,向着得道的老僧,跪了下来。那一刻,真的如佛教故事里所说,他在心中放下了屠刀,放下了那让他为神为魔的剔骨刀,放下了那让骨肉分离的剔骨刀。放下屠刀,他当然不是想立地成佛,也无意建造七层浮屠塔。他或许只是觉得万物皆灵,他曾让万物失去的,万物也必然会让他失去。譬如说,他用一把寒气逼人、吹毛立断的剔骨刀,让世间的牲畜骨肉分离。那些断送在剔骨刀下的世间的牲畜六道轮回,冥冥之中也在用一把看不见的剔骨刀让他骨肉分离。至于哪把剔骨刀更为锋利,哪种骨肉分离更为疼痛,作为局外人,我们无从插嘴,但我想,承受刀锋的他们和它们自己一定知道。

我们乡已经很多年没有看到屠夫回来了。他就像一枚雪花,在世界上凭空消失,谁也不知道他现在身在何方,遇到了什么。人们说,真是父子相随,我们这小地方,百年来相继走失的,也就这父子俩了。人们说完就完了,屠夫和他儿子的故事,也开始渐渐在我们这里凭空消失了。唯有屠夫的那几间朽掉的房子还卧在这里, 等着风吹;唯有屠夫的妻子还躺在这里,等着油菜花开。

对了,还有那把剔骨刀。

最后一次见到那把剔骨刀,是我在本乡中学毕业的那年。我拖着初中三年的各类课本和资料,走到学校后面的垃圾收购站去卖。在收购站低矮的屋棚里,收废品的老人正用什么划断长长的尼龙绳,用来捆绑学生变卖的书籍。定睛一看,竟是那把曾经寒光四射的剔骨刀。只是,它现在被握在另一个人的手里,钝成一块废铁。

是的,那只是一块废铁。没有屠夫的剔骨刀,已经不再是剔骨刀。

万物相爱

◎ 安宁

一

在沂水河畔的王羲之故居，我停留了一个下午，并爱上了园中两株缠绕而生的树。

这是冬天。五十万年以前，人类的祖先就在此地繁衍栖息，并创造了远古熠熠生辉的东夷文化。冬日稀薄清冷的阳光穿过阴郁厚重的云层，悄无声息地洒落在居于老城一角的园林里。垂柳、竹林、楼阁、古刹、砚台、水塘、石碑，一切都静默无声，仿佛千万年的苍茫云烟横扫而过，这座古城却波澜不惊，这里依然是孕育了曾子、荀子、王羲之和颜真卿等等风流人物的琅玡古郡，依然活在嗜酒暴烈的东夷荒蛮时代。

园林里人烟稀少。古城里的人们，在忙着生计，忙着追逐，忙着琢磨，忙着繁殖。进入园林之前，我在被大坝拦腰截住的一段浩荡的沂河水域上，还看到一些漂浮在水面上的死鱼，它们惨白的肚皮，向着灰扑扑的天空，发出生命最后的尖叫。秋天里飘落的树叶，鸟儿衔来的草茎，大风卷来的尘埃，某个男人扔下的烟头，这些原本无缘聚合的人间事物，此刻，它们簇拥着一条条怒目圆睁的鱼儿，发出低低的哭泣。河水一遍遍冲刷着高高的堤坝，瑟瑟冷风带来冬日干枯草木的气息。没有人关心一条鱼的死亡，正如一条鱼永远不懂得人类的悲欢。一道栏杆，将烟波浩渺的水面与冰封的大地隔开，也将不同生命间互相抵达的通道隔开。而在大坝的右侧，河水正如谦卑的旅者，以千百年来未曾改变过的自由的姿态，缓慢地流经平原、山丘、湿地,并一路向南、向东,最后汇入黄海。

一条河将根基扎进大地,却将它的一生,放逐在路上。一株树的一生,则始终驻守在脚下,至死都不会离去。一条河把爱与柔情交付给大地、水草、游鱼、云朵、风雨,一条河也可以与另外的一条,汇聚于大海,相守于汪洋。而一株树,却要以合适的距离,在很多很多年中,不停地向着大地和天空伸展,才能与另外的一株,枝叶相触在云里,根基痴缠在地下。否则,它们终生都只能遥遥相望,依靠一只只偶然飞落的鸟儿,传递呼吸,浸染绿意。

可是,就在这片午后寂静的园林里,我却在一个角落,发现了两株深情相拥的树。我不知道它们叫什么名字,在沉寂的冬日,它们一览无余地站在那里,犹如刚刚降临大地的婴儿,全身赤裸,枝干洁净,嫩叶尚未萌发,花朵也无征兆。或许,它们根本就没有花朵和果实。它们可以被叫作桃树、杏树、李树、槐树、榆树,或者女贞。它们素朴简洁的枝干,犹如隐入人群便消失不见的普通人。它们出现在你的面前,又立刻混入千万株树木,让你忘了它们是其中的哪一株。如果你回来寻找,一定会在园林中怅惘失神,仿佛它们已经从大地上消失,仿佛它们从未出现在这个星球上。你只听见风化作游蛇,穿过冰冷的树干,从枝蔓横生的法桐,到直插云霄的白杨,再到窸窣作响的竹林,还有尚存一丝绿意的草地。最后,风席卷了你的身体,你看到满目萧瑟,却只有易碎的阳光,遍洒大地。

但我却决定为两株不知名姓的树,停留下来。因为,我的双脚被它们起舞时发出的幸福的尖叫阻止,似乎前方是满地荆棘,我不得不惊慌地收住前行的脚步。如果两株树遥遥相望,一株居于普照寺旁,每日沐浴晨钟暮鼓,一株长于洗砚池边,在鹅叫声声中,临水静默,我必会将它们忽略。但它们却簇拥在一起,仿佛从一粒种子时,就相约不弃不离。或许,人们刚刚将其中的一株移植到园中,另外一粒饱满的种子,便被鸟儿衔着,从远方风尘仆仆地赶来。此时的春天,刚刚抵达临水的古城,万物在鸟雀的鸣叫声中,睁开惺忪的睡眼。一切都是新鲜蓬勃的。煦暖的阳光慵懒地洒满园林,迎春的花朵早已开到荼蘼。僧人诵经的声音,让人想要倚在春天的墙根上,舒适地眯眼睡一会儿。这只从南方飞来的鸟儿,在这璀璨的春光里有些眩晕,于是它张开喉咙,放声歌唱。那粒种子,就这样悄然滑落,隐入泥土。没有人在意一粒种子的消失,就连当初千里迢迢带它来到此地的鸟儿,也呼啦一声飞入高空,将它忘记。于是它在春雨中,永不停歇地向着泥土的深处伸展,又在春天的声声呼唤中,越过其中一株盘绕的根基,在某一个清晨,顶着晨露,破土而出。

许多年后的某一天,我无意中途经此地,便看到了这两株将生命舞成热烈的"8"字形的树。夏天时满树氤氲的绿色,已经零落成泥。瘦削的树枝在干冷的草坪上,投下恍惚的影子。它们有着相似的冷寂与淡然,园林中的一切,钟声、鸟鸣、人语、水声,全都化为可有可无的背景。就连日月星辰,也都无关紧要。它们就这样日复一日地相爱,起舞,如痴如醉,物我两忘。一阵风过,它们亲密挽着的手臂,也只是发出细微的颤抖。

它们是如何在漫长的岁月中,执拗地相爱,沉默地起舞,义无反顾,不弃不离?一墙之隔的洗砚池小学校园里,每日传来孩子们的欢声笑语。大雄宝殿里僧人念经的声音,日日穿过故居围墙,散落书院街巷。故居对面的天主教堂,在商贩的叫卖声中肃穆地静立。世间的一切事物,都在这个古城里,按照生命的法则,落地新生,或者衰老死亡。唯有这两株无名的树,世人将它们忘记,它们也忘记世人。它们只为爱情而生。于是,在日夜星辰周而复始的交替中,它们默默地积聚着力量,最终跳出这场惊心动魄的生命之舞。

这是两株树无声无息的舞蹈,没有音乐,没有观众,没有掌声。它们指向天空的枝干,正引吭高歌。歌声比水塘中任何一只肥美的大鹅发出的声响,都更高亢嘹亮。它们旁若无人地起舞,私语,倾诉,凝视。以天为幕,以地为席,根基缠绕着根基,枝叶牵引着枝叶,额头轻触着额头。一曲终了,便继续新的。它们要将自己嵌入对方的身体,于是舞蹈便永无休止。

我站在那里,因为这一场盛大的舞会而身心震动。我知道除了人力拔除,没有谁能阻止这一场树与树的深爱。它们来自完全不同的生命,却奇异地相拥在一起,成为完美和谐的一体。这大自然鬼斧神工的造化,终于臣服于两颗心发出的强大的呼喊。

一株树爱上了另一株树,于是它们忘记一切,决定起舞。

我这样想着,深情地再看一眼它们,便转身离去。

二

在北京,一切相距都很遥远。仿佛从南到北,从东到西,隔着十亿个光年的距离。

住在东六环的人,跟住在西六环的人,可能一生都不会相聚。即便在早晚六七点钟的地铁里,东西南北蜂拥而来的人们,化为鼹鼠,钻入血管密布的地下心脏,并在穿越城市心房的呼啸的车厢里,摩肩接踵,耳鬓厮磨,亲如手足,但他们依然不会相爱。

住在通州的一个朋友,他每天有三个小时,穿行在地下迷宫一样的地铁里,嗅着来自天南海北的人身体里散发出的可疑的味道。他从未跟任何一个与他同一车厢的人,产生过交集,仿佛他们是他呼啸而过的人生列车上,窗外转瞬即逝的背景。但他却在去年的夏天,孜孜不倦地向我讲述一只斑鸠,如何在他家的小花园里孕育宝宝的过程。他在城市巨大又孤独的轰鸣中,却爱上一只迸发出原始生命繁殖之力的小鸟。

一个寂寞的雪天,我从快要将我五脏六腑颠出的地铁里走出,一脚踏进石景山路。夏天时遮天蔽日的高大的白杨,被一场大雪洗去了铅华,此刻,在淡蓝忧郁的天空下,现出洁净素雅的美。枝头的树叶,在刚刚过去的风雪之夜,彻底放逐了自己。昔日枝蔓芜杂的树干,变得清瘦起来。人们看向天空的视线,便越发地开阔空旷。仿佛这世间的隐秘与喧哗,全都消失不见。于是天空清洁为天空，大地回归为大地。

大道两边的草坪上，积满了雪，阳光穿过层层的枝杈，洒落在哪里，哪里便银光闪烁，散发出奇幻之美。树下的积雪稀薄，枯草便顶着冰冻的雪粒，在冷风中瑟缩着身体。灌木的枝条被雪压得很低，眼看着快要撑不住了，忽然一只喜鹊扑棱棱飞过，翼翅扫过枝条，积雪四溅开去，宛若一场突如其来的绚烂的烟火。

雪松、柳杉、刺槐、白蜡、银杏、圆柏……一株株形态各异的树，在雪地上错落有致地静立着。被一场大雪过滤后的空气，氧气充足，让人迷醉。这清寂无边的午后，让人心里空荡荡的、冷清清的，好像需要去哪儿寻找一簇火焰，点燃这沉默却又鼓荡的激情。

然后，我便在一条巷子斜伸出来的拐角，看到了那株正在燃烧着的绚烂的金银木。为了这惊鸿一瞥，它似乎等待了很久，又蕴蓄了一整个夏天的激情。那时，它还是开满白色花朵的一株树木，在喧嚣的街头，安静地站在一排白杨的身后，好像它们在烈日下投在草坪上的无足轻重的影子。夏日的花朵太繁盛了，它们热烈地拥挤着，吵嚷着。在大地上争奇斗艳，又在半空中暗香浮动。它们直白地向这个世界呈现着自己，却又因万物皆生机勃勃，而被世人忽略。在这场浩浩荡荡的绽放中，没有人会注意一株金银木，它的花朵并不张扬，甚至在色彩缤纷的夏日，这黄白间杂的颜色，被密密匝匝的树叶遮掩着，会被人忘了这是一株正在开花的树。事实上，它们只能被叫作灌木，而不是树木。它们介于花草与树木之间，在街边的花园或者远郊的小树林里，它们纷乱的枝条，与高大的法桐、水杉或者松柏相比，缺乏动人心魄的力量；而跟小巧婀娜的花草相比，它们了无章法的散乱身姿，又不能唤醒人们内心的柔情。

每天有无数匆匆忙忙的上班族，从这株金银木身旁经过，他们连看也不会看它一眼。它漫溢的芳香，好似山间清浅的溪水，被城市巨大的轰鸣声淹没。每一个白日与夜晚，骑单车的人、开豪车的人、快步跑的人、慢步走的人，还有地上奔跑的公交、十几米以下疾驰的地铁、万米高空上正穿过云朵的飞机，他们都会经过这一丛灌木，但如同经过一片荒原，这株努力向着星空生长的金银木，并不曾被某个人记住它瞬间的芳华。它所站立的地方，拥挤喧哗，又形同虚设。

夏天很快过去，迎来万物肃杀的秋天，树叶雪花般纷纷扬扬地从枝头飘落，天地日渐现出眉目清晰的轮廓。这株像樱桃树一样浑身挂满红色小灯笼的灌木，开始跳入人们的视野。当秋风卷起满街的树叶，哗啦哗啦地在大道上奔跑，或者绕着皮鞋布鞋运动鞋高跟鞋飞旋的时候，这株金银木只是安静地站在那里，像一个羞涩的新娘，或者孕育着婴儿的幸福的母亲。没有什么能打扰它的宁静。路过的云朵投下一小片阴影，却也只是让它的一部分隐匿在其中，它更绚烂夺目、晶莹剔透的红，在秋天高远的天空下，静静闪烁，不张扬，也不卑怯。那一刻，它是天地间自由诗意无为的存在。

风越发地紧了。风将硕果累累的秋天赶走，并将自己从一条紧贴地面的冰冷的青蛇，变成席卷了整个城市的呼啸的游龙。风带走了酸枣、银杏、山楂、沙果、葡萄、板栗、毛榛，风带走了一切坠向大地的果实，却让金银木的枝头，以越发浓烈的红，在小巷与大道相交的拐角，火一样燃烧。

风还带来了一场又一场雪。大雪将世界变得洁净，昔日的喧哗与躁动，被冰封成琥珀，在阳光下闪闪发光。一切都是悄无声息的，即便发出声响，也是一只喜鹊落在雪地上，跳跃时惊起的雪落的细微声音。风缓缓吹过，杨树枝干上的积雪，便梦幻般扑簌簌地落下，仿佛一场新的飞雪，又忽然轻盈地降临人间。

住在东六环与住在西六环的人，都走到这里。同样途经此地的，还有一个外地的打工者、一个定居北京十年的新移民，以及偶然途经北京的我。人们都停下脚步，被这雪后满树热烈的红色吸引。风在这个时刻，没有了声息，似乎为了这一簇炫目的红，它悄然消失在崇山峻岭般的高楼大厦之间。天空是清澈透明的蓝,空气中弥漫着积雪洗过的清冽充裕的干枯植物的气息,这气息来自顶着雪花的干草、沉睡的树木、沧桑的松柏、埋藏在雪下的红隼的羽毛、雨燕干燥的粪便,以及鸟雀热爱的金银木酸甜可口的果实。

在寒冷的冬天,日日被觅食的鸟儿们环绕的金银木,并未现出稀疏苍老的面容。它像傲雪的一束火,在洁白的草坪上不息地燃烧着。每一个路过的人,都会放慢脚步,看一眼这熊熊燃烧的火把,而后被缀满枝头的"小灯笼"映红了的疲惫的脸上,便会溢出一抹轻松的微笑。那微笑仿佛依偎着炉火许久,散发出一抹橘红的暖意。

就在这个时刻,那些在北京奔波谋生的人,他们每日被轰隆轰隆的地铁碾轧过的心,忽然发出一声声深情的呼唤。他们想称呼这一株雪中怒放的金银木母亲、爱人、姐姐、妹妹,甚至故乡。它是他们的亲人,他们在这个人间的一切哀愁、希望、悲欢,都被这一簇火焰点燃。他们因此觉得幸福。仿佛在这个城市奔波劳碌的一切岁月,都具有了崇高的意义。

我驻足停留了片刻,确认已经将这一簇永不熄灭的火,植入了心里,便微笑着继续向前。

三

10 月末夜晚的闽西山区,重峦叠嶂泼墨一般, 与漆黑的夜色融为一体。车在不知有多少道弯的山路上,犹如一条幽灵般的长蛇,无声无息地蜿蜒向前,并发出静谧的嘶嘶的声响。长途跋涉让我有些劳累,而灵蛇山又不知何时抵达,在车驶入又一个新的漫长无边的隧道之前,我终于疲惫地闭上了双眼。

不知过了多久,我感到一丝沁凉的风,自车窗的缝隙中吹来,仿佛暗夜中忽然绽放的花朵,缕缕香气从娇嫩的花蕊中溢出,浸入身体每一个敏感的神经末梢。我慵懒地睁开眼睛,随即吃惊地发现,一轮硕大的橙红的月亮,正离我如此之近,似乎只要打开车窗,就会触手可及。此刻,它宛若一个楚楚动人的少女,羞涩地躺在群山之间,将视线好奇地投向人间。人间有什么呢?似乎什么也没有,除了它自己洒下的漫山遍野温柔的月光。

山路盘旋向前。于是那轮月亮,便时而化作摇篮,静谧地悬挂在天际;时而躺在前方公路的尽头,调皮地等待我们的车开近;时而与我们捉迷藏,躲到天窗的上方;时而隐入深山,并在一个拐角,猝不及防与我们相遇。如果此时我飞到月亮上去,俯视人间,看到我所乘坐的汽车,一定像一只离开家族的固执的瓢虫,或者迟迟不肯睡去的孤独的飞蛾,沿着阒寂无人的通向无尽远方的公路,来一场长途探险似的飞行。月亮于是一路追逐着它,逗引着它,并因酣眠的人间竟然还有陪它夜行的生命,而觉得快乐。

有那么一刻,我希望我们的车永远不要抵达终点。我不想看传说中的灵蛇山,因为月光下的每一座山,都已幻化成舞动的精灵。我也不想见山中隐居的僧人,因为跟着月亮飞翔,内心比僧人还要自由。至于期待的万千繁星,它们正在我的头顶,熠熠闪光。此时的风,也是轻的,似乎怕惊醒了沉睡中的蜻蜓、鸟雀、松柏、湖泊。就连河流也静寂无声,像一只屋檐上的猫,穿越月光笼罩下的村庄和农田。如果酣眠中的大地也有梦境,那梦一定是柔软的、飞翔的、轻盈的、花瓣一样细腻光滑的。仿佛月亮有一支魔法棒,轻轻一挥,整个世界便瞬间陷入深深的睡眠。大地宁静,月光温柔,生命在睡梦中发出轻微的战栗。一切恍若死亡,这永恒的依然会苏醒的死亡。

我因这一轮清幽又热烈的月亮,想起了许多个有月亮的夜晚。

有一年,临近春节的冬天夜晚,我在北京五环外人烟稀少的途中,路过一小片树林。积雪尚未融化,一群乌鸦忽然扑棱棱飞起,惊落满树晶莹的白。月亮镶嵌在天窗上,从未离开。这是一片荒野,道路两旁高大的树木,在月光下静默无声。侧耳倾听,有风声自树梢上簌簌传来,仿佛一只无形的手,在轻轻拍打着什么。大大小小的鸟巢,像一团团幽静的暗影,栖息在高高的树干上。每一个巢穴,都是一个宁静的家园,有等待爱人的妻子或者丈夫,也有渴盼父母的嗷嗷待哺的婴儿。只是此刻,它们都睡着了,万籁俱寂,了无声息。只有车驶过不平整的马路,发出一声愧疚的颠簸。除此之外,便只有人细微的呼吸,在夜色平缓的流动中,怕惊扰了什么似的,蹑手蹑脚,进进出出。而月亮,则在长达两个小时的行驶中,一直透过天窗,将洁白的月光,洒落在我的左手上。我伸开掌心,注视着这一小片游动的水银,看它含着笑,那笑是清甜的、活泼的,山涧的溪水一样,带着湿漉漉的凉意,沁入我的肌肤。我和开车的朋友,一路注视着这一小片月光,彼此微笑着,却什么也没有说。

还有一年,在成都湿热的夏日夜晚,我关了房间的灯,坐在二十六层的飘窗上,俯视整个灯火通明的城市。四周一片寂静,仿佛有一条星光璀璨的河流,正缓缓穿越整个城市。草木繁茂,雨水丰沛,桂花树在湿润的夜晚向疯里长。每一个角落里都是生命,拥挤的生命,密密匝匝的生命,尖叫的生命。就连野猫,也在天地间放肆地呼唤着可以一刻春宵的伴侣。而我,坐在高处,倾听着这一场人间的隐秘,仿佛一个通灵师,忍不住想要抬头仰望上苍。我就在那一刻,看到一轮浑圆的月亮,挂在高高的夜空。

这是一轮贪恋人间烟火的月亮,所以它圣洁却又不失妩媚,娇羞却又不乏野性。每一点暧昧的月光洒落下来,都会导致一桩人间的引诱事件。于是,湿漉漉的夜晚,草木们想要一场可以放肆尖叫的爱情。昆虫们匍匐在茂密的草丛里,被月光撩拨得蠢蠢欲动,它们想冲破黑黢黢的夜色,飞到月亮上去,它们想大声歌唱,就像举办一场声势浩大的大合唱。它们想要性爱,生儿育女,繁衍不息。它们想在人类的睡梦中,完成生命的交接。一只岷江上的蜉蝣,此刻就在这撩人的夜色下,完成了它存活于世的唯一的使命——婚配。就在短短的数小时内,它们浪漫地在江面上飞翔,歌唱,絮语,产卵,而后生离死别,永不再见。此时,桂花尚未绽放,枇杷早已上市,桃子鲜嫩欲滴,夜市上有醉鬼摇摇晃晃地走过;而一只蜉蝣,却在月光下,尖叫着度过了它完美的一生。没有人听到它的叫声,犹如万千植物在潮湿中完成的爱情的宣言,也没有人听到。只有一个倚在高楼上的人,和一轮风情万种的月亮,无意中瞥见了这一场末世般的狂欢。

千百万年以来,一切都在发生变化。植物消亡,动物灭绝,人类死去,王朝更迭,但月亮,这将清幽的光遍洒荒野、草原、城市、村庄和古寺的月亮,这见证着人间悲欢、生命传奇的月亮,却始终一言不发。

离散者聚会

◎ 金仁顺

会议的主题是:和平与沟通的平台。

韩国翻译院问我愿不愿意来开这个会,我说愿意。时间很好,五月初,首尔气温适宜,风景美丽。如果日程不是特别满,还可以继续寻找美食小店。以前发掘的几家也很想再去。一个是汤饭馆,石锅里面黄豆芽煮得刚刚好,打进去的荷包蛋煮到七分熟,端上桌的时候汤"咕嘟""咕嘟"沸腾着,热气和香气很难说哪个更浓郁。米饭整碗扣进石锅里,就着泡菜和萝卜块吃,一直到汤饭吃光光,石锅还是热乎乎的。汤饭馆隔壁是家烤肉店,肉倒没什么,亮点在免费提供的几种山野菜上,新鲜、干净,绿色叶片紫红色叶脉,颜与味俱美。弘大附近有家小店卖炸鸡胗,鲜嫩脆爽,研究半天也没搞明白,肉筋筋的鸡胗是怎么料理成这个样子的。有次去北村,回来时,在一个地铁站附近找到家米肠店,肠衣里面装的是猪血、绿豆芽、粉丝、芹菜丁,煮熟后切段,放进牛杂汤里炖,上面铺着切碎的紫苏叶,叶子上面再撒上一把炒熟的苏子,香得能让人打一个激灵。辣鸡爪倒是很多家店都做得不错,跟冰镇啤酒搭配,消夜最佳——相比之下,炸鸡和冰啤酒的搭配完全是电视剧的捆绑产物:大家喝的不是啤酒,是剧情的狗血;吃的不是美食,是男女主角的颜值——配啤酒更好的是用辣酱生拌的螃蟹,味道绝佳,但太寒凉了些。还有很多人点一种类似福建蛤仔煎的东西,几种蛤蜊肉、八爪鱼须,加面粉和鸡蛋,还有一大把整棵的韭菜,一起煎成饼,吃的时候要用剪刀剪开。首尔的夜店,半夜十二点人声鼎沸,呼朋唤友,到处都是兴致勃勃的面孔。

这次会议订的酒店在光化门附近，市中心，去哪儿都方便。我入住时已经是下午了，晚上没什么事儿，出去在街头乱转，找到一家专门吃鱼的店。店里面挂着大幅的照片：炭黑色的明太鱼一排排挂在木架上，灰黑色鱼身上覆盖着白雪。好的明太鱼干要在冬天晾，低温、冰雪、昼夜温差，能让鱼肉一点点地发生变化，日后拿鱼干下酒时，鱼肉可以像棉絮那样一层层撕下来。晾鱼只能选冬季，其他季节温度太高，或者空气太干燥，肉很快会变僵硬，鱼干变成了棒槌。

这家鱼店里卖十几种鱼，十几种做法，招牌菜是几条明太鱼用整锅辣椒来炖，黑白灰的鱼，鲜艳红火的辣椒，上面撒着翠绿嫩白的香葱末，看着就让人流口水，可惜四人份才起订。我挑了一款单人套餐，三种鱼，煎炸炖，附送米饭、海带汤和八碟小菜，满满当当地摆了一桌子。我很努力地吃光了两碟小菜，老板娘贴心地问我，要不要再加？我连连摆手。

说到沟通，有什么能比美食更适合？酸甜苦辣咸，在舌尖缭绕，冷暖自知，进而深入胃肠，沉潜下来。食物的记忆是身体的，也是精神的；是愉悦，也是惆怅；既当下，又古老。吃完饭走路回酒店，穿行街道仿佛走在城市的胃肠里面，人并不比一粒米更大。

第二天在酒店吃了早餐，到大堂集合。大堂里面挤满了人，不知道谁跟谁是一伙儿的。我翻了翻会议资料，发现参会的作家分成两部分，一半是韩国作家、诗人、评论家；另外一半是拥有韩裔（朝裔）血统，来自十几个国家的作家和诗人。

我的翻译过来找我，她有详细的日程安排。开会的作家们被召集起来，分乘两辆中巴前往会场。中青老都有，男女各半，不约而同地沉默着，偶尔眼神碰到一起，就点头微笑，转头去打量着车窗外的风景。

离酒店不远有个三岔路口，路边摆放着一件雕塑作品：一大把五颜六色的气球放飞在空中，用一把线固定在地上。

路程很长,差不多一个小时才到达会场。

开幕式很简单,翻译院院长是诗人,笑容满面,致辞简洁:欢迎作家们来到首尔。他介绍了这次会议的主旨,是提供一个平台,来自世界各地的韩裔(朝裔)作家济济一堂,谈论文学和生活,交流创作感受。他相信本次会议将会碰撞出思想的火花,他对接下来的活动抱有很高的期待。最后,当然了,希望每位参会作家在首尔期间心情愉快。

开幕式后有十五分钟茶歇,大家都过去喝咖啡、吃点心和水果,几种语言同时响起来。在饮品和甜品的催化下,气氛松快了很多,大家被介绍或者自我介绍,从彼此的脸孔上面找到很多熟悉的特征:单眼皮、薄嘴唇、羞涩的笑容、鞠躬问好的姿态。血统这事儿说起来很奇妙,在人的身体里像红珊瑚盘根错节,每个人都是独立的,又都枝蔓交缠,源远流长。

茶歇时间结束后,进入第一组讨论。六个作家坐上讲台。除了国外来的作家,每场都有两到三个韩国作家搭配,讨论会的主持人也是由韩国作家、诗人或者评论家来担任的。

这一场讨论会给我留下印象的是来自俄罗斯的作家,七十岁上下——作家们的简历中,大多数人都没写年龄,有些人可以猜个七七八八,有些人则是谜——老作家很和善,没有留长发,没有奇装异服,也没有任何虚张声势的东西。像普通人家的老爸,泡杯绿茶喝杯小酒,说话慢条斯理。他介绍自己,祖父辈移民到俄罗斯,他在俄罗斯出生,生活至今,他的画家身份远重于作家身份,他靠卖画维生,也靠卖画来养活自己的文学理想。

朝鲜半岛的人移居俄罗斯,从很早就开始了,就像当年他们到中国东北垦荒一样。起初是十个八个,春去秋回;慢慢就家族搬迁,固定不动;再后来,形成了村落,被俄罗斯人泛称为"高丽人"。人在异乡为异客,俄罗斯幅员辽阔,冬季漫长,生存不易,但一代又一代移民却也扎下根来,他们并没有多喜欢移民身份和生活,但流浪也是一种惯性,处处无家处处家,时间久了,冻土里面也长出了温情。他们的生活圈子分内外,对内维系着传统和文化,生活上彼此照顾;对外与周边环境、人、事交融、渗透。他们这一辈大多数人不会讲韩(朝)语了——他的韩(朝)语是后学的,不是特别流畅,但交流不成问题。他的女儿很早就开始学习韩国语,回韩国留学,毕业后嫁给了韩国人。前几年他和妻子在韩国买了房子,每年回来住几个月。他这么做,不是有什么叶落归根的情怀,他喜欢开放的生活,哪种生活让他感觉到自由和舒服,他就选择哪种。

笔会倒数第二天的晚上,作家们去看俄罗斯作家在首尔举行的小型画展。他绘画的题材很常见:树林、道路、花朵、家禽,也有欧洲和非洲题材,他的画作颜色艳丽,天真烂漫。他喜欢画树,要么枝条稀疏,要么呈现絮状,还有的树树冠被他画成蒲公英式的花球,随时都会被风吹散似的。不管什么树,树根都跟豆芽儿似的,浮于画面之上,而那些鲜艳的颜色,也因此变成了明丽的忧伤。

来自丹麦的女诗人曾经是弃婴,在冬天被遗弃在教堂门口,后来被丹麦的父母收养。她打扮中性,头发也是男生的样式,她作品的主题是关于遗弃和孤儿。

她长着东方人的脸,被带到陌生的国度,谁都能一眼看出她的不一样,进而知道她的经历。她是有父母的孤儿,在成长过程中跟谁都不一样的存在。她的成长是疼痛的、尖锐的、孤独的。她对被遗弃这件事情无法释怀:因为是我,所以被遗弃?还是遗弃凑巧发生在我身上?她的父母发生了什么事情,让他们把婴儿扔掉?他们会想念那个弃婴吗?还是在遗弃的同时就选择彻底忘记她?

她直言,回到首尔的心情是复杂的,各种复杂。

午餐为我们准备了林延寿鱼套餐。

林延寿是个人名,生活在几百年前,热爱垂钓,钓技高超,出神入化,尤其擅长钓一种海鱼——就是现在被煎好后,摆在盘子里的这种鱼——

他一个人钓的鱼,比其他人加起来还要多,久而久之,大家在谈论这种鱼时,就以他的名字命名。

他是鱼的克星,是鱼的劫数,他的名字居然被用来为这种鱼命名。

林延寿鱼通常用大粒海盐先腌成咸鱼,吃的时候洗干净,整条鱼劈成两片,文火慢煎,鱼油慢慢渗出,给煎成金黄色的鱼上了层釉彩。米饭是用一人份小石锅焖熟的,旁边配着几个小碟子,是撒了芝麻的凉拌青菜、泡菜以及鲍鱼。

院长坐在我对面,怕我不会吃,示意我跟着他有样儿学样儿。

米饭用冷矿泉水泡了,用勺子捞着吃,这样的米粒更有嚼劲儿,配鱼吃非但没有腥味儿,反而强调了鱼肉的咸香。米饭盛出来后,要把一杯大麦茶倒进空的热石锅里,盖上盖子,米饭吃完的时候,石锅里的锅巴也泡软成了锅巴粥,锅巴粥不只养胃,也能让人把剩下的鱼吃完。

林延寿鱼中国也有卖的,买这种鱼的大多是朝鲜族人,所以多是在朝鲜族人聚居区的市场里卖。我妈妈对这种鱼情有独钟,每个人都有几样饮食,会通过舌尖深入灵魂,跟亲情、离绪、乡愁联系在一起。我去延吉开会的时候,会专门跑趟农贸市场,替她买一箱回去。她转手就把这些鱼分给大家,独乐乐不如众乐乐,怀旧也要多人一起才有意思。

午餐结束时,盘子里的鱼变成了另外一副样子:孤零零的鱼头,眼睛还瞪着,身体却只剩下了一根刺,像是一场行为艺术。失去了肉身的鱼,变得狼藉,也变得狞厉,这时候再想起"林延寿鱼"这个名字,意味就完全不同了。林延寿抓了数不清的鱼,但更多的,多出几千倍、几万倍、几亿倍的鱼被蚕食的时候,"林延寿"的名字也被一次次凌迟。如此说来,名字因为鱼得以流传,竟成了报应。

下午的研讨会,最引人注目的是日本女作家朴实和来自美国的非虚构男作家以马内利。朴实很年轻,三十岁左右,扎着两根染成大红色的辫子,一身潮服,像是刚从东京涩谷、首尔江南夜店里晃悠出来。以马内利白衬衫配西装，皮鞋锃亮，头发一丝不乱，像商业精英。

朴实讲述她的个人成长史。在日本，她个头儿偏高颜值也偏高，女孩子引人注目并由此遭遇各种美好，那是偶像剧。在生活中，美丽出挑，吸引眼球，对少女而言是件危险的事情。她初中的时候被老师性侵。有很长一段时间，她每天下午被老师带回家里，被绑在椅子上，强迫她做各种事情，同时还伴以各种恐吓，如果你说出去，你会如何如何。她担惊受怕，天天噩梦，无助至极。朴实讲着讲着，声音哽住了，泣不成声——以马内利递纸巾给她，拍了拍她的后背，坐在她另外一侧的女作家接过来她的发言稿，替她读了下去。

朴实恢复了两分钟，女作家把发言稿递还给她，她接着发言，少女时代遭遇的事情，让她身心俱损，了无生趣。她开始逃课，与家人和学校对抗，和最好的朋友一起吸毒，变成了问题少女。她知道自己在沉沦、堕落，也知道这种沉沦、堕落的结果是什么。但那又怎样？或者说，她又能怎么样？很偶然的机会，她去参加了一个创意写作班，她随意写出来的东西被老师大为推崇，夸她有写作天赋。老师的反应让朴实吃惊不小，这是第一次，她被人如此正面地对待和评价。她受到了鼓励，写了几篇小说，她的小说给她带来了更多的读者和赞扬，还得了新人奖。她意识到，生活并不全是黑暗的，乌云也镶着金边，她应该换一种生活方式。她去美国，学英文，也学写作，这期间，跟她一起吸毒、堕落，同时又相伴相依的好友自杀了。好友的死亡重创了她。她自责自己的离开，质疑自己还能不能摆脱掉从前的阴影，她又变回那个孤独、无助的小女孩了，她也想自杀。如果没有写作，她早就不在人世了，写作对于她，是一种救赎方式。

我们都为她鼓掌。这么年轻，这么勇敢。她的写作是生命写作。少女时期的黑暗，被践踏过、伤害过的青春，送入文学的熔炉里，炼出绝世丹药也未可知。

以马内利在华盛顿长大。他的个人简介罗列了他关注的写作方向和他出版的作品,丝毫不提及个人经历。我们不知道他是怎么到美国的。弃婴还是移民?他是非虚构作家,对朝鲜的一切他都有兴趣。他费了很多周折,努力了很长时间,终于去了朝鲜。他以记者的身份在那里待了几个月,被带到一些地方,采访一些允许他采访的人。国际社会对朝鲜有种种传言,实际上,就他的所见所闻而言,朝鲜没有外界说的那么妖魔化。物质生活是很贫乏,但也没有传说中的那么夸张。他在那里的几个月,他自认为是"深入生活"的,交了几个朋友,对很多问题——敏感的以及不那么敏感的——都有充分的交流。朝鲜很容易被各种想象涂抹,因为他们不透明。

在他的讲述过程中,有人微笑,有人摇头,有人不置可否。

在韩国讨论朝鲜,或者在朝鲜讨论韩国,都容易越谈越乱。以马内利的身份加剧了这种混乱。他这个有韩(朝)血统的美国公民,在朝鲜人眼里,未尝不是怪力乱神。他带着新奇的眼光去看朝鲜,朝鲜也同样审视着他。他对朝鲜的一切津津乐道,韩国人回以微妙的笑容,"你站在桥上看风景,看风景的人在楼上看你"。

李沧东也参加了这次活动,以作家的身份。他们那一组上台时,他坐在最靠边的位置,仍旧是最抢镜的。

李沧东年轻时当过中学国文老师,功成名就后出任国家文化观光部长官,几年后又辞掉,专心当导演。他早期靠写作崭露头角,因为编剧进入电影界。二十多年前,韩国兴起一拨儿"作家电影",好几个作家都改行当了导演,并且成绩斐然。作家导演的电影通常比较细腻、文艺,比起"观看",更像"阅读"——李沧东算是其中的翘楚——但同时也沉闷、缓慢。文艺片一直孤芳自赏,韩国的文艺片可以加上"尤其"两字。

李沧东的电影认可度很高,一方面很文艺腔;另一方面,也不缺少冲突和戏剧性。十年前,《密阳》大火了一阵子,那部电影,故事有明显的漏洞,但也有来自内心深处或者说灵魂的碰撞,人物之间有很多硬对硬的磕碰。女主角的扮演者全度妍,演技大放华彩,像她的名字"度妍"一样,把这个电影作品变得熠熠生辉。去年，李沧东把村上春树的小说《烧仓房》和福克纳的短篇小说《烧马棚》糅合在一起，拍摄了电影《燃烧》，得了好几个奖。估计只有作家出身的导演，才会烧出这样的脑洞，把村上春树和福克纳联系在一起。

多年来，他一直以作家自居，"作家"是标签和符号，意味着原创、深刻、独特，还有那么点儿超凡脱俗，他的电影都是自己编剧，这次他来参加讨论会谈的是电影《燃烧》，他为什么要拍以及拍摄过程中的一些思考。他的存在，让一些听众很兴奋，尽管听众们是奔着文学来的。而作为国际知名导演，李沧东来参加这种活动，一是强调自己仍然在文学现场，二是对韩国文学的致敬和肯定。

中午我们去吃素斋。这还是我第一次在韩国吃素斋。一楼是个商店，卖念珠、香炉、线香等等佛教用品；二楼是饭店，顺着过道隔成一个个隔间。我们被分配到不同的隔间里面坐下，服务员穿着僧服，一道一道地上菜，态度平和，简洁地介绍几句菜品：用果酱腌制的圣女果，端上来时很像蜜枣；放了松仁的南瓜粥；四种山野菜凉拌的沙拉；蘑菇、木耳、藕片炒成的合菜，上面撒着芝麻；野生橡子做成了橡子冻，切块拌成的凉菜；添加了大枣、板栗的杂粮饭；野果果汁、藜麦茶。

食材简朴，摆盘却漂亮、精致。每一款食物端上桌的时候都像件艺术品，吃饭这件事变得郑重、端庄，大家下意识地正襟危坐，优雅进餐。

纪录片《主厨的餐桌》里面介绍过一个韩国尼姑静观师太，是个做素斋的高手。曾经被请到纽约做菜，惊艳了众人，参加那次聚会的一位美国纪录片导演路转粉，追着她的脚步跑来韩国拍她。

静观师太六七岁的时候就模仿妈妈给家人做面条，出手不俗，妈妈夸奖她说，有这样的天分和能力，以后她会过上幸福的生活。她十七岁的时候，没有像普通女孩子那样谈恋爱，到深山里面的白羊寺当了尼姑。

寺院里的生活原始而又艰苦，凡事都要亲力亲为，十七岁的少女静观,每天早上三点钟起来做早课诵经,然后忙上一整天,睡眠严重不足。她有一次出门打柴时爬到一棵树上睡着了,睡梦中觉得有什么东西压在身体上,睁眼一看,一条粗大的蛇正从她的脖子边滑过她的身体,她居然没害怕,又睡过去了。她给父亲写信,说自己好困啊,想回家了。她父亲和兄弟姐妹来接她,她却不是真想回家,只是想念家人,想见见他们。因为这个插曲,寺院里后来允许她不做早课,每天多睡几个小时。

静观做菜的天分在寺院里发挥到了极致。《主厨的餐桌》介绍的都是米其林顶级大厨。静观师太是个例外。静观师太的食材都是普通谷蔬,她的菜园和林地交融在一起,种菜相当随意,栽上芽苗后,就把它们交给土地、阳光、雨水,让菜苗自然生长。野猪偶尔会来拱菜园里的菜,虫子就更多,把菜叶咬出许多孔洞,她不以为然,因为众生平等。她从不认为自己是厨师,对她而言,做菜是一种修行。她的素斋不需要食客的追捧和美食家的鉴定,她的每一道菜都是一道禅,让吃的人心境平和,摒弃尘杂。厨师们惯用的生猛海鲜、新鲜红肉,让人在口腹之欲得到极大满足之后,内心火气飞扬,而素斋与之相反,是让人沉静、冥想的手段。

素斋是饮食教育。我们来自五湖四海,滚滚红尘。素斋就像"攘外必先修内"的课堂,一道道菜像一个个哲学话题,严肃深沉,相比之下,那些油炸食品和香气四溢的快餐,倒像娱乐节目,艳丽、喧嚣、空洞少营养。

静观师太的父亲后来又去寺院看她,住了一段时间,每天跟她们一样吃素斋,有一天抱怨说,每天都吃这样寡淡无味的东西,怎么可以?静观师太给他用香菇烧了一道菜,她父亲吃后,感慨说:"丝毫不比肉逊色,既然有如此美味,我还有什么不放心的?"

第二天他离开寺院时,在院子里给静观师太,也是他自己的女儿鞠了一躬。回家后没多久,他就过世了。那些寺院里的素斋,是父女二人红尘空门之间的对话。静观师太用食物说服了父亲,让他安心离去。

我的发言是关于个体的。我们曾经是同一条河流的石子,这把石子被命运的手抓起来，撒出去。新环境里面的融合并没有那么简单，不停地迁移、流动，寻找安身立命的最佳地点，一代人两代人三代人，移民为了契合进新世界新秩序，不得不磨掉了身上的特质和一部分性情，而现在，这个会议像两根手指，把我们从世界各个角落里拈出来，重新聚拢成一把石子。我们彼此好奇、感慨，但同时也清楚：我们回不到那条河流了。

最后一个下午和晚上，是派对时间。地点选在一个小山上，那是一个石刻公园，摆放着各种石雕石刻作品。有古代传承下来的，也有艺术家新近创作的。历史和现实杂糅在一起，既随意又和谐。

派对在公园小博物馆的二楼平台上举行。因为地势的缘故，这个平台跟上山的坡路是平齐的。靠近建筑物的那侧和平台正面，各有两堵大理石墙壁，这两道壁垒加上山势和缓坡，圈出了一块既方正又开阔的平地。这个空间不只能摆放几十张桌子、自助餐菜品、饮料区，还布置、搭建了一个临时舞台。我们在山上四处欣赏石雕作品时，乐队在调试音响，电吉他、架子鼓时不时轰隆隆地响上一阵。

菜品、酒、饮料准备得非常丰盛，除了韩国的烤牛肉、烤海鲜、炒五花菜，还准备了十几种西式菜品，无论来自哪个国家，都不难从中找到一两种自己喜欢的菜式。几天来我们一直在吃"韩式"餐饮，饮食是另外一条回故乡的道路，比创作更直截了当，更深入肺腑。派对菜式的多样性，让大家瞬间找回自己的日常慰藉，选择自己胃肠最熟悉的那些。但这也是我们本次会议最没特色的一次聚餐。兼顾大局，可能都要以消灭个性为代价吧。饮料倒很韩式，韩式烧酒里面兑上啤酒，用力地在桌面上一磕，在啤酒沫涌出时，一口喝光。

餐饮的同时，演出就开始了，一个摇滚乐团先开场，女歌手弹着吉他唱了几首歌。气温在不断下降，两个刚上场的美女穿着吊带红裙，跳探戈舞，身材曼妙，动作撩人，热情火辣，但裸露的肌肤在这样寒冷的夜晚，唤醒的却不是性感而是担忧：别感冒了啊。节目表演的间隙，有几个人上去朗读自己的诗歌。丹麦女诗人读的还是那首关于遗弃和收养的长诗。这几天她好像没换过衣服,维持着中性的、特立独行的风格。

气温越来越低,主办方不知道从哪里弄来了几十件羽绒服,给大家分发下来。年纪大的人先穿上了,然后是女人。

阿斯特丽德也上去朗诵诗歌,可能是身材细弱,女性气质更突出的缘故吧,她仅仅是站在舞台上面,一股悲伤的气息便已传来。人群中有人发出惊叹声,一些人扭过脸去,我们都跟着转过头:不知道什么时候,侧面的那道大理石墙壁上面,一个舞者全身上下被一层贴身红布裹挟着,在墙上慢慢地一边做着各种动作一边往前走,这个红色人体——活着的、不断变形的现代雕塑作品——既是精神化的体现,又像幽灵。阿斯特丽德的诗很长,但这位舞者的路更长,这个红色的、血色的人,在高处,在窄处,在幽暗处,一步步前行,像蒙着红布的不同塑像。我们看不到他的面目,却因此更能清晰地感觉到他的生命律动和复杂情感。阿斯特丽德的朗诵结束了,舞者从高高的石墙上下来,但舞蹈并未结束,他扯掉了红色的布,露出赤裸的、涂成白色石膏般的身体,不知道是不是被红布沾染的缘故,他身体上有一块块黄色的印迹,就像陈年的被磨损的石膏像。舞者的脸也被涂白了,在我们捂着羽绒服瑟瑟发抖的时候,他拿着一个花园浇水的水龙头,将喷水的水柱对着自己从头到脚地浇下来。在舞蹈的最后,他从花圃里摘下一朵红色的玫瑰,走过去递给一直站在舞台上的阿斯特丽德。她接过花,他们拥抱在一起——

艺术家们不发一言,一个舞蹈就把这次会议的灵魂剖出来放在大家面前,三天前刚来首尔的时候,会议还像冰山,露出来的那一角,宛若明媚的水晶。作家诗人们客气而疏远,随着写作和个人经历的剖白,冰山不断融化,这个沟通与交流的平台,像个大海绵吸了太多太多的水分,变得越来越沉重。

这一次离散者聚会,每个人都袒露了一些伤和痛,有相似的,也有不同。血之源头,是生命的起源,但并非是每个人的家园,哪怕冠以"心灵"或者"精神"字样,也不可能。命运就是命运,不争论,不废话,命来如山倒,剥茧抽丝以及其他种种,那是每个人自己的事情。

离别将至,每个人的表情都是平和的,回酒店时,街边那把气球仍在,它们被线固定在地上,想要飞却注定飞不起来。作家们彼此拥抱、告别,阿斯特丽德和我想象的一样瘦弱,仿佛翅膀合拢的鸟儿,拥抱过后,她问:"我们还会再见吗?"

我觉得不会。

但我回答:"当然会。"

"金山"阿尔泰

◎ 邱华栋

新疆人通常会把"疆"字拆成左右两半来解释。

左边的"弓"和"土",寓意新疆五千六百千米弯弯曲曲的边境线;右边的"畺"字由三条"一"夹两个"田"组成,三条横杠则分别代表着从北到南的三座山——阿尔泰山、天山、昆仑山。

据此可见山对于新疆具有显著的地理和人文标志意义,其中的阿尔泰山又被称为"金山",可见其在当地人心目中的位置。

"金山"四季

阿尔泰山的春天是短暂的。

每年的三四月份,长达五六个月的冰封季节开始化冻,春天就来了。春天在这里是和夏天紧紧地连在一起的,仿佛刚刚春暖花开,夏天就接踵而至。春天刚到的时候,河水淙淙,鸟儿嘤嘤,草木拔节,牛羊撒欢儿,阿尔泰一下子就从熟睡的少女变成了活泼的少年。在这里,大地变绿的速度是非常快的,去年的衰草的黄色还夹杂其中,过不了几天,衰草已经不见了,大地变得纯绿了。树也是这样,刚开始,深绿色和刚刚萌发的嫩绿交替出现在枝头,但是,这种泾渭分明的绿色很快就浑然一体了,云杉、白桦、落叶松的树叶的绿色生长节奏是不一样的,就好像是交替演奏的乐章,奏响了春天的序曲。

而夏天的阿尔泰林地和草甸,则完全是野花的世界。

在喀纳斯湖边的林地空隙,到处都是野花。这里有野芍药、野罂粟、火球花、金银花、柴胡、金老梅、低头葱、独活、野蔷薇、龙胆花、野豌豆、萤花、紫花苜蓿等,一下子把草地织成了一面真正的花毯。这一面花毯十分的细密,各色野花争奇斗艳、姹紫嫣红、娇艳无比、茂盛烂漫而又清香醉人。这个野花的季节是阿尔泰山林的灿烂季节。

到了秋天,整个阿尔泰山就变得深沉了。

山体和大地都变了颜色,变成了以褐色、灰黑色为主调的颜色。而在高山林地,树木会变得深绿和金黄。深绿的是常年不落叶的松树和云杉。而西伯利亚白桦林则由绿变成一种透亮的鹅黄,而红桦林则变得像一团火,在澄澈的秋天天空下燃烧。秋天是阿尔泰最美的季节,它的成熟和丰富,暗示了大地的赐予。阿尔泰的秋天比夏天美,因为它在秋天里所有的事物都有了一个结果和收获,而且有一种极其从容的风度和精神,重归宁静。

冬天是伴随着寒风和大雪来临的,白色的雪将覆盖整个阿尔泰山系,把它牢牢地包裹起来,让声音、光线、牛羊和人居都进入沉睡。因为它的寒冷,这个季节是大地沉睡的时节,阿尔泰山在白雪覆盖中休息。

喀纳斯湖

世界上不少湖泊都因为水怪传说而广为人知,阿尔泰山的喀纳斯湖亦如此。据说,一位联合国官员考察过喀纳斯湖之后,说了一段十分动情的话:喀纳斯是当今地球上最后一个没有被开发利用的景观资源,开发它的价值,在于证明人类过去曾有过的那无比美好的栖身地。

这话也许有些过誉,但也说明喀纳斯湖有着独有的优胜之处。

喀纳斯湖湖面海拔一千三百七十五米,环湖四周全是原始森林,这里是中国唯一一个具有北欧生态系统和地貌特征的地方,是西伯利亚泰加林在中国的唯一延伸带,是东方的阿尔卑斯山风景地。喀纳斯湖的湖水来自阿尔泰山脉的主峰友谊峰和奎屯峰等山峰的冰川融水，与当地的降水融汇而成。

观看喀纳斯湖的最佳位置在山上一个叫"观鱼亭"的地方。站在观鱼亭，向下看去，整个喀纳斯湖几乎全部都展现在面前，远山包围着它，使得喀纳斯湖就像是在山的手掌心里一样。

它远远地蜿蜒而来，全长二十多公里，像一道弯月，又像一条大鱼的身体一样泛着隐隐的亮光。在太阳的照射下，湖水幽蓝一片，像一块大玉石。它是极其安宁的，多少年来，它就这样宠辱不惊地存在着，与山林为伴，与人兽共居。

此时，向四周看去，湖岸山峦叠翠，季节染了林木梢头，各种混杂的颜色挤满了湖边。仰脸看天，天空中云朵团团，投射到偌大的湖面上，湖面变成了一面有花的地毯，或者是一个巨大的调色板：在云团的映射下，湖面深浅、蓝绿、翠白、明暗不一，变幻莫测。

这当然是大自然的造化和人间胜景。

湖的右岸，为整个月牙形湖面的内侧，一路上有六个伸向湖面的岩石脊背，俗称六道湾。在第四道湾的平台上，站在上面向湖心处看，就能看到传说中的"湖怪"出没处。过了六道湾再往前就是双湖。

双湖由两个一公里长的小湖组成，就像是两颗系在喀纳斯湖的脖颈上的珍珠。湖水同样来自冰川融水，并最终汇入了喀纳斯湖。双湖的湖水要浅得多，晶莹清澈、碧绿剔透。湖中繁衍着大量的小红鱼，也就是小哲罗鲑鱼。这里的原始森林保存得相当好，附近有马鹿、棕熊、北山羊和野猪出没。再向上游走，就是白湖了。

白湖又叫阿克库勒湖，湖水呈现少见的乳白色，半透明状，形成原因是上游的冰川中的内碛——碛是沙石积成的沙堆，经过冰川的运动被挤成了白色的粉末，而冰川融水又将它带入了河湖，由此形成了白湖。白湖的湖面比较宽，群峰倒映，有的地方宽达两公里。这里的天气变幻莫测，常下太阳雨,有时候盛夏也雨雪交加。

这里的风景更美,因为很少能有人到达这里,因此白湖就像是一面处女湖一样宁静安详,处乱不惊。这里的河湖形成了许多湖心滩,生长着白桦和云杉,风景极像俄罗斯画家列维坦的作品。

阿尔泰山的小精灵

就像所有的山脉一样,除了人,阿尔泰山的动物也是这一片山林生机的重要组成部分。

从阿尔泰山的自然景观上看,在海拔上,从低至高分荒漠带、草原带、灌木带、森林带、高山草甸带、苔藓地衣带和永久冰川带,在不同的地带都生活着不同的飞禽走兽。

在海拔三千米以上的雪线附近的高山草甸上,生长着高山雪鸡。雪鸡一般都有褐色的羽毛,在冬天一般喜欢成百只一起活动,在山林里做短距离的迁徙,声音很大。在雪线以上,有时候还能发现棕熊和雪豹的踪迹,而天空中经常盘旋的秃鹫,几乎是这里特有的风景。

在我的少年时代,有一年和伙伴们在天山深处攀爬和历险,曾经看见过棕熊,当时我们骑在马上,而那头熊抱着一棵树,在不远处看着我。我在阿尔泰山里还曾听到了这样一个故事,说是有一头棕熊发现了偷摘松子的人正在把它过冬的粮食偷运到外边,非常悲伤,一连好多天抱着一棵松树,冲着山路上偷松子的人和车大吼,声音十分凄凉悲愤,后来这头熊竟然郁郁而死。

而在高山草甸中,经常见到的是旱獭,旱獭又被称为土拨鼠,一般颜色是淡黄色,比兔子还要大。旱獭善于挖洞,它们的叫声有点像小狗的吼叫,只不过声音要小一些。喀纳斯湖边上的森林里还有一种鼯鼠,这是一种会飞的啮齿动物,飞起来有点像蝙蝠,在树上飞快地爬的时候又有点像松鼠。

而在阿尔泰山脉中,一般比较少见到野牦牛、藏野驴、藏羚羊、豺狗、山猫、狼、马鹿、盘羊和北山羊,这些大型动物一般在昆仑山、帕米尔高原、天山、阿尔金山的高山地带才能够常见到,像阿尔泰的较低的海拔,一般看不到它们的身影。

但是在这里的森林当中,各种飞禽却很多,除了高山雪鸡,主要的还有松鸡、黑琴鸡、榛鸡、星鸦、啄木鸟、雷鸟、百灵鸟、麻雀、喜鹊、布谷鸟、猫头鹰、乌鸦、鹳鸟和黑颈鹤等,它们使得这一片森林生机盎然。

这里的鸟兽似乎也别有性情。比如,黑琴鸡在求爱的时候喜欢搏斗,但是雄鸡一旦得手,雌鸡下了蛋以后,雄鸡就远走高飞,寡情而去。每一年过冬,黑琴鸡天天白天在树上觅食晒太阳,到了傍晚,它们就像高台跳水一样,从树上一头扎入松软的雪地里过夜。而榛鸡在感情上比较专一,当年配偶死了肯定不会另娶。

星鸦的身上有白色的斑点,尾巴上还有一点白边,比乌鸦好看多了。星鸦最会储存过冬的粮食了,它们从秋天开始,就准备着粮食,一次次把松果存入地洞,到了冬天,它们还能够在厚厚的积雪上打隧道,准确地通向自己的粮仓。

雷鸟是一种会变颜色的飞禽,冬天它们变成了白色,从春天开始颜色就开始变成了黄褐色,夏天是栗褐色,秋天就变成了深褐色,一年四季都变颜色,也是飞禽之中的一绝。这是它特有的适应生存环境的进化的结果。

而最动人的鸟,应该算是百灵鸟了,它在早上的时候会欢声歌唱,声音极其清脆动听,被称为"草原歌星"。百灵鸟的飞行也是一绝,它能够像火箭一样突然就从草丛中直蹿入天空,也能像直升机一样在半空中悬飞好几分钟,还能够转着圈圈飞,它飞累了,又可以像一块石头一样忽然从半空跌落草丛。

任何一片自然的风景,如果只是有人的存在,而没有这些动物,那么这里的风景就不是有机的。而阿尔泰的风景,因为那些飞禽走兽的存在,显得生机盎然。

童年读书

◎ 莫言

　　我童年时的确迷恋读书。那时候既没有电影更没有电视,连收音机都没有。只有在每年的春节前后,村子里的人演一些《血海深仇》《三世仇》之类的忆苦戏。在那样的文化环境下,看"闲书"便成为我的最大乐趣。我体能不佳,胆子又小,不愿跟村里的孩子去玩上树下井的游戏,偷空就看"闲书"。父亲反对我看"闲书",大概是怕我中了书里的流毒,变成个坏人,更怕我因看"闲书"耽误了割草放羊。我看"闲书"就只能像地下党搞秘密活动一样。后来,我的班主任家访时对我的父母说其实可以让我适当地看一些"闲书",形势才略有好转。但我看"闲书"的样子总是不如我背诵课文或是背着草筐、牵着牛羊的样子让我父母看着顺眼。人真是怪,越是不让他看的东西、越是不让他干的事情,他看起来、干起来越有瘾,所谓偷来的果子吃着香就是这道理吧。我偷看的第一本"闲书",是绘有许多精美插图的神魔小说《封神演义》,那是班里一个同学的传家宝,轻易不借给别人。我为他家拉了一上午磨才换来看这本书一下午的权利,而且必须在他家磨道里看并由他监督着,仿佛我把书拿出门就会去盗版一样。这本用汗水换来短暂阅读权的书留给我的印象十分深刻,那骑在老虎背上的申公豹、鼻孔里能射出白光的郑伦、能在地下行走的土行孙、眼里长手手里又长眼的杨戬,等等等等,一辈子也忘不掉啊。所以前几年在电视上看了连续剧《封神演义》,替古人不平,如此名著,竟被糟蹋得不成模样。其实这种作品,是不能弄成影视的,非要弄,我想只能弄成动画片,像《大闹天宫》《唐老鸭和

287

米老鼠》那样。

后来我又用各种方式,把周围几个村子里流传的几部经典如《三国演义》《水浒传》《儒林外史》之类,全弄到手看了。那时我的记忆力真好,用飞一样的速度阅读一遍,书中的人名就能记全,主要情节便能复述,描写爱情的警句甚至能成段地背诵。现在完全不行了。后来又把"文革"前那十几部著名小说读遍了。记得从一个老师手里借到《青春之歌》时已是下午,明明知道如果不去割草羊就要饿肚子,但还是挡不住书的诱惑,一头钻到草垛后,一下午就把大厚本的《青春之歌》读完了。身上被蚂蚁、蚊虫咬出了一片片的疙瘩。从草垛后晕头涨脑地钻出来,已是红日西沉。我听到羊在圈里狂叫,饿的。我心里忐忑不安,等待着一顿痛骂或是痛打。但母亲看看我那副样子,宽容地叹息一声,没骂我也没打我,只是让我赶快出去弄点草喂羊。我飞快地蹿出家院,心情好得要命,那时我真感到了幸福。

我的二哥也是个书迷,他比我大五岁,借书的路子比我要广得多,常能借到我借不到的书。但这家伙不允许我看他借来的书。他看书时,我就像被磁铁吸引的铁屑一样,悄悄地溜到他的身后,先是远远地看,脖子伸得长长的,像一只喝水的鹅,看着看着就不由自主地靠了前。他知道我溜到了他的身后,就故意地将书页翻得飞快,我一目十行地阅读才能勉强跟上趟。他很快就会烦,合上书,一掌把我推到一边去。但只要他打开书页,很快我就会凑上去。他怕我趁他不在时偷看,总是把书藏到一些稀奇古怪的地方,就像革命样板戏《红灯记》里的地下党员李玉和藏密电码一样。但我比日本宪兵队队长鸠山高明得多,我总是能把我二哥费尽心机藏起来的书找到,找到后自然又是不顾一切,恨不得把书一口吞到肚子里去。有一次他借到一本《破晓记》,藏到猪圈的棚子里。我去找书时,头碰了马蜂窝,嗡的一声响,几十只马蜂蜇到脸上,奇痛难挨。但顾不上痛,抓紧时间阅读,读着读着眼睛就睁不开了。头肿得像柳斗,眼睛肿成了一条缝。我二哥一回来,看到我的模样,好像吓了一跳,但他还是先把书从我手里夺出来,拿到不知什么地方藏了,才回来管教我。他一巴掌差点把我扇到猪圈里,然后说:活该!我恼恨与疼痛交加,呜呜地哭起来。他想了一会儿,可能是怕母亲回来骂,便说:只要你说是自己上厕所时不小心碰了马蜂窝,我就让你把《破晓记》读完。我非常愉快地同意了。但到了第二天,我脑袋消了肿,去跟他要书时,他马上就不认账了。我发誓今后借了书也绝不给他看,但只要我借回了他没读过的书,他就使用暴力抢去先看。有一次我从同学那里好不容易借到一本《三家巷》,回家后一头钻到堆满麦秸草的牛棚里,正看得入迷,他悄悄地摸进来,一把将书抢走,说:这书有毒,我先看看,帮你批判批判!他把我的《三家巷》揣进怀里跑走了。我好恼怒!但追又追不上他,追上了也打不过他,只能在牛棚里跳着脚骂他。几天后,他将《三家巷》扔给我,说:赶快还了去,这书流氓极了!我当然不会听他的。

我怀着甜蜜的忧伤读《三家巷》,为书里那些小儿女的纯真爱情而痴迷陶醉。旧广州的水汽市声扑面而来,在耳际鼻畔缭绕。一个个人物活灵活现,仿佛就在眼前。当我读到区桃在沙面游行被流弹打死时,趴在麦秸草上低声抽泣起来。我心中那个难过,那种悲痛,难以用语言形容。那时我大概九岁吧,六岁上学,念到三年级的时候。看完《三家巷》,好长一段时间里,我心里怅然若失,无心听课,眼前老是晃动着美丽少女区桃的影子,手不由己地在语文课本的空白处,写满了"区桃"。班里的干部发现了,当众羞辱我,骂我是大流氓,并且向班主任老师告发,老师批评我思想不健康,说我中了资产阶级思想的流毒。几十年后,我第一次到广州,串遍大街小巷想找区桃,可到头来连个胡杏都没碰到。我问广州的朋友,区桃哪里去了?朋友说:区桃们白天睡觉,夜里才出来活动。

读罢《三家巷》不久,我从一个很赏识我的老师那里借到了一本《钢铁是怎样炼成的》。晚上,母亲在灶前忙饭,一盏小油灯挂在门框上,被腾腾的烟雾缭绕着。我个头矮,只能站在门槛上就着如豆的灯光看书。我沉浸在书里,头发被灯火烧焦也不知道。保尔和冬妮娅,肮脏的烧锅炉小工与穿着水兵服的林务官的女儿的迷人的初恋，实在是让我梦绕魂牵，跟得了相思病差不多。多少年过去了，那些当年活现在我脑海里的情景还历历在目。保尔在水边钓鱼，冬妮娅坐在水边树权上读书……哎，哎，咬钩了，咬钩了……鱼并没咬钩。冬妮娅为什么要逗这个衣衫褴褛、头发蓬乱、浑身煤灰的穷小子呢？冬妮娅出于一种什么样的心态？保尔发了怒，冬妮娅向保尔道歉。然后保尔继续钓鱼，冬妮娅继续读书。她读的什么书？是托尔斯泰的还是屠格涅夫的？她垂着光滑的小腿在树权上读书，那条乌黑粗大的发辫，那双湛蓝清澈的眼睛……保尔这时还有心钓鱼吗？如果是我，肯定无心钓鱼了。从冬妮娅向保尔真诚道歉那一刻起，童年的小门关闭，青春的大门猛然敞开了，一个美丽的、令人遗憾的爱情故事开始了。我想，如果冬妮娅不向保尔道歉呢？如果冬妮娅摆出贵族小姐的架子痛骂穷小子呢？那《钢铁是怎样炼成的》就没有了。一个高贵的人并没有意识到自己的高贵才是真正的高贵，一个高贵的人能因自己的过失向比自己低贱的人道歉的是多么可贵。我与保尔一样，也是在冬妮娅道歉那一刻爱上了她。说爱还早了点，但起码是心中充满了对她的好感，阶级的壁垒在悄然地瓦解。接下来就是保尔和冬妮娅赛跑，因为恋爱忘了烧锅炉；劳动纪律总是与恋爱有矛盾，古今中外都一样。美丽的贵族小姐在前面跑，锅炉小工在后边追……最激动人心的时刻到了：冬妮娅青春焕发的身体有意无意地靠在保尔的胸膛上……看到这里，幸福的热泪从高密东北乡的傻小子眼里流了下来。接下来，保尔剪头发，买衬衣，到冬妮娅家做客……我是三十多年前读的这本书，之后再没翻过，但一切都在眼前，连一个细节都没忘记。我当兵后看过根据这部小说改编的电影，但失望得很，电影中的冬妮娅根本不是我想象中的冬妮娅。保尔和冬妮娅最终还是分道扬镳，成了两股道上跑的车，各奔了前程。当年读到这里时，我心里那种滋味难以说清。我想如果我是保尔……但可惜我不是保尔……我不是保尔也忘不了临别前那无比温馨甜蜜的一夜……冬妮娅家那条凶猛的大狗，狗毛温暖，冬妮娅皮肤凉爽……冬妮娅的母亲多么慈爱啊，散发着牛奶和面包的香气……后来在筑路工地上相见，但昔日的恋人之间竖起了黑暗的墙，阶级和阶级斗争，多么可怕。但也不能说保尔不对，冬妮娅即使嫁给了保尔，也注定不会幸福，因为这两个人之间的差别实在是太大了。保尔后来又跟那个共青团干部丽达恋爱，这是革命时期的爱情，尽管也有感人之处，但比起与冬妮娅的初恋，缺少了那种缠绵悱恻的情调。最后，倒霉透顶的保尔与那个苍白的达雅结了婚。这桩婚事连一点点浪漫情调也没有。看到此处，保尔的形象在我童年的心目中就暗淡无光了。

读完《钢铁是怎样炼成的》，"文化大革命"就爆发了，我童年读书的故事也就完结了。

我魂牵梦萦的台北

◎ 林青霞(中国台湾)

　　蒙蒙眬眬中,不知有多少回,我徘徊在一排四层楼房的街头巷尾,仿佛楼上有我牵挂的人,有我牵挂的事。似乎年老的父母就在里面,却怎么也想不起他们的电话号码。

　　2019 年夏天徐枫邀请我去台北参加电影《滚滚红尘》修复版的首映礼。有一天晚上,朋友说第二天要去看房地产,对看房地产我没什么兴趣,只随口问了一句去哪儿看。一听说永康街,我眼睛即刻发亮,要求一起去。朋友听说我也住过永康街,看完房地产,他体贴地提议陪我去看看我曾经住过的地方。我不记得是几巷,到底三十多年没回去过,仿佛天使引路,我径自走到永康公园对面的六巷中,在一家门口估计着是不是这个门牌号码时,刚好有人出来,我就闯了进去。一路爬上四楼,当我见到楼梯间的巨型铁门,我惊呼:"就是这间!我找到了!"原来梦里经常徘徊的地方就是永康街、丽水街和它们之间的六巷。顾不得是否莽撞就伸手按门铃,应门的是一名十八岁的女孩,我告诉她我曾经住在那儿,请她让我进去看看,她犹豫地说家里只有她一个人,刚才跟着我一起上楼的郝广才即刻说:"她是林青霞!"

　　拍完第一部电影《窗外》,我们举家从台北县三重市搬到台北市永康街,一住八年,这八年是我电影生涯最辉煌、最灿烂、最忙碌的日子,也是台湾文艺片最盛行的时期。

　　重重的铁门吱嘎吱一声移开,一组画面快速地闪过我的脑海。妈妈在厨房里为我煮面、楼下古怪的老爷车喇叭声、我飞奔而下、溪边与他一坐数小时、铁门深深地闩上、母亲差点报警。那年我十九岁，在远赴美国旧金山拍《长情万缕》的前一晚。

走进四楼玄关似的阳台，竟然没有变，一样的阳台，母亲曾经在那儿叉着腰指骂街边另一个他。

走进客厅，真的不敢相信，仿佛时光停止了，跟四十多年前一模一样，我非常熟悉地走到少女时期的卧室，望着和以前一模一样的装修，我眼眶湿了。妈妈不知多少次，坐在床边用厚厚的旁氏雪花膏，为刚拍完戏累得睡着了的我卸妆。转头对面是妹妹的房间，走到另一边是父母住的地方，他们对门是哥哥的房间。突然间我呆住了，那张 Cappuccino（卡布奇诺咖啡）色的胖沙发还在，静静地坐在哥哥的房间中，那是我不拍戏的时候经常坐着跟母亲大眼瞪小眼的沙发。

我站在客厅中央，往日的情怀在空气里浓浓地包围着我。八年，我的青春、我的成长、我的成名，都在这儿，都在这儿。这间小小的客厅，不知接待过多少个，说破嘴要我答应接戏的大制片。琼瑶姊和平鑫涛也是座上客，在此我签了他们两人合组的巨星电影公司创业作《我是一片云》的合约，这也是唯一的一部"一林配二秦"。在这小客厅里，也经常有制片和导演坐在胖沙发上等我起床拍戏。

九岁时搬到台北县三重市淡水河边。中兴桥离我们家很近，那时最开心的是大人带我们坐着三轮车，经过中兴桥到台北吃小美冰激凌。高中读新庄金陵女中，放学总是跟着住在台北的同学一起搭公共汽车，过中兴桥吃台北小吃店的甜不辣配白萝卜，上面浇点辣椒酱，那滚烫甜辣之味至今记得。高中时期，几乎每个周末都跟同学到台北西门町逛街、看电影，我们穿着二十世纪七十年代流行的喇叭裤、迷你裙、大领子衬衫和长到脚踝的迷笛裙，走在西门町街头不知有多神气。我就是在高中毕业前后那段时间，在西门町被影圈中人找去拍电影的。

搬到永康街后,从此跟台北结下了不解之缘,也从此跟电影和媒体分不开,几乎占我生命的大部分时间。不拍戏二十五年了,出入还是有狗仔队跟拍,我想我跟媒体是分不开了,那就接受吧,把他们当成朋友。

台北的大街小巷、阳明山的老外别墅、许多咖啡厅通通入了我的电影里,如果想知道二十世纪七十年代台北的风貌,请看林青霞的文艺爱情片。从1972年到1984年我都在台北拍戏,这十二年共拍了六七十部电影,台北火车站对面的广告牌经常有我的刊板,我读高中时期无数次流连的西门町电影街,也挂满了我的电影招牌。我人生的转变比梦还像梦,回首往事,人世间的缘分是多么微妙而不可预测。

白先勇小说《永远的尹雪艳》里的女主角住在台北市仁爱路,仁爱路街道宽敞整洁,中间整排绿油油的大树,很有气质。我喜欢仁爱路,二十世纪八十年代初,我用四部戏换了仁爱路四段双星大厦的寓所,电影的路线也从爱情片转成社会写实片。拍写实片,合作的人也写实,那时候手上的戏实在多得没法再接新戏。有个记忆特别鲜明,一天晚上,制片周令刚背着一个旅行袋,旅行袋里全是新台币,拿出来占了我半张咖啡桌,人家一片诚意,不接也说不过去。他走了我把现钞往小保险箱里塞,怎么塞都不够放,只好把剩下来的放在床头柜里,好多天都不去存,朋友说我真胆大,一个人住在台北,竟然敢收那么多现金,而且还放在家里。

1984年后大部分时间我都在香港拍戏,偶尔回到台北拍几部片。1994年我嫁入香港,结婚至今二十五年,我魂牵梦萦的地方还是台北。这次回到永康街,才知道梦里徘徊的地方,我进不去的地方,就在永康公园对面六巷X号的四楼。

龙 窑

◎ 张林华

没有不会坍塌的窑，即使是龙窑。

一座旧窑，会因火的熄灭而死亡吗？

它凭什么活着？是满腹的风霜，还是骨子里岁月磨损不掉的力量？

一

记得有位作家说过一句在我看来相当厉害的话，印象实在深刻：

"弱者，不得好活；强者，不得好死。"

这句话，似乎出自李敖之口，说得好绝，不留一点儿余地，又说得好狠，颇有点入木三分的意思！从这个意义上说，我有时很想如祥林嫂般地告知一个个世人，也更想提醒自己：龙窑，曾经给我创留无数童年美好记忆的龙窑，作为强者的形象曾经有如图腾般立世的龙窑，今天依然清晰无比地留存于我心目中的龙窑，它并没有倒伏，当然，我也因此不能接受任何藐视它的眼光与说法！

二

生活中总不免会劈面遭遇某些意外，让你猝不及防，让你手足无措，特别是不经意间，被某些在你看来似乎是极小的事弄疼了自己的心。

周末回父母家吃饭，失手打破了一个盛物的钵头，"噼啪"落地声脆。钵头原本不过是个糙物，圆口直径不到一尺，钵底口径要更小些，钵头表面不齐整,摸上去凹凸不平,显得有点粗犷粗砺,釉彩更是不值得夸耀,厚薄不够均不说,甚至某些部位都干脆未喷涂到,完全看不出有一定规则而变化的肌理,当然,它事实上依然很实用,几十年的默默奉献可以做证。母亲没有立即直接地将破碎的钵头扫入畚箕,而是略显笨拙地弯下腰去,一边收拾着几块碎片,一边又在那比比画画,好像在琢磨能否再拼接粘上,母亲嘴上没说,但我看得出她的痛惜。厨房里有些昏暗,只有灶间吸油烟机的灯亮着,弱弱的光将母亲蹲着的背影拉得很长,那一瞬间似乎也将某种痛惜的感受延展到了我心里,无遮无挡。我知道,这是父母保留的当年工作过的工厂里的出厂产品,这样的东西家里原本不少,经年累月的,才已几无所剩。父亲一直在炒着菜,只偶尔回头,应该已将所有都看在了眼里,却一直未吱声,直到这会儿,才又忙不迭地连声安慰我说不要紧的,"用了小半个世纪的过时货了"。这一句话,令我顿然意识到,我的这次疏忽有多么不应该。因为这事要搁过去,就还有救,那时候工匠多,还有补碗的呢!有碎了的碗,只要不是碎成渣,他就有本事对上茬口,再打上一排钉,一点不漏,今天的人听起来就要以为是神话了。但凡如皮球、脸盆、藤椅一类日常生活物件,甚至淘箩坏了,都能找得到皮匠、铁匠、篾匠修补好。

好奇怪那时节怎么会有那么多的好手艺人啊?而今,破了就是破了,就是废了,就是破罐难补了。然而这个貌不惊人的器皿,却能勾起我幼年时的全部生活记忆来。

二十世纪六十年代初,我出生在一个地处偏僻的厂区里,并在这个厂子里慢慢长大,所有关于小伙伴的童年故事,关于叔叔阿姨关爱的记忆,都留存在前半生的记忆里,总的来说,对这个生我养我的厂子,有着某种深深的难以言表的情感。工厂创建于 1958 年,是乘着"大跃进"的东风应运而生的,建厂初期条件极其艰苦,比如工人宿舍,只是简陋的茅草房,直到六十年代中期,才建起了一排瓦房,虽然完全谈不上宽敞,但住宿其中,至少不再会在风雪天担惊受怕了，我对此至今印象极深。我父母是最早一批参与建厂的工人，可以说是创始人，延至今日，同一辈的创始人当然早已退休离厂养老。我自然离厂更早，恢复高考制度后第二年，我高中毕业有幸考上大学，离开了出生长大、烂熟于胸、心心念念的工厂。

若干年后我才马后炮似的弄明白："陶"和"瓷"，是全然不同的两类产品，虽然生产工序类似，但产品从原材料到工艺标准，完全不同。当年父亲他们的厂子，名头上是陶瓷厂，其实与"瓷"不太挨边，因为基本还是单一生产陶器，而且还是那种比较粗放的陶器，比如各类缸，体量大的能盛得下两个成年人，小的能小到尺把高、半抱宽，还有各式各样的盆、钵、罐等类陶制品，器皿表面平整度与釉色等工艺要求均不太高，待到后期约二十世纪七十年代末期，开始试产工艺要求高许多的瓷面砖，甚至尝试在瓷砖上印上伟大领袖诗词手迹时，不料国内供求市场形势大变，工厂来不及做好充分应对措施，经营不善，销售不畅，遂于情急之下黯然关门，留下一群束手无策、目瞪口呆的下岗工人，则已是后话。我不无一次"马后炮"似的臆想，工厂为什么要被规划建造在一个偏远的小镇上呢？是否当初这一定位就预示并注定了它的生存空间的促狭？

厂区曾经占地很大，约数百亩。其中用去最大面积的是生产车间，也就是制坯以及平面堆放半成品的场所，一排排整齐排列，一色的平方面积，一般的大小结构。因为要在阳光下晾晒，所以，每个车间前都留有很大一块空地。那泥坯的缸钵半成品，犹如仪仗队微雕一般，被码得整齐划一，夕阳西下，金光柔和，侧射到一地的器皿上，被拦截被折射被重影成一个个、一圈圈大小不等、形状不一、千姿百态的花色图案，总令我很着迷，觉得有说不清楚的好看。恍惚中，仿佛看到有一根细细的小木棍在空中飞舞，指挥着光影的变幻。那排列整齐的陶器半成品队列，有了这么一位指挥家，气韵变得更为生动！若干年后我有机会去西安，兴冲冲地看兵马俑，虽然也为单个秦俑勇士般的俊美所倾倒，但却完全没有如诸多同行者般的震撼感,因为,仿佛这种阵势早已见识过。我无法准确记述究竟什么时候开始跟着母亲去的车间,仿佛自己开始有记忆后的童年,基本就是在车间里度过的。那时生活条件差,雇不起保姆,我还年幼未上学,母亲却要上班,只能把我带去车间,辛苦劳动的同时捎带着照看我。车间里旁的玩具也没有,泥巴最是现成,能做的唯一的事就是玩泥巴。母亲会塞给我一团泥巴,任我随心所欲地把玩,拍打掏压、折曲扭捏,弄出个小猫小狗啥的,母亲总会表扬我的这些根本谈不上手艺的作品。今天想来,这其实倒是称得上奢侈的一项游戏活动,要知道这不是一般的人们司空见惯、遍地可得的普通泥巴,而是花大价钱买来的工业用泥,唤作"缸泥",其纤维细腻均匀,黏性好,抓在掌心,手感也好,便于造型,一旦风干,不会起皱龟裂,如果再上好釉,就成为半成品,只待进窑高温烧制几天,再封窑焖上几天,然后开窑,迅速取出,尽可能快速冷却,就成为陶瓷成品。

厂里有无数同龄的小朋友,无一例外都是这么着在厂区,具体点说,是在一个个车间里拉扯着、玩耍着一天天长大的,我当然也不例外,唯一与别的孩子有点区别的记忆是,仿佛自我刚能自己坐着玩时起,母亲总是要给戴一双袖套,还不允我席地坐,而是从家里拿来一张旧席子,常备在车间里,让我坐在席子上玩耍。要知道在那个年代,对于一个家庭来说,即使是一张旧的篾席,也远远珍贵于今天的众多奢侈品。我也算得听话,基本就或坐或趴在席子范围玩耍泥巴,并不擅离,往来车间的工人叔叔阿姨见了,总不忘夸奖我是个"乖孩子",我听了应该是沾沾自喜的,以后更无擅离的企图,以至于到今天印象如此深刻。我有时想,自己个性中刻板听话的基因选项,是不是萌发于宽敞车间里的那张小小的篾席呢?

三

在车间里制成的陶器半成品,经许多天晴日的晾晒风干后,接下来的一道最关键工序就是"烧烘"。将半成品整齐堆放入炉窑内,然后用高温烧烤和闷烘,使其发生化学反应成形固化。这个环节,就是龙窑赫然登场,大显身手的时候了。

炉窑依山而建,拱形设计,从窑头到窑尾,以大致二三十度的坡度,顺山势拾级而上,这显然有利于窑内最大限度地燃尽柴火。那炉窑的拱边上有一个个圆孔,相距不到一米,排列整齐,像极了飞机的排排舷窗。成年后常常有坐晚班飞机的机会,苍茫夜色里,偶尔会望着停机坪上笨乎乎、黑魆魆的庞然大物发会儿呆,难以置信这么个怪物能驮着我们百号人呼啦啦腾身而起,扑入那暗不可知的夜空深处,不由自主地会涌动一丝丝旅人的惆怅与不安,直到再看到机身一侧长长的舷窗透出暖暖的灯光,内心方才复归平静。龙窑,一定就会在这个时候突显脑际,而且,那一个个本用来添柴加热的圆圆的窑孔,相比平铺直叙的飞机舷窗,实在要有趣得多。窑头倾在最低处,有一大炉子,初始烧煤加热。火势往上走的过程中,遇到中间那一个个窑孔发挥作用,工人们屏住呼吸,持续地、接力地、急速地往窑孔里塞干柴,使得火势更猛,温度更高。及烧到窑尾,已是山顶,有一高高的烟囱,保持一定的动压,能够起到抽风增氧作用,有助于火势更旺,使窑内的燃料尽可能燃尽。从山下望去,蜿蜒而上,长达百米光景,宛如一条长龙,盘踞山上。烟囱活像高高翘起的龙尾,不间断地往外喷火,遇着风势还不断摇摆,"龙窑"之谓可谓名副其实。后来看到民间调龙灯,有那龙灯队剑走偏锋,出奇制胜,让龙灯嘴里喷出火来,赢得一片喝彩,我也会骤然想到龙窑的烟囱来。

启封窑门,将刚刚高温煅烧,又经过几天闷烤的陶制品,搬运窑洞,迅速冷却,叫"出窑"。忙活半天不就为这一天嘛,所以,出窑可是件十分隆重的事情,又因未知的烧制结果而充满了神秘色彩,得看吉时放鞭炮。一切都在悄悄地酝酿中,不知在哪个白天或夜晚,被火红夹杂着的烟雾在山顶龙嘴里不停喷吐了数天时,龙窑却悄无声息地停止了燃烧。当人们注意到这一点的时候,却发现窑口已经封门了,周边的几个大柴垛已经不见了,场地显得异常空旷。直到之后的某一天夜里,空旷的龙窑边堆场支起几根大竹竿,几盏大功率的灯泡高高地挂在竿尖上,照得堆场亮如白昼,场地上遍插彩旗,人声喧哗,过节般热闹,挤挤挨挨的人们围在场地周边,彩旗摇曳不停,华灯映照下,一张张欢快的笑脸有些扑朔迷离,增添了几分喜感,四周的人群犹如盼新生儿落地一般,伸长脖子等候着开启那封闭了仿佛半个世纪,骄傲地鼓着严严实实的肚子的龙窑。

出窑是件体力活,所以上阵的一律为青壮爷们儿,出窑时炉内温度极高,为防中暑晕倒,出窑一般都安排在晚上进行。到了某个时候,那一个个窑孔的塞子被一气拔掉,显出一孔孔的通红来,这可不是那种一般的红,无一点杂色,彤彤的红得耀眼夺目,在夜色的笼罩下,远远看去,宛如一盏盏大红灯笼,一个接一个,紧紧挨着,直上山巅,直上夜空,煞是壮观。我特别喜欢站在窑口看热闹,但见热气袅袅升起,腾起的细尘中夹杂着泥土的醇厚和来自地层深处的原始气味,是永生难忘的味道。再看那一色的小伙子壮劳力,一色的光膀子大裤衩,一根宽宽的扁担,轻一点的烧制成品,如杯子钵头这样的,放在一个由竹竿和木板搭成的架子里,通常就一人挑走;重一些的物件,如高过人头的缸,就需两个人合力抬出。即便是在寒风料峭的初冬,一个个也都是汗流浃背,满脸通红。一担挑至堆场,通常就小歇下,拿下脖子上挂着的毛巾,也有嫌碍事而将毛巾扎在手腕上的,三下两下,擦擦汗,喝几口家属递上来的温开水,信口开河扯几句闲话:

“你说,这座山雕的威虎山到底有多少人马?”

“阿庆到底在扬州城里做什么生意呢,怎么不到沙家浜来露个面?”

你说一声我搭一句,稀里哗啦,多半是率性而为,没有固定主题,没有标准答案。然后估摸着休息时间差不多了,又发一声喊,起一阵哄,喝上几口茶,一个个又反身鱼贯扑入那火红的窑洞去。

堆场里有专门的师傅,负责检验出窑的陶器质量。经验丰富的师傅,通常并不需要特别的检验工具,拿在手里,先是这么左右翻动一端详,然后，只凭徒手敲一敲缸或钵，就已知道成色品质，抬手拿起蘸有白灰的毛笔，往器皿上写个阿拉伯数字，就确定了它的等级归类，也就是在那一个时辰，被判定了一生或被重用或被丢弃的命运，如果说器皿也有生命的话。"咚咚咚"，优等品的陶器敲上去不仅手有轻微震颤感，声音透着那么一点清亮，有笃笃的、嗡嗡的回音，而如果烧制变形或有裂缝的陶器，则断然没有这种音响效果了。空旷无比而有些热烘烘熏熏然氛围的场院里，"咚咚咚"的声音总是此起彼伏，伴随着人们欢快的笑声，一起融汇到无穷的夜空中。

四

如果仅从职工数量角度来论的话，则陶瓷厂规模不算太大，却毕竟贵为地方国营企业，即使远离城市，偏居小镇（那时还叫公社），倒也在十里八乡声名显赫。能成为国营厂的正式工人，按月到点领工资，吃公家饭，住公家房，能参加公家正经八百的会议，一切都那么令人羡慕。最为有力的佐证是，时不时听到有人来厂里给年轻人提亲的传闻，厂里的小伙子根本不愁娶不到老婆，所以，下了班穿上干净的工作服，走出厂门，个顶个的昂首挺胸，意气风发，与人交谈时那口气也是骄傲得不得了。贾永生，便是这群体中的一位，而且是比较引人注目的一位，用本地方言称就是"罩眼得要死"。小伙子不仅长得身强力壮，相貌堂堂，性格也好，整天乐呵呵的，见人三分笑，工作认真积极，还特别要求上进，若干年后还有老人正经八百地较真说，出窑时干活时的小贾，才叫一个厉害！足见龙窑最能见证当年他的风采。最为难得的是，小贾还爱好文艺，吹得一口好笛子，是厂里的文艺活跃分子，但凡有重大政治活动或节日，总少不了他上台表演的踪迹。唯一的缺点是几乎没怎么读过书，靠职工夜校这点补习功夫，终究识字太少，我妈总叹息他读不全一篇完整的《人民日报》社论，好似一具本来品相蛮好的陶器成品，却很不争气地显出了一条裂缝。

不过，我妈也没忘记夸贾永生这小子爱动脑筋能琢磨成事。二十世纪六十年代后期，佩戴领袖像章突然成为时尚，无论男女老少人人都无一例外地佩戴，还有许多人爱收藏它，于是需求量很大。不知道是领导授意还是小贾个人的异想天开，反正有一天我意外地发现了他的一个大秘密，那就是他竟然一个人躲着悄悄试验像章烧制。这事在厂里知道的大人也极少，更不必说小孩了，但我想要瞒过领导不太可能，要不他不可能得到一个单独的小房间，还给配上一只电磁小炉子。小房间位于家属区与生产车间的接合部，紧挨着工厂的食堂，大概因为旁边就是一间配电房，此地少人光临，久而久之，荒草丛生，淹没了道路，越发显得冷清无比，也显得有些神秘。我头一次去那房间，如若不是前边有小贾蹚路，恐怕早退避三舍了。房中无多余杂物，也无什么考究东西，唯有这炉子蛮精致，是缩小版的炉窑，虽然它不可能有龙窑的壮观，可是它金贵，电发热能将温度烧至八百摄氏度以上，唯此温度，才能将像章表面釉彩化反聚变成形。不仅如此，制作像章的用泥更考究，必须得单独高价引进，没有厂领导许可是无法想象的。蒙他喜欢我，我悄悄去过几次这小房间，安安静静地在一旁袖手旁观他的操作，虽然完全插不上手，却照样历数小时而不烦心，多半是因为内心藏有一个小秘密，期望能得赠一枚领袖像章，如获至宝，回家珍藏。记忆中只一次，无意间拿起几块碎瓷片玩，被贾永生瞥见，他居然大惊失色，以极少有的严厉口气，教训我立刻交出，我在惊诧之余，低头看了下手里的瓷片，才发现其中一块像章瓷片上的半拉人脸，只一只眼睛望着你，不免也吃一惊吓，那一刻，真仿佛空气都在颤抖，以至于后面怎么收的场，竟然完全失忆。反正其后再未有获准进小工房的机会，幸好我也早没了参与的兴致，也算是各得其所。毕竟年少，时过境迁一阵，我慢慢地就忘了这小炉房里发生的故事，毕竟，堪称地大物博的龙窑才够玩得开，玩得尽兴，对我的吸引力要大得多了。

　　尽管依那时的标准衡量，小贾的家境不算好，苦出身，兄弟姐妹多，家里经济条件非常一般,却照样不缺乏姑娘们的青睐,听说这小子一时还挑花了眼呢,后来他娶了一个如花似玉的姑娘。那姑娘也是个吃口粮的居民户口,模样俊俏,脑子聪明,只是因为出身成分有些高,又下放在农村修地球,不知何时能够回城当居民,身价就被拉低了不少,能够嫁给他这个国营工厂的工人,好像也心满意足,确实在旁人眼里,似乎也有点高攀的意思。直到工厂开始走下坡路,甚至渐渐有了关门歇业的迹象,小贾的家庭地位好像也跟着他的体质一般,起了一点变化,自然他的情绪也如霜打的茄子一般,明显消沉起来,眼见企业相对粗放的产品越来越无销路,厂子里空气本来就已经沉闷,路过小贾宿舍的工人,甚至他的邻居,越来越难听到他曾经那么欢快的笛声。无聊无味的日子就越发显得难熬,忽然有一天大清早,贾永生全无预兆地晕倒在上班路上,工友们心急火燎地抬起他急送医院救治,竟被查明已是肝癌晚期,没几个月,竟匆匆就走完了他的半拉子人生。据医生私下对人说,小贾年轻时劳累过度,把身子掏空了,这话说过算数没人去较真是否准确,可是人到中年就突然撒手人寰,还是让厂里的工友们众口一词地感到惋惜。

贾永生没有能够像他的名字一般"永生",他思维简单,性情率真,生活要求不高,他曾经那么亢奋激昂地活在这个属于他的时代,又不幸倒在了这个其实并不真正属于他的时代。不知道这短暂的激昂人生,是不是已经让贾永生感到几分满足,甚至于无怨无悔了?终究无法直接向他追问答案。昆德拉说过:"生命不是话剧,可以彩排一次再正式登台。"确实,人生没有假设,无法猜度贾永生生活在别的什么时代,会是怎样一番命运。我想每个时代,定然有属于这个时代的风云人物,或意气风发地折腾,或生龙活虎地消费,天马行空,不知何谓忧愁;与此同时,定然也有无法脱离这个时代的寻常人物,或曲曲折折地生活,或举步维艰地度日,隐忍苟活,不知前路何处显光明。这应该也是生活的常态,因为杜甫就有诗曰"仰看云中雁,禽鸟亦有行"。自然界中的鸟兽,皆有各自的次序、各自的归宿、各自的支撑与依靠,人类怎会没有?当然有的,一定有的,每个人都有,只是我们自身常常不能捉摸把握而已。我们不能把握各自归向哪里,所以,作家余华总对笔下的小人物情有独钟:"在社会重大变迁时期,又有几个人能把握自己的命运呢?那些立在潮头的人都把握不了自己的命运,何况我们这些随波逐流的人。"这样的小人物,挣扎过,辉煌过,痛苦过,然后大概率地戛然而止,以被动的、决绝的、残酷的,总之是触目惊心的方式,诉说自己的十分绝望、百分凄怅、千分不甘。

五

　　和中年夭折的贾永生同样令人痛惜的,还有论年岁比小贾更短些,曾经喷吐汹汹生命之火的龙窑,也没能摆脱熄火、沉寂这样的命运。仿佛知道自己已然完成历史使命,无意再强留于世徒添伤心话柄一般,在某一个暗夜,龙窑轰然坍塌,灰飞烟灭,踪迹无可寻。也许并无多少人在意龙窑遭遗弃后,那许多个落寞的日子,自然也不太会有人特意地记下龙窑这个毅然决然、寿终正寝的日子。

　　不过直至今日,但凡说到龙窑这个话题,有留守厂里的退休职工仍会很动情,向你讲述它的一个个细枝末节,如若问到龙窑的坍塌,他们才会不无伤感却很坚决地强调说,龙窑还是比贾永生多挺了两年,不清楚具体哪一天塌的,只知道它走得不寻常,轰轰烈烈的。那是个风雨夜,大风先刮了半宿,然后是电闪雷鸣的,有些骇人。

我要用余下的全部生命，来寻找你

◎ 范小青

我不能写，心底里的痛，是写不出来的。

可是我要写，文瑜在等我，我想，他希望我跟他说说话。就像过去了的无数个日子一样，他的电话来了，先说一说要说的事情，或者甚至根本就没有什么正经事要说，就是想说说话了。然后他开始调侃我几下，我出了小说集，他说我是女巴尔扎克，我离开《苏州杂志》到南京工作，他一直说我是改嫁的母亲，两头放不下，等等。

当然我也不是省油的灯，也不好惹，我会回敬他的，我特别喜欢跟文瑜绕嘴皮子，用苏州话，如果苏州话不足以表达了，就用苏州普通话，甚至用网络语言，反正是无所不用其极。因为如果在嘴皮子上胜了他，那是多么有成就感啊。

或者，他怕我在开会，就发个微信来，多半是他截屏朋友圈的一段内容，他的一幅字，或者一首诗，有多少人点赞，他会毫不谦虚地问我，我阿牛？

我嘲笑说，牛。

如果我没有及时回复，他就不管我开不开会了，电话就追过来了，范老师，你看了没有？

我说，我在开会。他说，哦，那你等会儿看一看，我牛得不得了。

别以为这就是我和文瑜的全部日常，我们也有生气翻白眼的时候，不过多半是我惹他生了气。有一次他筹划着他的隆重的书画展，问我时间，某个周六行不行？我一算，这个周六正在开一个漫长的会议，我说不行。那就定下一个周六，我又算了一下，下一个周六应该散会了。于是那一次的陶文瑜书画作品展就定的那一个周六了。

结果，我闯祸了。我没有料到这一次会议比往年多了两天，到周六没有散会，我心中还偷偷希望，希望他激动于书画大展，把我忘了。哪能呢，电话已经到了，我赶紧"哎呀"了一声，憋出十分讨好的声音对他说，今年会期长，会还没散呢。可是已经来不及了，他的声音顿时僵掉了，冷冰冰地说，那就这样吧。电话就断了。

我这人，做了坏事不自知，所以我并没有以为他生气了，当他在朋友圈里显摆书画展成果的时候，我肯定是要上前凑热闹的，结果没有受到搭理，碰了个冷脸。然后我又私信他，再表祝贺，他礼节性地回复了恐怕是他和我的无数通信中最简短最干巴巴的，也是从来没有用过的两个字：谢谢！

再麻木如我，终于知道他生气了。有好长时间不理我了。万一在什么场面躲避不开，碰到了，他那脸就涨红了，真是十分的尴尬，十分的好玩。我在心里偷偷地笑。

没事没事，不会长的，但是我得先讨好他一下，这一点我完全做得到，分分钟都做得到，因为我的生活和生命中不能没有文瑜的存在。

于是我们又和好如初了。继续我们的日常的不算太多的电来电去，信来信去，偶尔呼朋唤友去吃个饭，偶尔乡间去采个风，跟他掼蛋的时候，把我气得喷血，他一边学，一边就把我们打个三比零。因为实在奈何不了他，我就称他为"阿爹上身"，因为他说过，他的爷爷，是喜欢赌的。

有文瑜的日子，我的心一直是踏实的，虽然我母亲走得早，我父亲也在十年前离开了我们，但是我的心不空，我的心是完整完美的。

来日方长。

人到了一定的年龄，就会想到"老"，就知道要老去了。但我不怕。我不怕老,不怕老了无聊,不怕老了寂寞,因为有文瑜在。我们可以到《苏州杂志》的院子里或者其他的任何地方,坐坐,喝茶,三两好友,像从前的许多日子一样,下雨的话,我们坐在走廊里,看雨,谈风花雪月,谈家长里短,或者谈小说诗歌,或者东拉西扯,老不正经,这都是我为自己以后的日子所作的想象。

文瑜在我心中,就是这样的一个人,一个世界上我最依恋的人,他像我们的父母一样爱着我们,给我们温暖。12月4日,小海对我说,昨夜我仿佛成了孤儿。

是的小海,我也成了孤儿,好多人都成了孤儿。

没有来日了。

文瑜和我哥小天是挚友,他俩情深嘴凶,斗嘴是他们交往中的常事、乐事、不可缺少之事,经常斗得不可开交,胡言乱语,互相讨便宜。我父亲还在的时候,有一次他们竟然让我父亲做评判,好我个父亲,不假思索,就指着文瑜说,你,是他(小天)的精神父亲。

小天一跳八丈高,大喊,我才是他的精神父亲。

哥啊,你若不要这个精神父亲,我要。

哥哥啊,你知道,我知道,你我兄妹,今生能与文瑜相遇,是多么的幸运和开心,让我们寡淡的人生,变得那么有意思有意义。

只是如今,留下的只有悲痛和空。意思在哪里? 意义在哪里啊?

从前有一次文瑜突发奇想,跟我父亲说,我这辈子没有大哥,我认你作大哥吧。我父亲即刻回答,不,还是我认你作大哥吧。一个老顽童,一个小顽童,就这样让欢声笑语不断地在我家回荡。

已经记不太清文瑜和小天最早是怎么结识的,牢牢记得的是,我在自己的房间,埋头写作,两耳不闻窗外事,他们在另一个房间下棋,忽然之间,就听得"哗啦"一声巨响,两人中的不知是谁,愤怒地掀翻了棋盘,摔门而去。

不要紧，不要紧，过不了一天，甚至过不了半天，一两个小时以后，他们又在一起下棋斗嘴了。

几十年来，文瑜就是这样，把他的所有的好，善良、天真、厚道、智慧、幽默、才华、温暖、体贴，一切的好，带到了我的家。渐渐地，让我们越来越离不开他。

就在昨天，我知道了最后的晚餐是在 12 月 7 日的晚上，是文瑜自己给自己安排的最后的晚餐，我的心顿时痛起来，有一个早就定好的活动，我需要在 7 日下午出发，可是 7 日的晚上，我不能缺席。

我碰到难题了，那一瞬间，我忽然想应该打个电话问问文瑜，然后，猛然惊醒。

一直就是这样的，有什么大难题小问题，打个电话问问文瑜，已经成为我的习惯。虽然我不一定会听他的建议，因为他经常会有很馊的主意，但是我习惯了依赖他，依靠他。

可是文瑜生病了。

文瑜早就生病了，十年来，他每周要做三次透析，每次四到五个小时，其中的辛苦难受，只有他自己体会。我能够做到的，就是在每周的周一周三周五的下午和晚上，再大的事情也不打扰他，并且告诉所有能够告诉的人，请他们也不要在那个时候打扰他，其他，还能为他做什么呢？有时候他自己反倒坚挺，做完透析还给我打电话，我说，你嗓子哑了，今天不说，休息，明天再说。

现在文瑜又生病了。生了更重的病。他，要走了。

在查出病症的前一阵，但凡有人到杂志社去办什么事，他几乎见人就说，你到《苏州杂志》来工作吧，你到《苏州杂志》来工作吧，他这是要干什么？年初的时候他就跟张黎说，想年底出本诗集，如果我不在了，就给你写个出版遗嘱。

文瑜啊文瑜，难道冥冥之中，你已经得到什么暗示，你只是不肯告诉我们,你只是不想让我们为你难过。

文瑜,你一定看得见,朋友圈里,都在读你的诗,都在说你这个人。是的,你很牛,你太牛了,正如你自己在生命最后的日子里跟我们开玩笑说,你和江姐差不多,明知来日无多,还在一针一线绣红旗。文瑜啊,听你在电话里这么说,你让我怎么回答你啊。我只能强行地笑出一声,说,你就好好绣红旗吧。文瑜开心地笑了。

文瑜,我真的没有想到,你有如此之大的勇气,死亡也不能夺走你的高贵,你就这样昂首挺胸地走了过去,你也害怕,你也恐惧,但是你的高贵,战胜了它们。

文瑜,真的真的没有想到,我一生的挚友,调皮的文瑜,竟然如此英勇。

但是,但是,但是,如果能够重新来过,我宁可你屄一点,不要你那么高贵,不要你那么高傲,不要你做英雄,只要你活着。

但是你不会听我的,你就是你,你还是你,你在生命的最后一刻,仍然在关心着他人。

11 月 29 日上午,文瑜还主动为了我的家事,给我发了截屏,说,你自联吧(你自己联系吧),我不行了。他真的不行了,多两个字也写不动了。

同一天,他给小天发信,希望小天"和自己及亲人互相温暖",小天说,他在离开世界之前,却是牵挂我。

治疗用药,快速地损害了他的身体,用药的第二个月,他已经难以承受药的打击了,只要哪天一停药,他的精神头又起来了,他又要绣红旗了。他打电话给我说,医生吩咐每天都要吃,但是他想吃吃停停了。我怎么办啊,我怎么回答啊,我既怕他离去,又怕他痛苦,我跟他讨价还价,我说,你根据自己的情况,要不,吃五天,停两天? 他说不,我吃四天停三天。

11 月 28 日,他给我打电话,说,这一次真的不行了。他已经无力行走,无力起床,甚至一点也不能动弹了,病魔残忍凶恶地将他"抽丝剥茧"。

再次入院后,仍然每隔一天要送他到透析室做透析,需要几个人把他抬上担架床,到了透析室,如果各项检查达不到指标,不能做透析,再推回来。

如此折磨。他迅速果断,决定放弃治疗。11 月 29 日那个周五,他不再做透析。

他是很清楚的,以他的身体状况,只要停一次透析,就会出现什么情况,但是他已经决定坦然地接受。

可是文瑜,我们不知道呀,我甚至不太知道他的"放弃治疗"是什么意思,我一直以为是停止使用靶向药。即便如此,我们都觉得,还会有一段时间的。

可是已经没有时间了。

11 月 29 日下午我去了并不算太遥远却感觉无比遥远的驻马店,30 日晚上急赶回来,没有音信,我有不好的预感,因为时间太晚了,我没敢给周曼珍发信。

第二天起来我赶紧问曼珍情况怎样,曼珍说,今天早上有点迷糊,现在好一些了。

12 月 2 日上午,我正准备去医院,手机来电了,一看是陶理的电话,我心里"咯噔"了一下,赶紧说,陶理啊?那边却是文瑜的声音,他用儿子陶理的手机,给我打了他生命中的最后一个电话,他用非常微弱的声音说,你今天空吗?(我真不是人啊,我有那么忙吗?)我说,我这几天都在,过一会儿我就来看你。他说他不行了,又说了说出书的事情。然后他让我看微信,用他自己的手机,给我发了他生命中的最后一条微信,那是一个截屏,是 11 月 30 日晚,他发给曹后灵市长的:"我已放弃治疗,就这两天了,麻烦你关照院方认真做好我的临终关怀。谢谢。朋友一场,就此别过。"

我看了这个信,立刻回电过去,他抢先就说,你看到了?我说看到了,我马上过来看你——电话忽然就中断了,我等了半天,一直没有声音。我的撕心裂肺的文瑜啊!

过了几分钟,陶理打电话给我,说爸爸电话打到一半,昏迷过去了。

我立刻赶到医院,在病房门口看到里边有很多人,我稍稍站立了一会儿没有进去,文瑜的妹妹看到我了,赶紧出来喊我,说,现在还有点清醒,你快进来看看。

我进去,拉住他的手,他有感觉的。人已经不行了,还能说话,他说,要随时喊医生,不要让我痛苦。我告诉他,你安心,医生都在这里。

这是他说的最后的一句话。

片刻之间他又昏迷了,这是 12 月 2 日上午,他第三次昏迷。他是在昏迷中醒来的那一点点时间里,给我打了最后的电话。

我哭了。我哭得无法停止。

一直到现在,仍然无法停止。

他没有再醒过来。

我守到傍晚,回家后一夜心神不宁。12 月 3 日,起来先问陶理,情况怎样,陶理说情况还是那样,昏迷,上午我急着赶一篇稿子(该死的稿子),匆匆吃过饭急急忙忙赶到医院。

他的呼吸已经很微弱,生命即将耗尽,我默默地坐在他的床前,过了一会儿,忽然听到他重重地呼吸了一声,我顿时心生奇想,会不会有奇迹发生了,这么想着,我看了一眼监护器,就是那一瞬间,心跳停止了。

时间永远停留在 2019 年 12 月 3 日下午三时五十三分。

荆歌说:失去了才知道他的重要,我们永远没有他了。没有人再会对我们这么好。

小海说:今夜我仿佛成了孤儿。

费振钟说,文瑜去世是今年最大痛事。

北北说,这个人死出骨气和诗意了。

有多少人在为文瑜流泪,无眠,叹息,包括无数的并不认得他的人:

小菲说:我好喜欢他,字里行间都是亲切、体贴、安慰、温馨。

杜怀超说:虽无缘谋面,可哀恸,沿着这些柔软而透明的文字之岸,潮来。

可是我只有一个字:哭。

哭文瑜。

哭永远没有了的文瑜,因为下辈子是不会再见的。

我一直在想,文瑜你回来吧,你回来,绘声绘色地给我们讲你和死神搏斗的经历。

文瑜不会回来了。

大家说他的诗好,他却一直想出一本小说集,11月26日,他去世前一周,把十六篇小说发给了我,说,"没写好,不入法眼的,你全权做主,不行就不出了"。

文瑜,一定会出的,只要是你的心愿,我一定做到的。

"面对任何人,他是一律如常地插科打诨,消解富贵者的那份妄自尊大、道貌岸然,消解贫困者的那份窘迫局促、手足无措。"(小海语)

那些不良的世风,在文瑜的至情至性面前,是那么的猥琐不堪。

"这诗不是写出来的,而是活出来的。你没有活到他的纯净和透彻,你没有活到他的这份赤子深情,你没有活出他对生死大事的举重若轻,哪里可以写出这等好诗来呢?!"(小海语)

那些装模作样的文字,在文瑜的诗文面前,又是多么的无趣无聊。

文瑜,虽然你不会回来了,但是你始终没有离开,你一直就在,你永远都在。在我们这里。

文瑜活着的时候,我没有喊过他文瑜,要么是喊陶文瑜,要么是跟着别人喊陶老师、陶主编,要么是跟着我儿子喊他师傅。

我希望,他能看见我写的字,如果写得不如他意,他还会跟我生气,不理我,他如此的热爱生活,热爱生命,他是舍不得离去的,但是他无惧无畏地面对了。

文瑜平日私信聊天,或者发朋友圈,不怎么多用表情,几乎从来不用拥抱的表情,但是在最后的日子里,他用了很多拥抱的表情。他想抱住世界,抱住大家,直到他抱不住了。

　　文瑜,我还想看到你貌似骄傲其实厚道的笑脸,我还想听到你得意扬扬却又有点害羞地对我说,我阿牛?

　　对不起,我不能再写下去了。我很凌乱,我语无伦次,我很痛,我撑不住了。

　　文瑜,我以后还会写,再写,再写,一直写。因为我还有太多太多的话要和你说,我还有太多太多的事情想跟你聊,我还有太多太多的心思要向你倾诉。

　　附:陶文瑜诗一首

　　　　我要将身边的你
　　　　打发到很远的地方
　　　　并且
　　　　忘了你的地址

　　　　我要将所有的积蓄
　　　　换成一张车票
　　　　不久以后
　　　　所有城市
　　　　每一个路口
　　　　都有我张贴的
　　　　寻人启事
　　　　我要用余下的

全部生命
来寻找你

这时候思念
是我的唯一行李

我要在风烛残年
喊着你的名字
倒在异乡的小旅店里

父亲的战马

◎ 鲍尔吉·原野

——谨以此文纪念我的父亲
著名翻译家那顺德力格尔
(1929.3.12—2019.11.8)

我父亲那顺德力格尔第一次来到沈阳是在 1948 年 11 月 2 日。他们从塔湾进入,这里是沈阳的西北角。

地上铺一尺多厚的雪,马奋力抬蹄,再踏进去,跑不起来。敌军的黑飞机从树梢那么低掠过,倾洒机枪子弹,像泼水似的。马跑不动,骑兵们活下来全靠运气。

我爸现在说国民党的黑飞机,还咬着牙不松开:“它们横着飞、斜着飞,人和马都害怕。机枪子弹沿一趟线突突下来,地全开花了。人马中弹,血化开炕席那么大一片雪,地上出来一个血窟窿,马的血比人多。”

马累出汗,脖子上的毛聚成小绺,骑兵们冻得打哆嗦。11 月份,他们穿单衣单裤,这是黄炸药染的土布军装,但炸药不抗冷。他们进城没遇到抵抗的敌军,十几里外的城中心传来密密麻麻的枪声。我爸所属四野骑兵二师十三团,他们刚刚从长春赶过来,和四野主力一起解放沈阳。

我爸骑一匹白马,蒙古语叫“沙日拉(略带杂毛的白色的)咩绕(马)”,他的马像一个细心的战士,和他一起走过战火。黑飞机过来扫射,战马要有足够的意志力隐忍不动。马如果毛了,疯一样窜出去,就成了敌机第二轮扫射的目标。这些,战马都懂。

马在战场上见过无数死人,见过人趴在死人身上痛哭,见过人拖着五六米的青色肠子在地上爬。从长春开始,骑兵二师和四野一个朝鲜人的步兵师穿插行军。骑兵目标大,夜里行军,朝鲜步兵师白天走。

那时候,八路军(四野官兵习惯自称八路军)占领了东北的土地,但天空还属于敌军,天天狂轰滥炸,直到夜里才歇着。

进城是在早晨五点钟,连长罗保传令:"整理军容风纪,显示八路军的威风。"骑兵们夜里行军,身裹日本人的军毯和土匪的羊皮袄,接到命令,他们全都挺起胸脯,显露四野的胸章。"要不然,"罗保说,"老百姓以为咱们是土匪呢。"但城里是一片荒凉的平房,无人瞻视他们挺胸的丰姿,老百姓都跑光了。

骑兵二师全由蒙古族人组成,每连一百个战士、一百匹马、一百支三八大盖(苏军收缴日军装备转配四野)、一百把哈尔滨产马刀。我爸说哈尔滨的马刀照日本军刀差远了。好马刀不是好菜刀,它的刃有五分钱硬币那么厚,刃不能开。

好刀接连马的冲力与骑兵的臂力,一刀下去可削掉半边人身,它哪是刀?是一下砍断五六根骨头的薄钢板。刀下去砍不到人,骑兵会一头栽到地上,这是多大的力量。我爸他们挺着胸脯走在街上,路边立着电线杆子,这是大城市的标志。

塔湾之无垢舍利塔立在前方几十米处,雪落在一层层的飞檐上像撑着白伞。"咣——咣——"一阵爆炸响起,声音静下来。他们接着往前走,电线上、树上挂着人和马的碎肉、炸药染的军服碎片。

"尖兵班全没了,十二个人,他们全骑着白马。"我爸说,"不知道是什么炸了,炮弹,也可能是地雷。"

战争的仇恨是一点点积累的。我爸所在的十三团一连官兵是乡亲,有亲戚关系。我爸的战友中有他的叔叔、伯伯和舅舅,一起出来当兵却不能一起回家,让活人悲伤。战马是骑兵从自己家里带出来的坐骑,我爸的"沙日拉咩绕"是我爷爷彭申苏瓦参加内蒙古自治军的马。

我爷爷在飞驰的马上用步枪左右开弓,打碎东西两侧两百米外的四块青砖。他的枪技离不开马的配合,马跑得稳,枪打得才准。我爷爷回家养伤,我爸骑这匹马入伍,编入骑兵二师。那年我爸十八岁,马六岁。

马跑到最快时四个蹄子像攒在一块儿又撒开,像一块风里的云彩。天下没有战虎、战狼、战猪,却有战马。马把自己的命搭在人的命里,他们是死党。骑兵们进了沈阳,一厢待命,步兵在每一条街上打巷战。"噼里啪啦,噼里啪啦!"我爸说,"步兵跟他们干,我们等着。"

在攻城的战斗里,骑兵像老鹰一样待在城市外围,阻击敌方援兵或从步兵防线逃出的溃敌。马要有马棚,我爸他们团进驻铁西一家面粉厂。他们找来找去发现面粉厂有大棚,里边垛着一袋袋白面。

"马住棚里,我们吃烙饼。白面就是白面,没油烙出来也好吃。"他们卷着饼往嘴里塞,手里抓另一张。枪声停了,零星的枪声也没了,他们举着烙饼欢呼胜利。骑兵们爬上房顶,看见缴械的敌军排长队走过来,被解放军战士押解,蜿蜒十几里。

国民党军队的军装有两种,一种土豹子样,比八路军好不到哪去。另一种美式哔叽夹克。"漂亮!"我爸说,"被我们的人押着,全套美式装备。"

骑兵的烙饼只吃了一天,沈阳解放了,他们领命追击另一股土匪,匪首叫胡图林嘎。土匪边逃边散,追到开鲁之后,土匪没了。国民党军队和土匪都怕四野骑兵,但骑兵怕老百姓。四野军纪严明,老百姓一告状,违犯纪律的人就要倒霉,最轻也挨连长一顿拳脚伺候。

土匪进村,上门抢粮食草料,八路军哪儿敢抢?抢老百姓会被枪毙。骑兵们不会说汉语,兜里没有钱,他们向老百姓作揖赔笑脸,像要饭一样为马讨要谷草。八路军有一奇技——写借条,写上借谷草多少斤、粮食多少斤,全国解放之日偿还。

我爸读过私塾，通蒙古文、满文、日文。他写了无数借条，一挥而就。汉族老百姓不懂蒙古文、满文、日文，连汉文也不认识，笑笑，把粮食草料送给骑兵。马有吃的就好了。马爱吃铡得细碎的谷草秸秆。"唰唰唰，像吃水果一样。"我爸替马说："这是冬天，到夏天更好，有青草了。"

夏天，若无战事，骑兵们把鞍子、笼头从战马身上卸下来，领马到草甸子上玩。我爸上河边给白马洗澡，用刷子刷马。马舒服，用鼻子蹭人胳膊。我爸在草甸子上跑，白马在后面追，人躺在草地上，马低头闻他的头发。"可好啦，马呀！"我爸说，"像小猫小狗一样，它知道这是玩呢。"

他骑在马上最爱唱一首歌，这个歌是从成吉思汗时代传下来的——"蒙古人战胜多少苦痛完成的大基业，蒙古骏马立下了大功。像蒙古人有天那么高的志气，蒙古马的力气啊真是无穷。"

蒙古族有许多赞美马的歌曲。《巴音杭盖》唱道："可汗的行宫边上，带嚼子的骏马神气地披着黑缎子。云彩似的马啊，追赶前边的云彩……用黑豆喂的滚瓜溜圆，用绿豆喂的滚瓜溜圆。我的花白头发的爸爸留给我最好的马……最有名的北京城啊，城里吉祥还繁荣，手捧一堆现大洋，也买不来一匹大走马。最有名的南京城啊，城里文明还繁荣，从怀里掏出来85两银子，也买不到一匹好走马。我的马呀人人都喜欢，它的额霜有一块月牙斑。"

唱到这儿，我爸每每发表不同意见。骑兵认为带月牙斑的马不吉利，没人骑这样的马上战场，心里恪忌。我爸说他的沙日拉咩绕是最好的马，因为它是白马，成吉思汗的坐骑就是白马。

大汗养了七十匹骒马，产马奶供他饮食。我爸说他的白马睫毛也是白的，像翅膀一样呼嗒呼嗒眨巴。这匹马静立如雕塑，脸上血管隆起，它的蹄子像四块大玉石，眼睛比黑水晶还要黑。白马救过我爸的命。

1947年5月，骑兵行军到开鲁县保合屯一带山坡下暂休，不到十分钟，哨兵跑过来，说山后抄来五千多敌军（不一定有这么多，哨兵吓坏了）。

休息的骑兵,人不离枪,马不离鞍,他们上马就跑。敌军见八路军逃遁,放枪射击。

马爬山动作大,我爸摔了下来。腿摔伤站不起来,白马围着他打转,密集的子弹打过来,石头冒火星。马恨不能扶他起来,可惜没长手。我爸拽着马镫爬上了马,追上部队。晚上宿营,我爸摸白马的前额——马喜欢人摸它的前额。"马啊,你救了我的命。"马低下头,闻他的胳膊。"可惜它不会说话,但它能听懂我说话。"

打四平,骑兵驻扎离城八里外的村子。敌军黑夜白天轰炸,八里之外仍觉地面震动。四平攻下来,骑兵进城,他们看到敌军钢骨水泥的碉堡连成一片。"碉堡前是什么?"我爸伸出手,手在抖,"八路军的尸体垛成垛啦,一丈多高。"骑兵从近百米长、比人还高的死人垛前走过去,我爸察觉白马浑身都在抖。血水流在壕沟里,上面落一层尘土。

马闻到八路军战士血的味,不敢往前走了。骑兵下马,摘下帽子,沮丧地走过去,马垂着头。牺牲者一人压着另一个人,摞着,血穿过尸体流进壕沟。我爸不敢看血流,但还是偷眼看。血从人垛滴答下来,汇成细小的河流。

"最难受的不是这个。"我爸说,最难受是看马寻找牺牲的主人。1948年8月,他们在开鲁县好宝营子遭遇六十多个土匪。骑兵叮咣一顿袭击,消灭了大半土匪,匪首带几个人钻进了苇塘里。芦苇宽广好几亩,我明匪暗,八路军进去一个被打死一个。巴图、却吉、杜楞扎那、东山,一共四个人被土匪打死,都是我爸的长辈。

后来,三班长青龙不知采取什么办法爬进苇塘里面,用手榴弹炸死了土匪。他们用刺刀在山坡阳面挖一个大坑,铺上柳条,掩埋战友。遗体撒上一层柳树叶,盖土,用马踩过去。

这时候,巴图叔叔的白马、却吉大爷的枣红马、杜楞扎那舅舅的白马、东山叔叔的黄马像疯了一样找它们的主人。这些马在队伍里钻来钻去,见到人就闻腿闻胳膊。骑兵们哭了,我爸手扶鞍子放声大哭。马还在找,慌慌张张地钻来钻去，鬃毛如乱发散在脖子上。

骑兵们骑着战马踏遍东北的冰天雪地，看过漫山遍野的山杏的白花、长在石头里的杜鹃的粉红花。他们唱着成吉思汗时代的战歌前进。

子弹不长眼睛，上战场谁不怕死？我爸头一回参加战斗，枪一响，白马的身体一阵阵激灵，他身体跟着激灵。"枪声大了就好了，"他说，"谁也不害怕了。"

我从小对"骑兵"这个词敏感。上小学时，军分区在体育场举办阅兵式。骑兵骑马走过主席台前，马刀竖在肩膀前闪闪发光。那时候，大喇叭放一首铜管吹奏的《骑兵进行曲》——咪哆来咪咪，咪哆来咪咪，唆唆哆来咪——忒雄壮。在乐曲里，你看战马高昂着头，鬃毛一抖一抖，蹄子灵巧地翻盏，那真叫威武雄壮。

赤峰体育场的主席台很小，司令脸上有麻子。我爸的白马比赤峰骑兵老十四团那些马厉害，它参加过开国大典，当然是我爸带它参加。他骑着白马和战友一起接受检阅。

1949 年，骑兵二师划归内蒙古军区，组成一个白马团、一个黑马团出席天安门广场阅兵式，我爸在白马团。8 月，他们进驻清华大学边上一个叫清河的村庄。

那时候，北京到处流传国民党的谣言。村里风传：共产党的鞑子兵茹毛饮血、割人耳朵。骑兵们受到歧视却不知缘由。

我爸说，村里人供刺猬为神灵。刺猬满地爬行，若被马踩死，老百姓很不高兴。但战马偶尔会踩到刺猬"老爷"，民运干事点头哈腰跟村民道歉。团长下令，全心全意爱护刺猬，谁踩刺猬谁受处分。

我爸差一点受处分，但不是因为刺猬。1948 年 5 月，他们和国民党正规军在突泉县对阵，消灭国民党军一个连。我爸心眼多。他留在连队后面，看连队走远了，偷回战场捡洋捞儿。他捡到六尺白布、一条雪茄烟，然后追赶队伍。

连长罗保发现此事非常生气，说："你个兔崽子，我要处分你。"我爸把雪茄烟双手举过头(按辈分,罗保是他远房爷爷,原为日本骑兵军官)。我爸七岁已开始吸烟,不得已才把这么好的烟交出去。罗保吸雪茄烟,很入迷。我爸问:"罗保爷爷,我的处分……"罗保说:"我再吸一根。"他又吸了一根烟,说:"下回处分你,这回算了。"

"怎么处分?"我问。

"禁闭三天或七天、十五天不等,再严重送军法处。"

8月份,清河村外的草甸子正开黄花、红花、白花,战马把花朵全踩灭了。骑兵每天训练战马横竖成排,类似现今马的盛装舞步,这是非常困难的事。上级要求骑兵团走过天安门时,战马横竖成排。

骑兵要把提振缰绳和双腿夹马的功夫掌握纯熟,控制行进速度。天天练,他们练了两个月,人与马达成难以言传的默契。白马在草甸子一排排走过去,迈着小碎步,非常整齐。

1949年10月1日,内蒙古军区骑兵二师白马团和黑马团凌晨五时从清河村出发,七时到达北京东单。骑兵们头一天发了棉布新军装,马在水泡子里洗了澡——每人领到半块肥皂,给马洗澡。马洗完澡,晚上用缰绳吊起来,不让它躺着睡觉,怕脏了皮毛。

夜里,骑兵们领到铁盒的金鸡牌鞋油,马靴擦得油光锃亮。到了东单,团长下令给马蹄子刷上黑鞋油,白马挺神气。检阅开始,骑兵走到天安门城楼前,我爸心里默念:"白马啊,你千万别走错,好好走。"他的汗把军装都湿透了。

大喇叭传出总参谋长命令:"向右——看!"右侧是城楼。我爸把脸偏向右面,但眼睛斜回来盯马头。他的战友也都向右转脸,眼盯马。谢天谢地,马走得很整齐,没出错。但骑兵们遗憾没看清毛主席和朱总司令的面庞。

1950年9月,骑兵二师赴通辽集结,准备赴朝参战。等了几天,中央军委说入朝作战预计伤亡很大,少数民族部队不入朝。内蒙古军区司令乌兰夫要求部队把战马捐献给志愿军。

捐出去战马，骑兵很痛苦。9 月 10 日，我爸和另外六名战士牵着全连一百多匹马来到通辽火车站。站台上到处都是战马。我爸抱着白马的脖子，摸马的额头，马闻他胳膊。

军需官下令："一连战马上车！"几块木板搭在黑铁皮车厢上，他们把战马一匹匹牵上火车。我爸让白马待在边上，最后牵它上火车。白马上了车，回头看他。我爸心都快要碎了，咬着嘴唇才没哭出声来。

回到连队，我爸走进了空荡荡的马厩，不禁痛哭。他病了，在炕上躺了两天，脑子里全是白马的模样，一合眼睛，就见白马走过来，闻他的腿。科尔沁有一首情歌《乌尤黛》，说一个男人想念女人乌尤黛。

连里有人唱这个歌，让我爸更痛苦。歌里唱："想念你呀受不了，啊嗬咿，乌尤黛啊嗬，半夜起来把白马刷了一遍。想念你呀受不了，啊嗬咿，乌尤黛啊嗬，半夜起来把青马刷了一遍。我要是蝴蝶呀，落在你的领子上，天天把你瞧。可惜我不是蝴蝶呀，眼巴巴看你转身离去……"

我爸呜呜哭起来，觉得他比这个男人惨，半夜起来，白马却没了。那几天，骑兵们的袖子上沾满了眼泪，想念战马。1954 年，我爸的思马病再度复发。他不断写文章，写对马的思念，心情好了一些。

他写了一首诗，题目叫《银色的白马》，写"沙日拉咩绕"——他的战马。此诗发表在蒙古文学期刊《花的原野》上面，得了奖。奖品是一支铱金尖英雄牌自来水笔。

昨晚，我爸我妈并排坐沙发上看电视，电视播报普京当选俄联邦总统，他在群众集会上面现泪痕，我爸以手按眼窝。我妈问："普京当总统，你哭啥？"我爸站起来，摇摇头，左手拎下坠的紫红毛裤，说："我想起了我的马。"1950—2012，六十二年。

我爸今年八十三岁，他在想念他的马。他说："闻呀，闻呀，可能一个人有一个味吧？马用鼻子闻你……"他的声音走样了，拿手绢擦鹰钩鼻子上的眼泪，说，"沙日拉咩绕，我的马……"

青花张浦生

◎ 马未都

　　庚子新年的疫情超出所有人的预估，已经持续近一个月了。我闷在家中写一本想了很久的书，每天写一篇，从大年初五开始，一天都不间断，这书计划写一百篇，刚才写完第二十四篇，心情有些沉重。

　　一早就看见张浦生先生过世的消息，说吃惊也没有太惊。这些日子突然过世的人太多，令人心碎，和平时期，这日子就算荼毒了。想了想，浦生先生也已八十七岁高龄了，驾鹤西归不算太不合天理，人有阳寿阴间，阴间有时未必不如阳间，如果病痛过于难挨，去阴间就算是解脱了。

　　张浦生先生是安徽歙县人，在上海出生，我猜想他名字来历应该就是如此，黄浦江边出生的人，所以叫浦生。浦生先生1957年毕业于上海复旦大学历史系，那年月大学毕业生比今天少很多，尤其名牌大学毕业生就更凤毛麟角。浦生先生长得一表人才，又高又帅，想必当年是女孩子眼中的白马王子。他毕业后分配到南京博物院工作，一直干到退休。

　　我和张浦生先生认识实在记不住具体环节了，只记住了他鹤立鸡群般地站在那里，笑容可掬地跟每一位与会的人打招呼。我当时还不是与会人员，是来蹭会的，那年月那种专业会不对我们这种爱好者开放。我的好处是当年有个充门面的记者证，亮一亮也让进去了。二十世纪八十年代社会上对记者高看一眼，不似今天，记者还需要掩盖一下身份。

　　目测浦生先生身高一米八五以上，具体我也没问过他，他人很瘦削，一直到晚年，他总是一副仙风道骨的样子。人瘦就精神，加之浦生先生永远笑眯眯的,给人亲切感,就更显得长者风度。那一次,当他听说我一个外行人喜欢陶瓷,就饶有兴趣地打听我在哪儿工作,为什么喜欢陶瓷。

今天喜欢陶瓷的人太多了。当年我喜欢的时候属于另类,大部分人看我都不正经。

我告诉浦生先生,有些东西的喜欢是与生俱来的,没有什么道理,就是缘分,我与陶瓷好像有个缘分,没有前因后果,也不知前世今生。浦生先生听得乐不可支,拍着我的肩膀对我说,哪天我去找你聊聊。

那一年我大概三十一二岁,浦生先生大我二十一岁,那时岁数也已经五十过去了。五十多岁的人都到了知天命的年纪了,可浦生先生仍单纯得像个少年,一脸真诚,没有半点虚伪。

后来我们就慢慢认识了,知道他在陶瓷鉴定领域的地位,国家文物鉴定委员会委员。

浦生先生酷爱青花,一辈子研究青花,人称"青花大王"。青花自元代创烧起,迅速占领陶瓷的半壁江山,成为中国陶瓷的霸主,七百年时间不可撼动。从专业上讲嘛,青花的年代分类可以按皇帝的年号层层分开,明、清两代总共二十七朝二十六帝,青花仍可以分得清清楚楚,没有半点模糊。今天说这些懂的人多,当年说这个别人会觉得吹牛,而且是目中无人地吹牛。我最初喜欢青花瓷的时候,当一位琉璃厂的老先生告诉我,青花每朝每代都不一样时,我一脸懵懂,怎么也不相信一个蓝色可以分出那么多朝代来。张浦生先生是国内最先投入精力研究青花的,一点一滴地积累,一件一件地比较,然后又积攒了许多瓷片,宝贝一样地揣着,时刻拿出来和大家分享。

浦生先生给人最深的感觉是"诲人不倦"。他从不藏着掖着,有什么就竹筒倒豆子般倾囊而出。听张浦生讲解青花你最先感到的不是他的专业,而是他的热情。他说,瓷器是他的魂,没有了瓷器就像丢了魂。他对青花的热情无法描绘,是一种发自骨子里的热爱。别说你喜欢,你就是不喜欢看他那陶醉的样子也会自责,自责自己的无能无力无情无感。

有一年我去扬州。那时的扬州既没有机场,又没火车,只能坐汽车经长江轮船摆渡过去。当年扬州有一家神秘不对外的机构,叫国家文物局扬州培训中心。这家机构并不对外,只对文物系统内部人员培训。我到扬州培训中心时赶上了张浦生先生正为学员讲课,浦生先生站在那里,操着他那不标准的海派普通话,讲述他心目中的青花,桌子上还摊着一堆青花瓷片。他不时地举着一片,教大家注意什么什么细节,完全彻底地投入。这对没有听过浦生先生讲青花的陶瓷爱好者真是一个遗憾。当时扬州培训中心有俩负责人,一个叫朱戢,一个叫汤伟建,比我年龄略小些,每次上课都跑前跑后地为学员张罗,帮助张浦生老师做些辅助工作。记得一次课后吃饭,浦生先生和大家共吃一锅饭,大家快乐地开着玩笑,借机问些问题,今天回忆起来恍如隔世,隔世不是因为时间久远,而是人情久远了。

三十年前,国家百废待兴,张浦生先生有时到北京出差还会与我联系,问问近况。一次他打电话说,你那里东西多,我带几个学生去看看方便不?我说方便,于是约了晚饭后到我家里来,大约七点钟,浦生先生率队一行来到我家。我那时还住在早年单位分配的住房,老式二居室,没有客厅,所以大家进屋就脱鞋席地而坐。因为我常年鼓捣瓷器,为了方便,也为了万一失手,家里铺了厚厚的地毯,所以一屋子人坐在哪儿的都有。我没有想到浦生先生能带这么多人来,十几平方米的屋子坐了十几个人。大家鸡一嘴鸭一嘴地问问题,浦生先生笑眯眯地解答。看了好多东西后,大家才意犹未尽地起身告辞,浦生先生说打搅了,我从墙犄角搬出一个青花插屏请教他,他就指给学生说,同治的,很不错。我心里一愣,本不想说什么,但又没忍住,那时候年轻而不谙世事,我拽着浦生先生说,我怎么觉得这东西是乾隆的?

这里有个技术问题。早年文物界的共识是清晚期才出现尺寸较大的平板瓷,清中期的平板瓷尺寸小。可这块插屏在当时的认知里尺寸算大的了;仅尺寸一项而言,判定清晚期同治没有问题。可这插屏的画工太不清晚期了,我就不甘心地当着浦生先生说出我的一二三四,也不管浦生先生刚才已有的结论。

没等我把话说完,张浦生先生转身过去,对他的所有学生说,我刚才判断错了,他是对的,文物鉴定就是这样,活到老学到老。

浦生先生这番话让我对他肃然起敬。本来是我不懂事,为尊者讳,没有必要逞强,我当时并不懂人生有许多条道理,其中很重要的一条就是逞强不如示弱,"处事忌太洁,至人贵藏辉",连《水浒传》都说,柔软是立身之乐,刚强是惹祸之胎。我这虽算不上刚强,但的确也不柔软,浦生先生以长辈之身,以师道尊严仍能放下架子,不计晚辈之过,让我铭感于心。

这个故事在我心底藏了几十年,每一次见到浦生先生自然会想起这段,让我备感亲切。2001年秋天,他以六十七岁的高龄仍去连云港鉴定,回来路上出了大车祸,他被抛出车外,摔折一条腿,身上多处骨折,但人没有事,经过一年多的疗养,他又能坐着轮椅出来讲课会友,他来北京时告诉我,他受伤了,行动不便,希望我去宾馆看看他。那天我去看浦生先生,他依旧谈笑风生,我心里百感交集,面对轮椅上的浦生先生,我不知如何安慰先生,今天回忆此事,唯一的庆幸是那天和浦生先生留下了一张合影。合影上浦生先生坐着,我站在他身旁,他年近七十,我四十八岁,犹如父子。浦生先生双手搭在一起,满面春风,他坐在轮椅上仍能看出他的长胳膊长腿,他那口跟年龄不相符的白牙与两道浓眉,呈现给我们一个善良的面容,和蔼可亲,睿智可信。此时此刻我看着照片在想,一个人一生都在修炼,无论环境好与坏,脸上的每一刻表达才是人生那一刻的节点。

愿浦生先生天堂安息。

中流划来放筏人

◎ 任芙康

中国文坛不爱寂寞，总愿天天有喜事。近来好些年，"重走长征路"，有声有色，蜂飞蝶舞，令人欣慰甚多。曾经的雪山、草地，昔日的遵义、延安，从淡忘中回来，再度成为顶礼膜拜的圣地。才郎雅女的仰头瞻仰、拉旗合影、举臂宣誓、动容抒情，无一不锦心绣口，别有惊艳。我仿佛回到学童，喜乐交加，又毕竟年已老迈，便有浅浅惆怅无以言表。

小时家住厂区，我七岁上了附近农村学校。这是一所乡级中心小学，黄桷树上挂着老钟，两座二层砖楼，是民国元年（1912）的建筑。到了三四年级，工人子女与农民子女在一些芝麻小事上彼此较劲儿，为争个你输我赢，时而还会诉诸拳脚。每日放学，校长与值班老师必是立于校门高岗上，监视两伙乳臭未干的斗士，在岔路口作鸟兽散，才放心转身。

这一天，一场打斗，见血见肉，两边"头目"被传进校长室。校长素来安静，对学生从无责骂、推搡，反令学生敬畏。她久久直视着两个孩子，掩不住的怜惜，让她出口的话，倒像母亲训儿子："晓不晓得，你们是六亲不认啊。你的大爹，"校长用食指点点其中一个，"是老红军。"她又转过脸，点点另一个，"你的二舅，是老红军。"校长说着说着，眼眶就红了，"你的爹妈做工，他的爹妈务农，这又有什么不同？莫忘了，打断骨头连着筋，你们都是红军的后人。"突然，一个孩子开始抽泣，另一个忍不住，亦跟着哽咽起来。

两队人马，仿佛一夜懂事，就此偃旗息鼓。农民妈妈炒的蚕豆，匀你吃；工人爸爸做的铁环，让他耍。桃子、李子熟了，约厂里的同学去；周末看戏、看电影，邀乡下的同学来。呼朋引类，互为知己，直至毕业。

其实，我本就知道，周围不少人家都跟红军沾亲带故。厂里就有"老革命"数人，只是不曾觉出他们的特殊。后来听说，校长的大哥亦是红军。这才明白，她是有爱憎的，所以能将话说出那样的急，说出那样的痛。

十三岁，我考进达县第一中学初中部，全县小学拔尖五十名。高中部设班四个，遴选全专区十一县的初中考生。这所中学，1906年创办，曾走出不少名将。开学那日，大开眼界，同班有三男一女是红军子弟，四人均着改裁合身的老式军装，洒脱又有礼貌，聪明而无戾气。

达县建城一千九百多年，乃地委、专署所在地，盖有两处红军干休所，接收回归故土的老人。军队下来的，住西郊永红村；地方下来的，住城内红星村。每家一幢方方正正的西式平房，房前屋后，遍植花草、果树。五十多年前，万山丛中一座小小古城，竟能有官方与民间的共识，对这些九死一生的功臣，反哺多少亦不为过。良善涌动，实在是血脉相承，便有民风的淳朴、慷慨与高贵，氤氲出老区的人世美好。

我跟高我两个年级的谢姓同学交好，成为红星村的常客。头一次去时，便很惊诧，他爸爸，以及满院的叔叔，说的都是巴山话；而他妈妈，甚至满院的阿姨，操着一口外省腔。俗语道，一方水土养一方人。大巴山的水土，怕是天下少有，山高水长，盛产红军好儿郎。谢同学母亲是河北人，爱包饺子。当然这算不上阿姨的优点，她的优点是喜欢让我陪吃。而我的优点，则是善解人意。去得多了，便生出庆幸之心，叔叔们转战南北，功勋卓著，他们没有错过英雄美人的浪漫，实在是天地有情、功德圆满了。

中学第二年，一个秋雨天，在小城新华书店，我随手翻开一本诗集。那时买书，已学到一点路数，先读序言。序言作者严辰，后来知道，严诗人乃现代文学史上的诗坛名流。他在序里推荐大巴山，非常抒情，让人有飘起来的轻盈；又非常写实，让人有沉下来的饱满。字里行间，散发一种不曾有过的诱惑。我毫不犹豫，掏出五角八分，携书而回。此书小小开本，文字不多，价钱不低，能抵我住校三日的饭钱。

诗集在手，自是亲近，最喜书名《山泉集》。"在山泉水清，出山泉水洁。细流入大江，大江喷白雪。"一个"喷"字，好生了得，全是川陕苏区的朗朗乾坤，全是红军战士的壮志凌云。不少诗篇的末尾，标注着完稿之地：通江、南江、巴中、平昌、宣汉、达县……通通是大巴山里的县名。我去过的不说，没走到的地方，亦无不耳熟能详。一份熟悉、一份感动、一份亲切、一份温暖，叫人只觉这书好，且好到无边无际。

不到两百页的薄薄诗集，一时成我枕边书。生我养我的故乡，见惯不惊的老兵，第一回在《山泉集》的诗行中，在活蹦乱跳的文字里，给人新异的感觉。每个词语、每行句子，带出浓浓乡音。那些毫不陌生的风物、人情，迎面而来，重新回味，陷人于春阳灿灿的喜悦。

不可思议，人居然可以这样容易被左右。《山泉集》像一位令人信赖的老师，领着学生去走更多的路，读更多的书。我本少不更事，又明知与功课无关，却偏偏想弄明白，大巴山的红军，先从哪里来，后上哪里去？老苏区的百姓，历经怎样的苦难，有过怎样的觉醒？

二十世纪三十年代初，天下大乱。工农红军第四方面军，选定三省接壤的大别山创建鄂豫皖苏区。可惜立足未稳，数度遭遇围剿，兵败西撤，辗转千里。出人意料，生死一发之际，剑指大巴山，四方面军竟获峰回路转。土豪打了，田地分了，政权建得威武，买马招兵亦霸气。单说后一项，原先的万余人马，雪球般滚出十万之众。山里山外，瓦房、茅屋的门上，皆堂堂正正，贴上恢宏的对联："斧头劈开新世界，镰刀割断旧乾坤。"问世仅年余的川陕苏区，异军突起，令四海瞩目。自古以来，天下起事，都像干柴烈火。然此地迅猛，又如火上浇油，燃烧出石破天惊。

大巴山穷乡僻壤，为何就是红军的福地？又拿什么来答惑释疑？其实用风水可以，用科学可以，用道理可以，若用事实更可以，只因事实牢靠。

一个社会，万不可把人搞到万念俱灰的地步。九十多年前，四川、陕西两省交界处的闭塞穷困,实难用言语形容。总之,民不聊生到了极致,百姓既无生之快乐,亦无死之畏惧。远处哪怕惊雷滚滚,传进山来,如风飘过,无痛无痒,至多留下几句闲言碎语。即或是家族间的红白大事,亦只在周边传扬,远不出前山几条河,高不过后山几面坡。难怪红军到来,只消几袋旱烟工夫,讲一番打土豪的道理,即可群情激奋;喊几句分田地的口号,便能谷应山鸣。

又有众多石匠站出来,他们手艺好,愿意为红军效劳。当义士们的身影腾跃起来,大山里凡具规模的崖壁上,皆回荡开"土地革命""扩大红军"的呐喊声。《劳动法令》《十大政纲》,錾上不少场镇的巨石,这多半是粗通文墨的雕刻师傅辛苦十天半月的杰作。就是这些刻上石头、刻进人心的千金一诺,脱离文字本身的无色无味,让识字或不识字的山民,荡漾起吃饱穿暖的希望。川陕根据地的石刻宣传,系传播形式之一种,表面看并无创意,但就鼓舞自家士气、瓦解敌方斗志而言,艺术构思的气派,除旧布新的决绝,堪称全国苏区之最。

《山泉集》里,从南江县到通江县,穿越峡谷关隘的古道两旁,山岩上的革命口号,将几百里石板路,铺陈出一条红色走廊。石刻标语"赤化全川",最为著名。一座峻岭悬崖之上,硕大、工整、遒劲的书法,云雾消退时,沟外数十里,可一睹真容。

川中多阴多雾,山区潮湿更甚,故有蜀犬吠日的俗话。然苏区老乡心里,天天是云开雾散大晴天。白日上坡,去新近分配的田地里劳动,晚上举着火把,远远近近,凑拢座座院落。东屋的男人抽烟、识字,西屋的女人纳鞋、唱歌,一天天无忧无愁,别致如游戏。别轻看这样太平无事的快活,实在算得顶级的歌舞升平。

谁料好景不长,忽一日,红军要出发。并未听说有仗要打,队伍为啥要走呢?大人慌起来,细娃哭起来。有见识的老人却说,红军横竖都是有章法的,一跺脚就走,必有缘由。三年前进山,不也没得一丝风声嘛。

没着没落中，许多人山前山后通通气，竟打着同一个主意，索性跟着队伍，当红军去啊。《山泉集》里，登高一呼，应者云集，便是"扩大红军"的生动写照。说到这里，似乎有些绕不过去，捎带一点我们家族的往事吧。故乡渠县赵家坪，一时间，是否跟着红军走，成为每家的话题。终于有一天，水落石出，有人经父母同意，有人悄然离家，一下走了三四十，好似个个都不甘，要完成从凡人到豪杰的蜕变。我的三爹和五爹，在一个夜里，兄弟牵手，双双随红军消失而去。

《山泉集》中的《望红台》，是描写亲人走后，苏区父母妻小、兄弟姊妹的思念之曲。从前奏到尾声，杜鹃啼血，全是牵挂和祝福："红军的人马哟，你哪年回乡？你几时转来？"

许多年前，曾读过老作家曹靖华的散文，今已忘掉散文标题。里边一节内容，仍旧记得。文中拟乡亲相问，仿红军作答。一位红军战士不忍问者失望，口齿间生出宽慰的豪气：很快回来，三五年吧。这个"三五年"，便成了老区民众念兹在兹的思念。先以为是三年，三年到了，不见红军；又以为是五年，五年到了，仍不见红军；再以为是三年加上五年，八年到了，依旧不见红军。但人们坚信红军的许诺，始终不放弃"三"与"五"的组合。又用三年乘以五年的等待，十五个年头过去，红军回来了。

凯旋的军队当然不是驻扎当地的原班人马。岁月不甚太平，还得熬过世道初变的春风秋雨，但民间的"莲花落"已带出喜色，扬眉吐气是肯定的了。

又过了两年。这一天，赵家坪老家的院坝里，锣鼓喧天，里三层外三层围满了人。回乡探亲的老红军，我五爹赵佛山回来了。五爹随行数人，并偕我五妈张林芝，军中文化教员，说一口脆生生的承德话。而我的三爹赵荣山，则已牺牲在战场。前山后岭当红军走的，有名有姓数十人，时至今日，除了我五爹，个个杳无音信。五爹命大，雪山草地，西路军，抗日战争，解放战争，抗美援朝，很多场败仗，很多场胜仗。五爹面相好，集善良、正派、聪慧、坚毅于一体,有形有样的军装,增添逼人的英气。警卫员挎着相机,来回帮我们家人和乡亲照相。时年我两岁,对五爹省亲一幕,本无任何记忆,但手头存有的几张留影,可以还原当时的盛况。如今,我的上一辈亲人,叔叔、婶婶,生父、生母,养父、养母,先后全都离世,这些老旧照片,似乎传来欢声笑语,成为隔世沧桑的物证。

三爹已永远不能回家。奶奶朝着北边,他当年走去的方向,独自遥祭,大哭几场。五爹在家半月,奶奶总是抓住他的手,又常会笑出声来。我爷爷则内向,讷口少言,几十年苦难,几乎天天连着身家性命,使他顾不过来,荒废了很多张嘴的机会。但他讲过一句话,老少都有记忆:"我家五儿还在,就算老天开眼。"

那年红军走后,一切的好,一切的坏,全都翻转重来。凡当了红军的家庭,都获得一顶"匪属"帽子。我家一气儿走了两人,自是双料"匪属",遂备受凌辱,变得谁都可以欺负。又过了些年,日本人打来,前线战事吃紧,后方"官僚"紧张。兵荒马乱中,我生父赵志康被抓壮丁,送到云南,成为远征军中亡命人。先去印度,飞机失事,侥幸活命。后在中缅边境,爬出死人堆,用数十天的昼伏夜出,将几个省的路,一步步丈量过来。在一个太阳出山的早晨,走回赵家坪,走进奶奶正为他祈祷的堂屋。

1949 年之后,因三爹和五爹,我家墙上挂上"光荣烈属""光荣军属"两块匾。奶奶格外看重匾牌的洁净,三天两头,总会叫人取下来。老人家拿在手里,轻摸细看,有时喃喃自语,又让人无从听清。在奶奶眼里,这是护身符呢,护卫全家,又重点庇佑她"历史复杂"的幺儿。她的幺儿就是我的生父。我两岁抱养给我姑,离开老家,此后一直叫生父为幺爹。两块匾牌也真是仁义,没有辜负奶奶的愿望,让她幺儿一生福禄平平,但多子多寿,历经社会巨变,却有惊无险。年逾九旬,无疾而终。

屈指算算,一本《山泉集》,到手五十五年,始终跟着我,或者说,我始终跟着它。搬家十数回,仍盘踞书橱显要处。有一天,闲来乱翻,又打开这本书。从里到外的黄，泛出岁月悠悠，让人心头一动：去趟重庆吧，拜望它真正的主人。

《山泉集》的作者梁上泉，与我有三十多年交往，但这回距上次相见，已隔十年上下，真不觉得这么久呢。而今人们碰杯，总爱感叹"日子太快"。当我走进重庆南岸区滨河公寓梁宅，见到的老朋友，全然没有八十八岁的老态。川音龙门阵，摆谈出往事件件。老汉思维敏捷，只是耳朵稍背，说到快乐处，仍是朗声大笑，让人跟着高兴。在山城的街道上，领我上坡下坡，看我喘气不匀，安慰道："你没事哈，常来重庆逛逛街，就惯了。"接着又粲然一笑，笑出个孩子模样，"你不觉得重庆人一身肌肉，大胖子少吗？"

并非重庆人的梁上泉，祖籍达县碑庙，十九岁成为部队专业创作员，当过全国人大代表，现为重庆市专职作家。亲属中多人参加红军，无一活着回来。从省事开始，大巴山便被他认定为梦绕情牵的故土。可以说，梁上泉的创作，从川陕苏区起家，亦从川陕苏区扬名。《山泉集》之外，我后来又买到他的《红云崖》，同样是讴歌革命老区的名篇，壮怀激烈，弥漫史诗大气象。

握手梁夫人蒲心玉，热情、周到如昨。一样样亲点菜单，保姆应命而去，灶间很快传出案板的欢唱。大姐典型的巴山妹子，达县城内长大，从小能歌善舞，重庆歌舞团招牌演员。而今八十五岁高龄，仍时时活跃荧屏。一部百集连续剧播过之后，饰演主角的大姐，成为山城名人"周幺婶"。如果出门办事，必须口罩掩面，否则街头碰上签名、合影，往往会令正事泡汤。

二老的儿子梁芒，舞文弄墨深受父亲影响，在年轻人眼中，又俨然比他父亲更有影响。诗人、音乐人、作词人，多种名号在身，如今誉满京城。1983 年夏天，奇热，梁上泉领着少年梁芒，从东北边境采风返渝，在天津逗留两天。我迎回家中，熬出一锅绿豆稀饭，用花椒油浇上一盘泡菜、一盘涪陵榨菜丝。这是老家流行的夏食，土气，但口惠又实在。蝙蝠牌电扇吹出习习凉风，身穿跨栏背心的梁上泉，边吃边与我聊天，而俊秀的梁芒不言不语,埋头吃饭,待搁下筷子,连呼三声"安逸"。

这回在重庆,我问梁上泉:"你的《山泉集》与你的名字有关系吗？"他一摇头一摆手:"凑巧而已。"如此心态,看着洒脱,做起来难。不少成功作家的创作谈,挖空心思,编造各种由头,将渊源之类的索引,搞到天花乱坠,而梁上泉概无兴趣。诗人的直朴,已经多年,竟一直延续到今天。

无独有偶,纠缠般热爱老苏区的巴山籍作家,还有一位,是我结识三十多年的王敦贤。敦贤仅长我两岁,工龄却长我十年,在南江县一个叫下两河口的乡场上,小学毕业,被招入县川剧团当艺徒。从业余爱诗到专业创作,直到一级作家,四川省作家协会秘书长、副主席,中国作家协会全委会委员。著书、编书数十种,拳拳心意,全在川陕根据地。他的文名自然不小,但又以另一种"身体写作"见长。他有他的盘算,一个人的笔墨终归有限,不妨邀约更多文朋诗友进山,让他们五彩缤纷的感觉,交会各自的生花妙笔。几十年来,这几乎成为一种人生"工程",让王敦贤亢奋不已。

南江县桃园一带,海拔两千米以上,山险林密,是昔日国民党嘴里的"匪窝"。我上桃园两回,都是听令王敦贤的召唤。第一回,二十世纪八十年代中期一个秋天。山下尚单衣,山上已飘雪,我们见到了巴山民兵队队长。红军北上,民兵队五年坚持,弹尽粮绝,归于流散,却留下无数传说。就像山歌传唱:"金梭银梭金银梭,红军走后故事多。"队长带我们登上当年激战的河谷,摸进夜里栖身的岩洞。老人家说话简洁,腿脚硬朗,唯晚上应请与我们吃南江黄羊时,甚是拘礼,不肯落筷。我们越是帮他搛肉,他越加推辞,甚而脸红。

那次上山,同行有甘肃高平、湖北丁少颖和省内梁上泉、何永康及省作协一干领导。之后王敦贤又将马识途、周克芹、吉狄马加诸多文人带进山中。时隔二十年,新世纪初,一个夏天,再上桃园,正是避暑好季节。原先大嚼黄羊肉的队部周围,已成街市,家家客栈、足疗店排列两旁。多处革命"遗迹",近年打造出来,做旧手艺逼真,令纷至沓来的访客激动不已。民兵队长已谢世,导游姑娘口齿伶俐的解说,"重现"苏区当年,头头是道,反令人心生恍惚。

这回仍有梁上泉、高平,而蒋子龙、吴泰昌、舒婷、陈世旭、李霁宇等人,均属初来乍到,亦都真心诚意,盛赞此地优于别处,"红色"与"绿色"好生了得,值得大书特书。

去年去成都看望王敦贤,再次享受他夫人张秀龙的厨艺。秀龙厚道,二十多年前来天津,我请她下过馆子,此后见一次她念一次,而她做的饭菜,我不知吃过多少回。秀龙贤惠,王敦贤每次进山,家里老老小小,琐碎诸事,就靠她一人照应。秀龙温婉,知书达礼,人见人敬。

这天饭后喝茶,我问王敦贤,几十年来,全国有多少写作人,被你"拐"进大巴山?他快乐一笑:"我逐次都有记载,数字很壮观呢。"

梁上泉有《放筏》一诗,其中几句,我早已倒背如流:

天色没有山色青,
山色没有水色深。
水色泛起一抹银,
中流划来放筏人。

大巴山,连绵起伏,广阔无边。大小江河众多,便有无数放筏的水手。这些人身手不凡,激流险滩,如履平地。在山民眼中,个个英雄,唱山山应答,吼水水倒流。水手嘴里的放筏号子,唱出他们自家的种种喜乐,般般哀怨,亦唱出山里人的排遣、抒怀与寄托。回想几十年,梁上泉、王敦贤与我时近时远,但读他们写的书,想他们做的事,文如其人,人如其文,威武、豪迈、正派、无私,始终就是我心目中的"放筏"高手。他们竭尽全力,将人生智慧悉数付出,且以二人有同有异的方式,用深情的号子咏唱心中的至爱。"出口成章惊太阳,太阳徘徊不愿走。首首随水入大海,化作飞云又回头。"梁上泉的诗,水墨丹青,就好似他们二位的画像。

在梁上泉、王敦贤看来,生逢其时的这个现实世界,庞杂、斑驳、变幻莫测,但在苏区后人的内心世界里,不可以忘记从前的大巴山,不可以忘记人民的老红军。两人几乎养成同一个习惯,七十岁之前的几十年,每年必定离开家居的重庆、成都,三趟两趟地"钻"回巴山深处,重温饥一顿饱一顿、热一阵冷一阵的感知。他们爱看的树叫青杠,爱听的鸟叫阳雀,爱喝的酒叫苞谷醇,爱摘的花叫映山红。而他们喜欢结交的伙计,便是放筏人。他们掂量自己,尚有笔墨的优势,尚有经历的优势,亦尚有心愿的优势,就得竭尽所能,在时下与当年之间,搭建用料诚实的桥梁,供人们放心通达。生于老区的文化人,如果丢弃这份心肠,丧失这份本分,只顾安享都市,那就纵然住有舒适、食有可口,无非酒囊饭袋,亦等于一贫如洗。

二位行者,进山下乡,不是上峰的交办,不是金钱的驱使,不耍行吟诗人的浪漫,不含套取素材的功利。他们难以割舍的,正是一代忠臣良将的家国情怀。

于我个人而言,实为幸运,得他们耳提面命的引路,一年年、一步步走进苏区腹地,触碰其脉搏,领略其精魂,便多了些明白,少了些糊涂。山野静寂,能听见前辈的呐喊,呐喊怆然,似有种种不甘;江河奔腾,让人感悟岁月的流逝,流逝沧桑,仿佛无尽悲欣。依我自身体会,如此"回归",灵验无比。现实得以小别,虚幻聊作解脱,登高必可望远,神闲就能气定。有梁上泉、王敦贤在前,我巴望有生之年,继续东施效颦,在立国安邦的高山大川之间,知晓一点点沉稳,再陶冶一点点豁达。

此刻,我在北国,遥祝上泉、敦贤天天快乐,身体安康。晚年的宁静属于你们,而"放筏人"的劳作,应该交棒了。放心吧,二位老哥,你们经年不息的呼号,早已荡起大巴山的回音。后生可喜,编织继往开来新故事,自有更高远的境界、更青春的人。

那是初恋吗

◎ 王尧

　　冬妮娅，那个遥远国度的少女，留在了我们这一代许多人的阅读记忆中。

　　和许多人的感受一样，冬妮娅几乎让我失魂落魄，我甚至觉得我第一次"失恋"是保尔与冬妮娅两个人分手的时刻。冬妮娅哭了，她悲伤地凝望着闪耀的、碧蓝的河流，两眼饱含着泪水。我一直记得小说中的这段描写，我让自己代替了保尔，我看着冬妮娅远去的背影，我也哭了。这一年，我读初二。在这之后，我读到了《卓娅与舒拉》和高尔基的几本小说。卓娅在另一个方向上打动了我，她的气质和我向往的崇高、英雄气概吻合了。

　　多少年以后，我去俄罗斯访问，终于去了在莫斯科郊外的新圣女公墓。我在那里看到了巨大墓碑上奥斯特洛夫斯基的半身浮雕。在向这位少年时代心中的英雄致敬时，我也凭吊了那个叫冬妮娅的女孩。少年时代，在我心中与冬妮娅和平相处的还有另一个苏联女孩卓娅。我找到了她的墓地，卓娅裸露着只有一只乳房的胸脯——她的另一只乳房被德军割掉了。卓娅像天使。她弟弟舒拉安息在她的对面，墓碑上的舒拉是位帅气的小伙子。卓娅、舒拉、冬妮娅和保尔，是我少年时在书本中最熟悉的苏联朋友。

　　我年少时在报纸和广播里听说的那个王明和赫鲁晓夫，也被葬在新圣女公墓。另一个书本上的朋友是高尔基——我读高尔基时，还不能完全读懂他的《童年》《在人间》和《我的大学》——他的骨灰安葬在克里姆林宫红墙边上。在新圣女公墓，我见到了契诃夫、马雅可夫斯基、斯坦尼斯拉夫斯基、果戈理。我们又驱车去了托尔斯泰的庄园，他的苹果树上还长着苹果。在读奥斯特洛夫斯基和高尔基时，我还不知道有托尔斯泰和安娜·卡列尼娜。这些人与我的少年无关，如果他们曾经在我的少年生活中出现，我不知道今天的我是不是另一番面貌。

　　在一个禁锢的年代，我对异性的认识，几乎全部来自我的阅读。我读到了《苦菜花》中的母亲，读到了《林海雪原》中的白茹，读到了《红旗谱》中的春兰，读到了《野火春风斗古城》中的金环银环，还有《三家巷》中的区桃和文婷。我很奇怪，我们村上的一位青年从哪里找来的这些书。这位老兄抽烟，我没有办法给他送烟，谈好的条件是我用一盒香烟屁股，跟他借一本小说。如果大队开会，或者放电影，那便是我收获最多的时候，在会议或电影散场后，我捡起地上的香烟屁股。我在小说中认识的女性，几乎都与革命有关。我后来在电视剧《林海雪原》中看到少剑波深情地拉起白茹的手时，还是很不习惯，这个动作把我阅读中关于他们俩朦朦胧胧的美好打碎了。

　　我感到好奇和诧异的情节，往往是在我有限的生活经验之外的那些。有一天，当那个穿着裙子的上海姑娘在大桥上出现时，不只是我，很多人都"惊艳"了。这个女生并不漂亮，但她的花裙子像一阵风刮过。那一年，正是五月的大水过后，所有的麦子都泡在水里，一直到夏天，整个村子里都散发着霉味。这个穿裙子的姑娘到桥上乘凉时，还有一种特别的香味。她用的雪花膏和我们这边不一样。在这个姑娘离开之后，村上穿裙子的人多了。我从来没有想象过，我的教室里也坐着穿裙子的女同学。

　　那个叫小朵的女生到我们初二班插班时，是穿着凉鞋过来的。我们男生女生穿凉鞋的很少，天气特别热的时候，我们都是穿木拖鞋，平时我们都穿布鞋子。小朵的爸爸到我们这边的邮电所工作了，她跟着过来。我和她并没有交往，有一天她发现她坐的是不久前死去的同学的座位，在放学时突然大哭起来。我是班长,就请示班主任同意,跟她换了位置。她问我,你不怕死人?我说,一起长大的,他不会吓我的。这个同学是肺结核不治去世的,他在课堂上咳嗽时,我们也没有人想到要戴口罩。那时我们也没有口罩,个别有手帕的女生,最多在他咳嗽时用手帕捂着嘴巴。男生很少有用手帕的,偶尔流鼻涕时,就用袖子的内侧擦一下。衣服反正不是很干净,鼻涕的痕迹只有在洗衣服时才会被发现。小朵觉得应该送一块手帕给我,一次放学的路上,她突然从书包里拿出一块新手帕给我。我吓得加快步伐往前走了,但从这一天开始,我发现这个插班的女生是有点漂亮。我在一篇未刊稿中,记录和虚构了我对她的印象:其实我并不能说出她哪里漂亮,我甚至说不出她的眼睛、鼻子和嘴巴什么样,但我对她的长相无可非议。一年后,这个插班的女生又到另一个地方的班级插班了。她给我写来了一封信,我记不得内容了。我给她回信了,也记不得内容了。再后来,我们没有联系了,我忙着准备考高中,我们以温暖的方式结束了一段还没有开始的感情。再过了几个月,我拿到升学考试的作文题目:读书务农,无上光荣。

我到镇上读高中,开学第二天,就和镇上的一个女生发生冲突了。记得我们的"交锋"是这样开始的,我的话尚未说好,她就跟在后面学舌:女同学也是半边天嘛。我从乡下来,还说着土话,镇上的同学基本上说着他们认为是普通话的普通话。在她学我说话后,我朝她瞪了一眼。当时,我们这个小组的同学在教室外的走廊上讨论班主任老师在班会上的讲话。我被指定为班长,正在小组会上发言,发表如何度过高中两年的想法。虽然我从小学到初中一直担任班长,但上高中后被老师指定为班长仍感到意外。我们高一(2)班城镇同学特别多,他们对我这个来自乡下的男生当班长也很惊讶。因此我对别人的反应非常敏感。我瞪了眼睛后,她又朝我笑笑。我也只能保持风度,没有再吭声。多少年以后,同学叙旧,说到这位女同学,我想起她的笑,真的是笑得很甜。

她坐在我前排,但彼此并不多话。她估计我对她有些不满,便找机会与我和解。一次下课,教室里剩下几个同学,她回过头来对我说:班长,我以前好像见过你,在你姑妈家什么地方。我印象中,也感觉在姑妈家门见过她,和那时比,她只是轮廓大了,是个姑娘了。姑妈在镇上,但和她家不是邻居。镇就那么大,也许在什么地方见过。我友好地说,可能吧。我接下来就不言语了。

　　我发现她很能够团结其他女同学,男同学也愿意和她说话。那时,我还不知道用"校花"这个词,现在想想,她确实是个校花。她落落大方的举止,在全年级几乎是独一无二的。但她又娇气。好像老是捏着手帕,到了劳动课上,手帕就不离手了。抬大粪时,一只手靠肩顶着扁担,一只手用手帕捂着鼻子,粪桶一放下,她就逃之夭夭。我想批评她,看她的模样又好笑,就不说什么。心想,天下没有喜欢闻臭味的人。

　　那时的学校一片政治氛围,各类政治活动特别多,一会儿学习,一会儿出专栏,过了几天又是讨论会。当时班级排演文艺节目,我记得是说唱表演,叫"新事要用火车拖",歌唱新生事物。她参加演出了,形象不错,演得一般,而我原来以为她是个文娱人才。看来她的特长是体育,在操场上英姿飒爽,铁饼拿了名次,短跑也不错。当时她已经是校篮球队队员,我去看过一场她们的比赛。不久听说她在谈恋爱,很快又听说是别人在追她,她本人并不同意。我非常奇怪我会在意她的事情。一次下课,她看我在那儿发呆,问,你在想什么?我说,不知道。她像知道似的朝我笑笑。

　　我觉得心里烦躁。又有同学说,坐在你前面的那位同学在谈恋爱。这与我有什么关系呢?你是班长就得管。就在那几周,学校发现一些同学在偷偷传看手抄本《一个少女的心》,班上不少同学看了。有个同学问我看不看,我问写的是什么,同学说,写一个少女发育的故事。我赶紧拒绝了。在团支部会上,看的同学都做了检讨。其中一位说,要向某某人学习,给她看,她拒绝了。班主任和校团委老师表扬了她。散会后,她对我说,你不要总是把我当坏人。这一年招收空军飞行员，政治审查时，凡是看过《一个少女的心》的同学都没有通过政审。学校政教组组长到我们班上讲话了，他说，现在就看黄色的东西，如果有一天做了飞行员，能不能禁得起国民党女特务的诱惑呢？我们面面相觑。老师又说，你们都要吸取深刻的教训。

因为闹地震，我们班级一半同学回到乡下上课，我也回到村上了。一个星期天，我乘船到镇上有事，船经过油米厂码头时，她正好在码头上汰衣服，她捧起脸盆时，我们彼此看到了对方，犹豫片刻，几乎是不约而同地喊了对方的名字。船已行远，我回头发现，她还在码头上看我们的船远去。这是我第一次感受到女同学目送我的眼光。

粉碎"四人帮"时，我们已是高二上学期。报纸上的批判文章很多，语文老师拿了一篇《解放日报》上批狄克（张春桥的化名）的文章给同学们看，问有什么问题没有。我读了以后举手回答，指出文章有几处语法上的问题。语文老师说非常正确。隔天，她悄悄给我写了封信，说很佩服我，并要我为她随信附上的作文提些修改意见。她的字像小学生写的一样，没有她人漂亮。过了几天，我按照她约定的时间和地点，在校园的一角，把修改后的作文交给她。她已在那儿等我。考虑到影响，我转身就走。她说，就不能说几句话吗？我们都开始考虑高中毕业后的前途，她问我的打算。我告诉她，听说要恢复高考，我想上大学；如果不考，就去当兵。她说她可能要插队，又说到时我们再联系吧。她和我开始变成了"我们"。就在这个星期天，我回到村上，在电影场上突然发现她和另外一个女同学在一起看电影。换片时，杨同学把我喊到她们那边去坐了。我忐忑不安，听得出她的呼吸声，注意力完全不能集中在银幕上。

临毕业前夕，要好的同学之间流行到各家串门，同村的同学把她邀请到我们村上。我们家是兄弟仨，妈妈看到有女同学来特别高兴。她临走时对我妈妈说这儿不错，妈妈说你就做我的干女儿吧。她停了会儿，说好的，走时恋恋不舍。毕业离校的前一天，镇上一个男同学请我们几个吃饭，她也去了,还喝了酒,大家闹得很凶。男同学的爸爸过来,说了一句:天下没有不散的筵席。我们就散了,在同学家门口,她向西,我向东。

毕业时她还没有定下到哪儿插队,说定下来再告诉我。过了些日子,得知她要到离我们镇很远的一个在海边的国营农场去。我惊讶得不得了,按照当时的政策,她可以插队在本公社某个大队,但农场是国营性质,可能对她以后的出路有好处。我和一批同学赶到镇上为她送行,她站在大会堂的台上,戴着大红花。她看到我们几个了,朝我们挥手。不久,我就收到了她的来信,还随信附了让我回信的邮票。我在回信中对等地用了一个字来称呼她。我记得是母亲养秋蚕时,她从农场回来探亲,特地赶到我家看我。我在另外一个村子做代课老师,接到电话,借了一辆自行车骑车回家。她被海风吹得黑黑的,现在回想起来,她当时的神态好像期待我能够拉一下她的手,但我如同木瓜一样僵硬地站着。等出了庄前的大桥,和她挥手告别时,我才醒悟过来。

我们频繁地通信。她后来说,那些信件是在她最困难的日子里最好的慰藉,如同当年坐在我的前排读书一样。我相信这是真的。在我落榜的第二年,她从农场回来,我们好像就没有再见过。那年春节,她托人给我带来一盒自己家做的炒米糖,后来就没有再联系。我知道这是她和我告别的礼物。我拿到大学录取通知时,她到村上来送我了。我觉得我们好像没有什么话说,我说不出把她送到桥口时我是什么样的感觉。对此事最失望的可能就是在九泉之下的外公了,他离开人世时可能还认定这位姑娘是他的外孙媳妇。许多年以后,妈妈告诉我,她来送我时,她在妈妈面前哭了。

中学毕业二十年时,一位同学打电话来,问我能不能回去,我说没有时间。然后他就说起班上同学的近况,又说高中时班上最漂亮的女同学现在如何如何。我印象里最漂亮的女同学就是她。同学说不是她,他说出了另一个女同学的名字。我想,也许没有"最漂亮"这个概念,每个男生记得的大概都是自认为漂亮的女同学。

母亲的挂历

◎ 红孩

　　年前，朋友给我打电话，说他有本挂历要送我，问我要不要。我问是什么内容的，他说是山水的。我随口说，我妈喜欢山水。说完，我的心不由悲怆起来，进而眼泪止不住地往下淌。想来母亲已经离开这个世界8个月了，2018，她再也看不到我每年送给她的挂历了。

　　母亲和许多的农村妇女一样，从二十世纪八十年代开始，每年都喜欢弄一本挂历挂在墙上，那心情如同家里买了电视机、洗衣机。其实，母亲过日子是很少具体地看挂历上的日期的，她甚至对挂历上女明星的名字也分不清。不过，她对电视节目主持人却很熟悉。早些年，央视每年都出印制节目主持人照片的那种挂历，一般是12张。母亲会一张张地指着那熟悉的人物对我说，这是倪萍、周涛，那是朱军、董卿，看着母亲一脸灿烂的样子，我恨不得把这些明星主持人都请到家里，让母亲挨个与他们聊天、合影。

　　前几年，倪萍出版了散文集《姥姥语录》，我看后感动之余给写了评论，后来这本书获得了第五届冰心散文奖。不久，在我们共同出席的一个活动前，倪萍的助手小倩对我说，倪姐知道下午你也来，她老家前几天给送来十几斤山东呛面大馒头，倪姐特意交代要送给你一些。开会报到前，小倩拎着两袋大馒头到处找我，让我很感动。一媒体朋友见我拎着两袋大馒头，问是刚买的吗？我兴奋地告诉她，是倪姐给的。朋友说，能否给我一个尝尝，我说当然可以。朋友接过馒头，当即掰开分给旁边几个人，嚼过几口，他们都惊呼这馒头有嚼头。会议结束后，我把馒头给自己家里留了五个，其余的十几个全部带回郊区老家。

每次回家，我都习惯给母亲买些包子、馅饼、馒头、玉米，自从父亲走后，母亲一直一个人过，我多次动员她到同在一个小区的我妹妹家住，可她就是不答应。她说住在自己的家里习惯了，自由。母亲见我带回十几个馒头，就说，你咋带这么多，我一个人得吃多长时间啊！我告诉她，这是您喜欢的倪萍送的。母亲听后，说你咋跟倪萍认识呢？我说我不光认识倪萍，我还认识李谷一、李光羲呢！母亲知道我在报社工作，但我在报社究竟干什么，她始终一无所知。母亲把我给她的馒头，又分别给了我妹妹和几个街坊，她兴奋地对街坊说，这是倪萍给我儿子的，我儿子知道我喜欢倪萍，舍不得吃，又给我送来了。

母亲在家里是女孩中的老大，只上过一两年学，没有多少文化。她十八岁嫁给我父亲，在村里一直干了快二十年，才托人到国营农场当上了果园工人。在果园，不知是什么原因，从书记到职工，人们都管我母亲叫陈老师。我想，这倒不是由于我母亲拥有多少知识，很可能与她爱干净有关系。从我记事起，我们家先后建过三次房，后来当地进行新农村建设，将老屋全部拆迁，搬到了新区，住上了楼房。不管房子怎样变化，我们家永远是村里最干净的。农场、乡政府的干部到村里办事，几乎都愿意到我们家喝茶、吃饭。哪怕是吃碗炸酱面，他们也觉得舒坦。

母亲虽然是农村人，可特别喜欢观念更新。在二十世纪八十年代前，村里的人家是很少睡床的，一般喜欢睡土炕。而我母亲却不同，她很早就提出睡床，说睡床干净。而且，每年还要把床头的位置在屋里调上一两次，为此，我父亲和她没少抬杠。

我母亲还喜欢穿不同款式的衣服。她虽然很少逛商场，但每次到商场，她都要在服装柜台转悠半天。二十世纪九十年代，有一年流行穿蝙蝠衫。我给母亲买了一件红色的，松松垮垮，正好符合母亲肥胖的体形。本以为母亲穿上会很高兴,哪料她竟然发脾气,死活不穿。我为此很生气。

几天后,他们工会主席和我相遇,聊天时工会主席说,你最近是不是给你妈买了件蝙蝠衫?我说对呀,可是她拧得很,就是不肯穿,我正为这事和她生气呢。工会主席一听,笑了,说,你妈和我们可不这样说,她一直在夸你经常给她买衣服,前几天在家她穿着你买的红色蝙蝠衫照了半天镜子,可喜欢了。我说,那她为什么在我面前表现得很不情愿呢?工会主席说,那是你妈心疼你,说你每天写作到半夜,挣点稿费也不容易!工会主席的话,让我听后感到喉咙有些发咸。这就是我的爱唠叨的脾气暴躁的母亲啊!

新年买挂历,自二十世纪八十年代到新世纪的前十年的这三十年,几乎成了一种民俗,跟家家贴春联很相似。近些年,挂历少了,取而代之的是精巧的各式台历。尽管如此,每年元旦前夕,我还要给母亲带去几本挂历。母亲挑好自己喜欢的,还要留出几本给她农村娘家的弟弟妹妹们每家一本。时间久了,这无形也成了我们家春节聚会一件必不可少的事情。有一年,挂历少了一本,母亲便把自己事先留好的一本给了她妹妹。母亲说,你们只管拿去好了,过几天让儿子再给我买一本。

挂历选纸非常讲究,大都是胶版的,厚重而清脆,不管是印明星还是印山水画,转过年来都舍不得撕掉。只可惜,我们家几十年的挂历没有很好地保存下来,如果要是一年保存一本,几十年下来,还真的有收藏价值,那可是中国改革开放四十年的真实写照哩!过期的挂历,一部分用来包书皮,一部分用来做门帘,美观、好看。我和母亲曾经用十几本挂历亲手制作了四五个挂历门帘,夏天挂在门上,防晒阻蝇,真的是风景这边独好!

如今,很多家庭已经不再挂挂历了,甚至商场书店也已经很少看到有卖挂历的了。可是,2018年我还要买上一本可心的挂历,不是为了看时间用,而是为了纪念,既是为了母亲,也是为了我们这几十年一路走来的改革开放的岁月。

船 乡

◎ 冯祉艾

  秋分，天气转凉。凌晨五点，母亲接到家里电话，二外公昨夜去世了。听到这个消息，她沉默许久。离家数年，母亲很少回去。这通电话如警钟，也突然唤醒了正在沉睡的外公。父亲在睡梦中也被她唤醒，此时天亮得晚，他迷迷糊糊睁眼，尚不知道发生了什么。自从把外公外婆接过来和我们一起住，母亲对老家亲戚问候较少，二外公与母亲也鲜有联系。

  外公很是难受，坚持要回去。母亲沉默不语，我知道，二外公的突然离世让尘封的回忆不断发酵，变成波涛汹涌的潮水向她扑来。父亲安慰着她，打算现在收拾行李，等天亮了就出发。从湖南到丽水坐高铁需要五个小时，之后还需要坐大巴到镇上。此处地势西南高，东北低，左侧的山层峦叠嶂，绵延起伏。其间一条玛瑙玉般清澈纯净的乌溪江自两山之间流出。乌溪江是水乡的最大水系，江水流量大，旁边还供养着许多支流。村落均匀分布在江水两岸，天气晴朗，江面雾气消散时，可以看得到对岸村落袅袅升起的炊烟。站在码头看江面，近处云雾通透，视线可达十来米，眼前江水流动，微起褶皱。旁边不远处还分布着几处小岛屿，面积不大，上面生着翠绿的灌木和水杉。江面平静时，湖面倒影清晰可见，宛如仙境。江中心时常弥漫着雾气，淡白色的薄雾落在江面，江对岸耸起的山群被拦腰遮住，像是一条腰带缠在上面。对岸两片山群连绵起伏，云雾缭绕中，依稀可见里面绕行的盘山公路。外公外婆的家就在那盘山公路后面的村子里。

  他们到码头时已经下午三点多，此时江面上灰蒙蒙地飘着水雾，天气有些阴沉，似乎要下雨。码头上没有客船，母亲询问附近的渔夫，得知最近的一艘船刚刚开走。这个时候天气不好，好几家客船都回去收拾晾晒在外面的粮食去了，没有办法，母亲只能和父亲坐在码头等。外公年纪大了，觉多。一路的辗转让他止不住地犯困，此时终于坚持不住趴在母亲肩头睡着了。父亲提着两个大包，也有些累，三个人就这样互相依偎在一起。天阴沉得厉害，江面上漂浮着的水雾不断。江水撞击着堤岸，带来一股淡淡的潮腥味，其间还偶有渔船路过传来的敲管子的声音。母亲的思绪随着那咚咚哪哪的敲打声逐渐飘远。

　　母亲小时候经常听渔船敲管子的声音。敲管子是渔夫在江上捕鱼时的小技巧，为了让鱼群进入渔网里，渔夫会划着船在渔网周围用木棍不断地敲击船板。船板震响发出的声音会吓到鱼群，让小鱼群的范围逐渐缩小，这样更容易捕到它们。二外公以前就是渔夫。他从小就跟着他父亲下水捕鱼，水性极好。长大后他去镇上干了几个月的苦工，用工资买了一条小渔船，从此过上了打鱼的生活。二外公喜欢站在船头往江边看，山里的风景好得不行，他就撑着一根翠绿的竹竿顺着江水漂流。看看江景，唱唱山歌，日子过得逍遥自在。那时候渔船老旧，二外公买不起高档船，他几个月的工资买来的其实也就是一艘有些破旧的原木船，船肚子面对面有两个供人坐的位置，下面的木板可以掀开，里面放着渔网和网兜子。船头船尾尖尖翘起，总长不过三米。这样的小船捕鱼其实不容易，船身窄小，人站在上面撒网，渔网重得不行，一个人扯着把它向江水远处撒。若想撒得远，身子往前倾出船身，手臂得用全力，这样站着稍有不慎便重心不稳。但是二外公技术好，小船撒网也行得通。

　　母亲第一次坐二外公的小渔船是七岁。那时候二外公还没有结婚，一天到晚就在江面上漂着。母亲上学的地方离码头近，闲暇时就常常跑去码头找二外公。江面宽阔，水汽弥漫着江心，一眼看不到尽头。从母亲她们村子到码头需要坐车走盘山公路，来回需要二十分钟。为了更好地售卖鲜活的江鱼,他自己在码头附近搭了简易鱼屋,不出船时就躺在门口的躺椅上休息。母亲去他屋里寻他,门锁着,屋外的竹竿上晾晒着几条渔网,人不在。母亲刚打算走,二外公晃晃悠悠地回来了,远远看到母亲,朝她打招呼,肩上扛的木棍上缠着一沓渔网。他加快脚步,渔网随着身体的节奏在背后摆来摆去,像一只鸭子。

在众多晚辈里,二外公最喜欢母亲。他是一个很有童趣的人,从来不摆出一副长辈的样子。好像自己与母亲差不多大。他给母亲展示他最新的战斗成果,到了门口把肩上的渔网抖开,上面缠住的小江鲢和小餐条立马活蹦乱跳地窜了出来,鱼尾上残留的江水甩到母亲嘴里,透着一股鱼腥味。母亲嫌弃地撇撇嘴,小脸皱成一团。二外公被她逗乐了,从兜里拿出一颗糖来安慰母亲。口袋里的糖还带着温度,是时下最流行的大白兔奶糖。吃完糖,二外公带母亲去坐船。每次母亲都是在对岸远远地看着二外公,这回母亲第一次坐上二外公的专属坐骑,她心里激动、紧张、兴奋。二外公抱着母亲跨上船头,又回过身将岸上的绳子解了,竹竿往岸边一推,渔船就顺着江水的推力动了起来。

二外公的渔船不大,容纳两个人刚刚好。母亲从没有上过渔船,上面带着鱼腥味和江水的潮腥味,不太好闻。母亲坐在船肚子里动手动脚,时而掀起船板仔细研究构造,时而把手伸到江面上搅动。二外公没开发动机,就荡着桨随着江流慢慢地走。江面的水汽落在身上时是湿冷的,掌心接触江水却很温润,船行,江水自掌心两侧劈开,之后又重新涌到一处。掌心接住的水像一个不断滚动的水球,它在游动,搔痒着手心。母亲从小就是个旱鸭子,二外公知道母亲不会浮水,特意晃动着船身来吓她。母亲赶忙收回捞水的手,紧紧地抓住船帮。二外公又被母亲逗得大笑。她气得不再理二外公。他见母亲瘪嘴真的生气,变魔术般从口袋里摸出一颗糖,母亲就又和他和好了。

思绪被呼喊声暂时打断。江面打鱼的人撑着船到了码头,现在天气不好,时间又有点晚,今天没有船再去对岸了。不过他倒是认识母亲,知道我们村子有人没了,愿意让母亲他们上船送他们过去。

这个好心的渔夫是镇上一个卖水产的商家。他每天出来捕鱼,妻子就留在店里面卖鱼。他的船大,足有七八米长,三四米宽。船身皆是铁皮,吃水很深,是专业的捕鱼船。现在打鱼已经不像二外公那样靠着自己拉马达,撒渔网了,渔夫可以在江面上建鱼屋,鱼屋很轻,漂在水面上。渔夫捕鱼就在房子周围撒上网固定住,鱼屋里面还存放着物资补给。船行到江雾里面时,我看的景又更加清晰起来。远处的鱼屋奇异地漂在水面上,上面还亮着灯,像一间江上魔法屋。二外公的小船和它比,宛如一只小家雀儿。渔夫让父母亲和外公坐在船篷里,此时空中已经飘起蒙蒙细雨,母亲透过船窗往外看,天已经完全被云雾吞没了。渔夫和母亲闲聊。他说前年江水暴涨,船难行,附近的村子就提议修桥,修桥的钱是众筹的,乡政府最后也下发了钱款,最后在离母亲来的码头不远的地方架起了一座跨江大桥。修桥是件大事,他很惊讶母亲竟然不知道。母亲越发惭愧,告诉他自己已经好几年没有回来了。

母亲的心情就随着江水慢慢波动,外面细细的雨落在她的心上,格外的冷。

在母亲十岁那年,二外公结了婚,家里人都想着二外公结婚了就应该从江上飘飘荡荡的生活里离开,但是二外公没有。他不顾家里人反对,和二外婆用份子钱在村子那边的渡口附近也搭了个屋子。他想继续捕鱼,二外婆是唯一支持他的人。那时候捕鱼赚得不多,村里人维持生计都是靠在山上种植粮食。家里人轮流来劝,二外公死活不听。他骨子里就是长在水里的人,他喜欢船,喜欢这个靠船来连接两岸生活的工具。二外婆是二外公的知己,这个被水乡供养出来的女人是出了名的温柔。二外公内心的坚持只有她懂,也只有她支持。

渔船马达快,二十分钟不到就到了对岸码头。母亲扶着外公下船。父亲提着大包小包的行李向渔夫道谢。

晚上六点钟,父母亲和外公坐上从码头开往村子的面包车,十分钟的颠簸之后,他们终于到达。

二外公的灵堂设在他家院子里,自从二外婆生病去世之后,二外公就一直孤零零一个人。二外公生病那年我正要高考,母亲实在分身乏术没来得及回来看他。后来我上了大学,母亲也闲了下来,再回家看望,二外公已经不再打鱼了。他得了类风湿,经常躺在床上不能动弹。二外公在母亲眼中是最风趣幽默的一个人,可惜他的朋友不多,母亲还在时尚可以陪着他,可母亲也离开了,二外公身边陪伴着他的只有那艘小破船了。村里习俗多,人死需要哭丧,这样天上的人可以得到安慰,走得也安心。加上二外公去世也已经八十岁,算得上白喜。舅舅雇了专业哭丧的人,他想让二外公热热闹闹地离开。母亲在袖子上别着黑袖套,眼前跪着一地的人,无暇顾及别人,但是他们脸上的神情和母亲一样痛苦悲伤。这个地方的死亡哭丧不是禁忌,只是另外一种祈祷的方式。棺材里二外公静静地躺着,记忆里那个挑着渔网,在码头慢悠悠朝母亲走来的二外公,即将永远活在她的记忆里。

丽水水网密集,母亲从小生长在水里。

村子在高山绵延的山脚,两山之间被乌溪江横隔。他们生活在乌溪江的对面,江水是他们与外界联系的媒介,而船就是这些沿江村落至关重要的生命元素。自母亲有记忆以来,她关于这片水乡生活的记忆充满了船的影子,水乡即船乡。

船是运输粮食的工具。村子在山脚,平地不多,只能开辟大山。人们的智慧是青山绿水孕育出来的,他们将山地开辟成一层一层的。山脚的人铺上上山的小路,每家分得山坡的土地。他们将水稻、大豆、花生种植在山上,等秋天到了再从山上收获。母亲记忆里的最大的船就是货船了。乌溪江两岸分布着许多村落,但是相比被两山夹在中间的本村来说,江对面的村子是富饶的,那里靠近镇上,可以做生意。村里的人在秋收时会将自家多余出来的粮食卖掉,以贴补家用。受环境的限制,村里的人种植的大多都是茶树,江水养育的红壤是龙井绿茶最喜爱的食物,在乌溪江的山边开垦梯田种植茶树,也是水乡的特色。

客船是江边码头运行次数最多的船,也是最常见的船。村里人被乌溪江隔开,除了在村子里生活之外,人们外出采购都需要走水路。

江对面码头的集会是村里人外出采购的主要地点。江对岸每个月都会开三次集市,那时镇上的商户就会在码头附近摆摊,离镇子近的村子也有一些人家会把自己家多余的粮食或者一些竹编的手工艺品等拿来出来卖。等到秋收后,村里很多人都会背着一些山货去集市零售,带上自家的秤,自己在路边随便支个摊位,卖的价格一般都比正规商贩卖得低。那时候集市上有很多邻近的村落都过来摆摊售卖自家多余的物件。附近售卖别的山货的人过来询问价格,拿着自家的商品跟别人交换,不必付钱。春节是集市最活跃的时候,那时候集市到处都是红色。售卖商品的商家将箩筐贴上红纸,图个吉利。春联福字是当时卖得最红火的东西,前来赶集的村民每家每户都要买上家里需要的对联,有些闲钱的,还会买些大红灯笼和福结。有些村子远的早上没来得及赶过来,集市关闭的时间也会人性化些,比往常推迟一点。

太阳没有出来,江面带着早上的露水侵袭着岸边的村民。大人不怕冷,三三两两在附近找个落脚的地方坐着聊天。村子里的熟人围在一起聊着今年秋天的收成,有的说着自己最近的打算。也有认识附近村子的人,上前主动去打招呼,客气的还会嘱咐下次来自己家吃饭。女人们挎着一个竹编的大菜篮子,从上衣口袋里掏出一把瓜子,一边聊着家长里短的八卦,一边吐着瓜子皮张嘴大笑。等待客船来接他们的时间从来都不会枯燥。他们一群人围在一起,总有说不完的话题。

等人上满,船夫就收了牵引绳,马达拉满马力,之后单手撑在船头,伸出一条腿往岸上一蹬，客船就开走了。江水是绿色的，探出头可以看见水面倒映的船影和上面探头探脑的自己。船行到江面正中间，船上马达的声音越发明显，马达的嗒嗒声传出后碰触到江水两岸，再被两岸随行的山给弹回来，带着一阵阵的余音。

处理完二外公的后事，父母亲带着外公往回赶。舅舅一行人赶来送他们，大家站在码头等船。天空已经转晴了，江面的水雾已经消散了些。父亲说坐车方便些，可母亲还是决定坐船回去。等码头上的轰鸣声在耳边响起，母亲和外公就像来朋友家串门的客人一样，站在船头和家人挥别。

舅舅他们的身影渐渐缩成黑点，融化在江面与青山的连接处。母亲坐在船上看着景，乌溪江还是老样子，只是远处架起了一座桥，桥下停泊着几条破船。客船行到江中心，水汽氤氲中那桥和破船逐渐消失。母亲想起二外公的渔船，也应该在倒退的水乡中消散了。

梭子丘的咸鸭蛋

◎ 谢德才

> 梭子丘，出特产，
> 名字叫作咸鸭蛋；
> 圆又圆，真新鲜，
> 人见人爱都喜欢；
> 口浸香，好口感，
> 人们夸它"神仙蛋"……

一首梭子丘的民歌，唱出了当地的一种特产——咸鸭蛋。

民歌的调儿，一直在我的心里未曾忘记，每一个音符都时刻撩拨着我想念咸鸭蛋味道的神经末梢，弄得我心里痒痒的且馋得口水直流。

这个春天，落了许久柔和的雨，忽然放晴。我再次走进自己喜欢去的梭子丘。

梭子丘，在湖南省桑植县马合口白族乡。一片丘陵，如一把正在编织的梭子。小桥、流水、人家都在"梭子"上过着快乐且悠闲的日子。

这些年，市委组织部来到这里驻村帮扶，这里的白族建筑多了起来。一些房子的大门边都镶刻着通俗易懂的楹联。一条宽阔的街道，一直向前延伸着。我沿着这条街轻轻地笃步，生怕自己的脚步声扰乱它的宁静。是因为，这不是一条街，而是一段厚重的历史。我在这街上一步一步地行走，步步皆为景观。墙上，记载着梭子丘的歌舞，记载着梭子丘的谚语，记载着当年贺龙骑马经过茶马古道的场景。读着这些有血有肉的文字,我感受到了梭子丘历史的文化珍宝,像阳光明媚的春天,品一壶好茶,淡远悠长。

当我揣摩着楹联的时候,微风拂过,咸鸭蛋的味儿也像初恋的香吻,直扑扑地进入我的心中,挥洒不去。

闻香而入,我走进一家琳琅满目的商店。长发飘飘的年轻的老板娘,记着顾客要买咸鸭蛋的数字。她打包,她收钱,她忙得不亦乐乎。暖春的阳光下,不一会儿,她那明眸的睫毛上,挂满了小汗珠。

眼前的咸鸭蛋热销,让我忍不住想去农场,寻找制作咸鸭蛋的主人。给我带路的小弟告诉我,做咸鸭蛋,水质要好。是的,水对做咸鸭蛋来说,如空气对人一样。不过,这也难不倒梭子丘,因这条街上,水井有七八口,岁月悠久,它们都以深邃和清澈而生存着。

远处的农场,很空阔,扑面而来的不是别的,是咸鸭蛋的香味儿。农场的主人见到我,忙喊我坐。他,体胖。我一看他就是一个相当能干的人。他对我说,咸鸭蛋在他们那里算是一种土特产。他说话慢条斯理,语气间,充满自信和满足。这里的鸭子是放养的。他有意带我去看一看。一片阳光灿烂的稻田边,一棵大树站在那里,表情是那么自然、那么舒畅。一些稻草为了点缀它,还尽情地拥护着。我明白,驯养的鸭子在笼里,自由的鸭子在田野。我静静地坐在草垛边,定神环望,发现这稻田是风景中最自然、最动人的美丽。他拍着我的肩膀说,山里田地少,鸭子却不少。

这田野,美得无法用言语描述。山里的一切事物,都同样圣洁、温和而纯洁。

我听着他说是如何做咸鸭蛋的,他边说边从口袋里取出一个咸鸭蛋给我。他说,制作这咸鸭蛋,说复杂也复杂,说简单也简单。他的祖辈做过咸鸭蛋。他干着这活,还不到两年时间,但,做得挺不错。他告诉我,做咸鸭蛋,蛋要好,水要好,酒要好,盐也要合适。先把鸭蛋全身用酒淋湿,然后,在鸭蛋上糊些盐,放入水坛中。热天里,暖和些,放上二十七八天,就可以了;冬天冷,时间稍放长点儿,三十余天则行。再取出来,用水煮熟,咸鸭蛋一股浓浓的香味就这样诞生了。我边听,边把他递给我的一个咸鸭蛋在桌子上轻轻地敲碎。之后,小心翼翼地剥去蛋壳,露出鲜嫩而柔软的蛋。瞧着这饱满的蛋,我吝啬地咬上一口。它不仅松沙可口,而且香气浓郁。最妙的是,它绵密与沙粒感兼具的蛋黄,里面蓄满黄色的油。我一掰开,香喷喷的黄色的油冒了出来。缓缓地,在光滑柔嫩的蛋白上节奏性地流着。说来真有味,在有的蛋黄中,还贮藏着一点儿红。这红如一轮初升的太阳,镶嵌在细致的蛋白中,耀眼。这红,代表着村民们祈求平安的心愿,村民们也希望自己的生活越过越红火。

临别时,他从屋子里取出一盒咸鸭蛋。盒子上写着:"公元六世纪的中国农业百科全书《齐民要术》中的记载:'浸鸭子一月,煮而食之,酒食具……'"我揭开盒子,看着文字,香味四散……

窥伺青春

◎ 吕虎平

　　窗外是潮湿的路,漫漶的雨水向着秋日的方向步步紧逼。一道闪电,划过黑夜的锋利触角,我感到了少有的虚弱和恐慌。少年时,我对双手充满了好奇。我曾经无数次举起它们,或握紧拳头,仔细地观察这在我看来全身上下最为神秘的肢体器官。有时,它们呈现出软弱和忍让;有时,又呈现出力量和刚强。由此令我想起许多侠义之士,比如,一身中山装的林觉民手执步枪,怀揣炸弹闯入广州总督衙门的时候,让我想到快意恩仇的江湖大侠。还有那个元初的侠士王著,杀死宰相阿合马,同伴劝他快逃,他却镇定地对禁军士兵说:"吾为天下人除害,死而无憾。"还有一个侠士更为惨烈,就是侠客聂政。他以孝亲侠义闻名。为感大臣严仲子以百金为母祝寿之恩,只身仗剑刺杀侠累,然后挖眼、毁面,剖腹自杀,以免连累姐姐。

　　年纪稍长,内心的英雄崇拜犹如火苗,节节攀高。不仅仅是我,与我同龄的孩子,都有过如此这般的一段英雄记忆。正在街上走着,忽从街巷深处冲出一队人马,十二三岁的半大小子,手里抄着棍棒,嘴里喊着冲啊、冲啊! 有的喊着电影里的台词,只不过他们都记错了,搞得张冠李戴而已。

　　当时,最流行的说法叫混搭:"喂,喂,长江、长江,我是王成,我是王成。""天王盖地虎,宝塔镇河妖。垒起七星灶,全凭嘴一张。"这些自然是孩子们的游戏,也掺杂了小小的博弈。然而,大人的游戏当真成了血淋淋的搏杀。有一年,父亲要进城,有消息灵通者劝告父亲:"你不要命了,两派斗起来了,城门楼都架起了枪!"

那年月，即使一家人当中，也有猜忌和斗争。也不知为何，我很迷恋火，这一种奇怪的嗜好，类似返祖式的固执与魔怔。生活让我谨小慎微，胆小怕事，我甚至对猫呀狗呀老鼠呀，也会产生莫名的恐惧。有人说，抵御内心的恐惧，需要自身的强悍。我开始练习拳脚，首先是腿功。买不起沙袋，将一条屁股磨破了洞的裤子剪下双腿，灌满沙子，用线缝起来，就是沙袋。只有在上学路上，我把沙袋缠在小腿肚。就这样，蒙混了半年，也没被母亲发现。一天，母亲找那条裤子，我说破了。母亲说拿来她要缝补。我说在柜子里。母亲翻箱倒柜，愣是找不出那条被我做了沙袋的裤子。很长时间，我为此都在惴惴不安中度过。春节，母亲为我们做新衣服时，又提起那条裤子，我心里不由一紧，好在她老人家没再过多往下说，我算是躲过了一劫。

其次就是练手劲。我家前后院子的树，几乎都被我掌劈过。当然，我的功力远不及武侠小说写的那样，掌如风、疾如雨，或腰斩了树身，或劈开了树皮，粗糙的树桩反而硌破了我的手掌。好多次，我都是满手血污，或者带着紫斑，被父母揪着耳朵训斥。母亲最是严厉，生活中，总爱发脾气，很难露出笑意。我喜欢绘画，她二话不说，把我画的画一把撕碎了。她从来不喜欢给窗子贴窗花，给墙上贴年画。现在想想，那时的母亲，不知承受了多大压力，心里不知装了多少苦水和恐慌。母亲好像对什么都没兴趣，她的兴趣只停留在农活和家务上。她一刻也不闲下来。放学了，我也得随她投入烦琐的劳动中，锄草、间苗、拢沟、灌溉。

接下来是铁砂掌。一部《少林寺》，铁砂掌成了二十世纪八十年代初期几乎所有青春少年的武术时尚。一个脸盆，撮一盆沙子，成为练铁砂掌的器械。你很难想象，我对铁砂掌着迷到什么程度。那时，我看到什么都想插，在地里拔猪草对着土插；在河里游泳，对着水插。现在想来，真是荒唐。不过，在练习铁砂掌的过程中，我看出了自己的毅力。一天，因过于沉迷练铁砂掌，而疏忽了太阳已奔往西天。

这可怎么办？肯定要遭母亲训斥了。我急忙弯下腰，拼命割草，而荆条筐却像一个大肚罗汉，总是吃不饱。如血的残阳，在西天犹豫不决。一只乌鸦在头顶盘旋，我怕它发出凄厉的叫声，但它还是叫了，叫得狂妄而恣肆。不祥的叫声，让我恐惧。当我跨进门的时候，我发现全家人都很忙乱，原来祖母病危了。我跑到院子中间，对着盘旋的乌鸦大声喝骂。可恶的乌鸦，让人诅咒的乌鸦！我喊了好久，嗓子喊哑了，不知不觉就睡着了。等我醒来的时候，祖母奇迹般好了起来，她用柔弱的手，抚摸着我的头，我的眼泪扑簌簌地流了下来。

十三岁那年，我考入细柳中学。父亲成为西安一家私营木器厂的学徒。中华人民共和国成立初期，纺织厂在乡村招工，母亲也进了城。我的父母亲都是普通工人，他们虽跳出了"龙门"，微薄的工资却养活不了一大家子人。1962年，他们相继返乡回到了农村，一来是响应职工大返乡政策，二来，毕竟在农村还能分得一亩三分地的口粮。

说来也怪，母亲名字里有个"绵"字，她做了一名纺织工人；父亲名字里有个"林"字，便做了木匠。我不知道这是否冥冥中的定数。祖母对我的教育，多有迷信。院中柿子树挂果的时候，祖母不让用手指。前不久，跟几个同学去终南山玩耍，在一个山民家，看到院子里有几棵柿子树，聊天中，说到这样的话，同学称他们家大人也不让用手指指着，这虽然没有任何依据，但我至今还是不会伸手去指树上的柿果。就像不能说出父母的名讳一样。

说起来也算是凑巧，前段时间，忽然遇到邻村乡党李明启，他在北京做设计，自称读了我不少文章，勾起了他对家乡的回忆。他问起我一个名叫阿强的发小，居然是他初中的班主任。那时，我和阿强天天一起玩，但不知什么原因，玩着玩着就恼了，就吵了。他比我个子高，身强体壮，骑在我身上，像骑马一样。他挥起双拳，一拳一拳打在我身上，像落下的重锤。我一边挣扎一边抡起双拳，到底有几拳打上了他，我也不记得。其实，孩童之间的打斗，本来也没什么，但他母亲找到我家，声色俱厉地说，我儿子今天中午吃的是肉饺子,你知道吗?你担得起吗?他母亲兴师问罪的时候,我和阿强就躲在我家后院的柴房里,大气都不敢出。

我母亲正慌神呢,阿强却拉着我去掏鸟雀了。

北方冬日,夜幕降临得早一些,我和小伙伴们在月光下,玩打仗。嘿嘿哈哈地喊,像少林寺的武僧。我们的声音清脆爽朗,整个村子都能听到。母亲叹气说,这孩子往后怎么办?

关于这个,曾经有一个算卦的婆子给我和我哥指出了人生未来的方向。她说我哥将来做教书先生,说我将来吃公家饭。虽然我哥后来因工资待遇问题,辞职回家,毕竟也做了几年民办老师。

就在上个周末,我回家看母亲,嫂子一脸兴奋,她告诉我,因我哥做了四年多的乡村教师,镇政府正在给他办理养老待遇。我哥三岁时,身体不好,落下后遗症,但他心高气傲。辞职后,先是养鸡养兔,因为瘟疫,兔子和鸡死了一大片;又养鸽子,不知被谁下了毒药。后来,他还干脆摆摊修鞋,修鞋的活儿脏是脏,毕竟是正经营生。其间,他还写了一部长篇武侠小说,遗憾的是没有出版;他又开始练书法,前后练了三十多年,但也仅限于做个乡村书法家。谁家有红白喜事,必请他做账房先生,书写礼单。过春节的时候,家家门楣上的对联,也是他的大手笔。我春节回家,我哥要是写不过来,有人也让我写。我推辞不过,就划拉几笔,但与我哥的字比起来,就是小巫见了大巫。不过,村人不是很计较,总是高高兴兴拿着回家了。

最让我动容的还是侠客,比如荆轲刺秦王,他们的侠义肝胆不知是为谁。他们愿意赴汤蹈火,愿以死换生,将死置之度外,不由令人慨叹唏嘘。我崇拜嵇康,曾写过一篇名叫《广陵绝响》的文章,就是关于嵇康与广陵散的故事。我真想不明白,一个即将被砍头的人,竟能如此冷静沉稳,把一段凄美的音乐,弹出了旷世绝响。

有关侠客的记忆,先是电影里的英雄形象,后来有了金庸、梁羽生、古龙等人的武侠小说。上初中的时候,我们几个要好的同学,总习惯模仿武侠小说里的人物，嘿嘿哈哈地喊一气、闹一气。模仿是孩子的本能，尤其是模仿侠客。那时，看到电影里的侠客扎着头巾，我悄悄把父亲早年在西安工作时的一条围巾缠裹在自己头上，这样的装扮，也许与农村的环境格格不入。可是，父亲却拒绝把那条围巾送给我或者我哥。有一次，母亲提出了这个要求，父亲却瞪着眼睛，只吐出两个字：休想！这条围巾，一定藏着父亲的一段什么故事吧？我还将父亲的长衫当袍子，把桌布当披风，将草帽剪掉宽边，再将顶部捏出棱角来，当作侠客的礼帽。

母亲发现我剪坏了草帽，气得肺都要炸了，抄起笤帚追打我。

侠客仗义，出言必信。司马迁《史记·游侠列传》说："要以功见言信，侠客之义，又曷可少哉！"侠客大多独来独往，如世外高人。

往往，模仿的时候，我们希望更多的人知道，故意呼朋唤友，显摆。我们当着众人的面说谁谁像谁，谁谁又像谁。装扮不像的，就回家重新找行头，有的家里找不出像样的道具，只好看着别人的一身装扮流口水。我们几个聚会，也有接头暗号。无论多晚，只要一声"水鸟"叫，不大工夫，一大群伙伴就会聚拢起来。然后用《沙家浜》里的"天王盖地虎""宝塔镇河妖"对答，如此准备完毕之后，带了弹弓、红缨枪，或者木棍，去和外村的小伙子们打架。我们村子大，人多势众。只要我们一出现，其他村里那些所谓的侠客，个个都成了"王连举""蒲志高"。

我们也优待俘虏，给他们分发"武器"，比如分配剩下的弹弓，自制的火枪，还有削尖头的木棍等等。对于投降的人，我有点瞧不起他们，总是认为，叛徒早晚会出卖自己的弟兄。但是，下店村的王观，让我佩服。他从不低眉顺眼向谁讨好，有谁做了叛徒，他就悻悻地回家了。我们这边有人发狠，大声骂和威胁他，他权当耳旁风。我佩服他，正是因为他有骨气，像电影里的共产党员，有气节。

事有凑巧的是，上小学的时候，我们俩分在一个班，我们之间便保持着亲近的关系。

王观脸上的青春痘大规模爆发,是从他父亲的一耳光开始的。王观偷摘了邻家的一颗青苹果,被他父亲狠狠地扇了一耳光,脸上的五个红指印,胎痣一般,七八天没褪去,痘痘也成批爬满他那张红润的脸庞。

王观是宋绮云(即宋元培,中共党员。1929年由组织派到杨虎城军部工作,任中共西北特支委员、《西北文化日报》社长兼总编辑,西安事变前后对杨虎城军部做了大量的统战工作,1949年被杀害于重庆歌乐山松林坡戴笠警卫室)的护卫官王迁升的外孙,他大智又大愚,大拙又大巧。

所谓的护卫官,就是贴身保镖。王迁升曾经被父母送去少林寺学艺,功夫了得,赤手空拳七八个壮汉近不了他身。他有一个结拜兄弟叫刘勇。他们俩一个是我们村西头王家的二小子,一个是南门刘家的大小子。王迁升拳脚了得,被宋绮云相中,做了贴身保镖,而刘勇却走了黑道,专做偷鸡摸狗的事。不过他也有过一次义举,因叛徒告密,宋绮云在我们蒲庄村里被抓,特务把他五花大绑押往西安城的时候,刘勇和王迁升一路悄悄跟踪,希望能在半途劫掉囚车,但因人少势弱,加之特务的枪硬,他们只能眼睁睁地看着宋绮云被特务送走了。

我在戏曲上也有点天赋。蒲庄西头有一座古戏楼,那年月只唱样板戏。几年下来,《红灯记》《沙家浜》《智取威虎山》,这些戏词没有一出是我拿不下来的。先不说大戏,就是那时的三句半、快板书,至今还能对出不少。再说戏联吧,就是戏楼两边木柱上刻的对联。那副戏联是行草阳刻,字体遒劲,粗拙有力。破"四旧"时,被人用刀刮过,但苍劲的字迹还清晰可见。上联是:台上作戏台下看戏尽是逢场作戏;下联是:台上装人台下整人皆为双面之人。当我能完全参透那二十八个字的时候,心底不由一惊,感觉世事虽纷繁,但我和你、你和他、他和更多的人,我们这一辈子啊,全被这副对联道出了本真。

人说少年不识愁滋味,那时的我,轻狂得可以,哪里会对着一副戏联一想再想?时光的确飞快,一瞬间便像满脸皱褶的老妇。那年,我已升入高中,记忆至此告了一个段落。如果你把记忆当回事,它就像漫漶的洪水,肆无忌惮,横行肆虐。比如说大表哥,很多年没见他,他的从前几乎从我的记忆中抹去了。

表哥学过两年功夫,但他做不了侠客。他常惹事,惹出事就跑,就躲,由姑父姑妈给他擦屁股。表哥脾气暴躁,哪里只要有他在,总是会弄出大的响动来,惹得姑妈时常抹眼泪,说表哥不会装(逢场作戏)。一次,表哥带我去邻村看电影。那年月,我以为我们国家只有两个朋友,一个是阿尔巴尼亚,一个是朝鲜。那天,我们看的电影,就是朝鲜的《鲜花盛开的村庄》。电影没开始,露天场地黑洞洞的,只听到人声,只能看到晃动的人影。于是,我和表哥坐在一堆麦草垛上等开场,身旁有几个女生在聊天。借着月光,我看到旁边的那几个女生,一个长得水灵、耐看。我知道表哥的脾性,就捅了捅他的胳膊。很快,表哥就跟那个女孩子搭上了话。他竟然把我抛在一边,跟那女孩子站在一起聊电影。表哥口才好,由他添油加醋,把一部根本没看过的电影,讲得天花乱坠,几个女孩子听得眉飞色舞。忽然,从暗地里冲出几个男孩子,对着表哥挥拳便打。我还没弄清楚怎么回事,表哥身上就挨了几拳。表哥被打蒙了,其中一个男的骂表哥勾引他的女朋友。

表哥这才回过神来,突然跳出圈外,蹲成马步,在他的周身就有大半圆的气场。他变花样似的从身上摸出一把螺丝刀,大喊一声,谁敢过来,老子放谁的血!把几个男孩子唬住了。表哥趁他们愣神的空当,撒腿就跑,却把我丢下了。几个男生凶巴巴问我,是不是那流氓的同伙?我怯怯地说不认识他。他们围着我转了几圈,又问,是不是?我当然不敢承认。他们正狐疑呢,电影开始了。

我吓得够呛,想回家,一个人不敢走夜路。继续待着,又没了看电影的心情。满是恐惧、无助、焦灼、无奈。这个经历令我不寒而栗,很长一段时间,我的脑子里都是表哥被围追堵截的情景,它像个电影镜头永远在我的脑海中定格了。我想把它擦去,但没有抹去它的东西;我想忘却,记忆的图像却总是更加清晰。

1979 年,父亲在日化厂做临时工。暑假时,我随父亲到西安。父亲住的地方很大,是木工房兼做卧房。白天,父亲给车间维修桌椅板凳门窗,晚上,一个人睡觉。父亲没其他爱好,喜欢听收音机。我在西安的那段时间,父亲专门支了一张床,还有一张桌子,供我睡觉学习。就是在这里,我第一次读完了《野火春风斗古城》《万山红遍》《西游记》《红楼梦》《水浒传》。还听了袁阔成的评书《三国》,可惜,只有半截。不知为什么,只讲到"华容道"就停播了。

我有两个同学,一个是刘武,一个是江明,他俩的父亲也都在日化厂工作。

江明是个二愣子,大街上走路也要骂骂咧咧,骂那些呼啸而过开车的司机,骂那些嘻嘻哈哈、打打闹闹的社会青年。工作后,他的脾气也不改,一次与同事发生口角,竟抄起板凳要砸人,要不是其他同事及时摁住他,祸就闯大了。后来,这个愣头青给他家里出了个难题。一次,他周末无事,被人拉去打麻将,一晚上输了好几千。那年月,这可是两三年的收入。他父亲当即给了他一巴掌,骂他吃屎了,脑袋让驴踢了。他母亲哭哭啼啼说,人家出老千坑你难道不晓得?江明嘟着嘴说,血战到底嘛,出不了老千的。我们这样的人,不博一把,永远不能出人头地,下次还能博回来。他母亲一听,气得瘫坐在沙发上,半天缓不过劲来。

刘武与我要好。也许跟他的名字有关,打小他就喜欢"嘿嘿、哈哈"吼上几嗓子。只要他站在你面前,从来不会闲着,一会儿扭扭手腕,一会儿踢踢腿、弯弯腰,更像有多动症。虽然这样在我面前张牙舞爪,我却不厌烦。他家属于"一头沉",母亲在农村,住在村子东头,紧挨村堡的围墙。围墙是夯土的,墙宽三丈多,顶上并排可跑两辆大马车。没多久,村人盖房取土,慢慢地将围墙掏空了。我随父亲在日化厂期间,常常找刘武玩。刘武父亲住在过渡房,在日化厂福利区南头,紧挨着露天电影院。刘武的舅舅是放映员,每次有好电影,刘武就带我去。别人需要买票,我们去了,他舅舅站在老远招招手,检票员就放行了。

我们找到合适的位置坐下来,忽然来了一个穿着酸朴的怪人:旧布衣、黑皮包和一副老式近视镜。他坐在我身边,气氛显得不大对劲。人往往是敏感的,也许有一种说不清的气场,在暗示、指引。他主动和我搭腔,说自己会武功,一人能敌多少条好汉。经过一番对话,我才知道他是精神病患者。见我们不相信他的话,就站起来,拽着我要比试。跟一个正常人比试倒不怯场,毕竟,我和刘武都算是练过几手拳脚的人。关键是,他是一个精神病人。正不知如何应付呢,刘武拽着我离开了,后边传来他骂骂咧咧的吆喝:"总有一天让你娃明白,我究竟是不是会拳脚。什么陈氏太极,什么张三丰、黄飞鸿,你们会后悔的……"

我们于二十世纪六十年代初,从城市返回蒲庄,而我在八十年代末,从蒲庄走进了城市。也就是说,一个农民的孩子,找到了一份体面的工作,成了一个城里人。虽然我不比城市的土著居民更熟悉这座城市,但我更爱它繁华的商场,爱它宽阔的大街,爱它交通的喧哗和便捷,爱它风光片一般美丽的公园。在西安,有一段时间,我总会在夜里醒转,好像专意为梦寻一个着落。那种黄粱梦,气派、势大。醒来,却还是一场空。于是,我便找拗口的书读,这种书让人悲催,权当催眠术,弄得我似梦非梦、似醒非醒。早晨起来,甚至一整天,都似在混沌的梦中,脑海里还续接着那一场好梦。我盘算着自己的生计,谋划着自己的资金。我甚至想象着,不给会计打招呼,来个突然袭击,翻开账册,指出账目中存在的问题。尽管我是会计专业毕业,但不告诉会计。我会让他瞪大了眼睛,以为我是神人。人性之中也许天生就存在着某种幻想。侠客的幻想,也在其中。幻想游离于世俗的天空,一不留神,就以血淋淋的面目呈现在眼前。

过于喧哗浮躁的时候,人便需要一种别于寻常的安静。一度,我离开玩伴,独自一个人去镇街上玩。一个人逛书店,一个人看录像,一个人从东街走到西街。有时,坐在清晨,回想那些逝去的青春,梳理那些值得我幻想的细节,便有些许失落。但我们已经过了少年强说愁的年代,沧桑,或者说,平静,已经无端地爬满我的头发。少年的梦想同样不再,我们只是匆匆的过客。梦里的一切,让我只是成为其中的窥伺者。

每人心里都有一只龙猫

◎ 钱红丽

盛夏的一个周末，拿出平板电脑，为孩子搜宫崎骏动画片，无意里挑了《龙猫》。将家里落地门帘闭合，一大一小安静坐下来，津津有味地进入一个奇异而魔幻的世界。

外面骄阳似火，眼前绿天绿地，看得人心底润凉透彻。

颇为简单的故事：

爸爸带着女儿小美、小月搬家，一路青山绿水。小卡车上堆得满满当当的，无非一些旧家具。到了乡下，一幢破旧的房子，外面廊檐的立柱几乎朽坏，轻轻摇一摇，四面晃荡。可是两个小女孩好快乐啊，带着新奇的向往，在昏暗的房子里奔跑跳跃。上到漆黑的二楼，她们遇到了"灰尘精灵"，妹妹一直试图抓住那些黑色的精灵。静守良久，终于抓住一颗，激动地奔到楼下，打开手，却什么也没有，手足全是黑的了。这时候，过来帮忙打扫卫生的隔壁老奶奶说了：这是灰尘精灵，没有人住的屋子里都有呢，慢慢地，你们住进来，它们就会逃走的。

宫崎骏以孩子纯真的眼打量世界，连恼人的灰尘都可以化身为精灵。艺术来源于生活，但永远高于生活，所有高级的艺术都是对于平凡生活的提纯。

姐姐小月背着便当上学，五岁的妹妹小美也背着一份便当，在家门口玩耍。她一会儿摘花，送给案头工作的爸爸：我要开一个花店。一会儿去小溪边观察蝌蚪，一会儿跑回来问爸爸：我可以吃便当了吗？幼童的懵懂天真跃然而出……看着那一幕，心里安宁——这个大嘴妹妹难道不是你我童年灵魂的重新复活？

——一个温馨寒瘦的家里，怎么能没有妈妈呢？

爸爸把所有家具安排妥当，把所有该洗的衣物都洗净晾好，骑上一辆自行车带上姐妹俩，飞驰而去，这就是要去看妈妈了。原来，妈妈住在医院里。正在插秧的邻居奶奶叮嘱：去医院好远啊，你们要当心啊。一路行来，满眼皆绿，稻秧在水田里噗噗生长，群山如黛，白云悠闲，父女仨穿行在乡村永恒的画里，叫人感受到灵魂的放松，生命的愉悦尽收眼里。

到了医院，温柔的妈妈表扬姐姐给妹妹的辫子扎得好。姐姐向妈妈抱怨：村里有个男孩说我们家是鬼屋哎……妈妈哈哈大笑：我就喜欢鬼屋啊，我们以后看看鬼到底是怎样的……这就是日本文化的温情脉脉。换我们的父母呢，一听孩子说鬼怪，立刻眉头竖起，充满威权地制止道：什么什么鬼，小孩子瞎说什么啊，这个世界上根本就没有鬼，不要听人家瞎说！同样是父母，遇到孩子发出的疑问，宫崎骏用的是顺着孩子的思路畅想，而我们就是一味地堵塞视听。其实，疏通比堵塞更智慧。终归我们不会做大人，需要学习。

关于鬼的这个细节，特别打动我。

小美一个人在家门口东游西逛，忽然被一只类似猫的小动物吸引，悄悄跟过去，原来还有另一只，它们跑到人家屋子底下的夹层偷运橡树果子，小美一路跟踪，跟到一棵巨大无比的樟树前，忽然发现树根底部有一个大洞边遗落了一颗橡树果子，她伸手去够，一下滚到洞里，啊，原来又是一个奇异世界，到处花香扑鼻蝴蝶翩翩。一只巨大的龙猫正在睡觉，小美一点儿不害怕，哼哧哼哧地爬到龙猫身上，挠挠龙猫的鼻子，龙猫一个大喷嚏把她喷到地上。她不依不饶，又一次爬到龙猫身上。玩累了，忽地一下睡着了。醒来，看见爸爸和姐姐正在找她。眼前的魔幻消失了，她一个劲儿地向爸爸诉说：我看见龙猫了，我看见龙猫了，就在那棵巨大的樟树的树洞里。等爸爸去到樟树下,那个洞口消失了……

生活恢复到平静之中。有一天晚上,下大雨,姐姐带着妹妹去车站接爸爸。妹妹困得站不稳,姐姐一边背着妹妹一边撑着雨伞等,一辆一辆班车开过来,开过去,总是不见爸爸身影……路灯拉长了姐姐孤单单的小影子,这时,龙猫出现了,姐姐惊讶得合不拢嘴,还借一把伞给它打,它赠以一包橡树果子。橘黄的路灯下发生了魔幻的一幕。直至龙猫车到来,大龙猫绝尘而去……

午后,陪孩子,看到这里,忽然睡着了。醒来问孩子,接下来发生了什么呢?

孩子说,大龙猫后来又出现了,它派龙猫车搭着她们去医院看妈妈……接下来的下午,我们继续看了宫崎骏的《天空之城》《起风了》等。《悬崖上的金鱼姬》,老早就看过的。孩子还说,学校大礼堂曾放《千与千寻》给他们看。

一天,孩子做作业,我忽然想把《龙猫》的后半部看完,不舍得往后倒,从头看起,一马平川的稻田,绿得淌油的庄稼地,茄子、玉米、黄瓜摘下来冰在溪水里……此情此景,夫复何求?屋外 37℃高温,我坐在卧室,空调都不开,内心清凉,坐着坐着,什么时候歪倒在床,又睡过去——灵魂的安详将人轻易送入梦乡。

这部《龙猫》,还是要看第三遍。我的心里也一直居住着一只龙猫的,每天用它来对抗生活的庸俗、琐碎。倘若内心再也没有梦想,活着是不值得的。

宫崎骏的伟大就在这里,他不停地创造不朽的艺术。这部片子 1988年公映,距今整整三十二年,不朽的经典。

透过一双纯真的眼,打量这个万花筒一般的世界,留给孩子们永远的魔幻与奇异。如今,宫崎骏满头银发,依然童心未泯,创作力生生不息——他的作品不仅仅对于孩子们是一种福气,对于我们做大人的,更是一种滋养与慰藉。

　　只要这个世界上有真正的艺术存在，我们每个人即便平凡卑微地活着，也是值得的。

　　我也常为自己不能写出深刻的童话而深感羞愧。我们的孩子置身什么样的世界，以后他们就会创造出什么样的世界。有了好的鉴赏力，才不会将平地小坡误认为宽甸高山。

重返雪峰山

◎ 韩少功

三十多年前，我在怀化地区林业局挂职锻炼。这个局管辖全省约三分之一的山林，差不多是个山大王，不过也是个穷大王，我这个副局长下林区也得蹭货车，搭乘那种拉木头的解放牌或黄河牌货车，叮咚咣当响一路，尘土飞扬半遮天。

因此认识了潘司机。

老潘胖，怕热，常冒油汗，入夏后多是光膀子上路，有时还把车门打开，找根木棍代替右脚顶住油门，半个身子探出车外兜一把风，呵嗬一声做鬼叫——那时的驾驶室里没空调，烤得人肉都有几分熟。

即便山道上人少车也少，这种野蛮操作还是吓我个半死。

好像吓得我还不够，他回到座位，抹了一把脸，"不好意思，一热就特别困，贼养的，刚才都睡着了。"

我差点跳起来。你不能停下车睡吗？你好歹快五十了，算是活够了，活腻了，莫拉上我啊。

"没事，没事。"他笑了笑，"就是个打屁觉，不耽误开车。"

"你不会是……还在梦游吧？"

"怎么会？"他抽了自己响亮一耳光，然后手板伸给我，好像那就是有力证据。

我还是贪生怕死，不敢往下细想，强迫他停车在路边，抽支烟，洗个冷水脸，嚼两块路边摊上的酸姜，休息片刻后再走。他嘟嘟囔囔，责怪我这纯

370

粹是浪费时间,还满嘴歪理邪说,说午饭时要不是我夺了他的酒杯,他眼下精神头肯定更好,抢盘子肯定更加灵敏和来劲,也不会睡打屁觉。酒啊酒,酒就是他潘师傅最好的清醒剂知道不?

我得承认,他喝酒并不误事,二十多年来居然没出过事故,对雪峰山里的每条路都呼呼呼跑得顺溜。不论在哪里遇到路面塌方,走不成了,他也能在附近找到熟悉人家,高声大气,呼朋唤友,有吃有喝。大概是他来得多,帮山民们捎带过私客私货,他也从不把自己当外人,有时一进门就检查这个娃娃写字,指导那个木匠打墨线,还要吃点菜,一口一声自称“野老倌”,同主妇们开点不正经的玩笑,然后让我一同享受她们餐桌上的腌蚯蚓(看上去像酸豆角)或油炸蜻蜓(美其名曰金秧子)——昏黄油灯下我看不清楚,吃下去才知是大补,差点要喷呕出来。

照他说,眼下有公路了,有汽车了,一天可以跑上几百里,已经是神行太保,是孙猴子一个筋斗腾云驾雾。要放在以前,雪峰山的几根木头要运出去,难啊,只能钻山缝,走水路,让人们先扎成小排,用的是藤条篾缆,不可用铁丝钢钩,以便整个排筏柔软一些,缓冲一路上可能的挤压或碰撞,防止排散人亡。驾着这种小排,由溪涧进入江河,进入资水或沅水那里的宽阔江面,才能把小排积攒成大排,上下叠加,前后左右串联,大若一座座浮游的人工岛,是可搭窝棚架炉灶的那种,可捎带山货和散客的那种,以实现规模化经营。一声长啸报客往,他们迎山送岭,拨嶂推峰,顺流而下,一直漂到洞庭或长江那些大码头,把“人工岛”交付客商,既是卖货也是卖货船,这才算一次日落星沉的远行结束。

那些职业放排的“排拐子”,相当于那年头的物流捷运公司,把这些行当做得多了,对沿途的地名都如数家珍,对各地的水情已了如指掌。同样是一片平静碧波,他们只要瞟一眼,就知道哪里水急,哪里水缓,哪里水深,哪里水浅,哪里还有暗涌或暗礁。同样是水边石岸,他们甚至不用看,只是靠肌肉的记忆,就知道哪里藏有最佳落篙点,不会滑,不会塌,一戳一个准。这时候他们戳早了不行，撑晚了也不行，一定要稳稳地借助水势，等到木排眼看就要轰然撞翻的那一瞬，恰如其分地长篙一点，或长短有致刚柔相济地左一撑右一拨，才能降服排天巨浪，轻巧地避开鬼门关，跃入豁然开朗的下一程。三十六道湾，七十二个滩，这些在他们心中都已再熟悉不过，不过是儿时听惯了的一首歌谣，哪里有半音，哪里有滑音，哪里该换气，哪里变假声，都已被耳膜无数次铭刻，永远也不会错的。

但他们从不吹嘘自己的本领。相反，每一次放排前他们都会小心翼翼敬天祭神，祈盼自己一路平安。他们的禁忌也特别多，比如从不说"散""塌""沉""翻"这些字，各人自带筷子，到时候不得在桌上分筷子，不得在桶里搓洗筷子，更不能用筷子盖碗，用筷子插饭，诸如此类，似乎小筷子就是大木排，就是大木排的魂，受不得惊扰和胡闹。沿途的伙铺、客栈、货商、某某的老相好之类也都懂规矩，从不乱动他们的筷子。

作为雪峰山放出去的主要耳目，那年头日本军队何时撤了，汽车长成什么模样，城里女子会不会勾魂……这些新鲜的重磅消息也总是由"排拐子"们带回山里，使一个个山寨不至于悠悠坠入历史之外的深远寂静。

阿哥放排三月三，
阿姐河边洗衣衫。
桃花落水雾不散，
棒槌打手泪不干。
…………

潘师傅酒后就唱过这首情歌。

我眼下已听不到他的歌声，连往日林区的简易公路也几乎看不到了。这次入山的邀访者是陈，自称以前见过我，网上自我命名"哈协主席"——"哈（卵）"就是湘语中傻的意思，二的意思。

372

在不少人看来，他确实有点傻和二，都什么年代了，不知打了什么鸡血，他从上市公司老总一路打拼成家乡的农民头，从繁华都市一鼓作气高歌猛进到穷山寨，所有的身家血本砸下去，居然在雪峰山多点开局，建起了五大景区，一心用沥青公路和过山缆车接通城乡，让山里的夕照、富氧、幽泉、古树、刺绣、柴门、篝火、美食、歌舞、梯田、先人传说、冬日的雪以及夏日的凉等，通通变成游客的幸福和山民的财富——而且果真打造了一个企业扶贫的省部级知名样板。这个老土，走村串户，大概想象大家都是同他一样喜欢大碗喝酒和大块吃肉，同他一样喜欢石头、喜欢木头、喜欢泥土和山脊线、喜欢开门见山和天高地阔，为此多年来不厌其烦地说服地方官员和合作伙伴——这也就算了，有意思的是，这个黑大汉有时忙得一身臭汗两脚泥，据他同事说，还总是充满激情和精力过剩，随便逮住路上一位陌生阿婆，也能口舌如簧滔滔不绝，详细解说他手上一块石头的地质特征和美学价值，阐述他穷乡僻壤遍地宝的变金术。

一直说到老阿婆迷迷瞪瞪，对他的深刻理论胡乱点头。

难怪一些同事也笑：还真是个大哈呵。

这一次，我也想去听听他如何解说石头。时值深秋，雁阵南飞，高铁"复兴号"不知何时已从省城滑出，一路上静静地暗中加速，很快就有了时速近300公里的飞翔感。眼一眨过桥，眼一眨钻洞，眨一眼又是桥……整个行程几乎就是桥洞相连，上天入地反复切换，闹着玩儿似的，对沿途的山山水水压根就是粗枝大叶视若无物没心没肺，已把旅行简化成一条唰唰唰任性的直线、一种舒适和洁净的服务平均值、一种旅客们恍恍惚惚的科幻遭遇。我完全找不到感觉了。这还是雪峰山吗？喂，喂，这还是雪、峰、山吗？睁大眼睛朝窗外寻找，一匹匹翠绿翻阅过去，当年的"排拐子"们在哪里？当年潘师傅的简易公路和叮咚咣当尘土飞扬在哪里？当年那油灯下客人们吃过恶心腌蚯蚓的一个吊脚楼，是否就在山那边？而当时围着黄河牌大卡摸来摸去的一群娃娃中，一个挂着鼻涕的光屁股男孩儿，被汽车喇叭声吓一大跳的,莫非就是多年后的陈大哈?……

我突然有一点心酸,至少是心慌。

飞翔吧。飞翔。现代科技正在大大缩短空间距离,却也一再刷新世界图景,一步步放大了时间距离,如同电影播放突然提速,让往日的人和事速来速去,很快就变得模糊不清,了无踪影,遥不可及更遥不可追。昨天已是久远。前天已是史前。我只能面对身后一片模糊,凭吊自己三十多年前的记忆残片——那是我青春的一部分。

也许,雪峰山,雪峰山,我这次完全算不上重返了,不过是奔赴一个重名的陌生之地,一片让人无措的茫然异乡,只能像一个两鬓斑白的婴儿,被山里的阳光刺得睁不开双眼,在那里经历新的一轮再生,一切都重新开始。

你飞翔吧——

我真不希望这样,但也希望就是这样。

左耳右耳

◎ 骥亮

每次照镜子,我都能轻而易举地发觉左耳和右耳的不一样。

我的左耳右耳,在耳郭、三角窝、耳垂方面的相似,并不足以掩盖我右耳耳轮的"异军突起",那是我初中时突发中耳炎留下的后遗症。

跟八十多岁外公硕大丰润且长耳毛的大耳比起来,我的耳朵虽然显得单薄,但在轮廓上却很相似。毫无疑问,我的耳朵沿袭了母亲的强大基因。我的脸,则被父亲的强大基因占领,正如爷爷的强大基因占领了父亲的脸一样,只是,爷爷基因的强大之处,还在于同时塑造了父亲的耳朵,就是那种几乎拧不出耳垂的耳朵。多年以后,我似乎终于明白,父亲生前的目光为何经常越过我的脸庞,像欣赏一部作品一样欣赏我的耳垂。

父亲的眼睛,像黑夜中跟随他出没于山林田野的猎犬般敏锐,对发现的每一双大耳朵都有着特别的迷恋。在父亲那里,大耳甚至意味着财富、官运,还有长寿。即使没有大耳,父亲也甘愿退而求其次,他觉得能拥有一双好看的耳垂,也是一种令人艳羡的美好。

受父亲的影响,我对大耳也产生过浓厚的兴趣。

小时候,我对电视剧《宰相刘罗锅》里刘墉的那双大耳印象非常深刻,每次遇到险情的时候,他那双大耳就会灵机一"动",帮助他化险为夷。遗憾的是,无论我怎么努力地左右吐舌和瞪眼歪嘴,都学不来,也"动"不了。《西游记》里,如来佛祖那双堪称完美的假大耳,把我骗了好多年,我经常有事没事就拉扯自己的耳垂,以为只要不停地拉扯,就能长到那么大。

大学时找女朋友，除了关注女生的容貌，我也关注她们的耳朵，对于面容标致且拥有一双大耳的女生，总忍不住要偷偷地多看几眼。当然，这样的机会并不多，因为老天给了女人一双大耳后，多半给不了她如花的容貌。

　　后来，我又尝试留意过其他一些不一样的耳朵，厚的薄的、丰满的残缺的……得出的结论当然没有也不可能告诉父亲。毕竟，肥头大耳的乞丐、小偷、老赖、贪官、罪犯比比皆是。

　　我时常猜想，父亲对大耳近乎偏执的钟爱，会不会是对抗现实后某种无奈情感的寄托？当年爷爷无法更改的家庭成分，就如那双几乎拧不出耳垂的耳朵一样，让父亲感到失望，击碎了他成为铁血军人的梦想。

　　我的左耳右耳，总是在我潜入水底捞鱼或寻石的时候灌满水，让我和家乡的小河融为一体。每次出水，我的左耳都比右耳灵气，第一时间就把所有属于河水的部分归还河水；我的右耳总比左耳深情，迷恋于倾听河水的声音，往往要拖到昏天暗地的梦里，才把水声捣碎在我枕下。

　　我潜水捞鱼这部分的记忆，大多和炸鱼有关。二十世纪九十年代，在我们家乡，炸鱼和打猎一样，还没有被明令禁止。爱好广泛的父亲，像热爱打纸牌和喝酒一样，迷恋着打猎和炸鱼。到河边炸鱼，只要准备炸药、雷管、一块长条的石头、一个打火机，外加一根绳子就可，实在没有找到绳子的话，到河边剥一块牢靠点的树皮，也是可以应付的。一声巨响，往往发生在夏天某个连大地都被烤得发烧的中午，巨响往往又伴随着冲天而上足有四五米高的雪白水花（当然，一旦遇到深潭，水花溅起的高度就极其有限了，有时甚至还不到一米）。河底被炸出一个大坑。河堤上的柳树微微一颤，小鸟、知了被吓得四处逃窜。附近公路苦楝树下的卖瓜人刚才可能还在打盹，此刻已探头朝河的方向张望。村口的小狗掉头跑出十几米后，才明白不过是虚惊一场……

　　只有我们这些孩子，耳朵一听见炸鱼声，就无比欢快，拼了命地往河边跑。

虽然,有关炸鱼时雷管提前爆炸、绑线出现"死亡缠手"的事故在我们乡里,甚至隔壁村都真实地发生过,但每次河边一声巨响,人们首先想到的还是雪白雪白的鱼,而不是血淋淋的手。

我们这些孩子,更是如此。我们的左耳右耳都期盼炸鱼声,我们的眼里心里也只有雪白雪白的鱼。

我和小伙伴们,几乎每次都是以超过穿衣五到十倍不等的速度,迅速脱得光溜溜。来不及征求炸鱼人的同意,我们就争先恐后地冲向了炸鱼点的下游。有的鱼被炸得翻起了白肚浮在水面,有的鱼被炸死后沉在河底,还有一些被炸晕了的大鲤鱼、大草鱼,负伤潜逃,在水面或靠近河岸的草丛中、柳枝下乱窜,尾巴拍打出阵阵水花。鉴于我小学三年级就有偷偷跑去河里游泳,并且成为学校反面教材的"不俗"经历,在和小伙伴们潜水捞鱼的大战中,我长期占据着较大的优势。我左耳能捕捉到鱼在水面和草丛的逃跑路径,右耳则能发现死亡在深水区的一个个落点。我的左手右手经常抓着好几条鱼,有时连我嘴里,甚至也叼着一条鱼,我无比享受发现鱼和捞到鱼的乐趣,完全忘了鱼的那股腥味。

如果运气好的话,我们捞起的鱼还可以炒一碗下饭菜,那感觉也妙不可言。

潜水寻石,是二十世纪九十年代,我们在放牛时曾经疯玩过的一个极其简单的游戏。一块雪白光滑又好看的石头,就是游戏的道具。当这块石头的模样被我们熟记后,所有参与游戏的人都必须闭上眼睛。接着,石头会被负责监督的那个人扔至河中某个稍远的位置,直到石头泛起的波澜完全散尽后,其他人方可睁开眼睛,开始上演一场推推搡搡、争先恐后的寻石大战。这个游戏挑战一个人的水性,也考验一个人的听力,准确地说是用耳朵辨别方向的能力。如果你的方向判断错了,寻石之旅就会南辕北辙。要是你的水性很一般,就没法在激烈的争抢中取得先机。

寻石大战中，找不到石头的小伙伴，通常会搞破坏或者恶作剧：有捞起一块相似的白石头丢入水中搅乱人心的，也有潜到别人身后偷捏一把屁股的……我的左耳右耳，总能在这种关键时刻大显神威，帮助我快速锁定目标。接着，我又使出多年潜水摸索出的"小绝招"（其实就是潜入水中后，用双脚蹬着河底的沙石快速前进），以最快的速度游向那块雪白石头，成为河里的英雄。那是一个侠客和英雄被高度崇拜的年代，父亲已经拜了镇上武师罗金华为师，经常带着十几个年轻人在月光下舞枪弄棒。我和堂兄王勇当时最大的愿望也并非读书赚钱买车买房，而是一起到嵩山少林寺去学武。少林寺的轻功、千年古树、暮鼓晨钟、塔林等，经常潜入我的梦境，王勇也是在那个时期，剃了他人生中第一次也是唯一的一次光头。

　　但在现实生活中，即便是双胞胎兄弟，惊人相似的外表背后也总会有各自不同的命运。我的耳朵也不例外，左耳可谓顺风顺水，右耳却历经坎坷。时至今日，我仍不敢过于用力地回忆二十世纪九十年代末的那段时光——中耳炎和鼻炎几乎同时折磨着我。

　　"用警棍那么粗的针筒，手指那么粗的针头打针"，这个传闻，只是乙肝疫苗这一新事物首次进入宁都前被传得沸沸扬扬的一个谣言，却让校园里包括我在内的很多学生，陷入了前所未有的恐慌。女生们下了晚自习，不敢一个人回寝室，男生再怎么睡不着觉，也不敢溜到果园里去偷柑橘了。大家都害怕，害怕身后突然跳出一个陌生人，往自己的屁股上狠狠地扎一针。

　　校园里人心惶惶，我受到的惊吓更甚。因为早在这个传闻之前，我就亲身体验过警棍那么粗的针筒，它的针头比一般针头还要大。人民医院的医生就是用这样的"大针"，不止一次地给我的鼻子抽所谓的脓水。抽来抽去，鼻炎没治好，苦头却让我吃了不少。我的右耳，正是在这段时间发炎肿起来的，它又痒又痛，还长脓包，只要用指甲稍微一碰就流脓水。我想，这是不是它长期迷恋水压很大的河流必须付出的代价呢？

那时,我几乎整天都处于一种昏昏沉沉的状态,听力下降,情绪悲观,根本没有心思认真听课。实际上,因为发炎变得更加肥大的右耳,不仅没有像父亲预言的那样给我增添任何财富、带来任何好运,而且还给我带来了嘲讽和难以言说的痛的折磨。经过好几周的漫长治疗后,我的右耳才得以恢复到现在这副模样。

　　近些年,我的左耳右耳都少有机会施展才华,但只要一靠近家乡的那条河,左耳就会响起河底沙子和雪白石头的对话声,右耳就会隐约听到父亲对我耳垂的赞赏。虽然,他离开我和这个世界好多年了。

一袋中药渣

◎ 李清明

　　每当太阳从南洞庭湖边冉冉升起，家住湖南省湘阴县六塘乡茶木村七组的村民甘友根便会提着一袋中药渣，来到家门口不远处的黄桃种植公司上班。

　　脸削鼻隆、浓眉紧锁的甘友根，今年 65 岁，家中有 6 人吃饭，儿子在长沙打工，儿媳妇在家照顾着两个孙儿，妻子血糖高、血压高、血脂高，去年查出有乳腺瘤综合征，还动了一次大手术；家中两亩稻田、两亩山地，每年的收成，仅够温饱。他们一家是 2014 年被评定为建档立卡贫困户的。老甘手提的中药渣，正是常年患病的妻子前一天晚上吃完中药后留下的。

　　先前的中药渣弃之无用，多数还因受乡亲们常年流传下来的封建迷信习俗影响，说是吃完的药渣倒弃于门前的马路上，让人畜踩踏，患者的病痛便会转移消失……这样一来，有意丢弃的中药渣不仅黏滑味怪，还惹蚊生菌，影响环境卫生。自从黄桃种植公司开在了家门口，经其科研团队研究实践，发现过去乡亲们弃如敝屣般的中药渣、稻谷壳、花生壳等还是果树栽培的上好基肥。这样一来，老甘每天上班不但有工资发，自己经年累月顺手送达的废弃物，以及往日仅为自产、自制、自用的菜干、笋干、红薯干、浸水泡菜、糯米甜酒、杨梅枸杞泡酒等土特产，公司在果园中开办的"乡味餐馆"还出钱收购。如此这般，老甘笑称自己是一边割草，一边逮到了一只大肥兔。

　　据企业联系人、六塘乡党委副书记姚玉新介绍，该乡还有 27 户建档立卡贫困户户主与甘友根一起早出晚归，都在黄桃种植公司或所属的乡味餐馆上班。

当清晨的第一缕阳光有如利斧般划破乡间特有的宁静，手提、肩挑、怀抱各种自家"宝贝"的贫困户村民们，便会三个一群、五个一簇地行走在由六塘乡清水村、五塘村、六塘村、茶木村等通往黄桃种植公司的乡间煤渣路上……歌声、笑声、吆喝声，采茶小调声、花鼓戏唱词声，还有鸡鸣犬吠，以及果树林间的各种鸟叫声等响成一片，仿若在同奏一首绵长而又欢快的乡村交响乐……由此，也遂成茶木村乡间特有一景。

一

位于六塘乡茶木村雷公岭中心山地的黄桃种植公司，全称为湖南乐原农业发展有限公司。公司负责人叫周建和，是一位靠从事建筑与环保工程先富起来的"70后"。作为邻乡的本地人，脸黑、鼻凸、眼亮、顾身的周建和是2015年7月开始承包茶木村所属1080亩山地的，且整片的山地承包流转期一签便是30年。茶木村村民代表与乡村两级负责人坦言，雷公岭这块土肥水净、插棍成林之地，一度被许多投资商青睐……最后却皆因自然环保难以达标而被"一票否决"。几年前，一家全国闻名的大型生猪养殖企业慕名进驻，甚至还迁了坟、打了桩，也因担心猪粪排放有污染……最后还是难逃村民们集体"礼送"的结局。黄桃种植公司能被"一见钟情"，快速落户，是周建和站在村头古戏台遗存下来的一块大麻石上，铿锵有力地表态发言。细心的村民们记下了周建和的讲话，才六句，共计三十个字："打得进市场，闻得到花香，听得到鸟叫，留得住乡愁，富得了村民，看得到希望"。"建和、建和，建设自然和谐之地。"事后村民代表们还进一步延伸说，周建和的名字也给他加了不少分。有道是：人在选地，地也是在选人哩。

五年前，周建和为了"相地"，曾率领由中南林业科技大学吴练教授牵头的"生态有机水果种植科研团队",先后六进六出雷公岭。他们风里来雨里去,观天气、测风速、验水质、捏泥沙、搓树叶、揉杂草、逮昆虫、喂鸟雀,还探民风、察民情、观文化、追溯历史……可谓搞尽了"名堂"。最终他们认定:茶木村所属以雷公岭为中心的这片丘陵地带,水净、土肥、空气净且含负离子高,颇具天时、地利、人和几大优势,也最适宜于种植目前乃至于将来市场最为热门的黄桃、黄金梨、红心猕猴桃等好吃价高的高档有机水果。

茶木村地处幕阜山脉走向洞庭湖的过渡地带,地势自东南向西北递降,形成了一个微向大湖的倾斜面,有"蛟龙吸水"之兆。此处属亚热带季风性温润气候区,平均气温 17℃,年均无霜期近 300 天,年日照时间近 2000 个小时。多为洞庭湖常年的淤积土与红壤土,松软透气且矿物质丰富,正适宜花草树木,以及红薯、花生与各种果树的生长。此地名叫茶木村,也是茶树常年自然生长茂盛之故。该村与周边茶场所产的"兰岭毛尖",早在 1994 年便获亚太国际贸易博览会的金奖。还有,六塘乡所属地域正连北纬 30°,是世界水果业生产的黄金带。

有些巧合的是,茶木村黄姓村民居多,"黄家大屋""黄家村"也是乡民们口传的别名。就连村边一口 800 多亩的鱼塘,也叫"黄谷塘"。五年多来,村民们见证了黄桃种植公司种植的黄桃、黄金梨等有机水果硕果累累,且惠及全体村民,特别是成了许多建档立卡贫困户脱贫致富的福星之后……茶木村三组一位黄姓农民诗人两句顺口溜便张口而出:"要想富种果树,要想好种黄桃。"

走进黄桃种植公司偌大的果园,一边是成串成串的黄桃压弯了枝条,一边是挂满了枝丫的金色梨子,被一个个淡黄色的牛皮纸袋包裹着,在太阳的照耀下熠熠生辉,且一眼望不到边;林间的基垄上徜徉着一群群正在觅食的鸡鸭,枝丫间传来此起彼伏的画眉鸟、斑鸠、花喜鹊们非常动听的鸣叫声;树底下一簇接着一簇套种的草珊瑚、蒲公英、金银花等中草药开出的白色的、黄色的、粉红色的小花,争奇斗艳,一派生机……有如一幅灵动的立体画卷展现在人们的眼前,让人目不暇接,流连忘返。

行走在黄桃果园内,伸手可摘的黄桃、梨子等就着从机井中抽出的清冽的井水,稍许冲洗一下,便可一饱口福。后来才知晓,为让果树挂果集中、便于观瞻采摘,经技术培植与人工修剪,黄桃果园里的果树多长旁枝少长主干,大多数果树均只一人多高,唯主干苍劲,枝条虬曲,硕果压枝弯。仅以现时该公司上市的黄桃为例:该果果肉呈金黄色,咬一口,味浓甜微酸,香气浓,口感好。经上海市农科院专业检测,"茶木村牌"黄桃营养成分十分丰富,含有维生素 C 和大量的人体所需要的纤维素、胡萝卜素。其硒、锌、铁、钙等人体所需矿物质含量丰富,还含有苹果酸、柠檬酸等营养成分。常吃可起到通便、降血脂、抗自由基、祛除黑斑、延续衰老、提高免疫功能的作用,还能促进食欲……堪称水果之王。

"桃花四散飞,桃子压枝垂。寂寂青阴里,幽人举步迟。"茶木村的黄桃与黄金梨熟了,乡亲们骑着单车、电动车,有的还推着罕见的鸡公车来了;长沙中青旅行社、岳阳宝中旅行社的游客们坐着大巴来了;大中小学校的学生们举着校旗、队旗来了;省市县的领导们也来了……据六塘乡郑剑书记和但鹏乡长介绍,全乡像黄桃种植公司这样的产业扶贫基地还有 16 家,分别是牡丹园、苗木园、国药园、铁皮石斛园等。他们坚守的,便是要早日自然环保和谐地摘掉贫困户们头上的"帽子"哪!这期间,中国科学家论坛组委会也将"中国科技创新发明成果奖"的奖杯,以及"中国产学研双创示范基地"的牌匾寄至了茶木村……除了好看的场景与好吃的果子,萦绕在人们脑际的便是几个硕大的问号:既要果子长得好,吃得有营养,还要不打农药、不施化肥;既要公司有收益,又要与村民,特别是那么多建档立卡贫困户一起同富共赢……这些,周建和与他的黄桃种植公司究竟是怎样做到的啊……

说起不施化肥,茶木村的陈喜平、胡化军等几位建档立卡贫困户最有发言权了。他们既是提供肥料者,还是具体的施工人。经毕业于湖南农业大学的周建和与果树种植专家吴练教授等专题研究发现:许多因病致贫的村民家里的中药渣是一种极为安全的、无公害的优质有机肥原材料。其重金属含量远低于作为肥料或者基质的允许含量限值,且含有丰富的有机质、粗纤维、粗脂肪、粗多糖、氨基酸等中基及微量元素营养物质,以及大量的氮、磷、钾等无机矿物质和残留的药物活性成分,不含致病菌。

施工时,先挖好定植穴,再将中药渣植入底部,然后将村民们常见的稻谷壳、花生壳,还有经发酵后的菜饼、人畜粪等加盖培土……这样植下的果苗便会根系发达,营养不断。通过如此有机栽培方法,果树挂果早,丰果期长,且果树生旁枝多、挂果多,香、甜、脆特点显著提高。

面对此情此景,贫困村民甘友根深有感触地说,我们农户家也许值钱的东西都缺,最不缺的便是这些稻谷壳、花生壳、中药渣、食物渣哪……

黄桃种植公司不用农药除虫,主要采用悬挂黄贴和诱蛾灯的物理除虫法。间或还用石灰、硫黄粉,经水调和后喷涂果树。当然,经精心保护,以及自然引来的猫头鹰、黄鹂、啄木鸟、燕子等益鸟,也是不断地啄食果林常见的蚜虫、麻蛾、梨食心虫等害虫。至于给每个果子套上黄纸套袋,则可防病、防虫、防污染。

有付出便有回报。2020年4月16日,周建和的团队收到了由国家知识产权局局长申长雨签发的题为"一种非藤本类果树的综合有机栽培方法"的专利证书。内文称:本发明属于果树种植技术领域,具体公开了一种非藤本类果树的综合有机栽培方法。该方法包括挖穴植穴、苗木栽植、果树套种、定期施肥、果树除虫、套袋收果、采摘后管理等步骤,通过本申请的综合有机栽培方法,一般果树两年即开始挂果丰果期长至八到十年。这项专利在全国推广后,六塘乡茶木村很快被热搜热捧,瞬间成为全国各地立志栽种优质无公害有机水果果农们的"朝圣"之地。

二

黄桃花开了又谢，谢了又开。周建和成为一名名副其实的茶木村村民一晃便五年多了。一千多个日日夜夜，周建和与众多村民同吃同住同劳动，他最喜欢听村民们你一言、我一语地讲谈有关"官禄塘"的来历与"邵神仙"的故事了。这两个故事，对周建和后来的思想与行动影响也是最大。

宋代的时候，茶木村不远处有一口面积600亩左右的水塘。水塘上接幕阜山山泉，下通南洞庭湖，是湖区较为典型的一口"活水塘"。这口水塘权属一户邵姓人家。邵家有五个儿子，分别叫邵琢、邵玘、邵琥、邵珪、邵珣。喝门前水塘活水长大，夏天在水塘中戏水，冬天在塘面溜冰，平时则在塘边的私塾与武馆习文练武的邵家五个儿子，后来个个取有功名。习文的高中进士，习武的则被拔为武状元。《湖南地方志》也专门有载：邵琥，宋谭州湘阴人，与兄玘弟珪同游太学，兄中文榜弟中武榜。于是，有人便写了一副对联：碧桃红杏神仙府，粉壁朱门将相家。富贵起来的邵家人，不是一家人独享其塘，而是允许家住塘边的村民们自由来活水塘挑水、淘米、洗菜；乡邻们的孩子一样可以与邵家子弟一起游泳、戏水，还可以到岸边邵家开设的文馆与武馆习文练武，并免收学费。后来，这些贫寒子弟，还真有不少也考取了功名……于是，村民们便将这口水塘定名为"官禄塘"。又由于"官禄塘"正在岳阳经湘阴往长沙方向的驿道上，加之塘边以邵家屋场为中心的乡场，商贸繁荣，久而久之，这地方便被官府正式命名为"官禄塘铺"。后因本地方言里的"六"与"禄"同音，为书写简易，常将"禄"写成了"六"。加之，后来"破四旧""立四新"等运动兴起，慢慢地，"官禄塘铺"的地名便演变成了"六塘铺"。

至于"邵神仙"的故事，则是从"官禄塘"的传说中衍生出来的。据传，邵家一同习文练武的五兄弟中，唯有排名老三的邵琥淡泊功名，潜心修道，能飞檐走壁，又因其热心于扶贫济困，普度众生，最后终成正果，被称为"邵神仙"。史书文称：琥与兄弟友爱，不分财产，所居为"怡怡堂"。后往都峤为道,改名彦肃,复居峨眉。

至今在六塘乡的民间,还流传有邵神仙广办义学、义渡、义棚、义茔……行侠仗义、赈济贫民的许多故事。其中有一个"蟠桃会"的故事流传最广。说的是,雷公岭一带凡遇有天灾饥馑,邵神仙都会选择在六七月份雷公岭一带桃子成熟的时候,诚邀天下各路神仙,召开"蟠桃大会",然后进行布水、施雨、降露,以行消灾灭害、降福赐禄之好事。

从以上故事与传说中,周建和一是感觉茶木村一带种桃的历史很长,从宋代开始,茶木村的村民们便有种桃栽杏的记载了;二是感怀千百年来,老百姓津津乐道,且乐此不疲地讲述与流传邵家的故事中,有一点非常坚持与明确,那就是:"独乐乐,不如众乐乐""一人富、一家富不算富,只有大家富才算富!"

也许是雷公岭的山民们质朴、感恩之心尤甚之故,又或是千百年来这里的乡亲们,善于将故事讲成传说,再将传说演绎成神话的习俗与文化所致……一段时间以来,乡亲们也亲切地将周建和称为"周神仙"。每天,只要安排好黄桃种植公司的工作,周建和便会一头扎进果林周边的农户访贫问苦,寻找同富共赢之道。他曾朴素地认为,一个公司驻扎到一个新地方,先得同频共振、融合融洽,然后寻找一条公司与当地老百姓、公司与自然的和谐和美,以及共同富裕之道,这样公司才能长足发展,才能越做越有后劲儿。

说到后面,周建和还不忘引申道,诗在诗外、文在文外,种果树,有时也得思考与实践些果树以外的东西才是……

三

周建和经过大量的走访与分析认为,大多数因病或因家庭变故致贫的贫困户,首先是缺乏脱贫致富的信心、技术与智慧;其次是未能因地制宜,寻找与发挥自身或自家的长处,是捧着金碗饭在找饭吃……如此这般,周建和便开始了规划与行动。

　　周建和的千亩果林不施化肥、不打农药之举,一是立志要追寻人与土地、人与自然的和谐之道;二是想让果林周边的广大村民,特别是贫困村民"变废为宝",互利共赢;还有就是要启智力,多想办法、多勤劳实践。不久,他便安排公司技术人员率先在果树底下套种植株较小的板蓝根、蒲公英、金银花、丹参等中药材,让村民们进行亲耕、亲种、亲收,并开办了专门的果树与中药材栽培夜校,传授种植经验;同时,他又出面与长沙、岳阳及开设在县属工业园中多家中草药制药厂联系,签订供销合同。发动村民与贫困户们一道,在自家山地里种植中药材,并保价回收。单是 2019 年上半年,周建和的公司便向全乡近百户建档立卡贫困户赠送了 2 万株草珊瑚苗……

　　周建和的黄桃种植公司开办之初,因要接待与留住产、学、研、游等众多客人,公司基地内便开办起了一个大型接待餐厅。从长沙、岳阳,甚至广州、深圳高薪聘请了一些"大厨"掌勺……时间一长,客人们的反映却有些事与愿违。有的客人甚至抱怨,说是自己从大城市来,吃的还是大城市的口味!……客人们的意见让周建和陷入了沉思,他想起自己在贫困户家走访留餐时,自己吃得很是香甜的乡情乡味,特别是参加乡亲们的红白喜事,乡亲们热衷烹制的"六塘八大碗"给他留下的印象最深。

　　驰名当地的六塘大碗菜,是指当地的村民们千百年来自产自烹,且亘古不变的八种土菜。即:菜干扣肉、鸡汤焖笋干、炖煮山羊肉、清蒸鲩鱼、黄焖土鸡、红枣瘦肉剁碎蒸糯米丸、红烧猪脚、杀猪菜汤。连盛菜的大碗都有讲究,必须是出自本地岳州窑的大货窑专门烧制的窑货。受此启发,不久周建和的"乡味餐馆"便开张了。贫困户家做菜做得最好的大嫂大姐换走了从大城市请来的高价"大厨",鲍鱼、鱼翅、海参换成了果园里散养或从贫困户家里收购的土鸡、土鸭、土鹅,村民们自酿的甜酒、米酒、谷酒替换掉了高价的茅台、五粮液……就连贫困户们过去自家自产自制的菜干、笋干、地瓜干、土豆干、泡菜、浸水等也都在"乡味餐馆"成了物廉价美的畅销货。用餐的客人们一上来，喝着又香又脆又防感冒的豆豉芝麻茶，吃着脆生生、香喷喷、未吃饲料的猪、羊、鱼肉，以及未施农药的各种蔬菜，喝着农家自酿的米酒、甜酒……客人们都直呼过瘾，说是吃出了乡愁、吃出了小时候妈妈的味道。

现在，乡味餐馆生意火爆，不但客人喜欢吃，连附近村民们的寿宴、生日宴等也争着来果园操办。想来这里吃顿正宗的"六塘八大碗"，往往需要提前两三天预约，才能如愿哪！充满乡情乡味乡韵乡风乡音的餐馆办好了，单是招收的厨师、服务员、保洁员等，便解决了 16 个贫困户的就业问题……公司不但节约了大笔成本，社会效益与经济效益反而更好，真可谓名利双收，皆大欢喜也。

有道是，金碑银碑不如老百姓的口碑。从去年开始，乡亲们便把散落在乡间各处的说书场、讲古场、谈笑场等移到了周建和公司大门口的文化长廊里。每天的早上、晚上，还有下雨、下雪天的闲时，乡邻的男女老幼便会如约而至，坐在也是由村里匠人们自制的木凳、竹椅、竹铺上，来一场"家长里短与天上人间的神聊会"……就连县、乡、村的干部们也成了这里的常客。茶木村村支书许国光说，自黄桃种植公司开到了家门口，村里吵架的少了，打牌的少了，过去买地下六合彩的人也不见了……周建和则笑称，自己拜师取经、访贫问苦等也是无须更多下乡，每天早晚只要搬把竹椅随意往乡亲们中间一坐，便信息满满、收获满满、启发满满……

一次，细心的周建和在与乡亲们聊天时，见到一位年近七旬，名叫鲁国栋的贫困户老人总是闷闷不乐，还说自己空有一身技艺，常常坐在家里吃闲饭……原来这位鲁爹曾是闻名茶木村附近十里八乡的大篾匠。由于乡村现代化的进程太快，古老村庄里像鲁爹这样的木匠、篾匠、铁匠、石匠、砌匠、漆匠、雕花匠等手艺人，皆无用武之地了。于是周建和经过一段时间的筹备，在公司设立了一个传统艺人作坊。让木匠制作公司的家具，簸匠编制装水果的竹篓,铁匠打造果园自用的铁锹、羊镐、锄头,窑匠烧制公司自用的餐具等等。不久,周建和又加建了一个匠人成品与农耕文明陈列室,一边用于参观,一边对外销售。

过去,乡村间许多手艺人的转行、停歇,或消失,仿若一个时代的结束。如今,在周建和开设的艺人作坊里传来众多匠人叮当叮当的敲打声与拉扯声……显现的确是农耕文明传统的重现与回归。

来过、看过、吃过、住过、体验过的游人们有些惊讶地发现:周建和与他的黄桃种植公司所呈现的自然、环保、传统、富庶、和谐,乃至人人有事做、个个有希望、户户有笑声的画面,不正是千百年来,人们所向往与追求的吗……

新的一天又将开始,贫困村民甘友根又信心满满地提着一袋中药渣,走在了自家门前通往黄桃种植公司的路上……

迁徙季的河流

◎ 项丽敏

流花的河

秋分日,刮在田野上空的风已有了兵气。

清晨六点半至浦溪河,见河面水雾凝聚,团团簇簇。节气这东西真是奇妙,一日之隔,自然界的物象就有了明显变化。

半个月没下雨,河水退下不少,河中间的浅滩上,野花汀草茂密,成为潜鸟的隐身地和繁衍后代的乐园。

生在河滩的野花我认得,是蓼草花,早些年在散文里就写过,称之为辣蓼——以为只有我们本地方言这样称呼,后来才知它在《本草纲目》里也是这个名字。

不是所有的蓼草都叫辣蓼。辣蓼只是蓼草的一种。走到它们中间,仔细看就会发现,同是蓼草,仅从颜色上就能分出五六款来,粉红、紫红、朱红、粉白、青白,还有几种颜色相杂的。

要分清植物的名字是很麻烦的事,能把人弄得晕头转向。我可不想在这上面钻牛角尖。对于蓼草,我有自己的区分法——生在田间的就叫田蓼,生在河滩的就叫水蓼,朱红的叫红蓼,白色的叫白蓼,采下来时在指尖留下辛辣味的叫辣蓼,留下辛香味的叫香蓼。

小时候,夏末秋初会采辣蓼来驱蚊虫,挑那有些老的粗壮的,齐根割下。将采来的辣蓼晒上一个日头,捆成一小把一小把,天黑之前,点一把放在脚边,让烟淡淡地飘着,蚊虫就不敢近身了。辣蓼散发的野生气息微微

390

地呛人,又有股子爽朗劲儿,闻到这味道就会想到"泼辣"这个词,想到"疾风知劲草"的秋日旷野。

小时候对于植物的认识是物质的,要么吃,要么用。对它们审美性的感受是成年后的事,准确地说,是开始写作自然笔记之后的事。

自然笔记的写作,促使我对原先熟悉的事物重新去认识、审视,像一个从远方回来的人,重新辨认眼前的一草一木,去闻、去听、去触摸。当一个人用写作的方式,再一次认识和感受这个世界,就是从这个世界,从一草一木之中,甚至是从一株被阳光照得金灿的狗尾巴草里,重新让自己诞生。

蓼草花对我来说就是秋季的象征。整个秋天,我都是用蓼草花来插瓶,放在书架前和茶几上。起先是从田边采来满天星状的田蓼,之后采的是垂穗状的红蓼,再后来就是辣蓼、香蓼,或将几种颜色的蓼草混合在一起,让它们在一只旧陶瓶里"小团圆"。

蓼草的花期很长,从稻禾扬花开到稻禾成熟、收割,直到霜降时仍在开。此时田野里几乎看不到别的草花了,要么结了籽,要么被带着兵刃气息的风吹得金黄、干枯,伏在地上,等待着泥土的吸收。

蓼草是群居植物。当它还是草时,你看不到它,当它开花时,就见出气势了,一开一大片。由此也可见它们的生命力,是强韧到带有侵略性的,这也是野草的共性。

河滩里的水蓼也是聚集生长,毫不客气地占满整片汀渚。

一条开满水蓼花的河就是流花的河了。当带着水晶质感的秋阳照在河心,将水蓼的倒影投在水面时,很容易就想起《红楼梦》里的"蓼汀花溆"四个字。美妙的是,从这蓼汀里又时不时地飞出白鹭、斑嘴鸭,或游出秧鸡、黑水鸭,或者在你路过时,从蓼汀深处传来让人心里莫名发愁,然而又很温暖的呼唤,仿佛那是一个从前的伙伴在叫着你的名字,你回头寻找,却看不见那人。

迁徙季的燕子

到了寒露就是候鸟的迁徙季，夜半醒来，能听到从楼顶掠过的声声鸟鸣——启程时的相互催促、召唤，也有凄婉的告别之音。

即使看不见也知道，浦溪河的白鹭和斑嘴鸭，此刻就在这迁徙的队伍中。

燕子迁徙得更早，乡下老家的燕巢9月底就空了。巢里的两只燕子是今年的新燕，懵懵懂懂的，外面的燕子头天就飞走了，次日它俩才醒悟过来，绕着堂前转了两圈，从门里冲出去。

母亲跟我念叨这事时，就像念叨小时候的我和哥哥：这两个傻瓜，也不知道能不能赶上飞在前头的燕子。

老家屋梁上的燕巢挂在那里已有几年。起初母亲不准燕子进家筑巢，用竹竿驱赶它们，把大门关着，不让它们飞进来。母亲有洁癖，燕巢在家，地上总见它们制造的粪便，进门出门，不小心就落一坨秽物在身上。

可燕子认定了我家，赶也赶不走，瞅着空子就衔了泥巴飞进来，很快在堂前屋梁圈下地基。燕子这么执着，母亲只好屈服，又实在气恼不过，转身责怪父亲，说是父亲故意开门放燕子进屋。

父亲装作没听见，从杂物间搬出人字梯，架在屋梁下，又拿出工具箱，爬上梯子，在燕巢的"屋基"下钉进两根长铁钉，搭上一大块硬纸壳，再用绳子绑结实。燕子很聪明，领会了我爸的意思，乖乖地把泥巢筑在硬纸壳上面，这样粪便就落不下来了。

隔一段时间，父亲会给燕巢换一块干净的硬纸壳，也真是不嫌麻烦。

母亲这下没什么可抱怨的了，对燕子的生活渐渐有了兴趣，得空就坐在院子里，看它们飞进飞出，没多久就能认出哪只燕子是我家的，哪只燕子是外面的。

母亲这么仔细地观察燕子，也是因为寂寞的缘故吧。只有寂寞的人才会留意周围那些细微的东西，会在阳光里看见尘埃的飞舞，在地面光线的移动里看见时间的秘密,从其间获得不足为外人道的乐趣。

我能感受母亲坐在老家院子里的那种孤独与寂寞,一闭眼就能看见,一伸手就能触摸。但我不能用陪伴来消除她的孤独与寂寞,只能怀着负疚心远远相望。我也是那只自私的新燕,用和老燕保持距离来维护属于我的私人空间。我太需要有属于自己的私人空间。只有在这空间里我才能有内心的自洽,有呼吸的自由。

燕子迁徙的目的地是哪里?它们靠什么分辨方向?在离开时它们会有眷恋吗?当第二年春天重新回到原来的屋梁,看见屋子里等待它们的主人时,会有重返家园的喜悦吗?——这些都是我不知道的,我也不想通过百度来了解燕子的生活。我更愿意保留这种不知的神秘感,用自己的观察和想象慢慢靠近。

十天前的清晨,在浦溪河拍到迁徙途中的燕子,有上百只,在河面低空飞舞,扑向水中,又快速飞起,翅膀尖在河面撩起漂亮的水花。

这些燕子里有我家的那两只新燕吗?当然有——当我这么想的时候,我家的燕子就在其中了。就像有时我走在村子里,看见一个老人孤单地坐在门口,心里会一动,想到母亲,那个时刻,在老人身上就看见了我的母亲。

一棵会开白鹭花的树

母亲说燕子迁徙的前两天会聚到一起,村头村尾来回地飞,之后落在我家屋外的电线上,叽喳个没完,就像是开会。

母亲说这话的时候我刚好站在院子里,抬头看那些电线,纵横交错如同一张庞大的蛛网。"它们是在商量什么时候出发的事吧,"我说,"燕子也有它们的语言,只不过我们听不懂而已。"

浦溪河的斑嘴鸭在迁徙前也是这样,从四面聚集过来,在河流上空反复练习队形,随着启程之日的临近,阵容越发有气势,像一支将要接受检阅的部队。

　　自九月初第一次在浦溪河见到斑嘴鸭，这段时间我频频来河边寻找它们的身影，没有看见会不安，看见了会喜悦。到后来，即使看不见也不那么担心了，我知道它们还在这里，是安全的，数量之多也早已出乎我的意料。

　　到了9月下旬，白鹭的数量也在猛增，经常会出现这样的一幕，当斑嘴鸭的方阵刚从头顶飞过，随后就飞过来白鹭的方阵，飞向远处的山间，或者落在树上。

　　一棵树落满白鹭，远远看去就像即将盛开的玉兰花苞。第一次看到这情景时，又喜悦又疑惑：怎么回事，玉兰树在秋天也开花吗？

　　走过去，距离那棵树一百多米的时候总算是看清了——是白鹭。众多的白鹭扮成花朵站在树上，静悄悄，安然不动，就像一件田园风的现代装置艺术品。

　　那是一棵泡桐树，这个时节正是泡桐果的成熟季，每根树枝都举着金黄色的果实，一簇一簇向着天空。泡桐的叶子宽大如手帕，已经落了很多，没有落的还是湖绿色，将白鹭衬托得素洁典雅。

　　清晨的温度有点凉，天上又有云层，白鹭看起来有些瑟缩。等太阳从云层里挣出，白鹭和那棵泡桐树瞬时发起光来。

　　这下知道白鹭为什么选择落在这棵树上了——只要有阳光，这棵树就在阳光之下，四面都是空旷的田野，没有什么能遮挡这棵树。这是一棵孤立于旷野的树，树的孤独也使它成为这片旷野的王，在这棵树上栖息是安全的，也是优美的——想想看，旷野里只有这一棵树，树上落满白鹭，从任何一个角度看都有种自然又优雅的美，没有什么能破坏这美的意境。

　　那些从别处飞来，想落在这棵树上的白鹭也是为美吸引，并且想成为美的部分吗？白鹭真的能够感受到这种令人出神的意境，就像我此刻一样吗？或许这些都不过是我的意识代入。白鹭之所以喜欢聚集于此，只是因为这里有它们感到亲切安宁的气味吧(田野草木的气味、牛粪的气味),还因为这里有好风好日,可以轻抚它们的羽毛,给它们经历了一夜寒冷的身体以充足的热能。

遇见即是告别

有半个月没有在浦溪河见到斑嘴鸭了,河面变得冷清起来,仿佛提前进入冬天寂寥的况味。

现在可以确定,9月里见到的那些斑嘴鸭是旅鸟,迁徙途中经过此地,被这里的山川河流吸引而停留,足足盘桓一月有余。

其实它们可以留下来过冬的,这里的冬天并不冷,河里有鱼,山间有草。这里冬天也有青草生长,只不过没有别的季节丰富。

然而斑嘴鸭的体内已经埋下了一个时钟,那是它们祖先植入的,这时钟一到季节就会敲响,催促它们沿着既定的路线出发,而它们也总是能隔着悠长时空听到这钟声。

白鹭也已在时钟的催促下踏上迁徙之路,差不多和斑嘴鸭同时启程。最后一次拍摄到它们群体出没是在寒露前两天,之后就只在夜里听到它们掠过楼顶的鸣叫,再后来,夜里的鸣叫也听不到了。

白鹭并没有全部离开,清晨走在河边,还是能看见白鹭的身影,在河里捕食,或凝神倾听风里的声音,孤零零又安然自在的样子,显然是要留在这里过冬的。

大约一周前,竟然有几千只白鹭停栖在浦溪河上游,将河边的树林覆盖得白皑皑,似夜里忽降一场大雪,真是令人惊异。隔了一天,大雪样的鹭群就消失了。这些白鹭也是途经此地的旅鸟,只是停留的时间太短,让人来不及欢喜,甚至来不及从惊异中回过神来就不见。

当你看见美时,美正消逝。正因为此,美在人心里激起欢喜之时,也让人更深刻地感受到忧伤。

不过岁月会让一切都变得平和起来。总有一天,你会只感到宁静的欢喜,而不再感到深刻的孤独与忧伤(犹如我此时)。因你终将懂得:美即无常,而遇见即是告别。这种懂得是岁月秘密赐给你的礼物,也是一种掠夺之后的仁慈。

值得感恩的是,我的生命里一直都有这样的无常之美。春夏秋冬,每个季节的每一天,总有一个时刻,会让我与美不期而遇,哪怕只是瞬间而过,也足以在心灵里擦出亮光来。

与美的时常相遇,可能与我的生活习性和关注的事物有关。多年来我习惯于关注自然里的事物,即便走在人行道,目光仍然是落在路边的行道树和草地上,被一只蝴蝶吸引,或被树上的蝉鸣攫去听觉。至于身边来去的行人,很少去看,经常会有这样的事,迎面而来的人喊我名字,向我微笑着打招呼,而我毫无反应,径直走过去了。

当然,我所认为的美在别人看来可能是微不足道,甚至是可笑的。美只对能够感受到它的人存在。而每个人对美的感受又是千差万别。必须得承认,我对美的感受也是狭隘的,如井底之蛙对井上之天的感受。

我在自然中感受的美已经足以滋养我了。对自然事物的关注也是一张滤网,它帮我滤去了生活里其他的噪音。如今我似乎拥有了这样一种本能,能在街道中间听到一片树叶落地的声音,能在纷纷落叶的树下听见若有若无的蛩吟。

很快就是秋天的最后一个节气——霜降。近几日清晨已有了薄霜,太阳一出,薄霜就变成了晶莹细密的露珠,缀满秋草。田间辣蓼一边老去,一边开着花。正午草地上,也还有趁着秋日温暖忙着恋爱的蝴蝶。桂花也没有停歇下来,第二轮花期过后不久,又开出第三轮。

不知道是否还会有第四轮桂花,应该还会有,记得去年写过一首《迟桂花》的诗,是在霜降之后写的。记得写这首诗时天空的月亮已经有了刀刃的寒意,而桂花的香气在月下闪着光,迎面而来,无法躲闪。